Nora Roberts est le plus grand auteur de littérature féminine contemporaine. Ses romans ont reçu de nombreuses récompenses et sont régulièrement classés parmi les meilleures ventes du *New York Times*. Des personnages forts, des intrigues originales, une plume vive et légère... Nora Roberts explore à merveille le champ des passions humaines et ravit le cœur de plus de quatre cents millions de lectrices à travers le monde. Du thriller psychologique à la romance, en passant par le roman fantastique, ses livres renouvellent chaque fois des histoires où, toujours, se mêlent suspense et émotions.

KATE L'INDOMPTABLE

TROIS RÊVES — 2

NORA ROBERTS

TROIS RÊVES — 2

KATE L'INDOMPTABLE

Traduit de l'anglais (États-Unis)
par Pascale Haas

J'AI LU

Titre original
HOLDING THE DREAM

Jove Books are published
by The Berkley Publishing Group, New York

PROLOGUE

Californie, 1847

Il respirait, sentait l'air vif et salé de l'océan lui emplir les poumons. Il tendit la main vers son ombre projetée sur les rochers, une longue silhouette grise en forme d'homme. Les vagues déchaînées qui déferlaient au pied des falaises bourdonnaient à ses oreilles, et le vent fouettait son visage.

Pourtant, il était considéré comme mort. Tombé au champ de bataille, victime de la guerre, comme tant d'autres soldats. Mort. Et c'était la vérité : comment un homme pouvait-il vivre le cœur brisé ? Seraphina…

Il la revoyait, avec ses grands yeux, tour à tour rieurs et sérieux. Quelles étaient ses pensées lorsqu'elle était venue ici, à cet endroit du bout du monde où il se tenait lui-même en ce moment ? Avait-elle prononcé son nom avant de se jeter dans le vide du haut des falaises ?

Comment vivre avec cette image ? Comment un homme, fût-il mort, pouvait-il supporter ce cauchemar ?

Ils avaient dit à Seraphina qu'il était mort, tué par les Américains alors qu'il se battait pour défendre la Californie – et pour se prouver à lui-même ce qu'il valait. Mais personne ne savait que, au moment où la bataille faisait rage, quand les sabres s'entrechoquaient tels des éclairs d'argent tachés de rouge sang, quand la haine résonnait comme le carillon d'un clocher, et que l'odeur de poudre envahissait l'air au point qu'il était devenu impossible de crier sans en sentir le goût âcre au fond de la gorge, il n'était pas mort.

Il avait fui.

La honte qu'il éprouvait était désormais sans importance, une honte brûlante et brutale qui l'avait néanmoins empêché de se traîner à genoux devant elle, de la supplier de le comprendre, d'implorer son pardon et son amour. Elle ne l'avait pas attendu.

Le croyant mort, Seraphina avait préféré mourir.

Il aurait pourtant dû se douter qu'elle refuserait de puiser dans sa dot et de s'embarquer pour l'Espagne, où elle aurait pu l'attendre en toute sécurité. Non, Seraphina était courageuse, loyale. Elle était restée et avait caché sa dot, symbole de la promesse qu'ils s'étaient faite de vivre ensemble. Puis elle était venue sur les falaises de Monterey en repensant à toutes ces heures volées qu'ils avaient passées ici à rêver.

Aucune femme vibrante d'amour et de beauté ne s'y trouvait, prête à lui ouvrir les bras, à le consoler des horreurs de la guerre et à soulager sa conscience du cauchemar que lui inspirait sa propre lâcheté. Désormais, tout l'or du monde ne pourrait les réunir.

Il était certain de savoir où elle avait caché son trésor : là, dans cet endroit qu'ils avaient découvert ensemble, où ils s'étaient allongés côte à côte et avaient fait l'amour.

Il n'y toucherait pas en guise de témoignage, sorte de pathétique offrande à sa mémoire.

Rassemblant tout son courage, luttant contre les rafales de vent, Felipe s'approcha du bord de la falaise. Hormis la jeune servante de Seraphina, qui avait toujours été complice de leurs rendez-vous amoureux, personne ne savait qu'il était revenu. Même maintenant, elle ne le trahirait pas. Personne ne se douterait jamais qu'il était revenu en lâche. Il ne lui restait plus qu'à sauter du haut de la falaise, comme sa chère Seraphina. Pour la rejoindre.

Il ferma les yeux, et le rugissement de l'océan lui glaça le sang. En bas, les rochers déchiquetés se dressaient farouchement, plus cruels que tous les sabres américains.

Seraphina, qui portait leur enfant dans son ventre, l'attendait, le cœur toujours aussi débordant d'amour. Il le savait, le sentait.

Pourtant, il recula. Il avait beau être un homme mort, il serait, encore et toujours, un lâche. Agenouillé au sommet de la falaise, il se mit à sangloter sur son honneur et son amour perdus. Sur ses rêves, à tout jamais brisés.

Kate se demandait si les choses s'étaient passées ainsi, si le jeune homme était revenu sur la falaise où elle-même se trouvait en ce moment afin de pleurer son amour et son honneur perdus. Avec sa logique habituelle, elle supposait que la légende de Seraphina et de la dot disparue s'était déformée au cours des siècles, baignée d'une aura de tragédie de plus en plus romantique.

Quoi qu'il en soit, cette histoire lui plaisait ainsi, comme à toutes les petites filles. Elle en rêvait, imaginait les deux jeunes amoureux se promenant sur les hautes falaises rocheuses un matin d'hiver comme celui-ci, alors que le brouillard recouvrait le bleu de la mer de son manteau blanc et que le soleil brillait intensément au-dessus. Peut-être s'étaient-ils arrêtés ici même pour regarder voler les mouettes ou écouter les cris des lions de mer.

Ils devaient avoir fait des projets d'avenir, des rêves. Cet endroit était propice à la rêverie, avec le ciel et la mer d'une immensité si infinie que rien ne semblait impossible.

Mais leurs rêves avaient été anéantis, s'étaient disloqués brutalement comme le corps de Seraphina sur les rochers déchiquetés qui se dressaient au milieu des remous furieux de l'océan.

Cette histoire d'amour et de mort apaisait quelque peu son cœur meurtri. Il y avait aujourd'hui un an que ses parents étaient morts. À neuf ans, elle était à présent assez grande pour comprendre qu'ils ne reviendraient plus jamais. Si elle se laissait aller, en fermant les yeux, elle se revoyait dans la voiture, sur la banquette arrière, en train de regarder tomber la pluie glaciale et d'écouter le ronronnement du chauffage et la voix fluide de Linda Ronstadt.

Ses parents ne disaient rien. Une fois de plus, ils s'étaient disputés, elle le savait. De milieux très différents, ils ne voyaient jamais les choses de la même façon. Kate ne savait pas pourquoi, mais leurs disputes se déroulaient toujours sans le moindre éclat de voix. Très tôt, elle avait appris que les guerres qui se livraient en silence étaient aussi les plus terribles. Mais dès qu'ils se réconciliaient, tout allait bien à nouveau. Car ils se réconciliaient toujours.

Ce jour-là, elle aurait préféré rester à la maison et jouer dans sa chambre avec les jouets qu'elle avait reçus à Noël. La plupart de ses amies s'étaient déjà lassées de leurs cadeaux. Le grand jour avait beau être passé depuis des semaines, Kate était toujours aussi ravie des siens. Surtout le château Fisher Price. Elle avait envie de l'installer au milieu de la chambre, de faire semblant d'être à l'intérieur et de défendre le château et tous ceux qu'elle aimait contre les méchants envahisseurs.

L'embardée que fit la voiture la tira d'un demi-sommeil. Sa mère poussa un cri, son père jura. Puis tout se passa comme sur un manège qui s'emballe. Ça se mit à tourner si vite que tous les organes de son corps lui firent l'effet de s'éparpiller dans des directions différentes. Et soudain, un bruit déchirant accompagné de cris retentit comme un roulement de tonnerre.

Après cela, elle n'avait plus aucun souvenir. Jusqu'à l'hôpital. Il y avait eu des lumières, des sirènes, des odeurs... Et la douleur. Elle avait eu mal, mais sa peur était si intense qu'elle n'avait ressenti qu'une immense panique. Ils avaient refusé de la lâcher, même quand elle avait pleuré et s'était débattue en appelant sa mère. On l'avait alors attachée sur une table. Une piqûre. Et puis plus rien.

Jusqu'à ce que le médecin au regard triste et las vienne s'asseoir à côté d'elle pour lui annoncer d'une voix douce et désolée que ses parents n'étaient plus là.

Ensuite, elle était restée prisonnière dans cette chambre qui sentait l'éther et le désinfectant. Dans cette pièce aux murs blancs dans laquelle allaient et venaient sans cesse des femmes tout en blanc. Mais ses parents n'étaient pas venus la voir. Pendant des heures, des jours, elle avait espéré en vain. Malgré ce que lui avait dit le médecin, elle était restée convaincue qu'ils viendraient, et qu'ils l'emmèneraient loin d'ici.

Finalement, c'étaient les Templeton qui étaient venus. Tante Susie et oncle Tommy. Ils l'avaient serrée dans leurs bras, l'avaient laissée pleurer à chaudes larmes, puis l'avaient conduite dans un hôtel, attendant que les médecins les autorisent à la ramener en Californie. Chez eux. À Templeton House.

Kate dut faire un effort pour détourner les yeux de l'océan et regarder la demeure en pierre et en bois sombre sur la colline. Bien qu'on fût en janvier, il y avait des fleurs partout, ainsi que des bourgeons et des taches de couleur sur les arbres. À présent, cette maison était la sienne, c'était son foyer, et ce le serait toujours.

Avec ses tourelles et ses balcons, on eût dit un château. Les fenêtres étincelaient et les cheminées ronronnaient. Tout ce qu'elle possédait, tout ce qu'elle aimait, se trouvait désormais à l'intérieur de cette maison.

Sa famille.

Sa tante et son oncle, qui l'avaient arrachée à cet endroit monstrueux où elle avait souffert pour la transporter dans un monde magique où les pièces étaient magnifiques et les jardins odorants. Ses cousins, Josh et Laura, qui l'avaient acceptée, elle, une parfaite inconnue, comme une des leurs. Et le lui avaient prouvé en la taquinant et en se chamaillant avec elle comme le font tous les frères et sœurs. Et aussi Margo Sullivan, la fille de la gouvernante. Animée à la fois d'un sentiment de crainte et d'une volonté farouche, Kate s'était peu à peu immiscée dans l'histoire d'amitié qui unissait déjà Laura et Margo, transformant le duo en trio.

À présent, elles étaient toutes deux ses amies.

Lorsqu'elle les vit dévaler le sentier qui serpentait à flanc de colline, Kate se leva, silhouette frêle et menue, ses cheveux bruns tirés en arrière dégageant un petit visage anguleux au teint mat. Et elle sourit. Elle n'était pas comme Seraphina, songea-t-elle, qui avait préféré se jeter dans le vide plutôt que d'affronter un deuil douloureux. Pas plus qu'elle ne ressemblait à Felipe, qui avait fui lâchement devant le combat.

Elle était Kate Powell et, malgré son jeune âge, elle avait déjà compris que survivre n'était pas suffisant. Ce qu'il fallait, c'était réussir.

— Tu n'aurais pas dû descendre ici sans nous ! s'écria aussitôt Margo, ses longs cheveux blonds flottant sur ses épaules. Maman s'est fait du souci.

— Je voulais voir le brouillard se lever. Regarde, il n'y en a presque plus.

Effectivement, il ne restait plus que quelques lambeaux de brume épars au-dessus de la mer.

— Ce n'est pas grave, fit Laura en donnant un petit coup de coude à Margo.

Elle savait qu'aujourd'hui Kate avait besoin de solitude.

— J'ai dit à Annie que tu serais là, ajouta-t-elle, ses yeux gris brillant d'inquiétude. Elle veut que tu rentres prendre ton petit déjeuner.

— Maigre comme un coucou ! se moqua Margo en imitant le léger accent irlandais de sa mère. Cette petite est maigre comme un coucou !

Les trois petites filles pouffèrent en regardant s'envoler des mouettes.

— Je pensais à Seraphina et à Felipe, reprit Kate. Ils auraient dû attendre. Et se battre pour obtenir ce qu'ils voulaient.

— Mais ils avaient le cœur brisé, dit Laura en prenant Kate par l'épaule.

— Eh bien, quand quelque chose est brisé, on le répare.

Laura soupira.

— Parfois, il y a tellement de morceaux qu'il est difficile de les recoller.

Margo enlaça l'autre épaule de Kate, si bien que les trois amies se retrouvèrent comme enchaînées les unes aux autres.

— D'ailleurs, si elle n'avait pas caché sa dot et n'avait pas sauté dans le vide, nous n'aurions pas pu nous mettre en quête du trésor. Nous finirons bien par le trouver un jour.

— C'est vrai, concéda Kate avec un petit haussement d'épaules.

Elle n'allait pas continuer à se lamenter. Le brouillard, déchiré par le vent et les premiers rayons du soleil, s'était totalement dissipé. Elle était ici, bien vivante, l'air frais du matin lui caressait les joues et ses amies l'entouraient.

— Oui, nous le retrouverons ensemble.

1

Kate avait décidé très vite qu'elle n'avait qu'une chose à faire. Être la meilleure. Elle ne serait jamais une beauté ravageuse comme Margo – comme si une chose aussi superficielle avait de l'importance ! Elle n'aurait jamais la gentillesse ni l'intuition de Laura. Et elle ne serait jamais un homme, comme Josh.

Aussi s'était-elle fixé un but et avait-elle travaillé ardemment à l'atteindre.

À seize ans, elle avait décidé de suivre des cours supplémentaires afin de passer son examen de fin d'études avec un an d'avance. Et comme si cela ne suffisait pas, elle était déterminée à être reçue avec mention. Elle avait déjà imaginé les grandes lignes du discours qu'elle ferait lors de la cérémonie de remise des diplômes.

Cette année-là, en dehors de ses activités purement scolaires, elle était également trésorière de sa classe, présidente du club de mathématiques et était bien placée dans l'équipe de base-ball du lycée. La saison prochaine, elle avait bon espoir d'être nommée vedette de l'équipe, mais, pour l'instant, toute son attention était concentrée sur le calcul.

Les chiffres étaient son point fort. Avec son esprit logique, Kate avait déjà décidé de se servir de ses points forts pour faire carrière. Une fois son diplôme de gestion en poche – qu'elle passerait vraisemblablement à

Harvard, comme Josh – elle se lancerait dans une carrière d'expert-comptable.

Et tant pis si Margo jugeait ses aspirations ennuyeuses. Kate les trouvait réalistes. Elle allait se prouver, ainsi qu'à tous ceux qui comptaient à ses yeux, que ce qu'elle possédait, ce qui lui avait été donné, avait été utilisé à bon escient.

Comme ses yeux la picotaient, elle retira ses lunettes et s'appuya contre le dossier de la chaise. Il était très important de reposer régulièrement son cerveau de manière à le garder au meilleur de sa forme. Ce qu'elle fit en laissant son regard errer dans la chambre.

À l'occasion de son seizième anniversaire, les Templeton avaient insisté pour qu'elle fasse des transformations qui la satisfaisaient pleinement. Au-dessus du bureau, les étagères toutes simples en pin lui permettaient de ranger ses livres et son matériel de classe. Quant au bureau lui-même, un Chippendale couleur miel, il avait des tiroirs profonds et était incrusté de coquillages. Le seul fait d'y travailler la rendait efficace.

Elle n'avait toutefois pas voulu d'un papier peint original ni de rideaux trop somptueux. Les rayures discrètes sur les murs et les stores à enrouleur correspondaient davantage à son style. Néanmoins, soucieuse de répondre aux goûts raffinés de sa tante, elle avait choisi un joli canapé aux accoudoirs recourbés d'un ton vert foncé. Elle s'y allongeait en de rares occasions afin de lire pour son plaisir.

Autrement, la chambre était fonctionnelle, comme elle aimait.

Un coup frappé à la porte l'interrompit alors qu'elle allait se replonger dans ses livres. Elle se contenta d'un vague grognement en guise de réponse.

— Kate, qu'est-ce que je vais faire de toi ?

Susan Templeton, très élégante dans un twin-set en cashmere, mit les mains sur les hanches.

— J'ai presque fini, marmonna Kate.

Elle sentit le parfum de sa tante lorsque celle-ci traversa la pièce.

— J'ai un examen de maths. Demain.

— Comme si tu n'y étais pas déjà préparée !

Susan s'assit au bord du lit fait au carré et observa Kate. Ses immenses yeux bruns au charme exotique étaient rivés sur un livre derrière des lunettes à monture épaisse. Ses cheveux, lisses et très noirs, étaient sagement tirés en arrière en queue-de-cheval. Elle se coupait les cheveux chaque année un peu plus court, pensa Susan en soupirant. Elle portait un sweat-shirt gris trop grand qui dissimulait sa minceur. Elle était pieds nus. Tandis que Susan la regardait, Kate fit une grimace, mi-boudeuse, mi-contrariée. L'expression creusa une ligne entre ses sourcils.

— Au cas où tu ne l'aurais pas remarqué, nous sommes à dix jours de Noël, commença Susan.

— Mmm... C'est l'examen de la mi-trimestre. J'ai bientôt fini.

— Et il est 18 heures.

— Ne m'attendez pas pour dîner. Je veux absolument terminer cet exercice.

— Kate...

Susan se leva et s'approcha de sa nièce pour lui retirer ses lunettes.

— Josh est de retour de l'université. Toute la famille t'attend pour décorer le sapin.

— Oh !...

Clignant des yeux, Kate s'arracha à ses formules. Sa tante la fixait, l'air dépité, ses cheveux blond foncé encadrant son ravissant visage.

— Je suis désolée. J'avais complètement oublié. Mais si je ne réussis pas cet examen...

— Ce sera la fin du monde, je sais.

Kate sourit et fit rouler ses épaules ankylosées.

— Bon, je suppose que je peux m'arrêter une heure ou deux. Exceptionnellement.

— Tu nous en vois très honorés, plaisanta Susan. Mets quelque chose à tes pieds.

— D'accord. Je descends tout de suite.

— Je ne pensais pas que je dirais cela un jour à un de mes enfants, mais...

Susan se dirigea vers la porte.

— Si je te revois rouvrir un de ces livres, tu seras punie.

— Compris, m'dame !

Kate alla prendre une paire de chaussettes sur la pile impeccablement rangée de l'armoire, et sous laquelle se trouvait son exemplaire secret de *Comment prendre du poids* – mais dont les précieux conseils ne l'avaient toutefois nullement aidé à gagner un gramme. Une fois ses chaussettes enfilées, elle avala deux aspirines afin de lutter contre le mal de tête qui venait de se réveiller depuis quelques minutes.

— Mieux vaut tard que jamais ! lança Margo en la croisant en haut de l'escalier. Mr T. et Josh sont déjà en train de démêler les guirlandes de lumières.

— Ça risque de prendre des heures... Tu sais bien qu'ils adorent se disputer sans savoir s'il faut tourner dans le sens des aiguilles d'une montre ou dans le sens contraire.

Toisant Margo, Kate l'examina attentivement.

— Pourquoi diable es-tu pomponnée comme ça ?

— Je suis en tenue de fête, c'est tout.

Margo lissa le bas de sa robe rouge vif, très fière du profond décolleté qui laissait deviner la naissance de ses seins. Elle avait également mis des talons, dans l'espoir que Josh remarque ses jambes et se souvienne qu'elle était désormais une femme.

— Contrairement à toi, je n'ai pas envie de décorer l'arbre de Noël habillée de guenilles.

— Au moins, je serai à l'aise, répliqua Kate en reniflant. Tiens, tu as piqué du parfum à tante Susie.

— Pas du tout, fit Margo en relevant le menton et en se passant la main dans les cheveux. C'est elle-même qui m'en a mis un peu.

— Hé ! cria Laura du bas de l'escalier. Vous comptez passer la soirée là-haut à vous disputer ?

— Nous ne nous disputons pas. Nous nous faisions des compliments sur nos tenues respectives, maugréa Kate en commençant à descendre.

— Papa et Josh ont presque fini de régler le problème des lumières…

Laura jeta un coup d'œil vers le grand salon.

— Ils fument des cigares.

— Josh fume le cigare ? s'exclama Kate, outrée à cette idée.

— Je te rappelle qu'il est maintenant étudiant à Harvard, lui fit remarquer Laura en prenant un accent très Nouvelle-Angleterre. Tu as des cernes sous les yeux.

— Et des étoiles brillent dans les tiens, rétorqua Kate. Mais tu es sur ton trente et un, toi aussi, poursuivit-elle en tirant d'un air embarrassé sur son sweat-shirt. Il y a une raison particulière ?

— Peter doit passer à la maison…

Laura s'arrêta devant le miroir de l'entrée pour vérifier l'allure qu'elle avait dans sa robe en laine ivoire. Toute à sa rêverie, elle ne remarqua pas la grimace qu'échangèrent Kate et Margo.

— Oh ! juste pour une heure ou deux. Vivement les vacances de Noël ! Plus qu'un trimestre, et c'est la liberté !

Les joues roses d'impatience, elle se retourna vers ses amies, l'air rayonnant.

— Ce seront les plus belles vacances d'hiver de toute ma vie ! Je crois que Peter va me demander de l'épouser.

— Quoi ? ne put s'empêcher de s'esclaffer Kate avant que Laura lui fasse signe de se taire.

— Tais-toi, dit-elle en se précipitant vers elle. Je ne veux pas que papa et maman le sachent. Enfin, pas encore.

— Laura, tu ne penses quand même pas sérieusement à épouser Peter Ridgeway ? Tu le connais à peine, et puis tu n'as que dix-sept ans.

Margo aurait pu invoquer mille autres raisons de la dissuader d'une idée pareille.

— Je vais avoir dix-huit ans dans quelques semaines. De toute façon, ce n'est qu'un pressentiment. Promettez-moi de n'en souffler mot à personne.

— Tu peux compter sur nous, fit Kate en s'arrêtant sur la dernière marche. Mais tu ne vas pas faire de bêtises, dis ?

— Comme si c'était mon genre ! répliqua Laura avec un sourire malicieux en tapotant la main de Kate. Bon, allons-y !

— Qu'est-ce qu'elle lui trouve ? bougonna Kate en se penchant vers Margo. Ce type est trop vieux.

— Il a vingt-cinq ans, corrigea celle-ci, l'air inquiet. Il est beau, il la traite comme une princesse et il a...

Elle chercha le mot exact.

— ... un certain vernis.

— D'accord, mais...

— Chut ! fit Margo en voyant sa mère arriver dans l'entrée en poussant une table roulante chargée de tasses et de chocolat chaud. Nous n'allons quand même pas gâcher cette soirée. Nous en reparlerons plus tard.

Ann Sullivan se renfrogna dès qu'elle aperçut sa fille.

— Margo, je croyais que tu gardais cette robe pour la soirée de Noël...

— Je suis d'humeur vacances, expliqua-t-elle simplement. Attends, maman, je vais prendre ça.

Loin d'être satisfaite par cette réponse, Ann regarda sa fille s'éloigner vers le salon avec la table roulante avant de se tourner vers Kate.

— Je vois que tu t'es encore usé les yeux à trop travailler. Ils sont tout rouges. Promets-moi de mettre des rondelles de concombre sur tes paupières avant de te coucher, d'accord ? Et où sont tes chaussons ?

— Dans mon armoire.

Devinant l'envie d'Ann de la réprimander, Kate la prit par le bras.

— Allons, Annie, venez, ne vous fâchez pas ! C'est l'heure de décorer le sapin. Vous vous souvenez des anges que vous nous aviez aidé à faire quand nous avions dix ans ?

— Comment oublierais-je les dégâts que vous aviez faits toutes les trois ? Et Mr Josh qui n'arrêtait pas de vous taquiner et qui mangeait les têtes des bonshommes au gingembre qu'avait préparés Mrs Williamson !

Elle caressa tendrement la joue de Kate.

— Depuis, vous avez énormément grandi. Des soirs comme celui-ci, il m'arrive de regretter les petites filles que vous étiez.

— Nous serons toujours vos petites filles, Annie.

Ensemble, elles entrèrent dans le salon, et Kate ébaucha un sourire.

Le sapin, qui mesurait au moins dix mètres, était déjà paré de guirlandes de lumières et placé devant les fenêtres qui donnaient à l'avant de la maison. Les cartons dans lesquels on rangeait les décorations de Noël attendaient au pied de l'arbre.

Dans la cheminée en lapis-lazuli, sur le manteau de laquelle étaient posés des chandeliers et des branches de verdure, flambait un grand feu. Un mélange d'odeurs de pomme, de sapin et de parfums embaumait la pièce.

Comme elle aimait cette maison ! songea-t-elle. D'ici peu, toutes les pièces seraient joyeusement décorées pour les fêtes de Noël. On mettrait des pommes de pin dans des coupes en argent entourées de bougies. Les jardinières de pois de senteur viendraient égayer le rebord des fenêtres. Les anges en porcelaine seraient disposés sur la grande table en acajou de l'entrée. Et le vieux père Noël, qui datait de l'époque victorienne, reprendrait sa place d'honneur sur le piano à queue.

Kate se souvenait parfaitement de son premier Noël à Templeton House. De la splendeur de la maison qui l'avait éblouie, tout comme de l'affection chaleureuse dont elle avait été en permanence entourée, et qui avait mis du baume sur le point douloureux qui ne la quittait jamais, juste au-dessous du cœur.

Ayant passé près de la moitié de sa vie ici, les traditions de la maison avaient fini par devenir les siennes.

Elle aurait voulu fixer cet instant pour qu'il reste à jamais gravé dans sa mémoire. La manière dont les flammes du foyer dansaient sur le visage de tante Susie, qui riait en regardant oncle Tommy – ainsi que la façon dont il lui prenait la main et la gardait dans la sienne. Ils étaient l'image même de la perfection, se dit-elle, une femme fine et délicate et un homme grand et distingué.

Des cantiques de Noël résonnaient doucement tandis que Kate s'efforçait de s'imprégner de la magie de ce moment. Agenouillée devant l'un des cartons, Laura en sortit une boule de verre rouge qui accrocha la lumière en resplendissant de mille reflets. Margo entreprit de servir le chocolat fumant tout en vérifiant ses talents de séductrice sur Josh.

Ce dernier était juché sur une échelle ; les lumières du sapin illuminaient ses cheveux dorés et jouaient sur son beau visage tandis qu'il souriait à Margo.

Au milieu de l'argenterie étincelante et des verres qui renvoyaient la lumière, des reflets du vieux bois ciré et des tissus chatoyants, ils étaient, eux aussi, absolument parfaits.

— Ils sont beaux, tu ne trouves pas, Annie ?

— Ça, c'est vrai ! Mais toi aussi.

Pas autant qu'eux, pensa Kate en s'approchant de l'arbre de Noël en silence.

— Ah, voilà ma petite Katie ! s'exclama Thomas. Alors, tu as abandonné tes livres un instant ?

— Puisque vous pouvez arrêter de répondre au téléphone pour un soir, je peux bien arrêter d'étudier.

— Interdiction de parler boulot le soir où l'on décore le sapin ! lui rappela-t-il en lui faisant un clin d'œil. Je suppose que les hôtels peuvent tourner sans moi quelque temps.

— Mais sûrement pas aussi bien que quand vous et tante Susie vous en occupez.

Margo leva un sourcil en tendant une tasse de chocolat à Kate.

— Tu cherches à te faire offrir un autre cadeau ou quoi ? En tout cas, j'espère que tu as autre chose en tête que ce fichu ordinateur dont tu rêves.

— Les ordinateurs sont devenus des outils indispensables, quel que soit le travail qu'on fasse. N'est-ce pas, oncle Tommy ?

— On ne peut plus s'en passer. Je suis heureux de savoir que votre génération va bientôt reprendre le flambeau. Personnellement, j'ai ces satanées machines en horreur.

— Tu vas pourtant devoir rénover les installations dans tous les hôtels, remarqua Josh en descendant de l'échelle. Il n'y a aucune raison d'effectuer le travail qu'une machine peut faire à ta place.

— Tu parles en pur hédoniste, commenta Margo avec ironie. Fais attention, Josh, car tu risques de devoir apprendre à taper à la machine. Imaginez un peu ! Joshua Conway Templeton, l'héritier de la chaîne d'hôtels Templeton, sachant faire quelque chose d'utile de ses dix doigts !

— Écoute, duchesse…

— Ça suffit ! ordonna Susan en coupant la parole à son fils d'un geste de la main. Il est interdit de parler affaires ce soir, ne l'oubliez pas. Margo, sois gentille de passer les décorations à Josh. Kate, occupe-toi de ce côté du sapin avec Annie, tu veux ? Pendant ce temps-là, Laura et moi allons commencer par l'autre côté.

— Et moi, qu'est-ce que je fais ? s'enquit Thomas.

— Toi, mais tu fais ce que tu sais le mieux faire, mon chéri. Tu supervises !

Accrocher les décorations ne suffisait pas. Devant chacune d'elles, il fallait soupirer et raconter des anecdotes selon différents points de vue. Il y avait le petit elfe en bois que Margo avait lancé sur Josh une année, et dont la tête tenait maintenant au reste du corps grâce à de la colle ; l'étoile en verre, dont Laura avait longtemps été persuadée que son père l'avait décrochée du ciel rien que pour elle ; les flocons de neige qu'Annie avait faits au crochet pour chacun des membres de la famille ; la couronne de feutre surpiquée d'un fil argenté, premier et dernier ouvrage de couture réalisé par Kate ; ou encore les rameaux de houx, agrémentés de simples rubans par Susan et noués à des objets rares et précieux qu'elle avait rapportés des quatre coins du monde.

Lorsque ce fut enfin fini, tout le monde retint son souffle, le temps que Thomas aille éteindre les lampes. Et soudain, la pièce ne fut plus éclairée que par le feu rougeoyant et les petites lumières magiques du sapin de Noël.

— C'est magnifique ! C'est toujours aussi magnifique, murmura Kate en glissant sa main dans celle de Laura.

Très tard, cette nuit-là, comme elle n'arrivait pas à trouver le sommeil, Kate redescendit faire un tour au rez-de-chaussée. Elle se faufila dans le salon sur la pointe des pieds, s'allongea sur le tapis en dessous de l'arbre et regarda clignoter les lumières.

Elle éprouva un réel plaisir à écouter les bruits de la maison, le tic-tac des vieilles pendules, les craquements du bois, le crépitement des bûches qui finissaient de se consumer dans l'âtre. La pluie martelait les carreaux comme de fines aiguilles et le vent chantonnait dans un doux murmure.

Rester étendue là lui fit du bien. Elle était anxieuse à l'idée de l'examen du lendemain, mais sentit le nœud qu'elle avait à l'estomac se dénouer peu à peu. Tout le monde était au lit et dormait à poings fermés. Elle avait entendu Laura rentrer de sa promenade en voiture avec Peter et, un peu plus tard, Josh revenir d'un rendez-vous.

Tout était en ordre.

— Si tu attends le père Noël, tu risques de l'attendre un bout de temps !

Pieds nus, Margo entra dans le salon et vint s'installer à côté de Kate.

— Tu n'es pas en train de t'angoisser pour ce stupide examen de maths, j'espère ?

— C'est l'examen de la mi-trimestre. Si tu t'intéressais un peu plus aux tiens, tu ne te ramasserais pas des notes aussi lamentables.

— L'école n'est qu'un mauvais moment à passer, soupira Margo en sortant un paquet de cigarettes de la poche de sa robe de chambre.

Tout le monde était couché, elle pouvait donc maintenant fumer en toute tranquillité.

— Dis donc, tu savais que Josh sortait avec cette loucheuse de Leah McNee ?

— Elle ne louche pas. En plus, elle est très bien fichue.

Margo souffla un nuage de fumée. À moins d'être aveugle, n'importe qui pouvait se rendre compte que, comparée à Margo Sullivan, Leah n'avait pas grand-chose d'une femme !

— Tu parles ! Il sort avec elle uniquement parce qu'elle couche avec tout le monde.

— Qu'est-ce que ça peut te faire ?

— Rien...

Margo renifla, tira sur sa cigarette et prit un air boudeur.

— C'est juste que c'est si... ordinaire. En tout cas, voilà bien une chose qui ne m'arrivera jamais.

Un petit sourire aux lèvres, Kate se tourna vers son amie. Malgré son vieux peignoir bleu et ses cheveux blonds décoiffés, Margo était superbe, étonnamment sensuelle et élégante.

— Personne ne penserait à t'accuser d'être ordinaire, ma chère ! Odieuse, vaniteuse, grossière et insupportable, oui, mais ordinaire, sûrement pas.

Margo leva les yeux au ciel et sourit.

— Je vois que je peux toujours compter sur toi. Au fait, à propos d'ordinaire, tu crois que Laura est vraiment folle de Peter Ridgeway ?

— Je n'en sais rien, répondit Kate en se mordillant la lèvre d'un air inquiet. Elle ne le quitte pas des yeux depuis qu'oncle Tommy l'a fait transférer ici. Dommage qu'il ne soit pas resté au *Templeton* de Chicago !

Elle haussa les épaules.

— Il fait sûrement correctement son boulot, sinon oncle Tommy et tante Susie ne lui auraient pas offert cette promotion.

— Mr et Mrs T. ont des dizaines de directeurs partout dans le monde, mais il est le seul dont Laura soit tombée amoureuse. Si elle se marie avec lui…

— Je sais, souffla Kate. C'est son choix. Sa vie. Tout de même, je n'arrive pas à comprendre que l'on puisse s'attacher à quelqu'un de cette façon !

— Moi non plus…

Margo écrasa sa cigarette, puis s'allongea par terre.

— Moi, je ne me marierai jamais. J'ai l'intention de faire parler de moi dans le monde entier !

— Moi aussi.

Margo jeta un regard en biais à Kate.

— En faisant de la comptabilité ? Ça risque de rester assez confidentiel.

— Tu as ta méthode, et moi la mienne. À Noël prochain, je serai à l'université.

Margo frissonna.

— Quelle affreuse perspective !

— Tu y seras aussi, lui fit remarquer Kate. Si toutefois tu ne rates pas tes examens.

— Nous verrons bien…

À vrai dire, s'inscrire à l'université ne faisait nullement partie des projets de Margo.

— Je propose qu'on retrouve la dot de Seraphina et qu'on parte faire ce tour du monde dont nous parlons depuis si longtemps. Il y a des tas d'endroits que j'ai envie de voir pendant que je suis encore jeune. Rome, la Grèce, Paris, Milan, Londres…

— Ce sont des villes impressionnantes.

Kate y était déjà allée. Les Templeton l'y avaient emmenée, tout comme ils auraient emmené Margo si Ann avait été d'accord.

— Je te vois très bien épouser un homme riche, le saigner à blanc et fréquenter la jet-set internationale.

— Ce n'est pas une mauvaise idée…

Amusée, Margo s'étira voluptueusement.

— Mais je préférerais être riche moi-même et avoir une ribambelle d'amants.

Entendant tout à coup du bruit dans le hall, elle s'empressa de camoufler le cendrier entre les plis de sa robe de chambre.

— Laura… Tu m'as fait une peur bleue !

— Excuse-moi. Je n'arrivais pas à dormir.

— Bienvenue au club ! rétorqua Kate. Nous étions en train de parler de notre avenir.

— Oh, très bien ! fit Laura en s'agenouillant sur le tapis avec un petit sourire mystérieux.

— Attends…

Margo se retourna pour attraper Laura par le menton et la scruter d'un œil impitoyable. Au bout d'un instant, elle poussa un soupir de soulagement.

— Ça va, tu n'as pas couché avec lui.

Devenant soudain aussi rouge qu'une pivoine, Laura repoussa la main de Margo.

— Bien sûr que non. Peter ne me proposerait jamais une chose pareille !

— Comment sais-tu qu'elle ne l'a pas fait ? demanda Kate.

— Ça se voit. Tu sais, Laura, je pense que Peter n'est pas un bon plan. Cela dit, si tu envisages sérieusement de l'épouser, tu ferais mieux de l'essayer d'abord.

— On ne fait pas l'amour comme on achète une paire de chaussures, riposta Laura.

— Il vaut quand même mieux s'y sentir bien.

— La première fois que je ferai l'amour, ce sera avec mon mari, le soir de notre nuit de noces. C'est comme ça que je veux que ça se passe.

— Oh, oh, je reconnais là le ton cher aux Templeton ! ironisa Kate en tirant sur une boucle qui retombait sur l'oreille de Laura. Décidément, tu es incorrigible ! Allons, n'écoute pas ce que dit Margo. Tout ce qui a un rapport avec les choses du sexe contribue à ses yeux au salut de l'âme.

Margo alluma une autre cigarette.

— J'aimerais qu'on me dise ce qu'il y a de mieux.

— L'amour ! déclara Laura.

— La réussite ! dit Kate en même temps.

Elle croisa les bras sur ses genoux repliés.

— Eh bien ! voilà qui résume la situation... Margo sera une bête de sexe, tu vas te mettre à la recherche du grand amour et je vais me défoncer pour réussir. Quelle équipe !

— Je l'ai déjà trouvé, dit doucement Laura. Je veux quelqu'un qui m'aime en retour, et des enfants. Me réveiller chaque matin en sachant que je leur offre la douceur d'un foyer et une vie heureuse. De même que je veux m'endormir chaque soir à côté de quelqu'un en qui je puisse avoir confiance et sur qui je puisse m'appuyer.

— Moi, je préfère m'endormir chaque soir à côté de quelqu'un qui m'excite !

Margo glousse de rire quand Kate lui donna un coup de coude.

— Je plaisantais. Enfin, plus ou moins. Je veux aller dans des tas d'endroits et faire des tas de choses.

Devenir quelqu'un. Et savoir en me réveillant le matin que quelque chose d'excitant m'attend.

Kate posa le menton sur ses bras croisés.

— Moi, je veux avoir le sentiment d'avoir vraiment réussi, dit-elle calmement. Que les choses marchent comme j'estime qu'elles doivent marcher. Je veux me réveiller le matin en sachant exactement ce que je vais faire, et comment je vais le faire. Je veux être la meilleure dans mon domaine, de manière à être sûre de n'avoir rien gâché. Parce que si je gâchais mes chances, ce serait comme si... ce serait un véritable échec.

Sa voix s'était tout à coup brisée, et elle se sentit gênée.

— Je dois être un peu surmenée, ajouta-t-elle en se frottant les yeux qui lui piquaient. Il faut que j'aille dormir. Mon examen a lieu très tôt demain matin.

— Tu t'en sortiras bien, la rassura Laura en se levant en même temps qu'elle. Ne te fais pas de souci.

— Ce sont les crétins professionnels qui se font du souci, ajouta Margo en se levant à son tour et en tapotant amicalement le bras de Kate. Allons nous coucher.

Kate s'arrêta un instant sur le seuil et se retourna pour admirer une dernière fois le sapin. Tout à l'heure, alors qu'elle était étendue sous les branches, elle avait été surprise de découvrir qu'une part d'elle aurait eu envie de rester là, juste comme ça, éternellement. Sans avoir à s'inquiéter du lendemain ou du jour suivant. Sans se préoccuper de réussite ou d'échec. Ni d'aucun changement.

Or un changement allait se produire, elle s'en rendait bien compte. C'était évident. Il suffisait de voir le regard ingénu de Laura et celui anxieux de Margo. Kate éteignit les lumières. Mais rien n'empêcherait ce changement de se produire. Alors, autant s'y préparer.

2

Douze ans plus tard

Kate Powell était une femme très occupée et avait peu de temps à perdre à des bêtises. Elle se considérait comme quelqu'un de pragmatique, d'intelligent et de satisfait.

Sa vie était exactement telle qu'elle l'avait voulue. Sa carrière progressait à un rythme sûr et régulier. Chez Bittle & Associés, elle avait la réputation d'être un expert-comptable aux idées claires, dure à la tâche, capable de prendre en charge les budgets les plus complexes et les plus délicats sans se plaindre. D'ici quelque temps, elle espérait se voir offrir un partenariat au sein du cabinet d'expertise. Ce jour-là, elle grimperait encore d'un cran sur l'échelle toute personnelle qu'elle se faisait de la réussite.

Elle avait une famille qu'elle aimait, et qui l'aimait. Et des amis… enfin, ses plus proches amis étaient aussi sa famille. Mais que rêver de mieux ?

À la mort de ses parents, alors qu'elle n'était qu'une petite fille de huit ans, timide et rongée de chagrin, les Templeton l'avaient prise chez eux. La lointaine parente pauvre et orpheline qu'elle était n'avait jamais été considérée dans la famille autrement que comme une enfant de plus, accueillie avec infiniment de tendresse et de bienveillance.

Elle les adorait, tout comme elle avait adoré grandir à Templeton House, près des falaises sauvages et escarpées de Big Sur. Il n'y avait rien que Kate n'eût été prête à faire pour tante Susie et oncle Tommy. Toute son existence avait eu pour but de donner le meilleur d'elle-même, de tout faire pour qu'ils soient fiers d'elle. Ils lui avaient offert tellement plus qu'un simple toit. Ils lui avaient donné de l'amour et une vraie famille.

À commencer par Laura, leur fille, qui était pour elle comme une sœur, et qui à son tour lui avait donné Margo. Si bien qu'elle avait deux sœurs. Quant à Josh, il avait toujours été un frère pour elle.

Au lieu d'être orpheline, elle avait une famille. Qui lui avait donné toutes les chances de réussir et dont elle avait pleinement profité. Ses souvenirs les plus heureux remontaient au jour où ils lui avaient ouvert leur maison et leurs cœurs.

Aussi n'avait-elle pas de temps à perdre à des bêtises.

Dans des circonstances ordinaires, se livrer à une chasse au trésor aurait sans doute pu être considéré comme tel. Mais dans la mesure où il s'agissait de retrouver la dot de Seraphina, et que Margo et Laura étaient de la partie, cela devenait un événement. Mieux, une mission !

Pratiquement chaque dimanche, Kate se rendait sur les falaises, armée d'un détecteur de métal ou d'une pelle. Depuis maintenant des mois – depuis ce matin où Margo, alors à un tournant crucial de sa vie, avait trouvé un doublon en or – elles se retrouvaient ici pour chercher ensemble le trésor.

Chez les Templeton, on avait le goût des traditions, Toutefois, les trois amies se réunissaient moins dans l'espoir de découvrir une cassette d'or que pour le plaisir d'être ensemble.

On était au début du mois de mai, et après la période de folie qu'étaient chaque année les déclarations d'impôts d'avril, Kate mourait d'envie de se prélasser au soleil. Pleine de courbatures à force d'être courbée en deux sur le détecteur de métal, elle transpirait légèrement sous son tee-shirt.

Une brise agréable décoiffait ses cheveux bruns coupés au carré. Sa peau était mate – elle avait hérité ce teint des origines italiennes de sa mère –, bien que transparaisse ce que Margo appelait sa « pâleur de comptable ». Quelques jours au soleil, et le tour serait joué, décida-t-elle.

Au cours de ces dernières semaines particulièrement bousculées, elle avait perdu un peu de poids, mais comptait bien reprendre quelques kilos, ayant toujours l'espoir de remplumer sa carcasse obstinément maigre.

Elle n'avait pas l'allure sculpturale de Margo, ni la délicatesse de Laura. Elle était moyenne, du moins s'était-elle toujours vue ainsi, moyenne et maigre, avec un visage aussi anguleux que le reste de son corps.

À une époque, elle avait rêvé d'avoir des fossettes ou quelques taches de rousseur, ou encore des yeux d'un vert profond au lieu de ce marron banal. Elle était cependant trop pragmatique pour se lamenter longuement là-dessus.

En revanche, elle ne manquait pas de matière grise et avait un don certain pour les chiffres. C'était tout ce dont elle avait besoin pour réussir.

Kate fit une pause et prit le pichet de limonade qu'Ann Sullivan leur avait fait apporter. Après avoir bu une longue et généreuse rasade, elle se tourna vers Margo en fronçant les sourcils.

— Tu as l'intention de rester assise là tout l'après-midi en nous laissant faire tout le boulot ?

Assise sur un gros rocher, Margo s'étira langoureusement, son corps sexy drapé dans ce qui était, selon Margo Sullivan Templeton, une tenue parfaitement banale, à savoir un caleçon rouge et une chemise en soie assortie.

— Nous sommes un peu fatigués aujourd'hui, prétendit-elle en caressant son ventre plat.

Kate émit un vague grognement.

— Depuis que tu sais que tu es enceinte, tu n'arrêtes pas de trouver des excuses pour ne rien faire.

Margo lui décocha un sourire éclatant et renvoya ses longs cheveux blonds par-dessus son épaule.

— Josh ne veut pas que j'en fasse trop.

— Eh bien, tu peux te vanter de suivre ses conseils à la lettre, grommela Kate.

— Et comment !

Enchantée de sa vie en général, Margo croisa ses jambes superbes.

— Il est tellement adorable, tellement attentionné et excité. Tu te rends compte, Kate, nous avons fait un bébé !

L'idée que deux des personnes qu'elle aimait le plus au monde soient follement éprises l'une de l'autre et sur le point de fonder à leur tour une famille faisait un immense plaisir à Kate. Néanmoins, la coutume exigeait qu'elle lançât des piques à Margo à la moindre occasion.

— Tu pourrais au moins prendre un air hagard, vomir le matin ou t'évanouir de temps en temps.

— Je ne me suis jamais sentie aussi bien !

Et comme c'était la vérité, Margo se leva pour prendre le détecteur de métal.

— Même arrêter de fumer n'a pas été aussi difficile que je l'aurais cru. Moi qui n'avais jamais pensé devenir mère un jour, je n'ai plus que ça en tête.

— Tu feras une mère fabuleuse, murmura Kate. Tout simplement fabuleuse.

— J'y compte bien...

Margo se tourna vers Laura qui creusait un carré de terre caillouteuse en riant avec ses deux petites filles.

— Il faut dire que j'ai un excellent modèle sous les yeux. Cette année a été pour elle un véritable enfer, mais elle n'a pas flanché un seul instant.

— Négligée par son mari, trompée, divorcée, dit Kate à voix basse, de peur que la brise ne transporte ses paroles jusqu'à Laura. Elle n'a pas eu l'occasion de beaucoup se distraire ni de s'amuser. Mais les filles l'ont aidé à ne pas craquer. De même que la boutique.

— Oui. À propos de boutique, dit Margo en éteignant le détecteur et en s'appuyant sur le manche, si on se fie à ces dernières semaines, il va bientôt falloir engager quelqu'un pour nous aider. Je ne pourrai plus consacrer dix ou douze heures par jour à *Faux-Semblants* une fois que le bébé sera arrivé.

Toujours soucieuse du budget, Kate se renfrogna. La boutique de vêtements d'occasion qu'elles avaient ouverte sur Cannery Row était avant tout le domaine de Margo et de Laura. Cependant, étant associée à un tiers à cette entreprise hasardeuse, Kate vérifiait la comptabilité dès qu'elle avait un moment.

— Tu as encore six mois devant toi. Ce qui nous amène à la période des vacances. Nous déciderons s'il faut embaucher quelqu'un pour la saison à ce moment-là.

En soupirant, Margo repassa le détecteur à Kate.

— Les affaires marchent beaucoup mieux que nous n'osions l'espérer. Tu ne penses pas qu'il serait temps de lâcher un peu de lest ?

— Non, fit Kate en remettant l'engin en marche. Ça ne fait pas encore une année que nous avons ouvert. Si tu commences à embaucher, tu devras payer des charges d'assurance sociale, d'assurance retraite, de chômage...

— Je sais bien, mais...

— Je viendrai vous aider le samedi s'il le faut et, de toute façon, je vais bientôt être en vacances. Je peux consacrer une semaine à temps plein à la boutique.

— Kate, les vacances sont synonymes de plages de sable blanc, de voyage en Europe et de brèves aventures torrides, pas de jouer les vendeuses dans une boutique !

Kate se contenta de hausser un sourcil.

— J'avais oublié à qui je m'adressais, marmonna Margo. À une dingue du boulot qui ne pense qu'à bosser et jamais à se distraire.

— Ce qui compense avec toi, qui ne songes qu'à t'amuser. De toute manière, je te rappelle que je suis associée à un tiers dans cette affaire. Je tiens à protéger mon investissement.

Elle regarda le sol d'un air contrarié.

— Bon sang, il n'y a même pas une capsule de bouteille pour faire sonner cette satanée machine et nous faire frissonner un peu !

— Tant pis, d'ailleurs je meurs de faim. Voyons ce que maman nous a préparé.

Margo ouvrit le panier posé devant elle et poussa un long soupir de satisfaction.

— Oh, du poulet frit !

Kate jeta un coup d'œil vers le panier. Encore cinq minutes, se dit-elle, et elle se jetterait dessus. Le poulet de Mrs Williamson était connu pour venir à bout des crampes d'estomac les plus tenaces.

— Josh est rentré de Londres ?

— Hmm, fit Margo en avalant un morceau de blanc d'un air gourmand. Il rentre demain. Le *Templeton* de Londres avait besoin de quelques rénovations. Il devrait nous rapporter un peu de stock pour la boutique. Je lui ai demandé aussi d'aller voir certains contacts que j'ai là-bas, nous aurons peut-être des nouveautés. Ça m'éviterait un voyage.

— Je me souviens d'une époque où tu trépignais à la seule idée de monter dans un avion.

— C'est si loin, fît Margo en agitant vaguement la main avant de mordre à belles dents dans un pilon. Oh ! j'allais oublier... Nous donnons une soirée samedi prochain. Cocktail et buffet. Il faut que tu sois là.

Kate fit la grimace.

— Il faudra s'habiller ?

— Oui. La plupart de nos clientes y assisteront, répondit-elle en avalant une nouvelle bouchée. Ainsi qu'une partie des huiles de l'hôtel. Dont Byron De Witt.

D'un air dédaigneux, Kate éteignit le détecteur et prit une cuisse dans le panier.

— Je ne l'aime pas.

— C'est normal, dit sèchement Margo. Il est beau, charmant, intelligent et a voyagé dans le monde entier. Ce qui fait pas mal de raisons de le détester.

— Il sait qu'il est beau.

— Ce qui nécessite une certaine audace. Je me fiche pas mal qu'il te plaise ou non, il a déchargé Josh d'une grande partie du fardeau que représentait la direction de tous les hôtels de Californie et a réussi à rattraper les erreurs de Peter Ridgeway...

Elle s'interrompit pour jeter un coup d'œil à Laura. Peter était l'ex-mari de Laura, le père des petites filles, et quelle que soit son opinion sur lui, elle se refusait à le critiquer devant Ali et Kayla.

— Alors, fais preuve d'un minimum de civilité.

— C'est ce que je fais toujours. Ohé, lcs filles ! s'écria Kate.

Elle vit aussitôt leurs jolies têtes blondes se redresser.

— Mrs Williamson nous a préparé du poulet frit et Margo est en train de tout manger.

Les deux petites se précipitèrent à grands cris sur le panier. Laura les rejoignit et s'assit en tailleur aux pieds de Margo. Elle observa ses filles qui se disputaient un morceau de poulet dont elles raffolaient l'une et l'autre. Comme d'habitude, Ali l'emporta. Bien que l'aînée des deux, elle était aussi, depuis quelques mois, la plus exigeante.

Un divorce, pensa Laura en regardant Ali mâchouiller son déjeuner sans grand appétit, était une épreuve difficile à vivre pour une enfant de dix ans.

— Ali, sers un verre de limonade à Kayla.

La petite fille hésita et faillit refuser. Ces jours-ci, elle semblait prendre un malin plaisir à dire non à tout. Finalement, Ali se résigna à remplir un verre pour sa sœur.

— Nous n'avons rien trouvé du tout, se plaignit-elle, choisissant d'oublier qu'elle s'était bien amusée à creuser et à retourner la terre. C'est pas marrant.

— Vraiment ? fit Margo en ouvrant un récipient en plastique rempli de cubes de fromage. Pour moi, le seul fait d'être là et de regarder constitue la moitié du plaisir.

— Oui, bien sûr…

Quoi que dise Margo était pour Ali parole d'évangile. Margo était belle, différente. Elle était partie à Hollywood à dix-huit ans, avait vécu en Europe et avait été mêlée à quelques scandales excitants. Sans rien vivre d'aussi ordinaire et sordide qu'un mariage et un divorce.

— … mais je voudrais bien trouver d'autres pièces.

— La persévérance paie, scanda Kate en tapotant le nez d'Ali du bout du doigt. Que serait-il arrivé si Indiana Jones n'était pas parti faire cette dernière croisade ?

— Ou si Armani n'avait pas cousu un premier ourlet ? glissa Margo, qui eut aussitôt droit à un gloussement de rire ravi.

— Ou si Star Trek n'était pas parti explorer des mondes où personne n'était jamais allé avant lui ? renchérit Laura en ayant le plaisir de voir sa fille lui sourire.

— Oui, peut-être. On peut revoir la pièce, tante Margo ?

Margo sortit de sa poche la pièce en or espagnole qu'elle avait pris l'habitude de toujours porter sur elle. Ali s'en saisit avec précaution et, très impressionnée, comme chaque fois, la posa sur sa main tendue pour que Kayla puisse l'admirer elle aussi.

— Elle est toute brillante ! dit cette dernière avec respect. Maman, je peux aller cueillir des fleurs pour Seraphina ?

— Bien sûr…

Laura se pencha pour l'embrasser sur le front.

— Mais ne t'approche pas du bord de la falaise pour les jeter sans que je sois là.

— Promis.

— Je crois que je vais aller l'aider, se résigna finalement Ali en rendant la pièce à Margo.

Mais quand elle se leva, elle prit un petit air pincé.

— Seraphina a été bête de sauter. Tout ça parce qu'elle ne pouvait plus se marier avec Felipe ! De toute façon, se marier est complètement idiot.

Tout à coup, repensant à Margo, elle rougit.

— Le mariage peut être parfois quelque chose de merveilleux, un lien tendre et solide, dit calmement Laura. Et parfois, cela n'a rien de merveilleux, ni de tendre ni de solide. Mais tu as raison, Ali, Seraphina n'aurait pas dû sauter. En faisant cela, elle a renoncé définitivement à tout ce qu'elle aurait pu devenir, à toutes les possibilités que la vie réserve. J'ai beaucoup de peine pour elle.

Elle regarda sa fille s'éloigner, la tête basse et les épaules rentrées.

— Elle souffre. Et elle est furieuse.

— Ça passera, la rassura Kate en lui pressant brièvement la main. Tu fais tout ce qu'il faut pour.

— Il y a trois mois qu'elles n'ont pas vu Peter. Il ne se donne même plus la peine de leur téléphoner.

— Tu fais tout ce qu'il faut pour elle, répéta Kate. Tu n'es pas responsable de ce que fait cette enflure. Elle sait bien que tu n'as rien à te reprocher, au fond d'elle, elle le sait.

— Je l'espère…

Laura haussa les épaules et prit un morceau de poulet.

— Kayla réagit plutôt bien, mais Ali n'arrête pas de ressasser tout ça. Nous sommes d'ailleurs le vivant exemple que des enfants peuvent grandir dans une même maison, en étant élevés par les mêmes personnes, et devenir pourtant des êtres tout à fait différents.

— C'est vrai.

Margo éprouva une soudaine envie de cigarette qu'elle surmonta bravement.

— Mais nous sommes toutes fabuleuses, non ? s'exclama-t-elle en se tournant vers Kate avec un petit sourire espiègle. Enfin, presque toutes.

— Rien que pour ça, je vais prendre le dernier bout de poulet.

Kate avala d'abord deux pastilles contre les maux d'estomac, car, une fois de plus, le peu qu'elle avait mangé lui avait provoqué des brûlures épouvantables, juste en dessous du sternum. Ce devait être nerveux, se disait-elle. Et elle persistait à vouloir le croire.

— J'étais en train de dire à Margo que j'allais pouvoir passer le samedi à la boutique.

— Tu ne seras pas de trop, reconnut Laura en changeant de position, de manière à poursuivre la conversation tout en surveillant ses filles du coin de l'œil. Samedi dernier, c'était de la pure folie, mais je n'ai pu rester que quelques heures pour aider Margo.

— Moi, je peux rester toute la journée.

— Formidable ! s'exclama Margo en détachant quelques grains de raisin d'une superbe grappe. Je suis sûre que tu vas passer tout ton temps devant l'ordinateur à essayer de repérer des erreurs.

— Si tu n'en faisais pas, je n'aurais pas à les rectifier. Mais bon...

Brusquement, elle leva la main, non pas tant pour mettre fin à toute discussion que pour mettre l'accent sur ce qu'elle allait dire.

— Je resterai derrière le comptoir, et je te parie vingt dollars que j'aurai vendu plus que toi à la fin de la journée.

— Alors là, Powell, tu rêves !

Le lundi matin, Kate ne pensait plus ni à rêver ni à retrouver un trésor. À 9 heures pile, elle était à son bureau chez Bittle & Associés, devant son ordinateur allumé et une troisième tasse de café. Fidèle à sa routine quotidienne, elle avait retiré sa veste à fines rayures bleues et blanches, l'avait installée sur le dossier de sa chaise et avait remonté les manches de son chemisier d'un blanc immaculé.

Elle déroulerait ses manches et remettrait sa veste qu'elle boutonnerait soigneusement pour son rendez-vous de 11 heures avec un client, mais, pour l'instant, Kate était seule face à ses chiffres.

Et c'était ce qu'elle préférait à tout.

Faire danser les nombres et les voir retomber parfaitement alignés l'avait toujours fascinée. Elle trouvait même une certaine beauté aux courbes de fluctuation des taux d'intérêt et des indices boursiers. Ainsi qu'un véritable pouvoir, elle devait l'avouer, à comprendre, et même à admirer, les caprices des lois de la finance ou à conseiller ses clients en toute confiance afin de faire fructifier au mieux leur argent durement gagné.

Même si tous ne l'avaient pas durement gagné, songea-t-elle en se penchant sur son écran. La majeure partie de ses clients avaient gagné leur argent de la façon la plus vieille qui soit.

Par voie d'héritage.

Néanmoins, son travail consistait à les conseiller, à veiller sur leurs intérêts, et à s'assurer que tous les portefeuilles dont elle s'occupait à Bittle & Associés soient traités avec la même attention. Elle travaillait de concert avec des avocats, des comptables, des courtiers et des consultants financiers de manière à fournir à chacun de ses clients les meilleurs conseils, à court ou à long terme.

Mais ce qui l'enchantait par-dessus tout, c'étaient les chiffres, leur constance stoïque et inébranlable. Pour Kate, deux et deux faisaient toujours quatre.

Pour l'instant, elle consultait le bilan des Pépinières et Jardins Ever Spring. Depuis dix-huit mois qu'elle avait repris le budget en main, elle l'avait vu se développer lentement mais sûrement. Lentement, mais sûrement, c'était d'ailleurs sa devise, que ses clients suivaient en toute confiance. Certes, leurs dépenses avaient augmenté, mais leurs recettes également, dans la mesure où ils avaient engagé du personnel et avaient vu leur marge bénéficiaire s'accroître. Car, en digne fille élevée par les Templeton, Kate trouvait normal de partager les fruits du succès avec les gens qui vous aidaient à en remporter.

— Excellente année pour les bougainvillées, marmonna-t-elle entre ses dents.

Et elle nota de suggérer à son client de transformer les bénéfices du dernier trimestre en actions déductibles d'impôts.

— Tu es superbe quand tu complotes.

Kate releva la tête et appuya automatiquement sur des touches afin d'enregistrer ce qu'elle venait de taper et de masquer le document sur lequel elle travaillait.

— Bonjour, Roger.

Il était appuyé au chambranle de la porte. L'air poseur, ne put s'empêcher de penser Kate avec mauvaise humeur. Roger Thornhill était grand, brun et très séduisant, avec des traits classiques qui rappelaient vaguement Cary Grant à ses débuts. La veste de son costume gris coupé sur mesure laissait deviner sa puissante carrure. Il avait le sourire facile, dévastateur, des yeux bleu foncé qui se posaient d'un air caressant sur les femmes et une voix de baryton aussi crémeuse que le miel.

Pour toutes ces raisons, Kate le trouvait insupportable. Ce n'était qu'une pure coïncidence s'ils étaient à égalité dans la course au partenariat. Ce qui n'avait rien à voir, se répétait-elle souvent, avec le fait qu'elle le trouve ennuyeux. Ou vraiment très peu.

— Ta porte était ouverte, lui fit-il remarquer en entrant dans le bureau sans y avoir été invité. Je me suis dit que tu ne devais pas être très occupée.

— J'aime bien laisser ma porte ouverte.

Il lui décocha un sourire étincelant et posa une fesse sur le bord du bureau.

— Je reviens de Nevis. Passer deux semaines aux Antilles est le meilleur moyen de se refaire une santé après la bousculade des déclarations d'impôts.

Il laissa errer son regard sur son visage.

— Tu aurais dû venir avec moi.

— Roger, comment peux-tu croire que je sois prête à passer deux semaines avec toi à batifoler sur une plage alors que je ne veux même pas dîner en ta compagnie ?

Il prit un des crayons, aussi aiguisé que la pointe d'un couteau dans le porte-crayons en bakélite et le fit rouler entre ses doigts.

— L'espoir fait vivre ! lâcha-t-il en riant, tout en sachant pertinemment qu'il l'agaçait. J'aimerais simplement que nous ayons l'occasion de refaire connaissance, en dehors du bureau. Écoute, Kate, ça fait maintenant deux ans.

Délibérément, elle leva un sourcil.

— Deux ans que quoi ?

— Bon, d'accord, deux ans que j'ai fait l'imbécile, reconnut-il en reposant le crayon. Je suis désolé. Je ne sais pas quoi te dire de plus.

— Désolé ? répéta Kate d'une voix posée.

Elle alla se resservir un café, bien que le troisième lui soit resté sur l'estomac, puis revint s'asseoir et le regarda par-dessus sa tasse.

— Désolé d'avoir couché avec moi en même temps qu'avec une de mes clientes ? Ou d'avoir couché avec moi de façon à me piquer ma cliente ? Ou d'avoir séduit ladite cliente pour qu'elle me retire son compte et te le confie ? Pour quoi t'excuses-tu exactement, Roger ?

— Pour toutes ces raisons.

Sachant que ça marchait à tous les coups avec les femmes, il lui fit un nouveau sourire.

— Écoute, je me suis déjà excusé d'innombrables fois, mais je suis prêt à recommencer. Je n'avais aucune raison de voir Bess, euh, Mrs Turner, et encore moins de coucher avec elle alors que nous sortions ensemble. Je n'ai vraiment aucune excuse.

— Eh bien, nous sommes d'accord là-dessus. Salut.

— Kate…

Le regard de Roger resta posé sur elle, sa voix vibra légèrement, exactement comme elle l'avait fait, elle s'en souvenait, alors qu'elle était sous lui et qu'elle avait joui.

— Je tiens à ce que les choses soient claires entre nous. Je voudrais au moins faire la paix avec toi.

Kate pencha la tête d'un air songeur.

— Eh bien, pas moi.

— Bon sang !

Manifestant pour la première fois sa mauvaise humeur, Roger se releva du bureau d'un geste brusque et nerveux.

— Je me suis comporté comme un salaud. J'ai laissé des histoires de cul et d'ambition interférer avec ce qui était une liaison agréable et satisfaisante.

— Tu as tout à fait raison, lui concéda-t-elle. Mais tu dois mal me connaître si tu as un quelconque espoir que je te laisse recommencer cette performance.

— J'ai cessé de voir Bess en privé depuis des mois.

— Oh, mais alors c'est parfait ! s'esclaffa Kate en se calant au fond de sa chaise. Tu es un cas, je t'assure ! Tu t'imagines que, parce que tu as déblayé le terrain, je vais me précipiter pour venir rejouer avec toi ? Nous sommes associés, un point c'est tout. Je n'ai aucune envie de refaire l'erreur de sortir avec quelqu'un avec qui je travaille, et je ne te donnerai jamais, je dis bien jamais, une seconde chance.

Roger pinça les lèvres.

— Tu as peur de me voir en dehors du bureau. Tu as peur, parce que ça te rappellerait à quel point nous étions bien ensemble.

Kate soupira.

— Roger, nous n'étions pas si bien que ça. Je dirais plutôt que nous étions tout juste passables. Alors, n'y pensons plus.

Écoutant son bon sens, elle se leva et lui tendit la main.

— Tu veux faire la paix ? D'accord. Sans rancune.

L'air dubitatif, Roger regarda sa main, puis remonta sur son visage.

— Tu es sûre ?

— Absolument. Repartons de zéro. Nous sommes collègues, et plus ou moins amis. Mais tu vas arrêter de me harceler pour que je dîne avec toi ou que je t'accompagne aux Antilles.

Il referma sa main sur la sienne.

— Tu m'as manqué, Kate. Te toucher m'a beaucoup manqué. Bon, d'accord, fit-il en la voyant se renfrogner. Si c'est ce que tu as de mieux à me proposer, je le prends. Et je te remercie d'avoir accepté mes excuses.

— Très bien…

Faisant un effort pour ne pas perdre patience, elle retira sa main.

— Bon, maintenant, j'ai du travail.

— Je suis content que nous ayons réglé ce problème.

Et il lui sourit encore une fois avant de sortir du bureau.

— Oui, c'est ça, marmonna-t-elle en l'accompagnant à la porte.

Toutefois, elle ne la claqua pas derrière lui. Cela aurait pu laisser entendre qu'elle était émue. Or elle ne voulait pas que ce type collant se mette en tête qu'elle avait le moindre sentiment à son égard. Elle la referma doucement, délibérément, et retourna à son bureau. Puis elle sortit un flacon de Mylanta du tiroir, poussa un petit soupir et en but une généreuse rasade.

Il l'avait fait souffrir. Repenser à quel point la démoralisait. Elle n'était pas tombée amoureuse de lui, mais avec le temps elle aurait pu. Ils avaient en commun la passion de leur métier, ce qui aurait pu s'avérer une base solide pour aller plus loin.

Elle avait eu de l'affection pour lui, lui avait fait confiance et avait pris plaisir à sa compagnie.

Il s'était servi d'elle sans le moindre scrupule pour lui souffler une de ses plus grosses clientes. Cela lui avait paru presque pire que de découvrir qu'il passait de son lit à celui de la cliente en question.

Kate avala une autre gorgée de médicament et revissa le bouchon. À l'époque, elle avait envisagé d'aller voir Larry Bittle pour se plaindre en bonne et due forme. Mais sa fierté avait été plus forte que la satisfaction éventuelle qu'elle aurait pu en tirer.

La cliente était ravie et cela seul comptait chez Bittle. Roger aurait certainement perdu du terrain. Les autres employés ne lui auraient plus fait confiance et l'auraient évité.

Mais elle aurait eu l'air d'une pauvre et faible femme, venant pleurnicher et se lamenter d'avoir mélangé affaires de cœur et affaires tout court, et d'avoir perdu.

Non, elle avait mieux fait de garder cette histoire pour elle, décida-t-elle en remettant le flacon dans le tiroir. Tout comme elle avait bien fait de lui dire en face qu'elle avait tout oublié de l'incident.

Même si c'était un mensonge, même si elle le détestait pour le restant de ses jours.

Avec un petit haussement d'épaules, Kate fit réapparaître le bilan. Mieux valait éviter les beaux parleurs élégants et séduisants qui avaient plus d'ambition que de cœur. Oui, mieux valait se concentrer sur sa carrière et éviter toute distraction. Devenir partenaire de la société, et le succès que cela impliquerait, c'était ça l'important.

Elle sourit vaguement en recommençant à taper sur son clavier. Reste plutôt fidèle aux chiffres, ma vieille, se dit-elle. Eux, ils ne mentent jamais.

3

— J'ai eu une semaine bizarre...

Kate ouvrit le tiroir-caisse de la boutique et rangea séparément les pièces et les billets.

— Lundi, cet abruti de Roger Thornhill est venu faire le beau dans mon bureau.

— J'espère que tu l'as mis dehors avec un bon coup de pied où je pense ! fit Margo, qui préparait du thé.

— Je lui ai laissé croire que nous étions réconciliés. C'était plus simple, ajouta-t-elle avant que son amie ne lui fasse une remarque. Il y a des chances à présent pour qu'il me laisse tranquille. Mais ce n'est pas la seule chose bizarre qui se soit produite.

— Quelle vie trépidante que celle d'un expert-comptable !

— Mercredi, on m'a chargée d'un nouveau budget. Freeland. C'est un zoo, une sorte de parc pour enfants et de musée. Très étrange. Je suis en train de tout apprendre sur ce que coûte la nourriture d'un bébé lama.

Margo se retourna.

— Décidément, tu mènes une vie fascinante !

— Et comment ! Hier, les actionnaires se sont enfermés en réunion une bonne partie de l'après-midi. Les secrétaires n'ont même pas pu entrer. Personne n'a idée de ce qu'ils se sont dit, mais, à en croire la rumeur, quelqu'un va être soit viré, soit promu. Je n'avais jamais vu une telle effervescence. Ils ont dû se faire leur café tout seuls.

— Il faut alerter la presse.

— Tu sais, il y a autant d'intrigues et de tragédies dans mon petit univers que dans tous les autres.

Kate recula d'un pas en voyant Margo avancer sur elle.

— Qu'est-ce qu'il y a ?

— Ne bouge pas...

Et prenant Kate par le revers de sa veste, Margo y accrocha une broche en forme de croissant au bout duquel pendaient des perles d'ambre.

— Il faut faire de la pub pour la marchandise.

— Beurk, c'est moche.

Margo ne se donna même pas la peine de soupirer.

— Et mets un peu de rouge à lèvres, que diable ! Nous ouvrons dans dix minutes.

— Je n'en ai pas sur moi. Et je préfère te prévenir tout de suite que je ne vais pas passer la journée à travailler avec toi si tu continues à me houspiller sans arrêt. Je peux très bien vendre, encaisser et emballer sans me peinturlurer la figure.

— Comme tu voudras...

Avant que Kate ne lui échappe, Margo s'empara d'un atomiseur et l'aspergea de parfum.

— Il faut promouvoir la marchandise, répéta-t-elle. Si quelqu'un te demande ce que tu portes, c'est *Sauvage* de Bella Donna.

Kate commençait à grogner quand Laura entra en coup de vent.

— J'ai bien cru que j'allais arriver en retard. Ali a eu un petit problème de coiffure. J'ai eu peur que nous ne finissions par nous entre-tuer.

— Cette enfant ressemble de plus en plus à Margo...

Regrettant qu'il n'y ait pas de café, Kate se résigna à prendre une tasse de thé.

— Je disais ça dans le pire sens possible, ajouta-t-elle d'un air narquois.

— Qu'une petite fille s'intéresse à son apparence et devienne coquette est tout ce qu'il y a de plus naturel, rétorqua Margo. Tu as toujours été le vilain petit canard de la famille. Tu l'es toujours, d'ailleurs, et tu le prouves en te promenant comme un épouvantail affublé de gabardine bleu marine.

Nullement offensée, Kate but une gorgée de thé.

— La gabardine bleu marine est classique et pratique.

Laura alla retourner le panneau « ouvert » sur la porte.

— Je suis encore tout émue de m'être disputée avec Alison. Si Annie n'était pas intervenue, les brosses à cheveux auraient sûrement volé à au moins dix mètres.

— Maman a toujours su remettre une bonne bagarre à plus tard, remarqua Margo. Allez, mesdames, souvenez-vous que c'est la fête des Mères. Et au cas où cela vous serait sorti de l'esprit, les futures mamans s'attendent aussi à recevoir des cadeaux.

En moins d'une heure, il y eut assez de monde dans la boutique pour les occuper toutes les trois. Kate emballa un sac Hermès en cuir vert foncé, tout en se demandant ce qu'on pouvait faire d'un sac d'une pareille couleur. Mais le crépitement de la machine des cartes de crédit lui redonna le sourire. D'après ses calculs, elle était au coude à coude avec Margo au niveau des ventes.

Voir les affaires prospérer lui procurait un sentiment fort agréable. Il lui fallait reconnaître que Margo en était la première responsable. Au départ, la boutique n'avait été qu'un rêve improbable, conçu sur le tas de cendres qu'était alors la vie de Margo.

À peine un an plus tôt, la brillante carrière de mannequin qu'elle s'était forgée en Europe, son contrat avec les produits de beauté Bella Donna et les retombées financières enviables qui en avaient résulté, tout cela s'était arrêté d'un coup. Non sans que Margo y eût été pour quelque chose, songea Kate avec un sourire en tendant un paquet à une cliente. Elle s'était montrée imprudente, stupide et entêtée, sans avoir toutefois mérité pour autant de tout perdre d'un seul coup.

Margo était revenue de Milan, brisée, au bord de la faillite. En quelques mois, grâce à sa seule volonté, elle avait réussi à faire à nouveau basculer sa vie.

Ouvrir une boutique pour y vendre ses affaires était à l'origine une idée de Josh Templeton. Sa façon à lui, ironisa Kate, d'empêcher Margo de sombrer. Il était tellement amoureux d'elle ! Margo avait su concrétiser l'idée, la développer, l'affiner.

Quant à Laura, encore sous le choc d'avoir été trompée et trahie par son mari, elle avait retiré le peu d'argent qu'il lui avait laissé afin d'aider Margo à acquérir la boutique.

Kate avait insisté pour en acheter un tiers et s'associer à elles deux. Parce qu'elle avait confiance en un tel investissement, et en Margo. Mais aussi parce qu'elle n'avait pas voulu rester en dehors de cette aventure.

Des trois jeunes femmes, c'était elle qui mesurait le mieux les risques. Quarante pour cent des nouvelles affaires qui ouvraient faisaient faillite en moins d'un an, et près de quatre-vingts pour cent en moins de cinq ans.

Mais *Faux-Semblants*, que Margo concevait comme une boutique de dépôt-vente élégante et unique, proposant tout ce qu'on pouvait imaginer, des robes du soir de grands couturiers aux petites cuillères, marchait très bien.

Son rôle était minime, et la raison qui l'avait poussée à s'impliquer dans cette histoire tenait autant de son sens pratique que de l'amitié. Mais Kate s'amusait beaucoup à jouer à la marchande.

— Désirez-vous voir quelque chose ?

L'homme auquel elle souriait avait la trentaine séduisante, dans un style décontracté. Son jean usé, sa chemise un peu délavée, ainsi que sa superbe moustache rousse lui plurent aussitôt.

— Euh, oui, peut-être... Ce collier, là.

Kate se pencha au-dessus de la vitrine du comptoir pour repérer le collier qu'il lui montrait.

— Il est splendide, n'est-ce pas ? Les perles, c'est toujours classique.

Ce n'étaient pas des perles ordinaires, se dit-elle en prenant le collier. Comment diable appelait-on ça, déjà ? Tout en continuant à chercher, Kate déposa les perles sur un plateau de velours noir.

— Des perles de culture ! se rappela-t-elle tout à coup, l'air rayonnant.

Décidément, ce type était vraiment craquant...

— Ça s'appelle un tour de cou, à trois rangs, et le fermoir est en or.

— Je me demande combien...

Hésitant, le beau moustachu retourna la minuscule étiquette qui y était accrochée. Kate dut reconnaître en sa faveur qu'il sourcilla à peine.

— Eh bien... fit-il avec un petit sourire. Ça dépasse l'ordre de prix que je m'étais fixé...

— C'est un collier qu'elle portera des années. C'est pour la fête des Mères ?

— Oui, fit-il en effleurant les perles d'un doigt calleux. Ça lui plairait énormément.

Kate se sentit fondre. Tout homme capable de prendre autant de temps et de peine à choisir un cadeau pour sa mère se voyait attribuer le maximum de points par Kate Powell. Surtout quand il ressemblait vaguement à Kevin Costner...

— Nous avons plusieurs autres belles pièces qui ne sont pas aussi chères.

— Non, je crois que... euh... Voudriez-vous le mettre pour que je me rende mieux compte de ce que ça donne ?

— Mais bien sûr.

Ravie de l'obliger, Kate passa le collier.

— Qu'en pensez-vous ? N'est-il pas superbe ?

Elle tourna le miroir posé sur le comptoir afin d'en juger par elle-même et se mit à rire.

— Si vous ne l'achetez pas, je crois bien que je vais le garder pour moi !

— Il vous va à merveille, dit l'homme avec un sourire timide, qui donna instantanément envie à Kate de le prendre dans ses bras et de l'emmener dans la réserve.

— Elle a les cheveux bruns, comme vous, juste un peu plus longs. Mais les perles vont très bien aux brunes. Je crois que je vais le prendre. Ainsi que cette boîte, là-bas, la boîte en argent ciselé.

Le collier encore autour du cou, Kate passa de l'autre côté du comptoir pour aller chercher la boîte qu'il lui indiquait sur la table.

— Deux cadeaux ! dit-elle d'un ton admiratif en défaisant le fermoir. Votre mère doit être une femme peu ordinaire.

— Oh, elle est sensationnelle ! Elle va adorer cette boîte. Elle en fait collection. Mais le collier est pour ma femme, ajouta-t-il. J'ai décidé de faire tous mes achats pour la fête des Mères en même temps.

— Votre femme, répéta Kate en s'efforçant de garder le sourire. Je suis sûre que le collier lui plaira. Mais si elle ou votre mère préfèrent autre chose, elles peuvent venir échanger pendant une période de trente jours.

Faisant preuve d'une maîtrise qui lui parut admirable, Kate reposa le collier.

— Comment payez-vous ? Carte ou espèces ?

Dix minutes plus tard, elle le regarda repartir d'un pas nonchalant.

— Les mignons, les gentils et ceux qui aiment leurs mères sont toujours mariés, se plaignit-elle auprès de Laura.

— Allons, allons, tu viens de faire une très bonne vente.

— Oui, ce qui me donne au moins deux cents dollars d'avance sur Margo. Et la journée n'est pas terminée !

— C'est exactement comme ça qu'il faut voir les choses. Mais je te préviens qu'elle est avec une cliente de l'autre côté, et qu'elle lui a pratiquement vendu le tailleur Versace.

— Zut ! maugréa Kate. Bon, je vais m'occuper de la dame aux cheveux bleus qui a tin sac Gucci. Celle-là, elle est pour moi.

— Vas-y, tigresse, sors tes griffes !

À l'heure du déjeuner, Kate décida de ne pas faire de pause, prétextant ne pas vouloir perdre le rythme au lieu d'admettre qu'elle était en proie à d'horribles maux d'estomac. Elle remporta un franc succès dans le boudoir du premier étage, où elle réussit à placer deux peignoirs, une lampe en verre coloré et un repose-pieds orné de glands.

Et, bien entendu, elle ne manqua pas de s'éclipser à plusieurs reprises dans le bureau afin d'allumer l'ordinateur et de vérifier les comptes de Margo, mais seulement lorsqu'elle fut certaine d'avoir pris de l'avance sur elle. Elle corrigea les erreurs prévues, leva les yeux au ciel en découvrant quelques bizarreries plus inattendues et remit de l'ordre dans les fichiers.

Au bout du compte, elle fut néanmoins contrainte de reconnaître que le temps passé à la comptabilité fut ce qui lui coûta la victoire : lorsqu'elle revint, arborant un air suffisant, prête à sermonner Margo sur les frais dus à une comptabilité relâchée, sa rivale était en train de boucler une nouvelle vente.

Et quelle vente !

Kate s'y connaissait en antiquités. Ayant grandi à Templeton House, elle avait appris à reconnaître les objets de valeur et à les apprécier. Son cœur faillit flancher, et des coupures de dollars défilèrent devant ses yeux, quand elle vit la pièce que Margo était en train de vanter.

Style Louis XVI, se récita Kate en silence. Un secrétaire à abattant, qui datait probablement de 1775 environ. Les panneaux en marqueterie étaient typiques de cette époque, avec des motifs de vases et de guirlandes de fleurs, d'instruments de musique et de rubans drapés.

Ce meuble était une pure merveille et était une des dernières pièces faisant partie du stock d'origine de Margo.

— Je suis navrée de m'en séparer, était en train de dire celle-ci à un gentleman élégant à la crinière blanche.

Lequel, appuyé sur une canne à pommeau d'or, examinait le secrétaire et la femme qui le lui décrivait avec la même admiration non dissimulée.

— Je l'ai acheté à Paris il y a quelques années.

— Vous avez un œil extraordinaire. À vrai dire, vous avez deux yeux extraordinaires.

— Oh, Mr Stiener, c'est si gentil à vous...

D'un geste aussi naturel que décontracté, Margo le prit par le bras.

— J'espère que vous penserez à moi de temps en temps quand vous serez devant ce bureau.

— Je vous le promets. Bon, et pour l'expédier, comment fait-on ?

— Venez avec moi à la caisse, je vais noter tous les renseignements nécessaires.

Margo traversa la boutique en ondulant des hanches et en jetant un regard triomphant à Kate.

— Eh bien, te voilà terrassée pour aujourd'hui, championne ! dit-elle dès que le client fut sorti.

— La journée n'est pas finie, se défendit Kate. Nous ne fermons que dans deux heures. Alors, inutile de chanter victoire comme une grosse dondon - que tu seras bientôt - et de vendre la peau de l'ours avant de l'avoir tué.

— Ce que tu es mauvaise joueuse !

En faisant claquer sa langue, Margo s'apprêta à bondir sur son amie quand la porte s'ouvrit à nouveau. Ce n'était pas un client, mais elle fit tout de même un bond.

— Josh !

Son mari l'enlaça, l'embrassa et s'empressa de la faire asseoir dans un fauteuil.

— Ne reste pas debout.

Puis, n'apercevant pas Laura, il se tourna vers Kate tout en laissant sa main sur l'épaule de Margo.

— Tu es censée garder un œil sur elle, veiller à ce qu'elle n'en fasse pas trop.

— Dis, tu ne vas pas me faire ce coup-là ? Tu sais bien que Margo ne reste jamais debout quand elle peut s'asseoir et ne s'assied jamais quand elle peut s'allonger. Et je lui ai fait boire un verre de lait il y a moins d'une heure.

Josh fronça les sourcils.

— Un verre entier ?

— Oui, enfin, ce qu'elle ne m'a pas recraché à la figure.

À la fois amusée et touchée de voir son grand frère se faire autant de souci, Kate décida de lui pardonner.

— Contente de te voir de retour.

— Merci, dit-il en lui passant la main dans les cheveux. Où est Laura ?

— Là-haut, avec deux clientes.

— Et il y en a une autre dans la cabine d'essayage, commença Margo, alors…

— Reste assise, lui ordonna son mari. Kate va s'en occuper. Tu es toute pâle.

Margo fit la moue.

— Mais pas du tout…

— Tu vas rentrer à la maison et faire la sieste, décida-t-il. Il est hors de question que tu travailles toute une journée d'affilée alors que nous donnons une réception ce soir. Kate et Laura peuvent très bien faire la fermeture sans toi.

— Mais oui ! renchérit Kate avec enthousiasme en jetant un regard appuyé à Margo. D'ailleurs, il ne reste plus que deux petites heures.

— Tu peux toujours rêver, Powell ! De toute façon, j'ai déjà gagné.

— Gagné ? répéta Josh, toujours intéressé par les paris. Gagné quoi ?

— Oh, il s'agit juste d'un pari amical que je vendrai plus qu'elle !

— Pari qu'elle a d'ores et déjà perdu, souligna Margo. Mais je me sens d'humeur généreuse. Je te cède ces deux heures à titre de handicap.

Prenant la main de Josh, elle la frotta contre sa joue.

— Mais une fois que tu auras officiellement perdu, tu devras mettre la robe Ungaro, la rouge, pour la réception de ce soir.

— Le truc qui ressemble à une chemise de nuit ? Autant se promener toute nue !

— Vraiment ? s'exclama Josh en haussant les sourcils. Ne le prends pas mal, Kate, mais j'espère bien que tu vas perdre. Viens, duchesse, à la maison… et au lit !

— Pas question que je porte cette combinaison rouge ce soir ou un autre, grogna Kate.

— Alors, débrouille-toi pour ne pas perdre, lança Margo avec un haussement d'épaules avant de se diriger vers la porte. Mais puisque tu vas perdre, demande à Laura de te choisir les accessoires qui vont avec.

Elle portait un collier en or martelé et des boucles d'oreilles triangulaires qui se balançaient au-dessus de ses épaules. Ses lamentations sur le fait qu'elle avait tout d'une esclave capturée par les Klingons n'éveillèrent cependant aucun écho compatissant. Même les chaussures lui avaient été imposées. Des espèces de gratte-ciel en satin rouge qui la faisaient vaciller à huit centimètres plus haut que son mètre soixante-neuf habituel.

Plantée dans un coin de la terrasse en train de siroter une coupe de champagne, Kate se sentait complètement ridicule.

Et pour tout arranger, plusieurs de ses clients étaient présents à la soirée. Margo et Josh fréquentaient des gens plutôt riches, célèbres et privilégiés. Et elle se demandait comment elle allait parvenir à préserver son image d'expert-comptable lucide, précise et dévouée en étant habillée comme une parfaite idiote.

Mais un pari était un pari.

— Arrête de gigoter comme ça, lui lança Laura en venant la rejoindre. Tu es superbe.

— Entendre ça d'une femme vêtue avec goût d'un élégant tailleur qui couvre ses extrémités... J'ai l'air désespérée, oui, un point c'est tout, reprit Kate après avoir bu une gorgée de champagne. Je ferais tout aussi bien de porter une banderole annonçant : « Célibataire, H.I.V. négatif, se présente en personne. »

Laura ne put s'empêcher de rire.

— Tant que tu restes cachée ici, je ne pense pas que tu risques grand-chose.

En soupirant, elle s'accouda à la balustrade en bois sculpté d'où l'on surplombait l'océan.

— Quelle nuit magnifique ! Un somptueux croissant de lune, des milliers d'étoiles, le bruit de la mer... Sous un ciel comme celui-ci, on a l'impression qu'il ne pourra jamais rien arriver de mal. Cette maison est bien. Tu ne le sens pas, Kate ? La maison de Margo et de Josh est vraiment bien.

— C'est un excellent investissement, l'emplacement est de premier ordre, la vue extraordinaire...

Devant le regard ahuri de Laura, elle sourit.

— Mais bien sûr, je le sens. C'est une vraie maison. Qui a du cœur et du caractère. J'aime bien les imaginer ici. En train d'élever des enfants.

Soudain un peu plus détendue, Kate s'appuya à la balustrade au côté de Laura. Une douce musique lui parvenait à travers les portes et les fenêtres ouvertes, ainsi que le brouhaha de conversations amicales ponctuées d'éclats de rire. L'air sentait bon les fleurs et l'océan, les parfums des femmes se mêlaient aux senteurs exotiques des mets sophistiqués qui circulaient parmi les invités sur des plateaux d'argent. Et là, elle ressentit simplement la promesse de continuité que dégageait cette atmosphère.

La même qu'à Templeton House, où elle avait passé tant d'années de sa vie. C'était peut-être pour cette raison qu'elle n'avait jamais été tentée d'avoir une maison à elle. Son appartement situé à proximité du bureau lui suffisait amplement. Elle pouvait venir quand elle le voulait à Templeton House, songea-t-elle avec un petit sourire. Tout comme elle pouvait désormais venir ici.

— Oh, bonsoir, Byron ! Je ne savais pas que vous étiez là.

Devant l'aisance de Laura, la belle humeur de Kate éclata comme un ballon gonflable. Elle rouvrit les yeux, s'écarta de la balustrade et redressa les épaules. Quelque chose chez Byron De Witt lui donnait toujours envie de se préparer à l'affrontement.

— J'arrive à l'instant. J'ai été retenu au bureau. Vous êtes ravissante, comme toujours.

Il prit la main que Laura lui tendait et la serra délicatement avant de se tourner vers Kate. À cause de la pénombre, elle ne remarqua pas l'éclat soudain de ses yeux d'un vert profond. En revanche, elle vit son bref sourire amusé.

— Ravi de vous revoir. Puis-je vous apporter un verre à toutes les deux ?

— Non, merci. Il faut que je retourne à l'intérieur, dit Laura en se dirigeant vers la porte vitrée qui donnait sur la terrasse. J'ai promis à Josh de faire du charme à Mr et Mrs Ito. Nous aimerions qu'ils organisent leur banquet annuel au *Templeton* de Tokyo.

Et elle s'éclipsa aussitôt, sans laisser le temps à Kate de dire un mot.

— Désirez-vous une autre coupe de champagne ?

Kate considéra son verre. Il était encore à moitié plein.

— Non, ça va comme ça.

Byron se contenta d'allumer un petit cigare. Il connaissait suffisamment Kate pour savoir que son orgueil l'empêcherait de se cabrer. En temps normal, il ne serait pas resté en sa compagnie plus longtemps que ne l'exigeaient les bonnes manières, mais, un peu fatigué de voir des gens, il se dit que dix minutes avec elle seraient plus intéressantes qu'une heure à bavarder parmi la foule des invités. Surtout s'il arrivait à l'agacer, comme il semblait avoir le don de le faire.

— Vous avez là une robe extraordinaire, Katherine.

Comme il s'y attendait, elle se hérissa imperceptiblement en l'entendant l'appeler par son prénom véritable. Souriant et tirant une bouffée de son cigare, il s'adossa à la balustrade pour savourer cette petite diversion.

— J'ai perdu un pari, bougonna-t-elle entre ses dents.

— Vraiment ? fit-il en remontant une des fines bretelles qui venait de glisser sur son épaule. Ce devait être un sacré pari.

— Bas les pattes ! aboya-t-elle.

— Fort bien…

Délibérément, il laissa retomber la bretelle de manière qu'elle fût obligée de la remettre elle-même en place.

— Vous avez l'œil, en matière d'immobilier, remarqua-t-il.

Voyant son air étonné, Byron haussa un sourcil.

— C'est bien vous qui avez conseillé à Josh et à Margo d'acheter cette maison, n'est-ce pas ?

— Oui, oui.

Tout en l'observant discrètement, Kate restait sur ses gardes, mais il semblait content de rester là à fumer tranquillement son cigare en profitant de la vue.

Il était exactement le genre de type qu'elle avait décidé de fuir une bonne fois pour toutes. Le genre beau gosse à faire de la pub, ainsi qu'elle le définissait avec dérision. Avec d'épais cheveux châtains parsemés ici et là de mèches dorées par le soleil et simplement rejetés en arrière, encadrant un visage à tomber raide. Ce qui avait dû être de charmantes fossettes dans sa jeunesse formait maintenant des petits plis au creux de ses joues, faisant succomber probablement toutes les femmes. De même que le menton fier, le nez droit et aristocratique, et des yeux d'un vert sombre et profond qui, au gré de son humeur, pouvaient glisser sur vous comme si vous étiez invisible ou bien au contraire vous clouer toute frémissante contre le mur.

Un mètre quatre-vingt-huit, estima-t-elle, avec de longues jambes et une solide carrure de coureur de fond. Et, bien évidemment, une voix chaude, très légèrement rauque, qui évoquait les longues nuits d'été torrides et le bourbon.

À des hommes comme lui, Kate avait décidé qu'il ne fallait jamais, jamais faire confiance.

— C'est nouveau, murmura-t-il.

Réalisant avec surprise que ses yeux verts la dévisageaient, Kate détourna le regard aussitôt.

— Pardon ?

— Ce parfum que vous portez. Il vous va beaucoup mieux que le savon et le talc que vous affectionnez d'habitude. C'est carrément sexy, poursuivit-il avec un sourire devant son air effaré. Ce qui ne laisse place à aucune ambiguïté.

Elle le connaissait depuis des mois, depuis qu'il avait été transféré d'Atlanta à Monterey pour reprendre le poste qu'occupait Peter Ridgeway chez Templeton. Et il était, il n'y avait là-dessus aucun doute, un directeur d'hôtel des plus compétents, expérimenté et créatif, qui avait su en quatorze ans gravir tous les échelons au sein de l'empire Templeton.

Elle savait aussi que Byron De Witt était issu d'une famille aisée et respectable du Sud, pétrie de traditions et de bonnes manières.

Mais à l'instant même où Kate l'avait vu, il lui avait déplu, et elle avait été convaincue que, malgré ses manières irréprochables, le sentiment qu'il avait à son égard était réciproque.

— Vous me draguez ?

Ses yeux, toujours fixés sur elle, se teintèrent d'une lueur de malice.

— Je vous faisais simplement des remarques sur votre parfum, Katherine.

Kate vida son verre d'un trait.

— Arrêtez de m'appeler Katherine.

— C'est plus fort que moi.

— Ben voyons !

— Je vous assure. Et si je vous disais que vous êtes particulièrement attirante ce soir, ce ne serait qu'une observation, pas une déclaration. Quoi qu'il en soit... Kate. Nous parlions d'immobilier.

Kate garda son air renfrogné. Ce champagne avait beau être le préféré de Margo, il semblait ne pas convenir du tout à son estomac.

— Ah oui ?

— Nous étions en tout cas sur le point de le faire. J'envisage d'acheter une maison par ici. Étant donné que ma période d'essai de six mois arrive bientôt à son terme...

— Vous avez fait une période d'essai ? s'étonna Kate.

L'idée qu'il ait été engagé à l'essai à la direction des *Templeton* de Californie la revigora considérablement.

— J'avais six mois pour décider si je voulais rester basé ici de façon permanente ou retourner à Atlanta.

Lisant dans ses pensées comme dans un livre, Byron sourit.

— J'aime beaucoup la région – la mer, les falaises, les forêts... Et j'aime bien les gens avec qui je travaille. Mais je n'ai pas l'intention de continuer à vivre à l'hôtel, si confortable et bien tenu soit-il.

Kate haussa les épaules, irritée de sentir l'alcool lui peser comme du plomb sur l'estomac.

— C'est votre problème, De Witt, pas le mien.

Il ne laisserait pas son attitude hostile le détourner de son objectif, se dit-il avec patience.

— Vous connaissez la région, vous avez de nombreux contacts, et un œil sûr pour repérer ce qui a de la qualité et de la valeur. Je pensais que vous pourriez me prévenir si vous entendiez parler d'une propriété intéressante, surtout si c'était à proximité de la corniche.

— Je ne suis pas agent immobilier, maugréa-t-elle.

— Tant mieux. Comme ça, je n'aurai pas de commission à vous verser.

Appréciant le bon sens de sa remarque, Kate céda de bonne grâce.

— Je connais effectivement une maison... c'est peut-être un peu grand pour vous.

— Plus c'est grand, mieux c'est.

— Ça ne m'étonne pas de vous. Elle est à côté de Pebble Beach. Cinq ou six pièces, si je me souviens bien. C'est à l'écart de la route, au milieu des cyprès, et il y a un beau jardin très bien entretenu. Et des terrasses, continua-t-elle en plissant les yeux tout en essayant de se remémorer l'endroit. Devant et derrière. En bois... de cèdre, je crois. Beaucoup de baies vitrées. La maison est sur le marché depuis presque six mois mais n'a toujours pas trouvé preneur. Il doit y avoir une raison.

— Peut-être attend-elle de trouver le bon acheteur. Vous connaissez l'agence qui s'en occupe ?

— Bien sûr, c'est un de mes clients. L'agence immobilière de Monterey Bay. Demandez Arlène, elle connaît très bien son affaire.

— Je vous remercie. Si ça marche, je vous inviterai à dîner.

— Non, ce ne sera pas la peine. Considérez cela simplement comme une…

Kate s'interrompit, prise tout à coup d'une douleur fulgurante à l'estomac. À la seconde même où son verre lui échappait et se brisait sur les dalles, Byron l'attrapa par le poignet.

— Appuyez-vous sur moi.

Il la souleva dans ses bras, réalisa l'espace d'une seconde qu'elle pesait légèrement plus qu'il ne l'aurait cru, et la déposa sur les coussins d'un canapé.

— Kate, vous êtes aussi pâle qu'une morte… Je vais aller chercher quelqu'un.

— Non ! s'écria-t-elle en luttant contre la douleur et en le retenant par le bras. Ce n'est rien. Rien de plus qu'un spasme. Ça m'arrive parfois quand je bois de l'alcool… du vin, l'estomac vide. Je… j'aurais dû m'en douter.

— Quand avez-vous mangé pour la dernière fois ? s'enquit-il d'un air inquiet, la voix vibrante d'impatience.

— J'ai été assez débordée, aujourd'hui.

— Petite sotte ! fit-il en se redressant. Il y a ici de quoi nourrir au moins trois cents marins affamés. Je vais vous chercher une assiette.

— Non, je…

En temps normal, cet air méchant ne l'aurait nullement troublée, mais elle était toute tremblante.

— D'accord, merci, mais ne dites rien à personne. Ça ne ferait que les inquiéter, et ils sont bien assez occupés avec leurs invités. Surtout, ne dites rien, répéta-t-elle.

Après lui avoir jeté un dernier regard soucieux, De Witt s'éloigna.

Sa main tremblota un peu lorsqu'elle ouvrit son sac pour saisir un flacon de médicament dont elle but une rasade directement au goulot. Eh bien, à partir de maintenant, elle allait devoir prendre mieux soin d'elle. S'efforcer de faire ces exercices de yoga que Margo lui avait montrés et cesser de boire autant de café.

Lorsque Byron revint, Kate se sentait déjà mieux. En découvrant l'assiette qu'il lui avait rapportée, elle éclata de rire.

— Combien de ces marins affamés comptez-vous nourrir ?

— Contentez-vous de manger, lui ordonna-t-il en lui fourrant d'autorité une savoureuse crevette dans la bouche.

Après quelques secondes d'intense délibération, Kate se poussa à l'extrémité du canapé et tapota les coussins.

— Je suppose que je dois vous demander de vous asseoir et de partager cette assiette avec moi.

— C'est demandé si gentiment…

Elle choisit une petite quiche aux épinards.

— Je ne vous aime pas, De Witt, c'est tout.

— Au moins, vous êtes franche, répliqua-t-il en prenant une bouchée au crabe. Sachez que je ne vous aime pas non plus, mais il se trouve qu'on m'a appris à toujours être poli avec les dames.

Et pourtant, il pensait à elle. Plus curieux encore, il rêva d'elle. Un rêve flou, follement érotique, dont il n'arrivait jamais à se souvenir avec précision le matin. Il y avait des falaises, le roulement des vagues, il sentait sa peau douce et son corps mince sous ses mains, et ses grands yeux sombres, ses beaux yeux le regardaient fixement.

Ce qui, tout en l'amusant, lui laissait chaque fois un vague sentiment de malaise.

Au cours de sa vie, Byron De Witt avait acquis plusieurs certitudes. La dette nationale ne serait jamais remboursée, les femmes en robe de cotonnade légère étaient la meilleure raison pour que revienne l'été, le rock and roll ne mourrait jamais et Katherine Powell n'était pas du tout son genre.

Les femmes maigres et mordantes qui avaient plus de caractère que de charme ne l'attiraient pas. Il les aimait douces, intelligentes et sexy, les admirait pour le simple fait d'être des femmes et appréciait par-dessus tout les conversations paisibles, les débats interminables, les éclats de rire et faire l'amour avec passion, sans aucune retenue.

En matière de mystère féminin, il s'estimait aussi compétent que la plupart des hommes. Après tout, il avait grandi entouré de femmes, seul et unique garçon dans une famille de trois filles. Byron connaissait les femmes, et les connaissait même bien. Et il savait ce qu'il aimait.

Or, Kate ne l'attirait pas le moins du monde.

Cependant, le même rêve revint le titiller alors qu'il se préparait le lendemain matin, le suivit jusque dans la salle de gymnastique réservée à la direction, resta dans un coin de sa tête tandis qu'il faisait des exercices sur divers appareils. Et il ne l'avait toujours pas quitté lorsqu'il passa ses vingt minutes quotidiennes à lire le *Wall Street Journal* avant de se mettre au travail.

Il fit un effort pour penser à autre chose. À la maison qu'il comptait acheter. Près de la plage, afin de pouvoir courir sur le sable, au soleil, plutôt que sur un tapis roulant. Avec des pièces à lui, décorées à son goût. Un endroit où il pourrait tondre la pelouse, écouter la musique à plein volume, inviter des amis ou passer des soirées paisibles.

Il n'avait pas connu beaucoup de soirées paisibles dans son enfance. Il ne regrettait ni le bruit ni le monde au milieu duquel il avait grandi. Il adorait ses sœurs, avait supporté leurs bandes de copains de plus en plus nombreux. De même, il adorait ses parents et avait toujours considéré leur vie sociale et familiale bien remplie comme tout à fait normale.

En fait, c'était le doute qu'il avait sur sa capacité à pouvoir vivre loin de la maison de son enfance et de sa famille qui l'avait poussé à demander une période d'essai de six mois au moment de conclure un accord avec Josh.

Et, bien que sa famille lui manquât, il s'était rendu compte qu'il pouvait être heureux en Californie. À presque trente-cinq ans, il avait envie d'avoir quelque chose à lui. Il serait le premier De Witt à s'installer ailleurs qu'en Géorgie depuis deux générations. Aussi entendait-il faire les choses correctement.

Et puis, cela mettrait fin à la pression de plus en plus subtile qu'exerçaient ses parents afin qu'il s'établisse, se marie et fonde une famille. L'éloignement compliquerait vraisemblablement la tâche de ses sœurs qui s'ingéniaient à lui présenter sans cesse des femmes qu'elles estimaient idéales pour lui.

Or, cette femme idéale, il ne l'avait encore jamais rencontrée.

En passant sous la douche, il pensa une nouvelle fois à Kate. En tout cas, elle n'était certainement pas la femme qu'il lui fallait.

S'il avait rêvé d'elle, c'était uniquement parce qu'il l'avait vue la veille. Contrarié de voir qu'elle monopolisait toujours ses pensées, Byron alluma la radio fixée au mur de la salle de bains.

Mais rien n'y fit... Quand elle était devenue toute blême, elle lui était soudain apparue comme étonnamment vulnérable. Cela ne le regardait pas, pourtant. Or, il avait toujours eu un don pour se précipiter au secours des demoiselles en détresse.

Tout de même, elle était stupide de ne pas prendre mieux soin d'elle. Aux yeux de Byron, être en forme et en bonne santé n'était pas un choix, mais un devoir. Cette jeune femme devait apprendre à se nourrir correctement, à diminuer sa dose de caféine, à faire de l'exercice, à enrober sa carcasse d'un peu de chair et à calmer ses nerfs toujours à fleur de peau.

D'ailleurs, dès qu'elle abandonnait cette attitude arrogante, elle n'était pas si désagréable que ça, se dit-il en sortant de la douche. Elle lui avait fourni une piste pour trouver une maison, et ils avaient même réussi à avoir une conversation intéressante en partageant une assiette.

Sans compter qu'il avait trouvé… amusante la manière dont elle s'était excusée de la robe qu'elle portait. Non qu'elle l'intéressât vraiment, se rassura-t-il en appliquant sa mousse à raser. Toutefois, quand elle quittait son air revêche, elle avait un petit air charmant de gamine. Un peu dans le genre d'Audrey Hepburn.

Lorsqu'il se coupa le menton d'un coup de rasoir, Byron jura et rejeta immédiatement cette faute d'inattention sur le dos de Kate. Il n'avait pas le temps de penser à une aligneuse de chiffres maigrichonne et antipathique. Il avait une chaîne d'hôtels à diriger.

4

Chez Bittle & Associés, les rumeurs allaient bon train. Il était clair qu'il se passait quelque chose. Tout le monde prenait un malin plaisir à se répandre en commentaires autour du distributeur de boissons, devant la photocopieuse ou dans la salle des archives.

Larry Bittle, ses fils Lawrence Jr. et Martin – appelez-moi simplement Marty – continuèrent à se réunir à huis clos avec leurs associés chaque matin. Et l'assistante de Bittle, bouche cousue et regard perçant, à apporter régulièrement des copies des budgets.

Si elle savait quoi que ce soit, elle n'en révéla toutefois rien.

— Ils reprennent chaque budget un par un, dit Roger à Kate.

Il l'avait poursuivie jusque dans la pièce des fournitures où elle était allée chercher une recharge de papier pour son imprimante.

— Marcie, qui est au service des enregistrements, dit qu'ils épluchent même les registres internes. Et Beth, l'assistante du dragon, affirme qu'ils ont des discussions serrées avec les juristes.

— Dis-moi, tes sources sont toutes féminines ? demanda Kate avec un petit air de dédain.

Roger se fendit d'un sourire.

— Non, mais Mike, qui travaille au courrier, ne sait rien du tout. Qu'est-ce que tu en penses ?

— Ils doivent procéder à un audit interne.

— Oui, c'est également mon avis. Mais il reste une question. Pourquoi ?

À vrai dire, c'était justement ce qui hantait Kate depuis plusieurs jours. Elle réfléchit un instant. Les gens rusés, ambitieux et sans scrupule étaient ceux qui disposaient des meilleures informations. Puisque Roger remplissait toutes ces conditions, elle décida de lui faire part de son opinion, dans l'espoir de lui extorquer quelques renseignements par la suite.

— Écoute, nous avons connu plusieurs excellentes années consécutives. En cinq ans, notre chiffre d'affaires global a augmenté de quinze pour cent. Bittle est en pleine expansion, alors peut-être envisagent-ils de s'agrandir, ou d'ouvrir un autre cabinet. Lawrence serait nommé directeur, ils embaucheraient de nouveaux associés et donneraient la possibilité à certains d'entre nous d'aller travailler dans des succursales. Une telle décision demande pas mal de réflexion et de planification.

— C'est possible. Il y a déjà eu des rumeurs sur l'ouverture d'un bureau à Los Angeles, pour décrocher davantage de budgets dans les médias. Mais j'ai aussi eu vent de ragots d'un tout autre genre.

Il se pencha et baissa le ton, les yeux brillants d'excitation.

— Larry songerait à repasser le flambeau. Et à partir en retraite.

— Pourquoi ferait-il ça ? chuchota Kate, leur donnant l'air de deux conspirateurs. Il n'a que soixante ans.

— Soixante-deux, précisa Roger en jetant un coup d'œil derrière son épaule. Et tu sais que sa femme est une dingue de croisières. Elle le taraude sans arrêt pour qu'il l'emmène en Europe, autour de la Méditerranée ou par là.

— Comment le sais-tu ?

— Par Beth. L'assistante de l'assistante. Elle a rassemblé tout un tas de brochures pour le vieux. Les Bittle fêtent cette année leur quarantième anniversaire de mariage. Par conséquent, s'il prend sa retraite anticipée, il y aura un fauteuil d'associé à pourvoir.

— Un nouvel associé...

C'était logique. Parfaitement logique. Toutes ces réunions, ces vérifications des registres... Les associés actuels devaient peser, juger, débattre et discuter qui serait le plus qualifié pour bénéficier de cette promotion. Kate se retint de justesse de danser la gigue. Elle ne devait pas oublier à qui elle parlait. Roger était son concurrent le plus redoutable.

— Peut-être, reprit-elle en haussant vaguement les épaules. Mais je ne vois pas Larry en partance vers les îles. Quelle que soit l'insistance de sa femme.

— Nous verrons bien, conclut Roger avec un petit sourire malicieux. En tout cas, il va se passer quelque chose, et c'est pour très bientôt.

Kate regagna tranquillement son bureau, referma la porte et rangea ses fournitures avec soin. Alors, elle se mit à danser la gigue.

Elle était diplômée de Harvard et était arrivée dans les cinq pour cent des meilleurs de sa promotion. Pendant les sept années qu'elle avait passées chez Bittle, elle avait apporté douze nouveaux budgets grâce aux recommandations de ses clients. Et elle n'en avait perdu qu'un seul. Au profit de cet abruti de Roger.

Et quand Marty lui avait accordé une augmentation l'année dernière, il lui avait confié qu'elle était considérée comme le meilleur élément de Bittle. Larry Bittle l'appelait par son prénom, et sa femme et ses belles-filles étaient déjà venues faire des achats à la boutique.

Associée... À vingt-huit ans, elle serait la plus jeune associée que Bittle eût jamais eue, devançant ainsi de plusieurs années ses propres exigences, pourtant plus que rigoureuses.

Kate se prit à rêver. Un nouveau bureau, un nouveau salaire, un nouveau prestige... On la consulterait sur la stratégie globale à adopter, son opinion pèserait dans la balance et serait respectée. Gloussant de bonheur, elle se laissa glisser au fond de son fauteuil avant de se redresser d'un bond. Sans compter qu'elle aurait une secrétaire...

Bref, elle aurait tout ce qu'elle avait toujours voulu.

Elle pensa décrocher son téléphone pour appeler les Templeton à Cannes. Ils seraient si heureux pour elle, si fiers. Et puis, elle pourrait enfin se dire que tout ce qu'ils avaient fait pour elle n'avait pas servi à rien.

Elle fêterait ça avec Margo et Laura. Oh, ce serait merveilleux ! Kate Powell allait finalement atteindre son but, accomplir quelque chose d'important et de sérieux. Toutes ces années de travail et d'études, d'épaules endolories, d'yeux fatigués et de brûlures d'estomac allaient enfin être récompensées.

Il lui suffisait d'attendre.

Se forçant à remiser son beau rêve dans un coin de sa tête, Kate pivota vers l'écran de l'ordinateur et se remit au travail.

Encore un petit quart d'heure, et elle refermerait ce dossier, se dit-elle, quand un coup frappé à la porte lui fit relever les yeux, légèrement agacée.

— Oui ?

— Miss Powell...

Lucinda Newman – ou le dragon, ainsi que l'avaient peu tendrement surnommée les employés – se tenait sur le pas de la porte de son air imposant.

— Vous êtes attendue dans la salle de conférences.

— Oh !...

Kate sentit son cœur faire un bond joyeux, mais garda une attitude composée.

— Merci, miss Newman. J'arrive tout de suite.

Newman hocha sèchement la tête et lui jeta un regard glacial avant de se retirer. Consciente que ses mains tremblaient d'impatience, Kate les croisa fermement sur ses genoux. Il fallait rester calme, professionnelle. Bittle n'allait pas proposer de s'associer à une jeune femme ricanante et écervelée.

Il lui fallait rester fidèle à ce qu'elle avait toujours été, et à ce qu'on attendait d'elle. Une femme pragmatique et à la tête froide. Oh, elle allait savourer ce moment, en enregistrer les moindres détails ! Plus tard, quand personne ne pourrait plus ni la voir ni l'entendre, elle hurlerait sa joie jusqu'à Templeton House.

Kate rabaissa ses manches et enfila sa veste dont elle lissa les revers. Elle hésita un instant à prendre son attaché-case, puis décida que cela lui donnerait l'air encore plus désireuse d'accepter cette offre.

D'un pas mesuré, elle descendit jusqu'à l'étage en dessous et passa devant les bureaux des différents associés pour se diriger vers la salle de conférences. Quiconque l'aurait croisée dans le couloir ne se serait douté que ses pieds touchaient à peine l'élégante moquette ocre foncé. Elle prit une pastille contre les maux d'estomac au fond de sa poche, tout en sachant que ça ne calmerait sans doute pas ses crampes.

Une mariée le soir de ses noces ne devait pas se sentir plus nerveuse et plus excitée qu'elle l'était en ce moment ! songea-t-elle en frappant poliment contre la lourde porte en bois.

— Entrez.

Kate releva le menton et afficha un sourire aimable avant de tourner la poignée. Ils étaient tous là, et son cœur tressauta à nouveau. Tous les associés, les cinq personnes ayant le pouvoir, étaient assis autour de la longue table cirée, des gobelets remplis d'eau disposés devant eux.

Elle posa un bref regard sur chacun d'eux, soucieuse de graver l'instant dans sa mémoire. Calvin Meyers, légèrement ringard avec ses éternelles bretelles et son nœud papillon rouge. L'élégante et terrifiante Amanda Devin, à la beauté sévère. Marty, avec son sourire gentil, chaleureux et aussi ébouriffé que d'habitude. Lawrence Junior, imperturbable, chauve et glacial.

Et, bien évidemment, le vieux Bittle. Kate lui avait toujours trouvé une petite ressemblance avec Spencer Tracy. Un petit homme massif et solide, avec le même visage mobile et une tignasse de cheveux blancs.

Son pouls s'accéléra en voyant que tous les regards convergeaient sur elle.

— Vous souhaitiez me voir ?

— Asseyez-vous, Kate.

Trônant en bout de table, Bittle lui fit signe de prendre place sur le fauteuil opposé.

— Mes associés et moi-même aimerions discuter de quelque chose avec vous.

— Oui, monsieur.

Pendant qu'elle s'installait, il se racla la gorge.

— Nous avons jugé plus opportun d'attendre la fin de la journée. Vous êtes, je suppose, au courant que nous avons passé ces derniers jours à vérifier nos comptes.

— Oui, monsieur, dit Kate avec un sourire. Dans les couloirs, les spéculations vont bon train.

Voyant qu'il ne lui souriait pas en retour, elle sentit une petite boule se former au fond de sa gorge.

— Il est difficile de ne pas prêter l'oreille aux rumeurs, ajouta-t-elle.

— Oui, soupira-t-il en croisant les mains. La semaine dernière, l'attention de Mr Bittle Jr. a été attirée sur une divergence concernant un paiement d'impôt sur le revenu.

— Une divergence ? répéta Kate en se tournant vers Lawrence.

— Dans le compte Sunstream, précisa-t-il.

— C'est un des miens.

La petite boule coincée dans sa gorge descendit tout à coup sur son estomac. Avait-elle commis quelque stupide erreur dans la précipitation qu'entraînait toujours la période des déclarations ?

— Quelle sorte de divergence ?

— La copie du formulaire fiscal du client indique un montant de cinq mille six cent quarante-huit dollars.

Lawrence ouvrit une chemise d'où il tira un épais dossier.

— Ceci est bien votre travail, miss Powell ?

Il était le seul Bittle à l'appeler ainsi. Tout le monde au bureau était habitué à ses manières formelles, mais ce fut la sécheresse de son ton qui mit Kate en alerte. Prudente, elle sortit ses lunettes, les chaussa et consulta les papiers qu'on lui fit passer.

— En effet, dit-elle après un bref coup d'œil. C'est un de mes comptes et c'est moi qui ai fait cette déclaration. C'est ma signature.

— Et, ainsi que nous le faisons pour plusieurs de nos clients, ce sont nos services qui se sont chargés d'émettre le chèque.

— Effectivement, certains préfèrent procéder ainsi. C'est plus pratique.

— Pratique ? s'exclama Amanda, attirant aussitôt l'attention de Kate. Pratique pour qui ?

Instantanément, Kate réalisa que quelque chose n'allait pas. Mais quoi ?

— Beaucoup de nos clients préfèrent venir au bureau discuter de leur situation fiscale, et de ce qui en résulte – ce qui leur permet de contester et de décharger un peu de leur hargne sur nous.

Mais ils savaient tous cela, songea Kate en les regardant une nouvelle fois tour à tour.

— Le client signe les formulaires nécessaires et l'expert-comptable tire un chèque sur le compte bloqué destiné à cet effet.

— Miss Powell, reprit Lawrence en lui tendant une nouvelle pile de documents, comment expliquez-vous ceci ?

Aussi discrètement que possible, Kate essuya ses mains moites sur sa jupe avant d'examiner les documents. L'espace d'une seconde, le vide se fit dans son esprit. Elle cligna des yeux et se concentra de son mieux tout en avalant péniblement sa salive.

— Je ne suis pas sûre de bien comprendre. C'est une autre copie du formulaire 1040 que j'ai rempli pour Sunstream, mais le montant fiscal de l'impôt est différent.

— Il est inférieur de douze cents dollars, souligna Amanda. Ce formulaire et le paiement correspondant ont été envoyés le 15 avril de cette année au service des impôts. Le chèque tiré sur le compte était de ce montant.

— Je ne comprends pas d'où vient ce formulaire, commença Kate. Tous les documents sont classés, bien entendu, mais les formulaires en double sont détruits.

— Kate, dit doucement Bittle pour attirer son attention. La différence de douze cents dollars a été prélevée sur le compte du client par informatique. En liquide.

— En liquide ? répéta Kate, sidérée.

— Une fois cette erreur constatée, nous avons décidé de procéder à une vérification de tous les comptes, poursuivit Bittle d'un air grave. Au cours des dix-huit derniers mois, une somme s'élevant au total à soixante-quinze mille dollars a été retirée des comptes bloqués. Ces retraits ont été effectués par ordinateur, en liquide, sur tous les comptes de vos clients.

— De *mes* clients ? s'exclama-t-elle, se sentant blêmir malgré elle.

— Le processus est à chaque fois le même, confirma Calvin Meyers en tirant sur son nœud papillon rouge vif. Deux copies du formulaire 1040, quelques petits ajustements sur divers documents, pour finalement arriver sur la copie du client à un excédent total qui oscille entre deux cents et quinze cents dollars. Nous aurions pu ne pas nous en apercevoir, mais je joue au golf avec Sid Sun, et il adore se plaindre qu'il paie trop d'impôts. Il a insisté pour que je jette un œil sur sa déclaration afin d'être certain qu'il ne pouvait rien faire de plus pour obtenir une réduction.

— Vous avez examiné un de mes comptes ?

Calvin haussa un sourcil.

— Vous n'êtes guère en position de jouer les offensées. J'ai fait ça pour me débarrasser de lui et, en examinant sa déclaration, j'ai relevé plusieurs erreurs minimes. J'ai préféré y regarder de plus près et j'ai donc consulté dans nos archives la copie de sa dernière déclaration.

Kate ne sentait plus rien. Même le bout de ses doigts s'était soudain engourdi.

— Vous pensez que j'ai volé soixante-quinze mille dollars à mes clients ? À ce cabinet ?

— Kate, si vous vouliez seulement nous donner quelques explications… commença Marty. Nous sommes tous prêts à vous écouter.

— Comment pouvez-vous penser une chose pareille ? reprit-elle, furieuse d'entendre sa voix trembler.

— Comment voulez-vous que nous n'y pensions pas ? contra Amanda. La preuve est là sous nos yeux, noir sur blanc.

— Et pourtant, c'est faux !

— Vraiment ? fit Amanda en tambourinant de ses ongles laqués de rouge sur la table. Si Marty ne vous avait pas défendue, s'il n'avait pas insisté pour que nous recherchions une explication rationnelle, voire une incompétence de votre part, nous aurions eu cette petite réunion depuis plusieurs jours déjà.

— Amanda, dit doucement Bittle.

Mais elle secoua vigoureusement la tête.

— Larry, il s'agit d'un détournement de fonds et, au-delà des retombées juridiques, il faut prendre en considération la confiance que nous font nos clients.

— Je n'ai jamais pris un seul penny à personne…

Bien que terrorisée à l'idée que ses jambes se dérobent sous elle, Kate se leva.

— Bon sang, vous n'avez qu'à vérifier mes comptes, examiner mes relevés et mes finances… Je n'ai pas soixante-quinze mille dollars.

Lawrence fronça les sourcils en regardant ses mains.

— Miss Powell, il est facile de cacher, de blanchir ou de dépenser de l'argent. Vous avez conseillé à de nombreux clients de faire des investissements ou d'ouvrir des comptes aux Caraïbes ou en Suisse.

— C'est mon travail.

— Récemment, vous avez monté une affaire, lui fit remarquer Calvin.

— Je suis partenaire à un tiers d'une boutique de dépôt-vente…

Sentir la colère monter en elle lui redonna des forces.

— Et j'ai dû pour cela vider presque toutes mes économies…

Kate respira à fond et regarda Bittle droit dans les yeux.

— Mr Bittle, je travaille pour vous depuis sept ans. Vous m'avez embauchée une semaine après ma sortie de l'université. Je n'ai jamais donné autre chose à ce cabinet d'expertise que loyauté et dévouement, et j'ai toujours fait de mon mieux pour aider les clients. Je ne suis pas une voleuse.

— J'ai du mal à croire que vous en soyez une, Kate. Je vous connais depuis que vous êtes petite et j'ai toujours considéré que vous engager avait été une de mes meilleures inspirations. Cependant, cette histoire ne peut être occultée. Nos associés sont tombés d'accord pour en conclure que…

Il jeta un regard à Amanda pour l'empêcher de faire tout commentaire.

— Si l'argent était rendu…

— Je ne l'ai pas pris ! l'interrompit Kate. Je ne peux pas rendre ce que je n'ai pas pris !

— Et que croyez-vous que pensera la police quand nous lui remettrons la preuve ? demanda Amanda.

— Ce ne sera pas nécessaire, murmura Marty en voyant Kate redresser fièrement le menton.

— J'aimerais autant que vous le fassiez. Je n'ai rien à cacher.

— À ce stade, Bittle & Associés est responsable de la balance des comptes bloqués.

Larry Bittle considéra la jeune femme qui se tenait debout à l'extrémité de la longue table et secoua la tête.

— Qu'il soit nécessaire ou non de prévenir la police reste à débattre. En revanche, nous sommes contraints de mettre un terme à notre collaboration avec vous, et cette mesure prend effet immédiatement. Les objets personnels qui se trouvent dans votre bureau vous seront envoyés ultérieurement. Je suis désolé, Kate. Marty va vous raccompagner jusqu'à la sortie.

Elle laissa échapper un soupir exaspéré.

— Je n'ai jamais rien fait d'autre que mon mieux.

Puis elle attrapa rageusement son attaché-case, pivota sur ses talons et quitta la salle.

— Je suis navré. Bon sang, Kate… s'écria Marty en courant après elle dans l'escalier. Quel désastre, c'est épouvantable ! Je n'ai pas réussi à les faire changer d'avis.

Kate s'arrêta au bas des marches, ignorant les brûlures qui lui dévoraient l'estomac et la migraine qui lui martelait le crâne.

— Vous me croyez ? Vous me croyez, Marty ?

Elle vit passer une lueur de doute dans son regard sérieux de myope avant de répondre.

— Je suis certain qu'il y a une explication, dit-il en lui effleurant doucement l'épaule.

— Je vois, fit-elle en franchissant les portes vitrées du hall.

— Kate, si je peux faire quoi que ce soit pour vous, si je peux vous aider…

Il laissa sa phrase en suspens, l'air peu convaincu, et resta planté devant l'entrée tandis qu'elle courait vers sa voiture.

— Rien, se dit-elle tout bas. Il n'y a rien à faire du tout.

À la dernière minute, elle résista à l'envie de se précipiter à Templeton House. De courir vers Laura, Annie ou quiconque la prendrait dans ses bras pour la consoler. Juste avant de s'engager sur le chemin raide et tortueux, elle gara la voiture sur le bas-côté de la route, puis descendit et marcha en direction des falaises.

Elle pouvait se débrouiller toute seule. Elle avait déjà subi maintes épreuves dans sa vie et avait même survécu à des tragédies. Ayant déjà perdu ses parents, plus rien désormais ne parviendrait à lui fendre l'âme.

Il y avait eu les garçons dont elle avait rêvé au lycée, et qui n'avaient jamais rêvé d'elle en retour. Mais elle s'en était remise. Son premier amour, à l'université, s'était lassé d'elle, lui avait brisé le cœur et était passé à une autre. Pourtant, elle ne s'était pas effondrée.

Une fois, il y avait longtemps, elle avait espéré retrouver le trésor de Seraphina toute seule pour le rapporter fièrement à son oncle et à sa tante. Et elle avait finalement appris à vivre en se passant de ce triomphe.

Une enquête de police ne lui faisait pas peur. Elle n'avait rien fait. Cependant, elle éprouva le besoin de serrer plus fort les bras sur sa poitrine pour se protéger de la brise printanière.

Tout ce dont elle était coupable était d'avoir perdu son emploi. Rien de plus.

En gémissant, Kate se laissa tomber sur un rocher. Qui essayait-elle de leurrer ? Elle venait de perdre ce à quoi elle accordait le plus de valeur après la famille. La réussite.

Et voilà qu'elle était exactement ce qu'elle avait toujours redouté d'être. Un échec.

Comment ferait-elle pour les regarder en face quand ils sauraient qu'elle avait été mise à la porte et était soupçonnée de détournement de fonds ? Qu'elle avait mis tous ses œufs dans le même panier, ainsi qu'elle déconseillait toujours à ses clients de le faire, et qu'elle avait tout perdu d'un coup ?

Pourtant, elle devrait faire face et prévenir sa famille avant que quelqu'un d'autre ne s'en charge. Car quelqu'un s'en chargerait sûrement. Ce ne serait pas long. Si seulement elle pouvait creuser un trou et s'y cacher… Tout ce qu'elle était, elle le devait aux Templeton.

Kate prit dans sa poche une pastille contre les maux d'estomac qu'elle se mit à mâcher en regrettant de ne pas avoir d'aspirine. Dire qu'elle avait eu tant de mépris pour ces petites crampes ! Dire qu'à une époque elle avait trouvé Seraphina stupide et lâche d'avoir choisi de sauter dans le vide plutôt que d'affronter la difficulté !

Tournant le regard vers l'océan, elle se leva et s'approcha du bord de la falaise. En bas, les rochers se dressaient, fiers et menaçants. Elle avait toujours aimé les voir se dresser ainsi, telles des lances résistant à l'assaut constant et furieux des vagues.

À présent, elle allait devoir se comporter comme ces rochers. Résister et se tenir prête à faire face, quoi qu'il advienne.

De l'autre côté de la route, Byron l'observait. En sortant de chez Josh, il avait vu passer sa voiture à toute allure et, sans savoir exactement ce qui l'y poussait, il l'avait suivie, et ne comprenait encore pas très bien ce qu'il faisait là.

Il y avait quelque chose dans la manière dont elle se tenait, là, toute seule, au bord de la falaise, qui l'inquiétait. Toujours cette même vulnérabilité, ce besoin non formulé qui réveillait en lui une envie de la protéger.

Il n'aurait jamais soupçonné Kate Powell d'être du genre à marcher le long des falaises en admirant la mer.

Il faillit remonter dans sa voiture et s'en aller. Mais, finalement, il décida avec un haussement d'épaules que, maintenant qu'il était là, il ferait tout aussi bien de jouir du panorama.

— Sacré beau coin ! fit-il en venant la rejoindre.

Et il éprouva un certain plaisir à la voir sursauter.

— J'essayais justement de profiter de la vue, rétorqua Kate sans se retourner.

— Il y a largement de quoi regarder à deux. J'ai aperçu votre voiture et…

Soudain, il remarqua que ses yeux étaient mouillés. Or il n'avait jamais pu s'empêcher d'aider une femme à sécher ses larmes.

— Mauvaise journée ? murmura-t-il en lui tendant un mouchoir.

— Il y a du vent, c'est tout.

— Pas tant que ça.

— J'aimerais que vous partiez.

— D'ordinaire, je m'efforce de faire ce que me demandent les femmes. Mais puisque je n'ai pas l'intention d'agir ainsi avec vous, vous feriez mieux de vous asseoir et de me raconter ce qui ne va pas.

Il la prit par le bras et sentit la tension qui l'habitait, assez tranchante pour couper du verre.

— Vous n'avez qu'à vous dire que je suis un prêtre, lui suggéra-t-il en l'entraînant avec lui. À une époque, c'est ce que je voulais devenir.

— Assez de bêtises… et je suis polie.

— Non, je vous assure, insista Byron en la faisant asseoir sur un rocher. J'avais alors onze ans. Et puis, vint la puberté et je n'y ai plus jamais repensé.

Kate se tourna vers lui, trop lasse et trop abattue pour échapper à son emprise et se relever.

— Il ne vous vient pas à l'idée que je n'ai aucune envie de vous parler ? Que je voudrais rester seule ?

Il lui caressa les cheveux d'une main apaisante.

— Si, bien sûr, mais je sais que les gens qui s'apitoient sur eux-mêmes ont toujours envie de parler. En dehors de la sexualité, c'est la principale raison qui m'a fait renoncer à entrer au séminaire. Ça et danser. Les prêtres ont rarement l'opportunité de danser avec de jolies femmes. Bon, assez parlé de moi.

D'un geste ferme, il lui releva le menton. Au milieu de son visage d'une extrême pâleur, ses longs cils raides étaient tout mouillés et ses grands yeux de biche noyés de larmes. Et pourtant...

— Vos yeux ne sont pas assez rouges. Il faut pleurer encore.

— Je ne suis pas une pleurnicheuse.

— Vous savez, ma petite, ma sœur recommande toujours de pleurer abondamment, et elle serait furieuse si vous la traitiez de pleurnicheuse.

Affectueusement, il lui caressa le menton du revers du pouce.

— Hurler fait aussi beaucoup de bien, ou encore casser la vaisselle. Chez moi, on ne s'en privait pas.

— Inutile de...

— Ça permet d'évacuer, coupa-t-il de sa voix douce. De se purger. Ici, il n'y a rien à casser, mais vous pourriez pousser un grand cri.

Sentant toutes sortes d'émotions contradictoires l'oppresser, Kate repoussa sa main avec brusquerie.

— Je n'ai pas besoin de vous, ni de qui que ce soit. Je peux très bien me débrouiller toute seule avec mes problèmes. Si j'ai besoin d'amis, il me suffit de monter jusqu'à la maison. À la maison, répéta-t-elle en posant le regard sur la bâtisse de bois, de pierre et de verre où se trouvait tout ce qui comptait vraiment pour elle.

Et tout à coup, se cachant le visage à deux mains, elle craqua.

— Voilà, c'est bien, dit-il dans un murmure.

Soulagé de la voir exprimer librement son chagrin, il la serra contre lui.

— C'est ça, laissez-vous aller.

Kate n'arrivait plus à s'arrêter. Peu lui importait qui il était, ses bras étaient puissants et sa voix compréhensive. Blottie contre sa poitrine, elle sanglota de rage, de chagrin, de peur, et se laissa consoler pendant quelques minutes libératrices.

Byron posa sa joue sur ses cheveux et l'attira doucement contre lui. Elle lui paraissait si petite, si fragile, qu'il craignit de la casser en la serrant trop fort. Ses larmes traversèrent sa chemise, des larmes brûlantes qui devenaient glacées au contact de sa peau.

— Je suis désolée. Vraiment...

Elle voulut s'écarter, mais il continua à la tenir tout contre lui. Humiliée, elle frotta ses yeux.

— Je n'aurais jamais fait ça si vous m'aviez laissée toute seule.

— C'est mieux comme ça. Ce n'est pas bon de tout garder pour soi.

D'un geste parfaitement naturel, il l'embrassa sur le front avant de la relâcher pour regarder son visage.

Comment ce visage défiguré par les larmes parvenait-il à le séduire, il n'aurait su le dire. Néanmoins, il mourait d'envie de l'étreindre, d'embrasser cette bouche triste et douce, et de la caresser à nouveau, mais pas aussi amicalement.

Ce ne serait pas une bonne idée, réalisa-t-il. Pourtant, comment, face à un désespoir aussi sexy, un homme pouvait-il se targuer de penser comme un prêtre ?

— Vous n'avez pas vraiment l'air en meilleur état, dit-il en prenant le mouchoir qu'elle serrait dans son poing pour lui tamponner les yeux. Mais vous devriez vous sentir suffisamment mieux pour m'expliquer ce qui ne va pas.

— Ça n'a rien à voir avec vous.

— Et alors ?

Sentant de nouveaux sanglots lui serrer le cœur, Kate préféra parler plutôt que de les laisser jaillir.

— J'ai été virée.

Calmement, Byron continua à lui essuyer le visage.

— Pour quelle raison ?

— Ils pensent...

Sa voix se brisa.

— Ils pensent que je...

— Respirez à fond, lui conseilla-t-il, et dites-le d'un coup.

— Ils pensent que j'ai volé de l'argent sur le compte d'un client. Détournement de fonds. Soixante-quinze mille dollars.

Sans cesser de la regarder, il fourra son mouchoir trempé dans sa poche.

— Pourquoi ?

— Parce que... Parce qu'ils ont trouvé des duplicata de formulaires 1040. Et ce sont ceux de mes clients.

En bredouillant, elle lui résuma l'essentiel de la conversation qu'elle venait d'avoir avec les associés de Bittle. Bien que son récit fût quelque peu incohérent et truffé de détails sans rapport apparent les uns avec les autres, Byron continua à hocher la tête. Et à l'écouter.

— Je n'ai jamais pris cet argent, conclut-elle avec un long soupir. Je ne m'attends pas que vous me croyiez sur parole, mais...

— Bien sûr que je vous crois.

Ce fut au tour de Kate de faire un effort pour comprendre ce qu'il venait de dire.

— Pourquoi ?

Reculant légèrement, il sortit un cigare de sa poche et l'alluma en protégeant la flamme de son briquet avec sa main.

— Dans ma partie, on se fait très vite une idée des gens à qui on a affaire. Vous avez entendu parler de gestion d'hôtels toute votre vie, vous savez donc sûrement de quoi je parle. Il arrive souvent qu'on se retrouve face à un client, ou à un employé, et qu'on doive le juger sur-le-champ. Il vaut mieux ne pas se tromper.

Guettant sa réaction, il souffla un nuage de fumée.

— Mon opinion sur vous, Katherine, dans les cinq premières minutes, a été – entre autres choses – que vous étiez le genre de femme qui préférerait se laisser étouffer par son intégrité plutôt que de respirer pour ne pas mourir.

— J'apprécie le compliment. Du moins, je crois.

— En tout cas, permettez-moi de vous dire que vos collègues sont de fieffés abrutis.

Kate renifla un coup.

— Ce sont des comptables.

— Ah, voilà qui est mieux ! sourit-il en lui effleurant la joue. Je viens de voir un éclair dans ces grands yeux bruns. C'est déjà ça. Alors, vous allez accepter cette situation sans réagir ?

Se relevant vivement, Kate redressa les épaules.

— Même s'ils me demandaient en se traînant à genoux sur des bouts de verre brisé de revenir, jamais je ne retournerai travailler chez Bittle !

— Ce n'est pas à ça que je pensais. Ce que je veux dire, c'est que quelqu'un a détourné des fonds et vous a fait accuser. Que comptez-vous faire ?

— Que puis-je faire ? Je n'ai pas accès aux dossiers, ni aux comptes. Et je ne peux quand même pas aller voir les clients. Non, je ne peux strictement rien faire.

— Vous avez une cervelle.

— Ce n'est pas l'impression que j'ai en ce moment, fit-elle en portant la main à sa tempe.

Elle souffrait d'un violent mal de tête.

— Ils ne peuvent pas me poursuivre parce que je n'ai pas l'argent et qu'ils n'arriveront jamais à prouver que je l'ai. Pour l'instant, en ce qui me concerne, savoir qui a subtilisé de l'argent est un problème qui ne concerne que Bittle.

Byron se releva, l'air surpris.

— À votre place, je voudrais leur peau.

— Pour le moment, la seule chose qui me préoccupe est de savoir comment je vais survivre dans les heures qui viennent. Il faut que j'annonce ça à ma famille, ajouta-t-elle en fermant les yeux. Un peu plus tôt dans la journée, j'espérais justement qu'on allait m'appeler et me proposer de devenir associée. Pas mal de signes me le laissaient penser. Je mourais d'impatience de le leur dire.

— Fanfaronne ?

Il avait dit cela si gentiment qu'elle ne s'en vexa nullement.

— Sans doute. Et maintenant, il faut que j'aille leur annoncer que j'ai tout perdu et que mes perspectives de trouver une autre place ou de récupérer le moindre client sont nulles pour un bon moment.

— C'est votre famille, dit Byron en s'avançant et en la prenant par les épaules. Votre famille est là pour vous soutenir.

— Je sais.

Brusquement, elle eut envie de lui prendre la main. Il avait des mains si grandes, si rassurantes. Elle aurait aimé la prendre et la presser contre sa joue. Au lieu de quoi, elle recula d'un pas et lui tourna le dos.

— Justement, c'est encore pis. Mais voilà que je recommence à m'apitoyer sur moi.

— Ça va, ça vient, Kate.

Conscient de la petite danse qu'ils étaient en train d'effectuer pour éviter de se toucher, il la prit par l'épaule.

— Voulez-vous que je monte à la maison avec vous ?

— Non.

Elle fut stupéfaite de constater que, l'espace d'une seconde, elle avait eu envie de dire oui. De poser la tête sur son épaule solide, de fermer les yeux et de le laisser l'emmener.

— Non, je vais y aller seule.

Elle lui échappa à nouveau, mais le regarda cette fois droit dans les yeux.

— C'est très gentil à vous. Vraiment très gentil.

Il lui sourit, et ses fossettes se creusèrent.

— Je ne me serais pas senti insulté si vous aviez eu l'air moins surprise.

— Je ne voulais pas vous insulter, répliqua-t-elle en esquissant un sourire. Je voulais vous exprimer ma reconnaissance. Je vous suis extrêmement reconnaissante, père De Witt.

Prudent, il tendit la main et passa ses doigts dans ses cheveux courts.

— Je préférerais que vous ne pensiez pas à moi comme à un prêtre…

Sa main glissa sur sa nuque.

— Toujours ces histoires de sexe, ajouta-t-il.

Kate savait très bien à quoi il faisait allusion – à ce petit tiraillement hormonal, vaguement inconvenant.

— Hmm…

Cette réponse lui parut aussi bonne qu'une autre. Et en tout cas plus sûre.

— Je ferais mieux de me débarrasser de ça, reprit Kate, le regard las, en reculant d'un pas. À bientôt.

— Très certainement.

Byron fit un pas en avant. Aussitôt, elle en fit un en arrière.

— Que faites-vous ?

Amusé par leur petit manège, il haussa les sourcils.

— Je vais chercher ma voiture. Je suis garé derrière vous.

— Ah !…

Aussi naturellement que possible, Kate se dirigea vers la sienne, Byron à ses côtés.

— Je… euh… avez-vous vu cette maison dont je vous avais parlé ?

— J'ai justement rendez-vous pour la visiter ce soir.

— Très bien. Parfait, fit-elle en faisant tourner ses clés dans sa poche avant de les sortir. Eh bien, j'espère qu'elle vous plaira.

— Je vous dirai ça.

Il referma sa main autour de la sienne sur la poignée de la portière. Devant le regard suspicieux qu'elle lui jeta, il sourit.

— Mon père m'a toujours appris à ouvrir la porte aux dames. Considérez ça comme une manie de Sudiste.

Kate haussa les épaules et s'installa au volant.

— Au revoir.

— Je vous appellerai.

Elle faillit lui demander ce que c'était censé vouloir dire, mais il était déjà reparti en direction de sa voiture. D'ailleurs, elle en avait une assez bonne idée.

5

— C'est scandaleux ! C'est honteux !

Laura faisait les cent pas dans le solarium, en proie à un accès de colère comme elle en avait rarement. Une demi-heure plus tôt, Kate avait interrompu la séance des devoirs avec les filles et Laura avait laissé de côté les mystères de la ponctuation et des tables de multiplication pour l'écouter, stupéfaite, raconter son histoire.

En voyant la réaction de son amie, Kate se félicita d'avoir eu la présence d'esprit de demander à lui parler en privé. L'éclat qui brillait dans ses yeux gris, la colère qui enflammait ses joues d'ordinaire aussi pâles que l'ivoire et ses grands gestes furieux auraient probablement effrayé les enfants.

— Je ne voulais pas te mettre dans un tel état…

— Comment veux-tu que je ne sois pas folle de rage ? s'écria Laura en fondant sur elle, ses boucles cuivrées balayant son menton et sa jolie bouche tordue en un rictus de colère. Et comment voudrais-tu que je réagisse en apprenant qu'on vient de poignarder ma sœur entre les deux yeux ?

Si Kate n'était pas aussi ébranlée, elle aurait éclaté de rire. La douce Laura s'était brusquement métamorphosée en une véritable furie. Du haut de son mètre soixante-dix, elle donnait l'impression d'être capable de tenir tête pendant dix rounds au plus grand champion de boxe.

— Comment veux-tu que je réagisse ? répéta-t-elle, en arpentant la pièce aux parois vitrées de sa silhouette toute fine. D'ailleurs, je ne suis pas en colère. Je suis bien au-delà de la colère. Comment ont-ils osé ? Comment ces fichus abrutis ont-ils pu croire une minute que tu avais volé cet argent ?

Emportée par son élan, elle donna au passage un coup de coude dans les feuilles d'un palmier qui trembla dans son pot.

— Quand je pense au nombre de fois où les Bittle ont été invités dans cette maison, eux, des soi-disant amis de mes parents, mon sang se met à bouillir ! Ils ont eu le culot de te traiter comme une vulgaire criminelle, de te mettre à la porte et de te faire raccompagner jusqu'à la sortie ! Je suis étonnée qu'ils ne t'aient pas fait passer les menottes par la brigade antiterroriste.

Le soleil qui filtrait à travers les vitres faisait briller son regard d'un éclat inquiétant.

— Quels salauds ! Quelle bande de crétins !

Laura se rua subitement sur le téléphone et composa un numéro.

— Nous allons appeler Josh. Et les attaquer en justice.

— Attends. Non, attends…

Tiraillée entre l'envie de pleurer et de rire, Kate retint son amie par le bras.

— Je n'ai rien qui me permette de leur faire un procès. La preuve…

— Je me fous pas mal de leur preuve…

En voyant Kate éclater de rire, Laura fronça les sourcils.

— Qu'est-ce qu'il y a de si drôle ?

— Je n'ai pas l'habitude de t'entendre parler comme ça. Ça ne t'est pas naturel. Et puis, te voir tourner en rond comme une furie dans cette pièce élégante remplie de fougères et d'hibiscus est un vrai spectacle en soi, crois-moi ! ajouta Kate avant de reprendre son souffle. Je ne suis pas venue ici pour te voir tout saccager, même si ça fait du bien à mon petit ego meurtri.

— Ce n'est pas une question d'ego, répliqua Laura en essayant de se calmer. Il s'agit de diffamation et de perte d'emploi. Mais nous n'allons pas les laisser s'en tirer comme ça. Puisque nous avons un avocat dans la famille, nous allons recourir à ses services.

Inutile de lui faire remarquer que Josh n'était en rien spécialiste de ce genre de litiges…

— On pourrait peut-être lui suggérer de plaider la perte de consortium, juste pour rire. J'ai toujours aimé ce mot.

— Comment arrives-tu à plaisanter ?

— C'est que tu m'as fait du bien…

Tout à coup, Kate faillit se remettre à pleurer et serra Laura dans ses bras pour s'en empêcher.

— Au fond de mon cœur, je savais bien que tu serais de mon côté, mais dans ma tête, dans mes tripes… j'étais tellement bouleversée. Ô mon Dieu…

Elle s'écarta tout à coup en pressant la main sur son ventre.

— Voilà que ça me reprend.

— Oh, Kate, ma chérie, je suis vraiment désolée !…

Tout doucement, Laura prit son amie par la taille.

— Allons nous asseoir. Nous allons prendre du thé, du vin, du chocolat et réfléchir à tout ça.

Kate renifla pour ravaler ses larmes et hocha la tête.

— Du thé, oui. Ces temps-ci, l'alcool ne me réussit pas, dit-elle en esquissant un pauvre sourire. Quant au chocolat, c'est encore pis.

— Bon. Assieds-toi ici.

D'ordinaire, Laura serait allée elle-même à la cuisine, mais elle préférait ne pas laisser Kate toute seule. Aussi décrocha-t-elle le téléphone intérieur fixé près de la porte – système que Peter avait tenu à installer pour appeler les domestiques. Après un bref échange au bout du fil, elle revint s'asseoir à côté de Kate.

— Je me sens si inutile, murmura celle-ci. Si démunie... Je crois que je ne m'étais jamais vraiment rendu compte de ce que Margo avait pu ressentir l'année dernière, quand elle s'est retrouvée sans rien.

— Tu as été là pour elle. Tout comme Margo et moi, et toute la famille, le serons pour toi. N'importe qui te connaissant sait bien que tu n'as rien fait de mal.

— C'est même le cas de quelqu'un qui ne me connaît pas, marmonna Kate en songeant à Byron. Pourtant, plein de gens le croiront. Ça se saura, je te le garantis. Mais je suis habituée à me défendre, ajouta-t-elle. Au lycée, les filles maigrichonnes qui ont plus de cervelle que de charme ont tendance à se faire oublier ou bien au contraire à se battre.

— Et tu t'es toujours battue.

— Oui, mais je manque d'entraînement.

Kate ferma les yeux et se laissa glisser au fond du canapé. La pièce embaumait comme un jardin. Tout était paisible et merveilleusement calme. Un calme qu'elle avait grand besoin de retrouver.

— Je ne sais pas ce que je vais faire, Laura. C'est même la première fois de ma vie que je n'en ai pas la moindre idée.

Elle rouvrit les yeux et croisa le regard inquiet de son amie.

— Je sais que ça peut paraître absurde, mais tout ce que je suis, tout ce que j'ai voulu devenir, a toujours été lié à ma carrière. J'étais plutôt bonne. Et même mieux que ça. Il fallait que je le sois. J'ai choisi Bittle parce que c'était un cabinet sérieux établi depuis de longues années, qu'il y avait des possibilités d'avancement et parce que c'était tout près de la maison. J'aimais bien les gens avec qui je travaillais, alors que je n'aime pas grand monde. Je me sentais à l'aise et appréciée.

— Tu te sentiras tout aussi à l'aise et appréciée chez Templeton, remarqua doucement Laura en lui prenant la main. Tu sais parfaitement que tu peux y avoir un poste dès demain. Maman et papa ont toujours espéré te voir travailler pour la chaîne.

— Ils ont déjà fait suffisamment de choses pour moi.

— Kate, c'est ridicule...

— Pas pour moi. Je ne vais pas aller me traîner à genoux devant eux. Je m'en voudrais trop.

C'était le seul point sur lequel elle se sentait capable de tenir bon. L'orgueil était tout ce qui lui restait.

— Ça va déjà être assez dur de les appeler pour leur annoncer ça !

— Tu sais exactement quelle sera leur réaction. Je peux m'en charger, si tu veux.

— Non. Je les appellerai demain matin, dit Kate en lissant sagement sa jupe bleu marine. J'ai un peu de temps devant moi pour envisager diverses options possibles. L'argent ne sera pas un problème dans l'immédiat. J'en ai un peu de côté, et puis, si maigre soit-il, il y a le revenu de la boutique.

Tout à coup, elle se redressa.

— Ô mon Dieu ! Tu crois que ça risque d'affecter la boutique ?

— Bien sûr que non ! Ne t'en fais pas.

— Ne t'en fais pas ! railla Kate en se levant d'un bond, et en sentant son estomac recommencer à se tordre. Une des associées de *Faux-Semblants* soupçonnée de détournement de fonds ! Un expert-comptable vide les comptes de ses clients ! Enquête sur la famille Templeton !... Seigneur ! Je n'y avais pas pensé... Ça risque de tout gâcher. Beaucoup de mes clients fréquentent la boutique...

— Allons, arrête ! Tu es innocente, et ça ne m'étonnerait pas que la plupart de tes clients trouvent toute cette affaire complètement absurde.

— Tu sais, dès qu'il s'agit de leur argent, et de ceux qu'ils paient pour s'en occuper, les gens ont souvent une attitude bizarre.

— C'est possible, mais tu vas commencer par t'occuper du mien. Et je t'interdis de refuser, ajouta Laura avant que Kate puisse ouvrir la bouche. Je n'en ai plus beaucoup depuis mon divorce avec Peter, mais je compte sur toi pour arranger ça. Et il est grand temps que tu t'investisses dans la boutique. Margo et moi tenons les livres de comptes correctement, mais…

— Question de point de vue !

Laura haussa un sourcil d'un air ravi.

— Eh bien, dans ce cas, tu ferais mieux de te charger de protéger notre investissement. Avant, tu étais trop occupée, mais maintenant, tu vas avoir tout le temps nécessaire.

— Apparemment.

— Et en passant quelques heures par jour derrière le comptoir, tu nous soulageras un peu, Margo et moi.

Kate la regarda bouche bée.

— Tu… tu veux que je joue à la marchande ? Tous les jours ? Écoute, Laura, je ne suis pas vendeuse.

— Margo ne l'était pas non plus, répliqua placidement Laura. Pas plus que moi. Les circonstances évoluent, Kate. On passe ou on casse.

Elle faillit lui rappeler qu'elle était diplômée de Harvard, d'où elle était sortie avec mention très bien et un an d'avance, et qu'elle avait été à un doigt de décrocher un siège d'associée dans un des meilleurs cabinets d'expertise de la région, où elle gérait chaque année des budgets de plusieurs millions de dollars.

Cependant, elle décida de se taire, tout cela n'ayant plus aucun sens pour l'instant.

— Je ne suis même pas capable de reconnaître un Armani d'un… d'un je ne sais trop quoi !

— Tu apprendras.

— Et puis j'ai horreur des bijoux.

— Les clientes en raffolent.

— Je ne comprends pas pourquoi les gens éprouvent le besoin d'accumuler des nids à poussière dans leur maison.

Laura sourit vaguement. Si Kate comptait lui résister pied à pied, elle allait trouver à qui parler.

— C'est facile à deviner : pour nous faire faire du chiffre.

— Là, tu marques un point, concéda Kate. Je ne me suis d'ailleurs pas si mal débrouillée, les quelques samedis où j'ai pu venir vous aider. Ce qui m'embête, c'est d'avoir affaire aux gens, jour après jour.

— Tu apprendras à vivre avec ! On a vraiment besoin de toi pour la comptabilité. Nous n'avons pas voulu t'en parler pour ne pas te mettre la pression. À vrai dire, Margo voulait le faire, mais je l'en ai dissuadée.

Une des nombreuses blessures que Kate avait prévu de panser cicatrisa d'un seul coup.

— C'est vrai ?

— Ne le prends pas mal, Kate, mais il y a maintenant dix mois que nous avons ouvert la boutique, et Margo et moi avons décidé au bout de dix jours que nous avions la comptabilité en horreur. Ainsi que les relevés de chiffres, les pourcentages, ou le calcul de la taxe de vente qu'il faut envoyer chaque mois.

Laura poussa un gros soupir et baissa la voix.

— Je ne devrais pas t'en parler, elle me l'avait fait promettre, mais…

— Mais quoi ?

— Eh bien… Nous nous sommes dit que nous ne pouvions pas nous permettre de prendre un comptable à temps plein, du moins pas encore. Alors Margo a décidé de suivre des cours.

— Des cours ? répéta Kate en papillotant des yeux. Des cours de comptabilité ? Margo ? Dieu du ciel…

— Et de gestion, et aussi d'apprendre à se servir de l'ordinateur, ajouta Laura avec un clin d'œil. Mais, avec le bébé qui doit bientôt naître, ça me paraît faire beaucoup. Personnellement, je me débrouille relativement bien avec l'ordinateur. Je m'en sers à l'hôtel. Mais la vente au détail relève d'un tout autre domaine.

Consciente que le facteur temps pouvait jouer en sa faveur, Laura attendit quelques secondes afin de laisser Kate s'imprégner de toutes les données.

— Or je ne vois pas quand je trouverai un moment pour prendre moi-même des cours, entre mon boulot à Templeton, la boutique, les filles…

— Évidemment. Tu aurais dû me prévenir que vous aviez autant de difficultés. J'aurais pris le relais.

— Il y a six mois que tu es débordée de travail. Ça ne me semblait pas opportun.

— Opportun ? Mais, voyons, ce sont les affaires ! Je vais venir demain matin dès l'ouverture et examiner de près les livres de comptes.

Laura réussit à garder un sourire aimable quand Ann Sullivan entra en poussant le thé sur un chariot.

— Les filles ont terminé leurs devoirs, commença Ann. J'ai mis deux tasses et deux assiettes en plus pour qu'elles se joignent à vous. J'ai pensé que prendre un petit goûter vous ferait du bien.

— Merci, Annie.

— Kate, ça me fait plaisir de te…

Son sourire joyeux disparut dès qu'elle vit les yeux rouges et larmoyants de Kate.

— Mais que t'arrive-t-il, ma chérie ?

— Oh, Annie !…

Kate prit la main d'Ann et la pressa contre sa joue.

— Ma vie est un vrai désastre !

— Je vais chercher les filles. Et une autre tasse, dit Laura en se levant et en faisant un petit signe à Annie. Nous allons prendre ce goûter et nous efforcer de tout arranger.

Ayant toujours été la plus délicate et la plus bagarreuse, Kate occupait une place particulière dans le cœur d'Ann. Après avoir servi deux tasses et coupé deux parts de gâteau au chocolat, elle s'assit près d'elle et la prit tendrement par l'épaule.

— Allons, bois ton thé, mange un bout de gâteau et raconte tout à Annie.

Kate se blottit contre elle en souriant. Dorothy, originaire du Kansas, avait décidément raison. C'était bien chez soi qu'on était le mieux.

— Je n'aime pas cette façon qu'elle a de truffer ses phrases de jargon informatique, dit Margo en passant derrière le comptoir.

— On n'a pas besoin de tout comprendre, rétorqua Laura à voix basse. Pense plutôt à tous ces dimanches soir que nous avons passés à transpirer sur ces satanés livres de comptes.

— Tu as raison. Tout de même, je trouve que je commençais à pas trop mal m'en sortir. Mais à l'entendre, on croirait que j'ai subi une trépanation.

— Tu veux aller dans le bureau lui donner un coup de main ?

— Non.

Sa réponse était claire et nette.

— Et je n'aime pas non plus la façon dont elle réagit à cette sale histoire. Kate n'a jamais été du genre à refuser de se battre.

— Elle se sent blessée, bouleversée. Il faut lui laisser le temps de se remettre.

— J'espère qu'elle va faire vite. Je ne vais pas pouvoir empêcher Josh encore longtemps d'aller dire ce qu'il pense à Bittle.

Une lueur agressive passa dans ses yeux d'un bleu limpide.

— D'ailleurs, je ne vais pas pouvoir me retenir très longtemps non plus. Quelle bande de crétins !

Elle continua à marmonner tout en s'approchant d'une cliente, mais son visage se transforma radicalement, redevenant l'image même d'une beauté éclatante et raffinée.

— Cette lampe est splendide, n'est-ce pas ? Elle appartenait à Christie Brinkley, précisa Margo en effleurant l'abat-jour frangé de perles. En toute confidence, je peux même vous dire que c'est son dernier amant qui lui en a fait cadeau, mais elle n'a pas voulu la garder.

Vérité ou fiction ? se demanda Laura en étouffant un éclat de rire. Le nom de la propriétaire était exact, mais le reste était probablement une pure invention.

— Laura...

Le regard fatigué d'avoir passé une heure à éplucher les comptes, Kate sortit du bureau.

— Te rends-tu compte de l'argent que vous gaspillez à commander des boîtes d'emballage par petites quantités ? Plus on en commande d'un coup, moins ça coûte cher. Et étant donné la vitesse à laquelle on en consomme...

— Ah, oui, tu as raison !

Dans un réflexe d'autodéfense autant que par nécessité, Laura regarda sa montre.

— Oh, c'est l'heure de la leçon de piano ! Il faut que je file.

— Et vous achetez le Scotch à la papeterie du coin au lieu de le commander chez un grossiste, ajouta Kate en suivant Laura jusqu'à la porte.

— Je mériterais d'être fusillée. Salut !

Et elle s'éclipsa aussitôt.

Tapant du pied, Kate se retourna dans l'intention d'aller faire la morale à Margo. Mais son associée était en grande discussion avec une cliente, à laquelle elle essayait de refiler une horrible petite lampe qui ne devait pas pouvoir éclairer une pièce beaucoup plus grande qu'un placard.

— Mademoiselle ! Oh, mademoiselle ! s'écria une autre femme en jaillissant de la pièce où se trouvaient les vêtements, une paire d'escarpins blancs à la main. Vous n'auriez pas ça en trente-neuf ?

Kate considéra les chaussures, puis regarda la cliente en se demandant comment on pouvait avoir envie de se promener avec des pastilles sur les pieds.

— Tout ce que nous avons en stock est ici.

— Celles-ci sont trop petites ! gémit la dame en lui brandissant les escarpins sous le nez. Mais elles sont parfaites avec la robe que j'ai choisie. Il me les faut absolument.

— Écoutez...

Kate grinça des dents en voyant le regard lourd de menace que lui décocha Margo. Elle se rappela alors ce que son amie avait tenu à lui apprendre par cœur.

— *Faux-Semblants* ne vend pratiquement que des articles uniques. Mais je suis certaine que nous allons trouver quelque chose qui vous conviendra.

Regrettant de ne pas être restée devant l'ordinateur, Kate emmena la cliente dans la pièce réservée aux vêtements.

Et elle dut faire un gros effort pour ne pas crier. Les chaussures, au lieu d'être alignées bien en ordre sur les étagères, étaient entassées au milieu de la pièce. Une dizaine de robes du soir avaient été jetées n'importe comment sur un fauteuil. Les autres gisaient éparpillées sur le beau tapis d'Aubusson.

— Je vois que vous n'avez pas perdu votre temps, remarqua-t-elle avec un sourire glacial.

La femme laissa échapper un petit rire strident qui faillit faire éclater la tête de Kate.

— Oh, j'adore tout ce que vous avez, mais une fois que je me décide pour quelque chose, je m'y tiens !

Ce qui était bien entendu une excellente nouvelle...

— Et pour quelle robe vous êtes-vous décidée ?

Il fallut encore vingt minutes, vingt longues et éprouvantes minutes, avant que la cliente arrête son choix sur une paire de sandales à brides blanches ornées de nœuds en satin.

Kate se débattit pour plier les kilomètres de tulle blanc qui composait le jupon de cette robe sans laquelle la cliente ne s'imaginait plus pouvoir vivre. Lorsqu'elle arriva finalement à la faire rentrer dans un sac, elle se dit que la dame aurait l'air là-dedans d'une gigantesque pièce montée.

Une fois sa tâche accomplie, Kate lui tendit la robe, les chaussures et le reçu, et réussit même à lui faire un sourire.

— Merci de votre visite.

— Oh, j'adore tout ce qu'il y a dans votre boutique ! Je veux absolument voir ces boucles d'oreilles.

— Des boucles d'oreilles ? fit Kate en se sentant défaillir.

— Oui, celles-ci. Je crois qu'elles iraient à merveille avec la robe. Oh, pourriez-vous la sortir du sac pour que je me rende mieux compte ?

— Vous voulez que je sorte la robe du sac ?

Un sourire figé sur les lèvres, Kate se pencha au-dessus du comptoir.

— Et si vous...

— Oh, ces pierres australiennes sont fantastiques, n'est-ce pas, ? s'exclama Margo en passant derrière la caisse et en donnant un coup de coude à Kate qui la propulsa à au moins un mètre. J'ai le bracelet assorti. Kate, si tu sortais la robe pendant que j'ouvre la vitrine ?

— Je veux bien ressortir cette foutue robe, bougonna-t-elle en tournant le dos, mais pas question que je la replie ! Ça, personne ne m'y obligera.

Prête à la bagarre, Kate fronça les sourcils en entendant la porte s'ouvrir. Et se renfrogna plus encore en apercevant le sourire de Byron.

— Bonjour, mesdames ! Je vais jeter un coup d'œil dans le magasin en attendant que vous soyez libres.

— Vas-y, fit Margo d'un air entendu à son amie. Je termine avec cette cliente.

Après tout, lui ou un autre, se dit Kate en s'avançant vers De Witt à contrecœur.

— Vous cherchez quelque chose ?

— Pour la fête des Mères. J'ai acheté un cadeau d'anniversaire pour ma mère ici il y a quelques mois, et j'ai été accueilli en héros. Alors, autant renouveler l'expérience.

Du revers de la main, il lui effleura le menton.

— Comment vous sentez-vous ?

— Très bien.

Gênée en repensant à la manière dont elle avait sangloté dans ses bras, Kate se dégagea avec raideur.

— Vous avez une idée précise ?

Pour toute réponse, Byron la prit par l'épaule et la fit pivoter vers lui.

— Je croyais que nous nous étions quittés dans des termes plus ou moins amicaux.

— C'est exact…

Elle fit un effort pour se ressaisir. Lui faire des reproches était inutile, même si c'était plus commode.

— Je suis un peu tendue, c'est tout. Je viens de me retenir de justesse d'envoyer mon poing dans la figure de cette cliente.

Intrigué, Byron regarda par-dessus la tête de Kate la femme qui était en train de s'extasier devant un bracelet.

— Pour quelle raison ?

— Elle voulait voir des boucles d'oreilles, ronchonna Kate.

— Décidément, les gens sont incroyables ! Si vous me promettez de ne pas me frapper, je vous jure de ne pas poser les yeux sur une seule paire de boucles d'oreilles dans cette boutique. Ni même ailleurs.

Cette remarque méritait sans doute un sourire.

— Désolée. C'est une longue histoire. Alors, qu'est-ce qui ferait plaisir à votre mère ?

— Des boucles d'oreilles. Pardonnez-moi, fit-il avec un délicieux rire rauque. Je n'ai pas pu résister. Elle est chirurgien, elle a des nerfs d'acier, très mauvais caractère, et un petit faible pour tout ce qui a un rapport avec ses enfants. Je pensais à des cœurs ou à des fleurs. Bref, tout ce qui tombe dans ce genre de symbolisme de base.

— Comme c'est charmant ! répliqua Kate en souriant cette fois pour de bon. Je ne connais pas très bien le stock. Il n'y a qu'une semaine que je travaille ici.

Il remarqua qu'elle était tirée à quatre épingles dans un tailleur gris impeccable, agrémenté d'une cravate Windsor à rayures. Ses chaussures confortables n'auraient cependant pas dû attirer son attention sur ses jambes. Réalisant avec étonnement que c'était précisément ce qu'il était en train de faire, il s'éclaircit discrètement la gorge.

— Comment ça marche ?

Kate jeta un coup d'œil à Margo.

— Je crois que mes coassociées complotent pour m'éliminer. À part ça, ça va plutôt bien.

La porte s'ouvrit à nouveau, laissant entrer trois femmes riant et bavardant très fort. Kate attrapa Byron fermement par le coude.

— Bon, je suis à vous. Vous avez besoin de toute mon attention. Je vous ferai dix pour cent si vous me prenez tout mon temps jusqu'à leur départ.

— Vous aimez vraiment les gens, n'est-ce pas, Katherine ?

— Vous avez devant vous une femme désespérée. Alors, ne vous avisez pas de me jouer un sale tour.

Sans lâcher son bras, elle l'entraîna dans un coin de la boutique.

— Tiens, vous avez encore un nouveau parfum, remarqua-t-il en respirant ses cheveux. Subtil, quoique très évocateur.

— Margo m'en a aspergé à un moment où je ne m'y attendais pas, expliqua Kate d'un air absent. Elle adore promouvoir la marchandise. Elle m'aurait volontiers couverte de bijoux si je ne m'étais pas échappée.

Suffisamment loin pour se sentir à l'abri, elle se retourna et fit une grimace à son amie.

— Regardez, elle m'a obligée à mettre ça.

Byron se pencha sur la broche en forme de croissant piquée sur son revers.

— C'est très joli…

Puis son regard glissa sur le léger renflement de sa poitrine.

— Simple, classique, discret.

— Oui, bon, d'accord, mais à quoi servent les broches sinon à faire des trous dans les vêtements ? Bien, revenons à nos affaires. À vrai dire, il y a là une boîte à musique qui pourrait très bien vous faire passer une nouvelle fois pour un héros.

— Une boîte à musique, répéta-t-il en se forçant à se concentrer sur ce qui les occupait. Oui, ça pourrait aller.

— Je m'en souviens parce que Margo vient de la rapporter d'une vente aux enchères à San Francisco. Elle pourrait sûrement vous dire d'où elle vient et qui l'a fabriquée. Moi, je peux seulement vous dire qu'elle est ravissante.

Kate souleva l'objet, une boîte en acajou brillant assez grande pour ranger des bijoux ou des lettres d'amour. Sur le couvercle bombé était peint un jeune couple en habits du Moyen Âge, ainsi qu'une licorne, le tout entouré d'une guirlande de fleurs. Il s'ouvrait sur un écrin de velours bleu et les premières mesures de *La Lettre à Élise*.

— Il y a un problème, dit aussitôt Byron.

— Pourquoi ? C'est beau, pratique et tout ce qu'il y a de romantique.

— Oui, fit-il en se grattant le menton. Mais comment voulez-vous que je vous prenne tout votre temps si vous me montrez le cadeau idéal du premier coup ?

— Oh !…

Kate jeta un coup d'œil par-dessus son épaule. Les trois clientes qui venaient d'arriver étaient dans la salle adjacente en train de soupirer d'extase. Faisant de son mieux pour ne pas se sentir coupable, elle se tourna vers Margo et vit qu'elle était en train de replier la robe en tulle de ses mains expertes.

— Vous voulez acheter autre chose ? Il n'est jamais trop tôt pour penser à ses achats de Noël.

Byron inclina la tête.

— Il va falloir apprendre à jauger la clientèle, ma petite. Vous avez devant vous un homme qui achète un cadeau pour la fête des Mères trois jours avant le jour J. Cadeau qu'il va d'ailleurs devoir faire expédier ce soir même à Atlanta. Or, ce genre de type fait rarement ses achats de Noël avant le 21 décembre.

— Ce n'est pas très pratique.

— J'aime faire preuve de sens pratique dans mon travail. Dans la vie, c'est autre chose.

Il lui sourit, et les petites rides autour de sa bouche se creusèrent délicieusement.

— Je pourrais peut-être hésiter sur le papier cadeau ?

— Oui, bonne idée.

Kate décocha un sourire rayonnant à son amie lorsqu'elles se croisèrent au milieu de la boutique, puis posa la boîte à musique délicatement sur le comptoir.

Margo referma la porte de la boutique sur sa cliente, visiblement aux anges, avant de faire un sourire ravageur à Byron.

— Bonjour, quel plaisir de vous voir.

— Margo...

Il lui prit la main et la porta à ses lèvres. D'un geste qui lui était aussi naturel que de sourire.

— Vous êtes splendide, comme toujours.

Elle éclata de rire.

— Nous n'avons pas assez d'hommes ici, surtout des hommes aussi beaux et galants que vous ! Vous avez trouvé ce que vous cherchiez ?

— Kate m'a sauvé la vie en me trouvant un cadeau pour la fête des Mères.

— Vraiment ?

Alors que Kate emballait la boîte à musique avec application, Margo se pencha par-dessus le comptoir et l'empoigna par le nœud de sa cravate en tirant dessus vicieusement.

— Je t'étranglerai plus tard. Veuillez m'excuser, Byron, mais j'ai des clientes.

Kate regarda Margo s'éloigner, des banderilles dans les yeux.

— Vous voyez, je vous l'avais dit. Elle veut ma mort.

— Une des définitions de la famille est de savoir s'adapter en permanence.

Kate leva un sourcil.

— C'est la définition de quel dictionnaire ?

— Du De Witt. Si on essayait ce papier à petites fleurs violettes ? Margo est une femme remarquable.

— Je n'ai jamais rencontré aucun homme qui pense le contraire. Non, c'est faux, ajouta Kate en mesurant avec précision un métrage de papier. L'ex-mari de Laura ne pouvait pas la supporter. Et ce, bien entendu, parce qu'elle était la fille de la gouvernante et que c'est un horrible snob. Mais sans doute aussi parce qu'il la désirait. Les hommes sont ainsi. Ça l'agaçait.

Intrigué par la brusquerie avec laquelle elle procédait – sa façon presque mathématique de poser la boîte à musique en parfait alignement et de replier les coins du papier –, Byron posa les coudes sur le comptoir. Il nota que ses mains étaient ravissantes. Étroites, compétentes, et sans le moindre bijou.

— Et que pensait-il de vous ?

— Oh ! il me détestait aussi, mais ça n'avait rien à voir avec ses fantasmes sexuels. Je n'étais à ses yeux que la parente pauvre qui a le culot de dire tout haut ce qu'elle pense.

Tout à coup, elle releva les yeux en fronçant les sourcils.

— Je ne sais pas pourquoi je vous raconte tout ça.

— Peut-être en avez-vous besoin, à force de vous retenir de parler. Vous ne parlez à personne pendant de longues périodes, si bien que quand vous vous retrouvez entraînée dans une conversation, vous oubliez que vous n'aimez pas parler.

— Je n'aime pas ça, bougonna-t-elle. Enfin, avec la plupart des gens. Vous voulez un ruban violet ou blanc ?

— Violet. Vous commencez à m'intéresser.

Étonnée, elle releva à nouveau la tête.

— Je ne pense pas qu'il y ait de quoi.

— C'était une simple remarque. Je vous croyais froide, collet monté, brutale, agaçante et égocentrique. Il est rare que je me trompe à ce point sur quelqu'un.

D'un geste sec, Kate noua le ruban et fit friser les extrémités.

— Vous avez vu juste cette fois aussi, excepté pour collet monté.

— Non, brutale et agaçante vous conviennent également très bien, mais je vais devoir réviser mon jugement pour le reste.

— Je me moque de votre jugement, rétorqua-t-elle en choisissant un gros nœud savamment bouclé.

— Mais je ne vous demande pas votre avis. C'est un de mes passe-temps favoris. Auriez-vous une petite carte que je pourrais glisser dans le paquet ?

L'air toujours aussi renfrogné, Kate se retourna et sélectionna une carte en parfaite harmonie avec le papier d'emballage qu'elle posa devant lui avec brusquerie.

— Nous pouvons l'envoyer très rapidement.

— J'y compte bien.

Il lui tendit sa carte de crédit, puis sortit un stylo afin d'écrire quelques mots sur la carte.

— Oh ! à propos, j'ai fait une offre sur la maison que vous m'aviez recommandée. Et, comme la boîte à musique, c'est exactement ce que je cherchais.

— Vous m'en voyez ravie…

Après une brève recherche, elle trouva le formulaire d'expédition qu'elle posa sur le paquet.

— Si vous voulez bien remplir le nom et l'adresse où vous désirez l'envoyer, nous le ferons prendre par Federal Express demain matin. Votre mère l'aura dans moins de vingt-quatre heures, ce qui vous épargnera des pleurnicheries au téléphone.

Il redressa la tête.

— Ma mère ne pleurniche pas.

— Je faisais allusion à vous.

Le sourire suffisant de Kate s'évanouit d'un coup en voyant deux nouvelles clientes entrer dans la boutique.

— N'est-ce pas merveilleux ? fit Byron en inscrivant l'adresse de sa mère. Nous avons terminé juste à temps pour que vous puissiez vous occuper de nouvelles clientes.

— Écoutez, De Witt. Byron…

— Non, non, inutile de vous excuser. Je vous rends votre liberté.

Il rangea sa carte de crédit, le reçu, puis déchira le double du formulaire d'expédition qu'elle lui avait remis.

— À bientôt.

Il se dirigea d'un pas nonchalant vers la porte. Et le : « Mademoiselle, pourriez-vous me montrer ces boucles d'oreilles » que prononça une cliente lui procura un incomparable plaisir.

6

Byron n'aimait pas s'immiscer dans les décisions de ses chefs de service, mais il savait – et tenait à ce qu'ils sachent – que chez Templeton, les problèmes remontaient toujours jusqu'à la direction. Son intérêt pour les hôtels, et tout ce que cela impliquait, avait commencé lorsqu'il avait travaillé pour un été au *Doubletree* d'Atlanta. Trois mois à tenir l'emploi de chasseur lui avaient enseigné à porter correctement une valise, et lui avaient rapporté assez d'argent pour se payer sa première voiture de collection.

De même, il avait alors appris que des drames et des tragédies se déroulaient là quotidiennement, non seulement derrière les portes des chambres, mais aussi à la réception, au service des ventes et du marketing, de l'entretien et de la restauration. En fait, absolument partout à l'intérieur de la ruche bourdonnante qu'était un grand hôtel.

La découverte de cet univers l'avait fasciné et l'avait poussé à explorer d'autres aspects, de réceptionniste à concierge. Sa curiosité naturelle pour les gens – qui ils étaient, ce qu'ils attendaient, ce dont ils rêvaient – l'avait amené à y faire carrière.

Il n'était pas le médecin que ses parents espéraient le voir devenir en secret, pas plus que le fils à papa fortuné voyageant dans le monde entier, ainsi que les circonstances auraient dû l'y prédisposer. En revanche, il avait un métier qui lui plaisait, et la diversité permanente de la vie d'un grand hôtel continuait à l'intriguer.

Résoudre des problèmes aussi bien individuels que d'ensemble le passionnait. Entrer dans l'empire Templeton avait relevé d'un choix simple. Il avait passé pas mal de temps à étudier toutes sortes d'hôtels, luxueux et élégants, petits et modestes, appartenant ou non à des chaînes, des établissements européens au charme discret aux palaces plus voyants de Las Vegas.

Templeton l'avait attiré parce qu'il était dirigé par une famille, traditionnelle sans être figée, efficace sans sacrifier au raffinement, et plus encore en raison de son image.

Il n'avait aucun mal à connaître les noms des gens qui travaillaient avec lui ou sous ses ordres. S'intéresser à eux et retenir ce genre d'informations lui semblait tout à fait naturel. Aussi, lorsqu'il sourit à la jeune femme qui enregistrait la réservation d'un client en lui lançant un aimable : « Bonjour, Linda ! », Byron ne se rendit pas compte que le pouls de ladite Linda s'accélérait, ni que ses doigts agiles s'emmêlaient sur les touches tandis qu'il se dirigeait vers les bureaux.

Une autre section de la ruche se trouvait là, au milieu des sonneries de téléphones, du crépitement des fax, des photocopieuses et des ordinateurs. Il passa devant des bureaux encombrés, échangeant au passage quelques salutations, qui firent se redresser plusieurs paires d'épaules et regretter à quelques employées de ne pas s'être remis du rouge à lèvres.

La porte vers laquelle il se dirigeait était ouverte, et il trouva Laura Templeton en train de téléphoner. Elle lui adressa un bref sourire en lui indiquant une chaise.

— Je suis certaine que nous pouvons arranger ça, Mr Hubble, le traiteur, oui... Je comprends bien que c'est important, oui...

Elle leva les yeux au ciel en regardant Byron.

— Et combien de chaises supplémentaires voudriez-vous, miss Bingham ?

Patiemment, Laura écouta son interlocutrice, un petit sourire au coin des lèvres.

— Non, bien sûr que non. Oh ! je pense que vous aurez assez de place si vous utilisez la terrasse... Non, je ne crois pas qu'il va pleuvoir. Ce sera une merveilleuse soirée et je suis sûre que votre réception sera une réussite. Mr Hubble vous...

Cette fois, elle grinça des dents.

— Voulez-vous que je prévienne Mr Hubble moi-même et que je vous rappelle ensuite ?... Oui, à midi... Je n'y manquerai pas... Absolument... Je vous en prie, miss Bingham.

Puis elle raccrocha.

— Cette miss Bingham est folle à lier.

— C'est la convention d'orthodontistes ou des décorateurs d'intérieurs ?

— Les décorateurs. Elle a décidé à la dernière minute de donner une réception ce soir pour soixante de ses plus proches amis et collègues. Et pour des raisons que je ne m'explique pas, elle n'a pas confiance en Hubble.

— Le problème est que vous vous appelez Templeton. Cela vous met d'emblée dans une position de supériorité.

Ce qui ne se devinait nullement à voir son bureau, une petite pièce exiguë sans même une fenêtre. Byron savait qu'elle avait elle-même choisi ce poste et ce bureau lorsqu'elle avait décidé de prendre un emploi à temps partiel à l'hôtel.

Il ne comprenait pas comment elle arrivait à s'organiser entre sa famille, la maison, la boutique et l'hôtel. Néanmoins, elle donnait l'impression d'être la sérénité et l'efficacité faites femme. Jusqu'à ce que l'on scrute ses yeux de plus près. Là, dans ces immenses lacs gris, il y avait visiblement de l'inquiétude et du chagrin. Vestiges, sans doute, de son mariage brisé.

— Ce n'était pas la peine de venir, Byron, dit Laura tout en finissant de prendre quelques notes sur un bloc. Je serais montée vous voir tout à l'heure.

— Je passais par là. Un problème avec les arracheurs de dents ?

— On pourrait s'attendre que des orthodontistes aient un minimum le sens des convenances, soupira-t-elle en sortant des documents d'une chemise. Nous avons des réclamations, mais je vais arranger ça.

— Je me demande ce que vous ne seriez pas capable d'arranger.

— C'est gentil. Par contre, il y a quelque chose de plus délicat. Un des médecins a apparemment eu, disons, un moment d'intimité avec une de ses collègues quand son mari leur a fait une petite visite surprise.

— J'adore ce métier, fit Byron. Ça ressemble à un feuilleton qui ne finirait jamais.

— Ça vous est facile de dire ça ! J'ai passé une heure ce matin avec la dame en question. Elle s'est assise là où vous êtes en ce moment en pleurant à chaudes larmes et m'a raconté tous les détails sordides de son mariage, de ses aventures et de son analyse.

— Voulez-vous que je lui parle ?

— Non, je crois qu'elle est repartie calmée. Le problème, c'est que le mari n'a pas vraiment apprécié de les découvrir enveloppés tous les deux dans des peignoirs *Templeton*.

— De mieux en mieux… Mais continuez, je vous en prie.

— Le mari a donc frappé son beau-frère à la mâchoire – car, pour que tout soit clair, il faut préciser que le monsieur en question est marié à la sœur de notre héroïne. Et, ce faisant, il lui a fichu en l'air pour vingt mille dollars de couronnes et autres bridges. La chambre n'a pas trop souffert, à l'exception de quelques lampes et d'un peu de vaisselle. Mais le plus ennuyeux est que le type à la mâchoire cassée menace d'attaquer l'hôtel.

— Encore une victime...

Si le scénario ne l'avait autant amusé, Byron aurait volontiers soupiré.

— Et en invoquant quel motif ?

— Que l'hôtel est responsable d'avoir laissé entrer le mari. Lequel a appelé le room service de la réception et a fait monter du champagne et des fraises dans la chambre de sa femme. Il avait une douzaine de roses à la main, a attendu que le garçon arrive pour se faufiler dans la chambre derrière lui et... eh bien, vous connaissez la suite.

— Je ne pense pas que ça pose un réel problème, mais je vais me charger de cette affaire.

— Je vous remercie.

Soulagée, Laura lui tendit le dossier.

— J'aurais volontiers parlé à cet homme, mais j'ai le sentiment qu'il n'apprécie guère les femmes à responsabilités. Et, pour être franche, je suis débordée. Les orthodontistes donnent leur banquet de clôture ce soir et les parfumeurs arrivent demain.

— Sans oublier miss Bingham.

— En effet, fit-elle en regardant sa montre avant de se lever. Je ferais mieux d'aller voir le traiteur. Ah ! je voulais vous parler d'une autre petite chose.

Se levant à son tour, Byron haussa les sourcils.

— Les décorateurs sont en train de se battre dans le hall ?

— Pas encore, répondit-elle avec un sourire. C'est au sujet d'une idée qui m'est venue pour la boutique. Mais dans la mesure où ça concerne aussi l'hôtel, je voulais d'abord vous en parler.

— Laura, il s'agit de votre hôtel.

— Non, pour le moment, je travaille ici et c'est vous le patron, dit-elle en prenant son bloc. L'automne dernier, nous avons organisé une soirée avec une vente aux enchères à la boutique. Nous comptons le faire chaque année. Mais je me disais que nous pourrions innover. En faisant une sorte de publicité directe. Comme par exemple un défilé de mode, avec les vêtements et accessoires de la boutique, et ce, pendant la période des fêtes. Le salon blanc serait parfait, or il est libre le premier samedi de décembre. Je pense que ça ferait également de la publicité pour l'hôtel, et que nous pourrions distribuer des bons offrant une réduction aux employés de *Templeton* et aux clients.

— Vous avez le marketing dans le sang. Écoutez, Laura, c'est vous qui êtes responsable des conventions et des soirées exceptionnelles, dit Byron en la prenant par le bras tandis qu'ils sortaient du bureau. Vous n'avez pas besoin de mon feu vert.

— Disons que je préfère que tout soit clair. Dès que j'en aurai touché un mot à Margo et à Kate, je rédigerai une proposition.

— D'accord.

Elle venait de lui fournir l'occasion qu'il attendait.

— À propos, comment va Kate ?

— Elle tient le coup. Bien sûr, il lui arrive de nous rendre folles, Margo et moi. Kate est loin d'être une vendeuse-née, dit Laura avec conviction. Mais elle ne s'en tire pas trop mal. Et dès que l'une de nous deux fait mine de s'approcher des livres de comptes, elle se met à siffler comme un serpent. Ce qui est pour nous une bénédiction. Cependant…

— Cependant ?

— Il y a comme quelque chose de cassé en elle. Je ne sais pas jusqu'à quel point, mais elle se maîtrise trop, elle ne nous dit rien. Kate a pourtant toujours été championne pour piquer des colères.

D'un geste nerveux, Laura se mit à tapoter son crayon sur son bloc.

— Mais là, elle accepte tout sans réagir. Quand Margo a perdu son job de mannequin-vedette chez Bella Donna, Kate a voulu organiser une manifestation.

Elle parlait sérieusement d'aller à Los Angeles et d'installer des piquets de grève sur Rodeo Drive.

À ce souvenir, Laura esquissa un sourire.

— Je ne l'ai jamais dit à Margo parce que j'ai réussi à en dissuader Kate, mais elle est comme ça. En général, quand elle est confrontée à un problème d'ordre personnel, elle est toujours prête à se battre bec et ongles. Mais cette fois-ci, rien.

— Vous vous faites vraiment du souci pour elle, réalisa Byron.

— Oui. Et Margo aussi, sinon elle l'aurait déjà sûrement étranglée une bonne dizaine de, fois. Elle nous oblige à remplir tous les soirs une page dans ce qu'elle appelle le relevé journalier.

— Quand on est comptable, c'est pour la vie.

— Elle transporte en permanence un petit agenda électronique dans sa poche et commence même à parler de relier l'ordinateur à je ne sais quel système. C'est terrifiant !

En le voyant rire, Laura se ressaisit et secoua la tête.

— Une dernière question : tout le monde se décharge-t-il ainsi de ses problèmes sur vous ?

— Ce n'est pas du tout ce que vous avez fait. C'est moi qui vous ai demandé de ses nouvelles.

— Josh disait que vous étiez la seule personne qu'il voulait à ce poste. Je comprends maintenant pourquoi. Vous êtes tellement différent de Peter…

Cette fois, incapable de se maîtriser, elle serra les dents.

— Bon, je ne vais pas commencer là-dessus. Je suis déjà en retard et miss Bingham attend mon coup de fil. Merci de m'avoir débarrassée des orthodontistes.

— Je vous en prie. Vous ne l'entendrez sans doute pas souvent dire, mais vous êtes un sacré atout pour Templeton.

— Je fais de mon mieux.

Lorsqu'elle fut partie, Byron s'éloigna dans la direction opposée tout en feuilletant le rapport, d'une précision irréprochable, qu'elle venait de lui confier.

En fin de journée, il alla retrouver Josh au country club de l'hôtel. Les fenêtres de l'immense bureau donnaient sur l'une des deux piscines bleu lagon, au milieu des hibiscus en pleine floraison et d'un patio en arrondi, parsemé de tables en bois de séquoia sous des parasols roses.

À l'intérieur, tout avait été prévu pour travailler dans le plus grand confort : larges fauteuils en cuir, lampes Art déco et une superbe aquarelle représentant une scène de rue à Milan.

— Tu veux une bière ?

Byron accepta avec plaisir.

— Désolé de venir te déranger en fin de journée. Je n'ai pas pu m'échapper plus tôt.

— Dans ce métier, les journées sont sans fin.

— C'est ce que m'a dit un jour ta mère, fit Byron dans un sourire.

Susan Templeton était une femme qu'il admirait beaucoup.

— Si ton père acceptait de se retirer en parfait gentleman, je la supplierais à genoux de m'épouser.

Il but une gorgée de bière, puis indiqua d'un signe de tête le dossier qu'il avait posé sur le bureau de Josh.

— J'allais te faxer un mémo concernant cette histoire, mais je me suis dit que je ferais mieux de faire un saut pour t'en parler directement.

Au lieu de passer derrière son bureau, Josh prit le dossier et s'installa dans un fauteuil en face de Byron. Il feuilleta les documents en exprimant diverses réactions. Ricanement, grognement, soupir et finalement un juron.

— Tu viens de résumer exactement ce que je pense, conclut Byron. J'ai eu une petite conversation avec le

Dr Holdermen il y a quelques heures à peine. Il est toujours chez nous. Il a un dentier provisoire et un bel œil au beurre noir. À mon avis, il n'a aucun argument contre nous, mais il est suffisamment furieux et humilié pour vouloir nous poursuivre.

Josh réfléchit un instant en opinant du chef.

— Et que recommandes-tu ?

— De le laisser faire.

— D'accord, dit Josh en jetant le dossier sur son bureau. Je vais prévenir le service juridique en leur donnant cette consigne. Bien…

Josh se cala au fond de son fauteuil, sa bière à la main, le regard perplexe.

— Si tu me disais maintenant pourquoi tu es ici ?

Byron se frotta le menton.

— Nous nous connaissons trop bien.

— Au bout de dix ans, le contraire serait surprenant. Alors, Byron, qu'est-ce qui te préoccupe ?

— Kate Powell.

Josh prit un air étonné.

— Vraiment ?

— Pas de cette manière-là, précisa Byron avec un peu trop de précipitation. Laura m'a dit aujourd'hui quelque chose qui m'a fait réfléchir à toute cette histoire. Bittle a lancé de graves accusations contre Kate, et pourtant ils n'ont pas donné suite. Ça va faire maintenant trois semaines.

— Je sens que je vais me remettre en colère…

Josh se leva et se mit à faire les cent pas avec nervosité.

— Mon père joue au golf depuis des années avec Larry Bittle. Je ne sais pas combien de fois il a été invité chez nous. Et il connaît Kate depuis qu'elle est gamine !

— Tu lui as parlé ?

— Non, quand j'ai menacé de le faire, Kate a failli m'arracher les yeux.

Tout en haussant les épaules, Josh avala une gorgée de bière.

— Cette histoire semble l'avoir tellement ébranlée que je n'ai pas insisté. Et puis, je suis tellement absorbé par Margo et le bébé, que j'ai laissé tomber. Aujourd'hui, nous sommes allés chez le médecin et il nous a fait écouter son cœur. C'est extraordinaire. On l'entendait parfaitement, un petit battement régulier, net…

Devant le sourire amusé de Byron, Josh cessa de parler.

— Kate…

— Ça va, tu as bien le droit une minute de te laisser aller à jouer les futurs papas obsessionnels.

— S'il n'y avait que ça… Mais il y a aussi Laura, dit-il en revenant s'asseoir, la tension faisant battre le muscle de sa joue. Nous avons décidé de traiter à l'amiable avec Ridgeway. Ce salaud trahit ma sœur, lui pique son argent, ignore ses enfants, corrompt la moitié des employés de l'hôtel, et nous nous retrouvons en train de lui signer un chèque d'un quart de million de dollars ! Tout ça pour éviter un procès pour rupture prématurée de contrat !

— C'est dur, reconnut Byron. Mais il va s'en aller.

— Il a intérêt à ne pas revenir.

— Tu pourras toujours lui recasser le nez.

— C'est vrai, fit Josh en faisant rouler ses épaules pour se détendre. Quant à Kate, elle a toujours été si autonome… On finit par prendre ça pour argent comptant.

— Laura se fait du souci pour elle.

— Laura se fait du souci pour tout le monde sauf pour Laura, répliqua Josh d'un air contrarié. Je n'ai pas réussi à discuter avec Kate. Elle refuse d'en parler, du moins à moi. Je n'avais pas envisagé d'aller voir Bittle sans le lui dire. C'est ça que tu as en tête ?

— Ça ne me regarde pas. Mais le fait est que…

Byron considéra sa bière un instant, puis regarda Josh de ses yeux clairs et sereins. Il avait longuement réfléchi, comme il le faisait toujours face à n'importe quel problème, et était arrivé à une conclusion.

— Si Bittle décide effectivement de la poursuivre en justice, ne vaudrait-il pas mieux qu'elle attaque tout de suite ?

— En les menaçant de faire un bon gros procès pour licenciement abusif, perte de ressources et trouble émotionnel ?

Byron sourit avant de terminer sa bière.

— Ma foi, c'est toi l'avocat.

Josh y consacra une bonne partie de la semaine, et il était très content de lui lorsqu'il passa à la boutique. Il sortait d'une réunion avec les associés de Bittle.

Enlaçant sa femme par la taille, il l'embrassa avec fougue, pour le plus grand plaisir des clients qui musardaient dans la boutique.

— Bonjour.

— Bonjour, toi. Et que fais-tu ici au milieu de la journée ?

— Ce n'est pas toi que je viens voir.

Il l'embrassa à nouveau et ne put s'empêcher de poser la main sur son ventre obstinément plat. Il lui tardait de le voir grossir.

— Il faut que je parle à Kate.

— La commandante est dans le bureau. En train de refaire tout le système de classement. En couleurs.

— Seigneur ! Que va-t-elle encore inventer ?

Margo haussa les épaules.

— Je ne sais pas, peut-être va-t-elle installer une pointeuse.

— Il faut l'arrêter. Je vais la voir, dit-il en soupirant. Si je ne suis pas ressorti d'ici vingt minutes, souviens-toi que je t'ai toujours aimée.

— Très drôle, marmonna-t-elle, en se retenant toutefois de lui sourire jusqu'à ce qu'il ait refermé la porte du bureau derrière lui.

Josh trouva Kate en train de ronchonner devant les fichiers. Ses cheveux se dressaient en épi et deux doigts de sa main droite étaient couverts de morceaux de Scotch.

— ... Moins d'un an, bougonna-t-elle sans se retourner. Mais toi et Laura avez réussi à tout mélanger. Pourquoi diable la facture de l'assurance incendie est-elle classée à la rubrique parapluie ?

— Quelqu'un mérite le fouet.

Nullement amusée, Kate se retourna et le fixa droit dans les yeux.

— Je n'ai pas de temps à te consacrer, Josh. Ta femme fait de ma vie un véritable enfer.

— C'est drôle, elle dit la même chose de toi.

Malgré son regard féroce, il s'approcha et l'embrassa sur le bout du nez.

— Il paraît que tu installes un système de dossiers par couleurs.

— Il faut bien que quelqu'un s'en charge. Je dis à Margo de le faire depuis des mois, mais vendre des babioles l'intéresse manifestement bien davantage.

— Dieu seul sait comment on peut espérer faire marcher une boutique en vendant des choses !

Kate retint un soupir, refusant de reconnaître le ridicule de sa remarque.

— Ce que je veux dire, c'est qu'on ne peut pas diriger correctement une affaire si on ne se préoccupe pas de tous les détails. Elle a mis les chaussures à « vêtements » au lieu d'« accessoires ».

— Il faut à tout prix la punir, fit-il en prenant Kate par les épaules. Laisse-moi m'en occuper.

Kate le repoussa en pouffant de rire.

— Va-t'en. Je n'ai pas le temps de m'amuser pour l'instant.

— Je ne suis pas venu ici pour m'amuser. Il faut que je te parle, dit-il en lui indiquant une chaise. Assieds-toi.

— Ça ne peut pas attendre ? Je dois retourner à la boutique dans une heure. Et je veux absolument remettre de l'ordre dans ces dossiers avant.

— Assieds-toi, insista Josh en la poussant affectueusement du coude. Je sors d'une réunion chez Bittle.

Oubliant son impatience, Kate le fixa subitement, le regard vide.

— Pardon ?

— Inutile de prendre ce ton avec moi. Il est grand temps de régler cette histoire.

Kate garda cependant un ton calme et glacial.

— Et tu as décidé que c'était à toi de le faire ?

— Exactement. Étant ton avocat…

— Tu n'es pas mon avocat ! riposta-t-elle.

— Qui est allé au tribunal te faire sauter une amende pour excès de vitesse, il y a trois ans ?

— Toi, mais…

— Qui a relu le bail avant que tu signes quand tu as pris ton appartement ?

— Toi, mais…

— Qui a rédigé ton testament ?

— Je ne vois vraiment pas ce que ça vient faire ici ! rétorqua-t-elle d'un air mutin.

— Je vois, fit Josh en examinant ses ongles. Le fait que je me sois occupé de tous les petits détails insignifiants de ta vie ne fait pas de moi ton avocat.

— Ça ne te donne en tout cas pas le droit d'aller parler à Bittle derrière mon dos.

— Très bien, je suis d'accord. Mais être ton frère me le donne.

Faire allusion aux liens de famille qui les unissaient équivalait, selon Kate, à frapper en dessous de la ceinture. Elle se leva d'un bond.

— Je ne suis pas une pauvre petite sœur handicapée, et je n'ai pas envie que tu me traites comme telle ! Je suis capable de régler cette histoire toute seule.

Josh se leva à son tour, prêt à l'affrontement.

— Et comment ? En classant des dossiers par couleurs ?

— Eh bien, oui ! cria-t-elle en élevant la voix comme il venait de le faire. En tirant le meilleur profit de la situation. En continuant à vivre. Et en refusant de me lamenter et de pleurnicher.

— En battant en retraite et en ne faisant rien, oui ! scanda-t-il en lui martelant l'épaule du bout du doigt. En refusant de regarder la réalité en face ! Eh bien, ça a assez duré comme ça. Bittle & Associés savent désormais qu'une action en justice va être intentée contre eux.

— Une action en justice ? Tu leur as dit que j'allais les attaquer ? Bon sang…

Explosant de colère, Kate lui donna un coup de poing à l'épaule.

— Comment as-tu osé ?

— Je ne leur ai pas dit que tu allais les attaquer devant le tribunal. Je leur ai seulement suggéré de réfléchir à cette éventualité.

— Oh, très bien, parfait ! s'exclama Kate en levant les bras au ciel. Et qui t'a conseillé de faire ça ? Je vais étrangler Margo…

— Margo n'a rien à voir là-dedans. Néanmoins, si tu ouvrais les yeux une seconde, tu verrais qu'elle se fait pour toi un sang d'encre. Comme nous tous.

Craignant de la bousculer à nouveau, il jugea préférable de mettre les mains dans ses poches.

— Je n'aurais pas dû attendre aussi longtemps, mais j'étais préoccupé moi-même par des tas de choses. Si Byron n'était pas venu me pousser, j'aurais sans doute attendu encore un peu, mais c'est ce que j'aurais fini par faire.

— Attends !

Le souffle court, Kate brandit la main.

— Reviens un tout petit peu en arrière. Byron De Witt est venu te parler de moi ?

Réalisant qu'il venait de faire une gaffe, Josh chercha aussitôt à battre en retraite.

— Ton nom a surgi au milieu de la conversation, c'est tout. Et ça m'a incité à...

— Mon nom a surgi...

Kate serra les dents, les poings, et fixa Josh droit dans les yeux.

— Ben, voyons !... Quelle ordure ! J'aurais dû me douter qu'il serait incapable de se taire.

— À propos de quoi ?

— N'essaie pas de prendre sa défense, et ôte-toi de mon chemin.

Le coup qu'elle lui donna fut si brutal, et si inattendu, qu'il bascula en arrière. Le temps qu'il retrouve son équilibre, elle fila devant lui et sortit du bureau.

— Bon sang, Kate, attends une seconde ! Je n'ai pas fini.

— Va te faire voir ! cria-t-elle par-dessus son épaule, faisant nerveusement tourner la tête de plusieurs clientes.

Après avoir lancé un regard assassin à Margo, Kate claqua la porte de la boutique derrière elle.

— Eh bien, cela nous fait trente-huit dollars cinquante sur quarante, dit Margo avec un sourire appuyé en tendant un sac à une cliente aux yeux écarquillés.

Sans cesser de sourire, elle lui rendit sa monnaie.

— Et le spectacle était gratuit. À bientôt, j'espère !

Devinant la colère dans les prunelles bleues de sa femme, Josh s'approcha du comptoir.

— Je suis vraiment désolé.

— Nous réglerons ça plus tard, siffla-t-elle entre ses dents. Qu'est-ce que tu as fait à Kate pour la mettre dans un état pareil ?

Toujours cette sacro-sainte solidarité féminine, songea Josh.

— Je voulais seulement l'aider.

— Tu sais bien qu'elle a horreur de ça. Mais, au lieu de t'arracher les yeux, pourquoi est-elle sortie comme une furie, comme si elle s'apprêtait à aller arracher ceux de quelqu'un d'autre ?

Il soupira et se gratta le menton en remuant ses pieds.

— Elle m'a réglé mon compte. Maintenant, c'est après Byron qu'elle en a. C'est plus ou moins lui qui m'a suggéré de l'aider.

Margo tambourina de ses ongles vernis de rose corail le comptoir.

— Je vois...

— Je ferais bien de l'appeler, histoire de le prévenir de ce qui l'attend.

Mais quand Josh voulut décrocher le téléphone, Margo posa une main ferme sur la sienne.

— Ah non ! Je ne crois pas que ce soit une bonne idée. Tu ne vas quand même pas gâcher l'avantage de Kate ?

— Voyons, Margo, ce serait plus correct.

— Le problème n'est pas là. Et puis, tu vas être bien trop occupé avec les clientes pour avoir le temps de passer des coups de fil personnels.

— Chérie, j'ai une réunion dans deux heures. Je ne peux pas rester ici à t'aider.

— Grâce à toi, je suis à court de personnel.

Comprenant que cet argument ne la mènerait pas très loin, elle soupira en laissant retomber ses épaules.

— Et je me sens légèrement fatiguée.

— Fatiguée ? s'écria Josh, soudain pris de panique. Il faut vite t'asseoir.

— Tu as sans doute raison.

Bien que se sentant en pleine forme, Margo tira un tabouret et se percha derrière la caisse.

— Je vais rester ici pour encaisser pendant une petite heure. Oh, Josh chéri ! n'oublie surtout pas d'offrir du champagne aux clientes.

Profondément satisfaite, elle retira ses chaussures et se prépara à regarder son adorable mari s'occuper de la boutique pleine de clients.

Regrettant de ne pouvoir assister au spectacle qui allait se dérouler d'ici peu dans le bureau du dernier étage au *Templeton* de Monterey.

La première pensée qui vint à l'esprit de Byron fut que Kate ressemblait à s'y méprendre à une biche sauvage atteinte de la rage en train de charger.

Écumant de colère, elle ignora superbement les mises en garde de la secrétaire scandalisée, à laquelle elle aurait volontiers fichu son poing dans la figure si Byron ne lui avait pas fait signe de se retirer.

— Eh bien, Katherine…

Il sursauta en entendant la porte claquer avec un bruit inquiétant.

— Quel plaisir de vous voir ici !

— Je vais vous tuer ! Vous arracher les yeux !

— Si agréable que soit cette perspective, vous ne voulez pas commencer par boire quelque chose ? Un peu d'eau ? Vous m'avez l'air très essoufflée.

— Pour qui vous prenez-vous ? tonna-t-elle en se plantant devant lui, les deux mains à plat sur le bureau ciré et encombré de dossiers. De quel droit vous immiscez-vous dans mes affaires ? Vous ai-je fait l'impression d'être une pauvre et faible femme à la tête vide qui a besoin d'un homme pour la défendre ?

— À laquelle de ces questions souhaitez-vous que je réponde d'abord ? Reprenons les choses en ordre, ajouta-t-il avant qu'elle ne poursuive. Je me prends pour moi-même. Je ne me suis en rien mêlé de vos affaires, pas plus en tout cas que ne l'aurait fait n'importe quel ami inquiet et, non, je ne vous prends nullement pour une pauvre et faible femme à la tête vide. Je vous vois comme quelqu'un de têtu, de grossier et de potentiellement dangereux.

— Ça, mon vieux, vous n'imaginez pas à quel point !

— Cette menace aurait plus d'effet si vous retiriez le Scotch que vous avez au bout des doigts. Ça ne colle pas avec votre image.

Kate étouffa un grognement en découvrant qu'elle avait encore des bouts de Scotch marron au bout des doigts. D'un geste vif et efficace, elle les retira et les lui jeta à la figure. Tout aussi vivement, et tout aussi efficacement, Byron les rattrapa avant qu'ils n'atteignent leur cible.

— Joli coup de main, commenta-t-il. Je parie que vous jouiez au base-ball au lycée.

— Moi qui croyais pouvoir vous faire confiance ! J'ai même cru bêtement que je pourrais apprendre à vous apprécier. Mais je vois que ma première impression de vous était la bonne. Vous n'êtes qu'un imbécile arrogant, prétentieux et sexiste !

L'impression d'avoir été trahie n'avait d'égale que sa colère.

— Quand vous m'avez retrouvée sur les falaises, j'étais en plein désarroi, vulnérable. Tout ce que je vous ai dit alors était confidentiel. Vous n'aviez aucun droit de courir le répéter à Josh.

Byron posa les bouts de Scotch sur son bureau.

— Je n'ai rien dit à Josh de notre conversation sur les falaises.

— Je ne vous crois pas. Vous êtes allé le voir et...

— Je ne mens jamais, coupa-t-il sèchement. Oui, je suis allé le voir. Il est parfois nécessaire que quelqu'un d'extérieur à la famille mette les choses à plat. Or votre famille est profondément navrée de ce qui vous arrive. Si vous vous intéressiez un tant soit peu aux autres, vous vous en seriez d'ailleurs aperçue.

Le rouge qui enflammait les joues de Kate laissa soudain place à une extrême pâleur.

— Arrêtez de me faire la morale sur ma famille ! Je vous le conseille. Ils représentent pour moi ce qu'il y a de plus important au monde. Si je me comporte ainsi, c'est justement pour éviter qu'ils ne se fassent du souci.

Byron la crut sans hésiter et se sentit encore plus désolé pour elle.

— Votre manière de faire ne marche pas.

— Et comment diable le sauriez-vous ?

— Parce que les gens me parlent, dit-il d'une voix soudain plus douce. Margo, Laura, Josh... Et parce que je sais que je serais inquiet et furieux s'il arrivait la même chose à ma sœur.

— Eh bien, je ne suis pas votre sœur ! déclara-t-elle d'une voix tendue, le visage toujours aussi livide. Je suis capable de régler mes problèmes toute seule. Josh a largement de quoi s'occuper sans se sentir obligé de se charger de ça en plus.

— Parce que vous croyez vraiment qu'il s'y sent obligé ?

Elle hésita une seconde avant de se reprendre.

— Ne déformez pas mes paroles, De Witt.

— Ce sont vos propres paroles, Powell. Maintenant, si vous avez fini votre petite crise, nous pouvons discuter.

— Ma crise ?

— Je m'étais laissé dire que vous piquiez des crises de colère mémorables, mais maintenant que j'en ai eu une illustration, je dois avouer que ce qu'on m'a raconté était bien en dessous de la vérité.

Il n'aurait jamais imaginé que ses yeux bruns et brillants pussent cracher le feu à ce point.

— Je vais vous montrer ce que c'est que piquer une crise de colère...

D'un seul geste, elle envoya promener tout ce qui se trouvait sur le bureau, puis brandit le poing.

— Sortez de derrière ce bureau !

— Oh ! ne me tentez pas, rétorqua Byron avec le plus grand calme, le regard menaçant. Je n'ai jamais frappé une femme de ma vie. Et n'ai jamais eu à dire cela à aucune. Mais vous me cherchez, Katherine, vous me donnez envie de mettre fin à ce record. Alors, à présent, asseyez-vous ou allez-vous-en.

— Je ne veux pas m'asseoir, et je ne partirai pas tant que nous n'aurons pas…

Kate s'interrompit subitement et étouffa un cri en plaquant la main sous sa poitrine.

Cette fois, il se hâta de faire le tour du bureau en jurant comme un beau diable.

— Bon sang ! Qu'est-ce qui vous arrive ?

— Ne me touchez pas !

Les larmes aux yeux, elle se débattit tandis qu'il la forçait à s'asseoir dans un fauteuil.

— Vous allez vous asseoir. Et essayer de vous détendre. Et si vous n'avez pas repris des couleurs d'ici trente secondes, je vous traîne par la peau du cou jusqu'à l'hôpital.

— Laissez-moi tranquille…

D'une main tremblante, Kate chercha dans son sac un flacon d'antalgiques, tout en sachant que c'était comme vouloir éteindre un feu de forêt avec un pistolet à eau.

— Ça va passer dans une minute.

— Ça vous arrive souvent ?

— Qu'est-ce que ça peut vous faire ?

Elle gémit de douleur et de surprise, quand il lui appuya avec deux doigts sur l'abdomen.

— Vous avez été opérée de l'appendicite ?

— Enlevez vos sales pattes de là, docteur Tout-va-bien !

Le front plissé d'un air inquiet, Byron lui saisit le poignet afin de prendre son pouls.

— Vous avez encore sauté des repas ?

Avant qu'elle ne puisse lui échapper, il prit son visage entre ses mains et l'observa attentivement. Elle reprenait lentement des couleurs, et son regard brillait de nouveau, de rage plus que de douleur. Mais il y lut bien d'autres choses…

— Vous ne dormez pas. Vous êtes épuisée, stressée et vous ne mangez pas assez. C'est comme ça que vous comptez résoudre vos problèmes ?

Son estomac se tordit à nouveau, réduit à l'état d'une pauvre boule de nerfs.

— Je voudrais que vous me fichiez la paix.

— On ne peut pas toujours avoir ce qu'on veut. Vous êtes à bout de forces, Kate, et en attendant que vous preniez mieux soin de vous, quelqu'un doit le faire à votre place. Restez tranquille, lui ordonna-t-il dans un murmure.

La main toujours sur son épaule, il consulta sa montre.

— Je suis bloqué ici jusqu'à un peu plus de 18 heures. Je viendrai vous chercher à 19 heures. Vous serez à la boutique ou chez vous ?

— Mais de quoi parlez-vous ? Je ne vais nulle part avec vous.

— Je me rends compte que je me débrouille très mal avec vous. Je vous emmène dîner. Comme ça, vous ferez un repas digne de ce nom, et nous aurons le temps de discuter de vos ennuis de manière civilisée.

La façon si naturelle avec laquelle il la prenait en charge l'effraya, tout comme la lueur d'acier qui animait son regard et qui laissait supposer qu'il pouvait changer d'attitude d'une seconde à l'autre.

— Je ne veux pas dîner avec vous et je ne me sens nullement d'humeur civilisée.

Tout en réfléchissant, Byron s'accroupit de manière que leurs yeux se retrouvent face à face.

— Je vais formuler ça autrement. Soit vous acceptez, soit je décroche ce téléphone et j'appelle Laura. Elle ne devrait pas mettre plus de trois minutes à arriver, et dès qu'elle sera là, je lui raconterai que ça fait maintenant deux fois que je vous vois devenir toute pâle en vous pliant en deux de douleur.

— Vous n'avez pas le droit…

— Non, mais je suis le plus fort. Ce qui vaut mieux que tous les droits du monde.

Il jeta un coup d'œil sur sa montre.

— J'ai une réunion qui commence dans cinq minutes. Puisque le plus raisonnable serait de rentrer chez vous vous reposer, je suppose que vous allez retourner à la boutique. Je passerai donc vous prendre à 19 heures.

Prise au piège, Kate le poussa d'un coup de coude et se releva.

— Nous fermons à 18 heures.

— Eh bien, vous m'attendrez un peu. Et évitez de claquer la porte en sortant.

Ce qu'elle se fit naturellement un plaisir de faire. Byron sourit. Mais son sourire s'estompa lorsqu'il composa un numéro sur son téléphone.

— Dr Margaret De Witt, s'il vous plaît. De la part de son fils.

Après un bref coup d'œil à sa montre, il jura dans sa barbe.

— Non, je ne peux pas attendre. Pourriez-vous lui demander de me rappeler dès qu'elle sera libre ? Au bureau avant 18 heures, à la maison après 19 heures. Merci.

L'air soucieux, il raccrocha et commença à ramasser les papiers que Kate avait fait tomber. Elle n'apprécierait sans doute guère qu'il prenne sur lui d'appeler sa mère afin de lui demander un diagnostic par téléphone d'après une simple description de ses symptômes.

Il fallait pourtant bien que quelqu'un veille sur elle. Que cela lui plaise ou non.

7

Kate se promit de garder son calme. En débarquant dans le bureau de Byron en criant comme une furie, elle s'était ridiculisée. Cela ne l'aurait pas embêtée autant si cela avait servi à quelque chose. Il n'y avait rien de pis que de voir sa colère muselée par quelqu'un de raisonnable, de patient et ayant une parfaite maîtrise de soi.

C'était une terrible humiliation.

Mais elle n'avait aucune envie d'obéir à des ordres. La mine renfrognée, elle promena son regard sur la boutique qu'elle venait de fermer. Elle pouvait fort bien s'en aller, se dit-elle en tambourinant du bout des doigts sur le comptoir. Partir se promener où bon lui semblait. Rentrer chez elle, faire un tour en voiture ou bien aller dîner à Templeton House. Cette dernière option serait sans doute la plus sage, se dit-elle en se frottant machinalement l'estomac. Elle commençait d'ailleurs à avoir faim. Un bon repas à Templeton House et une soirée en compagnie de Laura et des filles apaiseraient à la fois ses crampes d'estomac et ses nerfs à vif.

Sans compter que ce serait une bonne leçon pour Byron si elle n'était plus là lorsqu'il passerait la prendre. Car il en avait bien l'intention. Nul doute, il cherchait à endormir sa victime en lui tenant des propos raisonnables, entretenant une discussion paisible, et puis, paf ! il lui tirerait une balle entre les deux yeux.

C'était d'ailleurs pour cette raison même qu'elle était encore là. Kate Powell ne se dérobait jamais devant aucun défi.

Qu'il vienne, se dit-elle sombrement en faisant les cent pas dans la boutique. Elle tiendrait tête à Byron De Witt. Les hommes comme lui avaient tellement l'habitude d'obtenir tout ce qu'ils voulaient sur un simple sourire, quelques mots chuchotés, qu'ils ignoraient comment s'y prendre face à une femme qui leur résistait.

Les crampes la reprirent subitement, tel un écho moqueur. Encore cette fichue angoisse, se dit-elle. Mais il y avait de quoi s'angoisser. Elle était effectivement mieux placée que personne pour savoir que *Faux-Semblants* ne pourrait nourrir trois personnes et continuer à tourner.

Elles avaient déjà de la chance d'avoir tenu la première année. Kate fronça les sourcils en s'approchant d'un rhinocéros en verre stylisé recouvert d'or pâle. Pendant combien de temps encore pourraient-elles vendre des trucs aussi grotesques ? Le prix écrit sur l'étiquette la fit éclater de rire. Neuf cents dollars ! Quelle personne à peu près saine d'esprit irait dépenser près de mille dollars pour une chose aussi ridicule ?

Margo, songea-t-elle en souriant. Elle avait vraiment l'œil pour dénicher ce qui était hors de prix, ridicule et néanmoins vendable.

Si la boutique se cassait la figure, Margo n'aurait aucun souci à se faire. À présent, elle avait Josh, bientôt un bébé et une splendide maison. Une situation bien différente de celle dans laquelle elle se trouvait l'année dernière, réalisa Kate en se réjouissant pour son amie.

Mais il y avait Laura et les filles. Oh, elles ne mourraient pas de faim ! Les Templeton ne le permettraient jamais. Elles continueraient à vivre à Templeton House, ce qui était mieux qu'un simple toit sur la tête. Et puisque Laura était trop fière pour toucher à ce que lui rapportaient ses actions Templeton, elle pourrait continuer à travailler à l'hôtel et gagner confortablement sa vie. Mais qu'adviendrait-il de son ego si l'affaire qu'elle avait elle-même créée venait à capoter ?

Kate avait personnellement beaucoup appris sur les difficultés de vivre avec un ego blessé.

Il fallait à tout prix faire tourner la boutique. Le rêve de Margo était devenu aussi celui de Laura. Et Kate n'avait rien d'autre à quoi se raccrocher. Tous ses beaux projets avaient finalement échoué. Elle ne deviendrait jamais l'associée de Bittle et n'aurait pas la possibilité d'ouvrir son propre cabinet d'expertise avant longtemps. Pas de plaque de cuivre sur la porte de son bureau... Ni même de bureau, pensa-t-elle en s'asseyant sur un banc en bois peint.

Pour l'instant, elle n'avait droit à rien d'autre qu'à des nuits sans sommeil, des migraines quotidiennes, un estomac qui refusait de se faire oublier et la boutique.

Faux-Semblants... Le nom trouvé par Margo était on ne peut mieux choisi. Il allait à leurs propriétaires comme un gant.

Un coup frappé à la porte fit sursauter Kate, qui jura entre ses dents avant de redresser fièrement les épaules pour aller ouvrir. Elle poussa Byron, sortit sous l'auvent fleuri et referma la porte à clé.

Dans les rues, piétons et voitures grouillaient dans tous les sens avec l'effervescence habituelle. Des touristes, cherchant un endroit où faire un bon dîner, ainsi que des employés, rentrant chez eux à la fin d'une longue journée de travail.

Kate Powell avait-elle une place dans ce tableau ?

— Ne pensez pas que je sois là parce que vous me l'avez demandé, déclara-t-elle sans préambule. Je viens uniquement parce que je veux profiter de l'occasion pour discuter calmement et clairement de la situation, et parce que j'ai faim.

— Parfait, dit Byron en la prenant par le coude. Nous allons prendre ma voiture. J'ai réussi à trouver une place dans le parking de l'autre côté de la rue. Ce n'est pas facile de se garer par ici.

— Il n'y a pas meilleur endroit, répliqua-t-elle. À quelques centaines de mètres de *Fisherman's Wharf* et de la plage. Les touristes représentent une bonne partie de nos clients, mais beaucoup de gens du coin viennent faire des achats chez nous.

Deux jeunes garçons passèrent sur un tandem de location en poussant des cris de joie. La soirée était magnifique, la lumière très douce et l'air embaumait. C'était une nuit à marcher sur la plage, ou à lancer des morceaux de pain aux mouettes, comme le faisait justement un couple au bord de l'eau. Une nuit parfaite pour les amoureux... Kate se mordit la lèvre tandis que Byron lui faisait traverser la rue.

— Je peux vous suivre en voiture. D'ailleurs, il y a une dizaine de restaurants tout près d'ici où l'on peut aller à pied.

— Nous allons prendre ma voiture, répéta-t-il calmement mais fermement, en l'entraînant vers le parking. Et je vous redéposerai devant la vôtre ensuite.

— Ce serait plus rapide et plus efficace si...

— Kate !

Il se tourna vers elle et ravala la remarque désagréable qu'il s'apprêtait à dire. Cette jeune femme avait l'air à bout de forces.

— Pourquoi ne changez-vous pas de méthode ? En vous laissant faire, par exemple.

Il ouvrit la portière de sa Mustang de collection, vaguement amusé, s'attendant de sa part à une manifestation de mauvaise humeur. Et il ne fut pas déçu.

Kate le regarda faire le tour de la voiture. Il s'était débarrassé de sa cravate et de sa veste. Cette allure décontractée mettait en valeur sa large carrure et ses cheveux décolorés par le soleil. Elle décida de reconsidérer sa stratégie : une fois au restaurant, elle commencerait à lui faire la morale comme elle l'avait prévu.

Entre-temps, une conversation anodine suffirait.

— Alors, comme ça, vous aimez les vieilles voitures.

Byron s'installa au volant. Il alluma la radio, et une chanson de Marvin Gaye retentit. Après avoir baissé le volume, il sortit du parking.

— C'est une Mustang de 69, avec un V 8 de deux cent quatre-vingt-neuf chevaux. Une voiture comme celle-là n'est pas simplement un moyen de transport. C'est un véritable engagement.

— Ah oui ?

Elle avait beau apprécier les fauteuils-baquets en cuir blanc et le ronronnement régulier du moteur, elle ne voyait pas l'intérêt de posséder une voiture fabriquée des années avant sa naissance.

— Vous ne passez pas un temps fou à la bichonner, à trouver des pièces ?

— C'est en cela que c'est un engagement. Elle tourne à la perfection, ajouta-t-il en effleurant amoureusement le tableau de bord. Elle a été ma première.

— Votre première quoi ? Voiture ?

— Oui.

Son air perplexe le fit sourire.

— Je l'ai achetée à dix-sept ans. Elle a plus de trois cent mille kilomètres et ronronne toujours comme un chaton.

Elle rugissait plutôt comme un lion, faillit dire Kate, mais, après tout, ce n'était pas son problème.

— Personne ne garde jamais sa première voiture. C'est comme le premier amour.

— Exactement.

Il rétrograda avant de s'engager dans une rue transversale.

— Il se trouve que j'ai eu ma première aventure amoureuse sur le siège arrière, par une délicieuse nuit d'été. Ah ! la jolie Lisa Montgomery, ajouta-t-il dans un soupir. Elle m'a ouvert une fenêtre sur le paradis. Dieu la bénisse !

— Une fenêtre sur le paradis…

Incapable de résister, Kate tourna la tête pour regarder la banquette immaculée. Et imagina deux jeunes corps entrelacés.

— Sur la banquette arrière d'une vieille Mustang !

— Mustang classique, corrigea-t-il. Ce qu'était aussi Lisa Montgomery.

— Elle, en revanche, vous ne l'avez pas gardée.

— On ne peut pas tout garder, sauf des souvenirs. Vous vous souvenez de votre première fois ?

— Dans le dortoir, à l'université. J'ai été un peu lente à démarrer.

La chanson de Marvin Gaye avait laissé place à un air de Wilson Picket. Kate commença à taper du pied en rythme.

— C'était un champion de la rhétorique, et il m'a séduite en avançant l'argument que le sexe, après la naissance et la mort, était l'ultime expérience humaine.

— Bon argument. Il faudra que j'essaie de m'en servir.

Elle lui jeta un regard en biais. Un parfait profil de héros, jugea-t-elle, avec juste ce qu'il fallait de rudesse.

— J'imagine que vous n'avez nul besoin de ce genre de phrases pour séduire les dames.

— Ça ne fait jamais de mal d'en avoir quelques-unes en réserve. Et qu'est-il arrivé au champion de la rhétorique ?

— Il avait pour habitude de démontrer son point de vue en moins de trois minutes. Habitude qui s'est révélée désastreuse en matière d'ultime expérience humaine.

— Oh ! fit Byron en réprimant un sourire. Dommage.

— Pas vraiment. Ça m'a appris à ne pas m'enfermer dans des rêves irréalistes et à ne dépendre de personne.

Kate se retourna pour regarder le paysage. Cessant de taper du pied, elle se crispa à nouveau.

— Pourquoi sommes-nous sur le Seventeen Mile ?

— C'est une jolie route. Je me régale à l'emprunter tous les jours. Vous ai-je dit que j'avais réussi à louer la maison en attendant qu'on se mette d'accord sur le prix de vente ?

— Non, pas du tout. Vous m'avez seulement dit que nous irions dîner et que nous aurions une discussion civilisée.

— C'est ce que nous allons faire. En même temps, vous pourrez jeter un coup d'œil sur la maison que j'ai trouvée grâce à vous.

Sans prêter attention aux objections de Kate, Byron tourna dans une allée et se gara derrière une étincelante Corvette noire.

— Elle est de 63, première année où la Sting Ray est sortie des usines de Detroit. Trois cent soixante chevaux, moteur à injection. Une pure beauté. Ils ne font plus de châssis comme celui-là.

— Vous avez besoin de deux voitures ?

— Ce n'est pas une question de besoin. D'ailleurs, j'en ai quatre. Les deux autres sont restées à Atlanta.

— Quatre, murmura-t-elle, trouvant cette excentricité plutôt amusante.

— Oui. Une Chevrolet de 57, bleu pâle, avec des ailerons blancs, entièrement d'origine.

La façon dont il la décrivit, de sa voix douce un peu rauque, lui fit penser à un amoureux parlant de sa maîtresse.

— Et pour lui tenir compagnie, une GTO de 67.

— Trois cylindres et quatre vitesses ?

— En effet, acquiesça-t-il dans un sourire. Et trois cent quatre-vingt-neuf chevaux.

Kate lui sourit à son tour.

— Dans le jargon automobile, qu'est-ce que ça signifie exactement, trois cylindres ?

— Si vous ne le savez pas déjà, ça risque d'être un peu long à expliquer. Mais le jour où vous voudrez une leçon digne de ce nom, faites-moi signe.

Puis il mit sa main sur celle de Kate et se tourna vers la maison.

— Elle est superbe, non ?

— Oui...

Toute en bois et en verre, avec deux terrasses, des fleurs partout et de magnifiques cyprès qui ployaient gracieusement sous le vent.

— Mais je l'ai déjà vue.

— Seulement de l'extérieur.

Sachant qu'elle n'attendrait pas qu'il vienne lui ouvrir la portière, Byron se pencha pour le faire de l'intérieur. Et sentit la légère odeur de savon qui émanait d'elle. Il la respira avec plaisir, et son regard remonta lentement de sa bouche à ses yeux.

— Ça va encore être une première fois.

— Pardon ?

Avait-il perdu la tête ou bien cherchait-il simplement à la provoquer ?

— Vous êtes ma première invitée.

Il descendit de voiture, puis attrapa sa serviette et sa veste. Tandis qu'ils marchaient vers la maison, il lui prit la main d'un geste amical.

— On entend la mer, remarqua-t-il. L'océan est juste à côté. J'ai même déjà aperçu des phoques.

C'était charmant. À vrai dire, presque trop. Le paysage environnant, le bruit des vagues, l'odeur des roses et le parfum entêtant du jasmin. Les rayons du soleil couchant embrasaient le ciel dans un flamboiement extraordinaire. Et les arbres aux troncs noueux projetaient de longues ombres noires et ensorcelantes.

— Beaucoup de touristes viennent se promener par ici en voiture, dit soudain Kate, cherchant à rompre le charme. Ça ne va pas vous déranger ?

— Non, la maison est en retrait de la route, répondit-il en introduisant la clé dans la serrure. Il n'y a qu'un seul problème.

Elle fut ravie de l'entendre. La perfection l'angoissait.

— Lequel ?

— Je n'ai pas beaucoup de meubles.

Lorsqu'il ouvrit la porte, elle vit qu'il avait dit vrai.

Les parquets, les murs, l'espace, tout était nu. Et pourtant, elle trouva très agréable la façon dont l'entrée débouchait sur la pièce principale. Le plus simple des accueils. Sur le mur opposé, le splendide coucher de soleil explosait derrière les immenses baies vitrées, donnant presque envie de les ouvrir toutes grandes.

Le parquet en pin clair brillait d'un somptueux éclat. Il n'y avait pas de tapis – pas encore – pour tamiser ce flot de lumière éblouissant et magique.

Il en mettrait sûrement un, se dit-elle, tout en pensant que ce serait dommage.

De l'extérieur, elle ne s'était pas doutée que les plafonds étaient si hauts, ni que l'escalier menant à l'étage supérieur serait ouvert, aussi aérien que la balustrade en bois sculpté qui faisait tout le tour du premier étage.

Chaque pièce s'ouvrait simplement, intelligemment, sur une autre, donnant l'impression que la maison n'était qu'un vaste et généreux espace. Les murs étaient d'un blanc éclatant, les parquets dorés, et la lumière entrait à flots par les fenêtres du côté ouest.

— La vue est sensationnelle, parvint-elle à dire.

Elle se demanda pourquoi elle avait les mains moites. Elle s'approcha d'une caisse sur laquelle était posée une chaîne stéréo complexe et sophistiquée. Le seul et unique meuble de la pièce était un fauteuil inclinable un peu miteux dont les accoudoirs étaient rafistolés avec du Scotch.

— Vous avez l'essentiel, à ce que je vois.

— Comment vivre sans musique ? J'ai trouvé ce fauteuil dans une brocante. Il est tellement affreux qu'il a un certain charme. Vous voulez boire quelque chose ?

— Juste un jus de fruits, ou de l'eau.

L'alcool était exclu pour plusieurs raisons, et Byron était l'une d'elles.

— J'ai de l'eau minérale Templeton.

Elle sourit.

— Alors vous avez ce qu'il y a de mieux.

— Je vous ferai visiter dès que j'aurai préparé le dîner. Venez me tenir compagnie dans la cuisine.

— Parce que vous savez cuisiner ?

Stupéfaite, elle le suivit sans discuter.

— Mais oui. Une bouillie d'avoine, ça ira ?

Il attendit une seconde, puis se retourna pour savourer pleinement l'expression horrifiée de son visage.

— Je plaisantais. Des fruits de mer, ça vous dit ?

— Pas si ce sont des écrevisses.

— Je fais un gratin d'écrevisses extraordinaire, mais nous allons garder ça pour plus tard. Quand nous nous connaîtrons mieux. Si le reste de la maison ne m'avait pas déjà conquis, la cuisine aurait suffi à le faire.

Elle était en carreaux de céramique blanc et ocre, avec un bloc de travail au centre qui miroitait comme un iceberg, et une banquette en arrondi, nichée sous une large fenêtre qui donnait sur les fleurs du jardin et une pelouse vert vif.

— Congélateur, dit-il en passant amoureusement la main sur l'acier étincelant de l'énorme réfrigérateur. Four à pâtisserie, plaques à induction, placards en teck.

Il y avait une grande coupe bleue remplie de fruits frais sur le comptoir. Kate sentit son estomac se mettre à gargouiller et se dit que si elle ne mangeait pas très prochainement, elle allait mourir.

— Vous aimez faire la cuisine ?

— Ça me détend.

— Eh bien, détendez-vous. Pendant ce temps, je vous regarde.

Il fallait avouer, qu'il se débrouillait de manière impressionnante. Elle but un verre d'eau glacée tandis qu'il découpait différents légumes aux couleurs appétissantes. Ses mouvements étaient rapides, précis, dignes d'un professionnel. Intriguée, elle s'approcha pour mieux regarder ses mains.

De très belles mains. Avec de longs doigts, de larges paumes et des ongles courts et impeccables.

— Vous avez pris des cours, ou quelque chose de ce genre ?

— Quelque chose de ce genre. Nous avions un cuisinier, Maurice, qui m'a proposé un jour de m'apprendre à boxer. À cette époque, j'étais tout dégingandé et je me faisais tabasser régulièrement à l'école.

Avec une moue dubitative, Kate le toisa lentement. Épaules carrées, taille fine, hanches étroites. De longues jambes. Et ses manches roulées au-dessus du coude laissaient entrevoir des biceps impressionnants.

— Qu'est-ce que vous avez fait ? Vous avez pris des stéroïdes ?

Byron éclata de rire avant de trancher un gros oignon en un clin d'œil.

— J'ai fini par m'étoffer, à force d'exercices. Mais à douze ans, j'étais affreusement mal dans ma peau.

— Oui, fit Kate en repensant à sa propre adolescence.

Le problème étant qu'elle-même n'avait guère changé depuis...

— C'est un âge ingrat.

— Maurice m'a donc promis de m'apprendre à boxer et à me défendre, à condition que j'apprenne à cuisiner. Selon lui, c'était un autre moyen de devenir autonome.

Byron fit revenir un peu d'huile dans la grande poêle en fer qu'il avait mise à chauffer sur la cuisinière.

— Et au bout de six mois, je mettais une raclée à cet abruti de Curt Bodine - qui faisait alors de mon existence un cauchemar.

— Moi, c'était Candy Dorall, qui s'appelle à présent Lichtfield. Elle m'empoisonnait la vie.

— Candy Lichtfield ? La rousse à l'air suffisant et à la tête de fouine qui passe son temps à ricaner bêtement ?

Quiconque était capable de donner une description aussi fidèle de Candy méritait au minimum un sourire.

— Je crois que je commence à vous apprécier.

— Vous ne lui avez jamais fichu un coup de poing dans le nez ?

— Ce n'est pas son nez. Elle s'est offert une rhinoplastie, rétorqua Kate en mordant un morceau de poivron. Mais non, je ne l'ai pas fait. Par contre, nous l'avons enfermée toute nue dans un placard des vestiaires. Deux fois.

— Pas mal. Mais c'est un truc de filles. Moi, j'ai mis Curt K.-O., ce qui m'a permis de sauver mon orgueil de mâle tout en gagnant une solide réputation de macho. Mais j'étais également capable de préparer un soufflé au chocolat à se damner.

En l'entendant rire, il se retourna pour la regarder.

— Refaites-moi ça.

Comme elle ne disait rien, il secoua la tête.

— Vous devriez rire plus souvent, Katherine. Vous avez un rire magnifique. Étonnamment riche et sonore. De ceux que l'on s'attendrait à entendre sous la fenêtre d'un bordel de La Nouvelle-Orléans.

— Je suppose que c'est un compliment, fit-elle en reprenant son verre et en le regardant droit dans les yeux. Mais je ris rarement l'estomac vide.

— Nous allons remédier à ça.

Il émința finement une gousse d'ail dans l'huile frémissante d'où s'éleva aussitôt une alléchante odeur. Quand il ajouta l'oignon, Kate se mit à saliver.

Après avoir retiré le couvercle d'un récipient, Byron fit glisser des crevettes décortiquées et des coquilles Saint-Jacques dans la poêle. C'était un peu comme de regarder un savant génial en plein travail. Une goutte de vin blanc, une pincée de sel et une petite poignée de ce qu'il lui dit être du gingembre. D'un mouvement vif, il incorpora le mélange de légumes découpés en fines lanières qu'il fit revenir avec le reste.

Et en moins de temps qu'il ne lui en eût fallu pour consulter un menu, Kate se retrouva devant une pleine assiette.

— C'est bon, dit-elle après avoir goûté une première bouchée. Vraiment bon. Pourquoi ne travaillez-vous pas dans la restauration ?

— Cuisiner est pour moi un passe-temps…

— Comme les vieilles voitures.

— Les voitures anciennes.

La voir manger lui fit plaisir. Il avait choisi de préparer ce plat parce qu'il tenait à lui faire avaler quelque chose de sain. Il était sûr qu'elle ingurgitait n'importe quoi, quand toutefois elle pensait à avaler autre chose que des antalgiques. Pas étonnant qu'elle soit si maigre.

— Je pourrais vous apprendre.

— Quoi ?

— La cuisine.

Kate engouffra une crevette.

— Je n'ai jamais dit que je ne pouvais pas cuisiner.

— Vous savez ?

— Non, mais je n'ai pas dit que je ne pouvais pas. D'ailleurs ce n'est pas nécessaire, du moment qu'il y a des plats à emporter et des fours à micro-ondes.

Comme elle refusait le vin qu'il lui proposait, il se résigna à boire de l'eau lui aussi.

— Je suis sûr que vous avez une table réservée à l'année chez *McDonald's*.

— Et alors ? C'est rapide, facile et ça cale l'estomac.

— Il n'y a rien de mal à manger des frites de temps en temps, mais quand ça devient une habitude alimentaire…

— Ah, ne commencez pas, Byron ! C'est précisément la raison qui m'a poussée à venir ici. Je ne supporte pas que l'on se mêle de ma vie. Surtout quelqu'un que je connais à peine.

— Il faut donc que nous fassions mieux connaissance.

— Pas forcément.

C'était étrange, mais elle n'avait eu aucun mal à se laisser distraire, à s'intéresser à lui et à se sentir à l'aise. Le temps filait à toute vitesse, alors qu'elle était venue ici dans le but de lui expliquer sans détour ce qu'elle pensait de lui.

— Vos intentions étaient peut-être bonnes, mais vous n'aviez pas à aller voir Josh.

— Vous avez des yeux fabuleux, dit-il en la voyant les plisser d'un air méfiant. Je ne sais pas si c'est parce qu'ils sont si grands, si sombres, ou parce que votre visage est étroit, mais ils sont saisissants.

— C'est comme ça que vous vous y prenez avec les filles ?

— Non, c'est une simple remarque. J'observais votre visage, et il se trouve qu'il présente tous ces contrastes. De hautes pommettes distinguées, une bouche généreuse et sensuelle, un nez anguleux et de grands yeux de biche. Ça pourrait être raté, mais ce n'est pas le cas. Et c'est encore mieux quand vous n'êtes ni pâle ni fatiguée. Même si ça vous donne une sorte de fragilité déconcertante.

Kate se tortilla sur la banquette.

— Je ne suis pas fragile. Je ne suis pas fatiguée. Et mon visage est sans aucun rapport avec le sujet dont nous discutons.

— Mais il me plaît. Il m'a plu tout de suite, alors même que je ne vous aimais pas particulièrement. Dites-moi, Kate, poursuivit-il en posant une main sur la sienne, pourquoi faites-vous tant d'efforts pour vous convaincre que vous ne m'intéressez pas ?

— Je n'ai aucun effort à faire. Je ne suis pas plus votre genre que vous n'êtes le mien.

— Non, en effet. Et pourtant, de temps en temps, je ne déteste pas essayer quelque chose de… différent.

— Je ne suis pas une nouvelle recette ! fit-elle en retirant sa main et en repoussant son assiette. Et puis je suis venue ici pour avoir, ainsi que vous l'avez vous-même formulé, une conversation civilisée.

— Tout cela me paraît très civilisé.

— Oh, inutile de prendre ce ton-là avec moi !

Kate ferma les yeux et se força à compter jusqu'à dix. Elle tint jusqu'à cinq.

— Je déteste ce ton. J'ai accepté de dîner avec vous afin de vous dire clairement ce que je pensais, sans me mettre en colère comme je l'ai fait cet après-midi.

Pour donner du poids à ses paroles, elle se pencha légèrement vers lui et fut surprise de découvrir que ses pupilles étaient cerclées d'un fin halo doré.

— Je ne veux pas que vous vous mêliez de ma vie. Je ne sais pas comment vous dire ça autrement.

— C'est très clair.

Puisqu'ils avaient apparemment fini de dîner, il ramassa les assiettes qu'il alla poser sur le comptoir. En revenant s'asseoir, il sortit de sa poche un petit cigare et l'alluma.

— Il y a cependant un problème. Je me suis pris d'un réel intérêt pour vous.

— Mais oui, c'est ça...

— Vous avez du mal à le croire ? dit-il en soufflant un nuage de fumée. Au début, c'est ce que je me suis dit aussi. Mais j'ai fini par comprendre pourquoi. J'ai un faible pour les problèmes et les énigmes. Trouver des réponses et des solutions est pour moi essentiel. Vous voulez du café ?

— Non, je ne veux pas de café...

Ne voyait-il donc pas qu'il la rendait folle avec cette façon qu'il avait de sauter d'un sujet à l'autre en parlant d'une voix délicieusement douce ?

— Je ne suis ni un problème ni une énigme.

— Mais si, Kate. Regardez-vous... Vous vous comportez dans la vie d'une drôle de manière.

Délibérément, il ouvrit son poing crispé.

— Je vois que, quoi que vous avaliez comme carburant, vos nerfs le brûlent instantanément. Vous avez une famille qui vous aime, une éducation solide, une intelligence tout en finesse, mais vous passez votre temps à pinailler sur des détails. Et quand vous vous retrouvez face à une injustice, qu'on vous vire d'un travail qui représentait une part importante de votre vie, vous restez là à ne rien faire.

À ces mots, elle se sentit agacée, blessée... et honteuse.

— Je ne suis pas venue ici pour faire une analyse.

— Je n'ai pas terminé, dit-il placidement. Vous avez peur d'être vulnérable, vous en avez même honte. Vous êtes une femme pragmatique, mais, bien que consciente d'être en mauvaise forme physique, vous ne faites absolument rien. De même, vous êtes quelqu'un de sincère, mais vous mettez toute votre énergie à nier qu'il puisse exister la moindre attirance entre nous. Bref, vous m'intéressez.

Il tira une dernière bouffée de son cigare avant de l'écraser.

— L'énigme que vous êtes m'intéresse.

Kate se leva lentement, afin de se prouver à elle comme à lui qu'elle gardait le contrôle de la situation.

— Je me rends compte qu'il vous est difficile, voire impossible, de comprendre que vous ne m'intéressez pas. Il n'en reste pas moins que je ne suis nullement vulnérable ni malade, et que je n'éprouve aucune attirance pour vous.

— Très bien, dit-il en se levant à son tour. Nous pouvons vérifier au moins une de ces affirmations...

Sans la quitter des yeux, il posa une main sur sa nuque. Tout doucement, il plaqua sa bouche contre la sienne dans un murmure plein de promesses. Quand elle le repoussa à deux mains, il l'enlaça par la taille et la pressa tendrement contre lui.

Pour son propre plaisir, il promena sa langue sur ses lèvres, entre lesquelles il se faufila dès qu'elles s'écartèrent. En songeant, un peu naïvement, qu'une fenêtre venait de s'entrouvrir sur un nouveau paradis.

Soudain, Kate se mit à trembler. En se reculant, il vit que ses joues étaient toutes pâles, son regard sombre et comme voilé. Guettant sa réaction, il déposa de minuscules baisers tout autour de sa bouche et la vit battre des cils.

— Je... je ne peux pas... Seigneur... gémit-elle en serrant les poings. Je n'ai ni le temps ni l'envie de faire ça.

— Pourquoi ?

Parce que la tête lui tournait, que son pouls battait à cent à l'heure et que son corps vibrait. Jamais cela ne lui était arrivé.

— Vous n'êtes pas mon genre.

Il lui sourit d'un air malin.

— Vous non plus. Allez comprendre !

— Les hommes comme vous sont toujours des ordures...

Elle en était intimement convaincue, et pourtant elle ne pouvait empêcher ses mains d'aller et venir sur sa poitrine, de plonger les doigts dans ses boucles dorées...

— C'est une loi.

— La loi de qui ? fit-il dans un sourire.

Si seulement elle arrivait à se concentrer, elle n'aurait aucune difficulté à lui répondre !

— Oh ! et puis tant pis, marmonna-t-elle en collant à nouveau sa bouche contre la sienne.

Son corps menu n'était plus qu'une boule de nerfs et de désir. Une boule à laquelle il ne put résister lorsqu'elle prit d'assaut sa bouche. Il aurait dû deviner qu'elle n'aurait que faire d'une lente et progressive approche, ou de la douceur d'une séduction langoureuse. Il était toutefois loin de se douter que les exigences de sa bouche avide et brûlante parviendraient à saper son sens inné de la raison.

En moins d'une seconde, il cessa de la savourer pour mieux la dévorer.

Il referma ses bras sur elle, oubliant la fragilité de son long corps frêle, et commença à la mordiller. Sa bouche sensuelle semblait être faite pour être prise sauvagement. L'odeur de son savon lui parut étrangement sexy lorsqu'il égrena des baisers fougueux le long de son cou.

— C'est seulement parce que je n'ai pas fait l'amour depuis très longtemps, lui annonça-t-elle, haletante, en louchant légèrement.

— Aucune importance.

Il emprisonna son minuscule derrière à pleines mains et étouffa un petit grognement de satisfaction.

— Un an, ajouta-t-elle dans un souffle. Enfin, deux, mais au bout de quelques mois, on finit par ne plus... Mais, bon sang, touche-moi ! Si tu ne me touches pas, je sens que je vais me mettre à hurler !

Où ? Il ne savait pas par quel bout la prendre, se sentait imprégné de tout son corps. Suivant son instinct, il fit sortir son chemisier blanc de sa jupe et entreprit de défaire les boutons.

— Là-haut...

Les boutons lui résistèrent, et il jura dans sa barbe.

— Nous devrions aller là-haut : J'ai un lit.

D'un geste désespéré, Kate lui saisit la main et la plaqua elle-même sur ses seins.

— Non, ici, par terre...

Byron pouffa de rire.

— Je commence à beaucoup aimer ton sens pratique.

— Tu n'as encore rien vu...

Et tout à coup, elle fut percutée. Une première vague de douleur, très vite suivie d'une seconde, fulgurante, lui coupa la respiration.

— Qu'est-ce qu'il y a ? Je t'ai fait mal ?

— Non, ce n'est rien...

Il essaya de l'aider à se redresser en la voyant se plier en deux.

— Juste une crampe. C'est...

Mais un feu violent se propagea en elle, tel un incendie. Et la peur la saisit lorsqu'elle se mit à transpirer à grosses gouttes.

— Laisse-moi une minute...

À tâtons, Kate chercha à se raccrocher à quelque chose pour ne pas perdre l'équilibre. Si Byron ne l'avait pas rattrapée dans ses bras, elle serait tombée.

— Ça suffit comme ça ! tonna-t-il en grinçant des dents. Je t'emmène à l'hôpital.

— Non, arrête !

Tout en criant, elle pressa les deux mains sur son ventre pour tenter de calmer la douleur.

— Raccompagne-moi à la maison !

— Pas question !

Tel un guerrier enlevant sa conquête, il l'emporta hors de la maison.

— Économise ton souffle, tu me crieras dessus plus tard. Mais pour l'instant, tu vas m'obéir.

— Je t'ai dit de me ramener à la maison !

Lorsqu'il la déposa sur le siège de la voiture, elle cessa de se débattre, réservant toute son énergie à lutter contre la douleur.

Byron sortit de l'allée en marche arrière et ne dit rien lorsqu'elle avala une des pastilles dont elle gardait constamment un tube dans sa poche. En revanche, il décrocha son téléphone de voiture et composa un numéro.

— Maman…

Il conduisait vite, en coupant les virages, et interrompit sa mère quand elle commença à s'excuser de ne pas l'avoir rappelé.

— Ça ne fait rien. Écoute, j'ai une amie qui doit faire un mètre soixante-dix pour cinquante kilos et a environ vingt-cinq ans.

Il jura discrètement et coinça le téléphone au creux de son épaule tout en changeant de vitesse.

— Non, ce n'est pas du tout ce que tu crois, dit-il en entendant sa mère pouffer de rire. Je suis en train de l'emmener à l'hôpital. Elle souffre de douleurs à l'abdomen. Et ça lui arrive régulièrement.

— C'est juste le stress, parvint à bredouiller Kate entre deux respirations. Et à cause de ta cuisine infecte.

— Oui, c'est exactement ça. Elle peut parler et elle est lucide... Je n'en sais rien.

Il jeta un bref coup d'œil à Kate.

— As-tu déjà été opérée du ventre ?

— Non, et cesse de me parler.

— Oui, je crois qu'elle vit de façon très stressante et prend beaucoup sur elle. Nous avons fini de dîner il y a à peu près quarante minutes, ajouta-t-il, répondant aux questions directes et précises de sa mère. Non, ni alcool ni café. Mais elle boit habituellement des litres de café et se nourrit de pastilles contre les maux d'estomac... Ah oui ?

Il se tourna vers Kate.

— Tu as une sensation de brûlure ?

— C'est sûrement une indigestion, ronchonna-t-elle.

La douleur reprit de plus belle. Pourvu que ce soit une indigestion...

— Oui, fit-il en hochant la tête.

Byron savait parfaitement où allaient aboutir les questions que lui posait sa mère.

— Est-ce qu'il t'arrive souvent de ressentir une douleur lancinante, juste en dessous du sternum ?

— Ça ne te regarde pas.

— Ce n'est pas le moment de m'énerver, Kate, je te préviens. Alors, ça t'arrive souvent ?

— Très souvent. Et après ? Je ne veux pas que tu m'emmènes à l'hôpital.

En l'entendant faire la description de ses symptômes avec autant d'exactitude, elle ferma les yeux et décida de l'ignorer.

Byron parla encore quelques secondes avec sa mère et appuya à fond sur l'accélérateur.

— Merci, c'est bien ce que je pensais... Je vais m'en occuper... Oui, je te rappelle, promis. Au revoir.

Puis il raccrocha en continuant à regarder fixement la route.

— Félicitations, espèce de sotte ! Tu te paies un beau petit ulcère.

8

Qu'elle ait un ulcère était hors de question. Kate se rassura en se répétant cette phrase et en pensant au ridicule dont allait se couvrir Byron en l'emmenant d'urgence à l'hôpital à cause de simples brûlures d'estomac.

Les ulcères étaient le lot des lavettes et des refoulés, incapables d'exprimer leurs émotions, qui avaient peur de se regarder en face. Or Kate estimait qu'elle s'exprimait pleinement, sans jamais rater la moindre occasion.

À la seconde où il arrêterait la voiture, elle ne se gênerait d'ailleurs pas pour dire à Byron ce qu'elle pensait.

Et elle l'aurait fait. Si toutefois elle avait pu reprendre son souffle. Mais il pila devant les urgences, sortit en trombe de la voiture et la souleva dans ses bras avant qu'elle ait le temps de dire ouf.

Une fois à l'intérieur, ce fut pis encore. Les bruits et les odeurs de l'hôpital l'agressèrent aussitôt. Les salles des urgences étaient les mêmes partout. L'atmosphère épaisse qui y stagnait sentait le désespoir, la peur et le sang frais. Les antiseptiques, l'éther et la sueur. Le chuintement des semelles de crêpe et des roues des chariots sur le linoléum. Tout cela la paralysa. Elle ne put que se recroqueviller sur le fauteuil roulant dans lequel Byron l'avait déposée.

— Reste là, dit-il fermement avant de s'adresser à l'infirmière du bureau des admissions.

Kate ne l'entendit même pas.

Soudain les souvenirs l'assaillirent. Le hurlement désespéré des sirènes, les lumières rouges des ambulances… Elle avait à nouveau huit ans, une douleur sourde battait dans sa tête telle une plaie ouverte. Et le sang… Elle sentait l'odeur du sang.

Mais ce n'était pas le sien. Elle n'avait eu que quelques égratignures. Des contusions mineures. Et un léger traumatisme. Rien qui risquât de mettre sa vie en danger. Ou de la bouleverser à tout jamais.

Mais ils avaient emporté ses parents sur des brancards alors qu'elle hurlait en appelant sa mère. Et elle ne les avait plus jamais revus.

— Tu as de la chance, dit Byron en revenant vers elle. Ils ne sont pas trop débordés. On va t'examiner tout de suite.

— Je ne peux pas rester ici, murmura-t-elle. Je ne peux pas rester à l'hôpital.

— Il va falloir te faire à l'idée. C'est ici que se trouvent les médecins.

Il l'aida à se lever et fut étonné de la voir le suivre comme un chiot obéissant. Il la confia à une infirmière et s'installa pour attendre.

Kate se dit que plus elle se montrerait coopérative, plus vite elle serait sortie. Car ils seraient bien obligés de la laisser sortir. Elle n'était plus une enfant obligée d'obéir. Toutefois, en entrant dans la petite salle de consultation, elle frissonna en entendant le rideau coulissant se refermer derrière elle.

— Bon, voyons un peu ce qui se passe…

Le médecin de garde était une jolie jeune femme. Avec un visage rond, des yeux en amande derrière des lunettes à monture en acier et des cheveux bruns retenus d'un côté par une barrette.

L'autre fois, c'était un homme. Jeune, lui aussi. Mais au regard las et usé.

Kate répondit aux questions d'usage d'une voix mécanique. Non, elle ne souffrait pas d'allergies, n'avait jamais été opérée et ne prenait aucun médicament.

— Si vous vous allongiez, miss Powell. Je suis le docteur Hudd. Je vais vous examiner. Vous avez mal, en ce moment ?

— Non, pas vraiment.

L'interne leva un sourcil.

— Non ou pas vraiment ?

Kate ferma les yeux en s'efforçant de se concentrer sur l'instant présent.

— Un peu.

— Dites-moi si la douleur augmente...

Elle avait des mains douces, se dit Kate quand elle commença à lui palper le ventre. Mais, tout à coup, elle poussa un cri lorsque l'interne lui appuya sous le sternum.

— C'est là, n'est-ce pas ? Ça vous arrive souvent d'avoir mal ?

— Ça m'arrive.

— Et la douleur survient-elle généralement après le repas, au bout d'une heure environ ?

— Quelquefois, soupira Kate. Oui.

— Ou quand vous buvez de l'alcool ?

— Oui.

— Vous avez déjà eu des vomissements ?

— Non, fit Kate en passant la main sur son front moite. Non.

— Des vertiges ?

— Non.

La bouche sans rouge à lèvres du Dr Hudd s'avança en une moue contrariée.

— Votre pouls est un peu rapide.

— Je n'ai aucune envie d'être ici, déclara platement Kate. Je déteste les hôpitaux.

— Oui, je comprends, dit le médecin en prenant des notes sur une feuille. Décrivez-moi vos douleurs.

Kate fixa le plafond et fit comme si elle parlait toute seule à haute voix.

— C'est comme une brûlure sous la poitrine, une douleur diffuse...

Elle ne resterait pas ici, sur cette table, derrière ce rideau, se répéta-t-elle calmement.

— Un peu comme des crampes d'estomac. Mais ça peut faire très mal.

— J'imagine. Et dans ces cas-là, que prenez-vous ?

— Du Mylanta, contre les brûlures d'estomac.

L'interne émit un petit rire bref en tapotant la main de Kate.

— Vous êtes très stressée, miss Powell ?

— Comme tout le monde.

Elle essaya de ne pas bondir quand le médecin lui souleva la paupière en lui braquant une lampe électrique dans les yeux pour examiner ses pupilles.

— Depuis combien de temps souffrez-vous de ces symptômes ?

— Oh ! depuis toujours. Je n'en sais rien. Ils se sont un peu accentués depuis l'année dernière.

— Vous dormez bien ?

— Non.

— Vous prenez quelque chose pour dormir ?

— Non.

— Et vous avez des migraines ?

— Oui, merci, et plus qu'il n'en faut. Je prends de l'aspirine. En changeant de marque de temps en temps.

— Mmm… À quand remonte votre dernière visite médicale ?

Voyant que Kate ne répondait pas, l'interne recula en faisant une nouvelle fois la moue.

— Il y a si longtemps que ça ? Qui est votre médecin traitant ?

— Je vais voir mon gynéco une fois par an. Je ne suis jamais malade.

— En tout cas, vous faites drôlement bien semblant ! Je vais donc continuer à vous examiner. Nous allons vérifier votre tension.

Kate se laissa faire. Persuadée que l'examen était presque terminé, elle était à présent plus calme. Le médecin allait sans doute lui faire une ordonnance et ce serait fini.

— Votre pression artérielle est un peu haute, mais le cœur est solide. Vous n'êtes pas très épaisse, miss Powell. Vous faites un régime ?

— Non, je ne fais aucun régime.

— Veinarde ! dit le Dr Hudd avec un regard soupçonneux que Kate ne connaissait que trop bien.

— Mais je ne souffre d'aucun désordre alimentaire, vous savez. Je ne suis ni boulimique ni anorexique. Et je n'ai jamais pris aucune pilule pour maigrir. J'ai toujours été comme ça.

— Vous n'avez pas perdu un peu de poids, récemment ?

— Peut-être quelques kilos, admit Kate. Je n'ai pas beaucoup d'appétit. Mais croyez-moi, si j'avais le choix, je préférerais avoir des courbes plutôt que des angles.

— Une fois que nous aurons réglé ce problème, vous reprendrez sans mal un peu de poids. Nous allons commencer par pratiquer quelques examens…

Kate tendit la main et agrippa l'interne fermement par le poignet.

— Des examens ? Quel genre d'examens ?

— Oh ! rien qui ne fasse penser à une chambre de torture, rassurez-vous. J'ai besoin de radios, sans doute d'un baryum. Et je vais également demander une gastroscopie. Afin de préciser le diagnostic.

— Je ne veux pas de ces examens ! Donnez-moi un cachet et laissez-moi partir.

— Miss Powell, ce n'est pas aussi simple. Nous allons vous faire passer une radio aussi vite que possible. Et j'essaierai de demander la gastroscopie à la première heure demain matin. Dès que vous serez admise…

La panique était synonyme de blanc, réalisa Kate. Des pièces toutes blanches et des femmes en uniforme blanc.

— Pas question que vous me gardiez ici…

— Juste pour la nuit, la rassura le médecin. Ce n'est pas que je ne respecte pas le diagnostic de votre petit ami…

— Ce n'est pas mon petit ami.

— À votre place, je m'arrangerais pour qu'il le devienne. Quoi qu'il en soit, il n'est pas médecin.

— Sa mère l'est. Il lui a parlé avant de venir ici. Demandez-lui. Je veux que vous alliez le chercher. Tout de suite.

— D'accord, calmez-vous. Je vais aller lui parler. Allongez-vous tranquillement et essayez de vous détendre, dit l'interne en la prenant par les épaules.

Dès qu'elle fut seule, Kate fit un effort pour respirer profondément et régulièrement. Mais la terreur l'envahit.

— On continue à discuter, à ce que j'entends, dit Byron en entrant dans la salle.

Kate se redressa sur la table comme un ressort.

— Je ne peux pas rester ici, fit-elle en empoignant le devant de sa chemise d'une main tremblante. Il faut absolument que tu me fasses sortir…

— Écoute, Kate…

— Je ne peux pas passer la nuit ici. Pas dans un hôpital… je ne peux pas…

Sa voix se brisa soudain, devenant à peine audible.

— Mes parents…

Il la regarda, d'abord d'un air confus. S'attendait-elle qu'il appelle les Templeton en France pour venir la soutenir ? Et puis, brusquement, il se souvint. Ses vrais parents étaient morts. Tués dans un accident. L'hôpital…

Et il comprit que ce qu'il avait pris pour de la souffrance et de la mauvaise humeur était tout simplement de la terreur.

— D'accord, ma jolie…

Pour la rassurer, il l'embrassa sur le front.

— Ne t'inquiète pas. Tu ne vas pas rester ici.

— Je ne peux pas…

Kate sentit le souffle lui manquer et l'hystérie monter progressivement en elle.

— Tu ne vas pas rester, je te le promets…

Byron prit son visage entre ses mains et croisa son regard noyé de larmes.

— Je te le promets, Kate. Je vais aller parler à l'interne, et ensuite, je te raccompagnerai chez toi.

L'hystérie laissa place au soulagement.

— D'accord. Oui, fit-elle en fermant les yeux. D'accord.

— Accorde-moi rien qu'une petite minute.

Et il retourna de l'autre côté du rideau.

— Elle est phobique, expliqua Byron au médecin. Je ne m'en étais pas rendu compte.

— Écoutez, Mr De Witt, il est rare que les gens aiment faire un séjour à l'hôpital. Il y a des moments où je n'aime pas ça non plus.

— Il ne s'agit pas d'une résistance banale, reprit-il en se passant la main dans les cheveux. C'est ce que j'ai cru moi aussi, mais c'est beaucoup plus fort que ça. Ses parents ont été tués dans un accident de voiture quand elle était petite. Je ne connais pas l'histoire en détail, mais ils ont dû passer quelque temps à l'hôpital. Elle est paniquée à l'idée de devoir rester ici, or elle n'est pas du genre à paniquer facilement.

— Il faut pourtant qu'elle subisse ces examens, insista l'interne.

— Docteur… Hudd, c'est bien ça ? Docteur Hudd, cette jeune femme a un ulcère. Les symptômes sont criants. Vous le savez aussi bien que moi.

— Parce que votre mère vous l'a dit ?

— Ma mère est chef de clinique à l'hôpital d'Atlanta.

La jeune femme haussa les sourcils.

— Le Dr Margaret De Witt ? soupira-t-elle. Impressionnant. J'ai lu bon nombre de ses articles. Mais, bien que je pense être d'accord avec son diagnostic, je suis certaine qu'elle trouverait normal de suivre cette procédure. Tout semble indiquer un ulcère du duodénum, mais je ne veux écarter aucune autre possibilité. Ces examens relèvent de la routine.

— Et si le patient est dans un tel état de panique que la seule idée de subir ces examens risque d'aggraver son état ?

Byron attendit une seconde avant de poursuivre :

— Ni vous ni moi n'allons la forcer à les faire. Elle va sortir d'ici et continuer à se bourrer de pastilles contre les brûlures d'estomac jusqu'à ce qu'elle se retrouve avec un trou assez large pour y planter un putt de golf.

— Très bien… Je vais lui donner un traitement, à condition qu'elle accepte de revenir passer une radio en tant que patiente externe si le symptôme réapparaît.

— J'y veillerai.

— J'en suis certaine, dit l'interne, la main sur le rideau, en se retournant vers lui. Votre père ne serait pas le Dr Brian De Witt ?

— Chirurgie thoracique.

— Et vous êtes…

— Dans l'hôtellerie, dit-il avec un charmant sourire. Mais mes sœurs sont toutes les trois médecins.

— Il en fallait au moins un dans la famille !

— Je suis désolée, dit Kate dans un murmure.

La tête appuyée sur le siège de la voiture, elle fermait les yeux.

— Contente-toi de faire ce que t'a prescrit le médecin. Prends tes médicaments, repose-toi. Et tâche de diminuer un peu ta ration de café.

Il avait dit cela pour la faire sourire, elle le savait, aussi s'efforça-t-elle de lui faire plaisir.

— Justement, j'en boirais un volontiers. Je n'ai pas voulu te poser la question avant d'être certaine que nous allions réussir la grande évasion, mais comment as-tu fait pour la dissuader de me faire admettre ?

— Raison, charme et compromis. Et en invoquant le nom de ma mère. Elle est très respectée.

— Oh !...

— J'ai également dû faire une promesse, ajouta-t-il. À savoir que, si cela t'arrivait de nouveau, tu viendrais passer une radio – en tant que patiente externe.

Il lui prit la main et la serra dans la sienne.

— Ce n'est pas quelque chose que tu peux continuer à ignorer, Kate. Il faut que tu t'en occupes sérieusement.

Elle s'enferma à nouveau dans le silence. Tout cela était trop embarrassant. Et elle sentait encore de petites flammes de panique danser au creux de son ventre.

Lorsqu'elle rouvrit les yeux, elle vit le clair de lune qui éclaboussait Big Sur, les falaises, les forêts et la route sinueuse parsemée ici et là d'un léger brouillard. Les larmes lui montèrent aux yeux. Elle avait demandé à Byron de la ramener chez elle, et il avait compris. Chez elle, c'était Templeton House.

Les lumières brillaient derrière les fenêtres, laissant présager un accueil chaleureux. L'air embaumait les fleurs, et on entendait la mer. Avant même qu'il ait arrêté le moteur, la porte s'ouvrit à toute volée. Et Laura se précipita à leur rencontre.

— Oh, Kate chérie, comment vas-tu ?

Son peignoir tourbillonnant autour de ses jambes, Laura ouvrit la portière et se pencha pour prendre Kate dans ses bras.

— J'étais tellement inquiète.

— Ça va bien. C'est idiot. Je...

En voyant Ann arriver en courant à son tour, elle faillit fondre en larmes.

— Oh ! ma chère petite... Là... Là...

Elle attrapa Kate par la taille en chantonnant.

— Rentre vite. Tout va s'arranger. Tu es à la maison.

— Je...

Mais il était plus facile de se contenter de poser la tête sur l'épaule d'Ann. Des souvenirs de biscuits sortant du four et de thé bien chaud lui vinrent à l'esprit. Ainsi que de draps frais en coton et de mains douces.

— Byron, dit Laura en lui jetant un regard distrait, je vous remercie beaucoup d'avoir appelé. Je...

Elle se tourna vers Kate qui était déjà presque arrivée à la maison avec Ann.

— Mais entrez, je vous en prie. Je vais vous faire du café.

— Non, je vais rentrer chez moi. Je passerai plus tard pour voir comment va Kate. Allez vite la rejoindre.

— Merci... Merci mille fois.

Et elle repartit en courant.

Il la regarda rattraper Kate, la prendre affectueusement par le bras, puis les trois femmes disparurent ensemble dans la maison.

Elle dormit douze heures d'affilée et se réveilla reposée et légèrement éblouie. Elle était dans la chambre de son enfance. Le papier sur les murs était toujours le même, un papier à fines rayures pastel. Les stores de son adolescence avaient été remplacés par des rideaux en dentelle qui se soulevaient doucement devant les fenêtres entrouvertes. Ils avaient appartenu à sa grand-mère. Avant d'être accrochés dans la chambre de sa mère. Tante Susan avait pensé que Kate serait contente de les avoir quand elle était venue s'installer à Templeton House. Et elle avait eu raison.

Les voir maintenant lui faisait du bien.

Kate avait passé de nombreuses matinées à se prélasser dans son lit en regardant onduler ces rideaux. Sentant alors ses parents tout près d'elle.

Elle plongea le visage dans le gros oreiller recouvert d'une taie en lin irlandais. Ann prenait soin de parfumer tous les draps d'une fine essence de citron. Il y avait des fleurs sur la table de nuit, un grand vase en cristal rempli de freesias odorants. Un mot était posé à côté. Reconnaissant l'écriture de Laura, elle tendit la main pour le prendre.

Kate, je n'ai pas voulu te réveiller en partant. Margo et moi sommes ce matin à la boutique. Nous ne voulons pas t'y voir de la journée. Annie est d'accord pour t'enfermer à double tour dans ta chambre si nécessaire. Tu dois prendre ta dose de médicament à 11 heures précises, à moins que tu ne dormes encore. L'une de nous rentrera à l'heure du déjeuner. Tu as intérêt à rester au lit. Si tu t'avises de nous faire peur encore une fois... je me chargerai de te régler ton compte personnellement. Je t'aime, Laura.

C'était bien d'elle ! songea Kate en reposant le mot sur la table de nuit. Mais elle n'allait quand même pas rester toute la journée au lit ! Son attaché-case devait bien se trouver ici quelque part. Il lui suffisait d'aller...

— Et où va-t-on comme ça, jeune demoiselle ?

Ann Sullivan se tenait sur le seuil de la chambre, un plateau à la main, une lueur menaçante dans les yeux.

— Je... j'allais dans la salle de bains. C'est tout.

Kate sortit du lit avec précaution et fila dans la salle de bains adjacente.

En souriant, Ann posa le plateau et alla retaper les oreillers. Toutes ses filles croyaient pouvoir lui mentir à qui mieux mieux. Mais seule Margo savait vraiment le faire. Le dos raide comme un bout de bois, elle attendit que Kate revienne et, d'un geste autoritaire, lui fit signe de se remettre au lit.

— À présent, je vais veiller à ce que tu manges, prennes tes médicaments et sois bien sage.

Avec autant de douceur que d'efficacité, Ann posa le plateau sur les genoux de Kate.

— Un ulcère, hein ? Il ne faut pas plaisanter avec ça. Surtout pas. Mrs Williamson t'a préparé de bons œufs brouillés et des toasts. Et de la tisane. Elle dit que la camomille est excellente pour l'estomac. Tu mangeras aussi un fruit. Le melon est délicieux.

— Bien, m'dame, fit Kate, se sentant subitement un appétit de loup. Annie, je suis franchement désolée…

— De quoi ? D'avoir la tête dure ? Eh bien, il y a de quoi !

Mais elle s'assit au bord du lit et, d'un geste maternel, posa la main sur le front de Kate pour voir si elle avait de la fièvre.

— Tu as travaillé à t'en rendre malade. Regarde-toi un peu, tu es un vrai sac d'os ! Ne laisse pas une seule miette de ces bons œufs.

— Je croyais que c'étaient des brûlures d'estomac, murmura Kate en se mordant la lèvre. Ou un cancer.

— Qu'est-ce que tu racontes là ?

Affolée, Ann prit Kate par le menton.

— Tu pensais avoir un cancer et tu ne nous en as rien dit ?

— Je… je me disais que si c'étaient des brûlures d'estomac, je pouvais vivre avec. Et que si c'était un cancer, je mourrais de toute façon…

Devant le regard furieux que lui lança Ann, elle fit la grimace.

— Je me sens complètement idiote.

— Je suis contente de te l'entendre dire, car c'est bien vrai.

Elle lui servit une tasse de tisane en faisant claquer sa langue d'un air agacé.

— Dieu sait que je t'aime, mais je n'ai jamais été aussi fâchée contre quelqu'un de toute ma vie ! Ah, non, tu ne vas pas te mettre à pleurer parce que je te gronde un peu !

Kate renifla, prit le mouchoir qu'Ann lui tendit et se moucha bruyamment.

— Je suis désolée, répéta-t-elle.

— Eh bien, sois-le.

L'air exaspéré, Ann lui passa un autre mouchoir.

— Moi qui croyais que Margo était la seule à pouvoir me rendre folle... Tu as attendu vingt ans, mais tu as finalement réussi à en faire autant. Il ne t'est jamais venu à l'idée de dire à ta famille que tu te sentais mal ? Tu n'as donc jamais pensé à ce que nous ressentirions si tu te retrouvais à l'hôpital ?

— Je croyais pouvoir m'en arranger.

— Manifestement, ce n'est pas le cas.

— Non.

— Mange vite ces œufs avant qu'ils ne refroidissent ! Mrs Williamson est dans la cuisine en train de se faire du souci pour toi. Le vieux Joe a cueilli ces freesias pour que tu les voies en te réveillant. Sans parler de Margo, qui m'a tenu la jambe plus d'une demi-heure ce matin au téléphone pour savoir comment tu allais. Et Josh est passé te voir avant de partir à son bureau. Quant à Laura, elle n'a pas fermé l'œil de la nuit.

Tout en continuant à lui faire la morale, Ann recouvrit un toast d'une généreuse couche de confiture de framboises et le tendit à Kate.

— Et je préfère ne pas imaginer ce que diront les Templeton quand ils seront au courant !

— Oh, Annie ! je t'en prie, ne leur...

— Ne leur dis pas ? s'écria Ann en fronçant les sourcils. C'est ça que tu allais dire ? Tu voudrais ne rien dire à des gens qui t'aiment et tiennent à toi, qui t'ont donné un toit et une famille ?

Personne n'était capable de vous tartiner de confiture ou de honte comme Ann Sullivan, songea Kate.

— Non, je les appellerai moi-même. Dès aujourd'hui.

— Ah ! je préfère entendre ça. Dès que tu te sentiras un peu mieux, tu iras aussi remercier Mr De Witt en personne de s'être si bien occupé de toi.

— Je...

Imaginant l'humiliation qui serait la sienne, Kate baissa la tête en jouant avec ses œufs du bout de sa fourchette.

— Je l'ai déjà remercié.

— Eh bien, tu le remercieras une deuxième fois.

Ann se retourna en entendant une domestique frapper discrètement à la porte ouverte.

— Excusez-moi, ceci vient d'arriver pour miss Powell.

Elle entra avec un immense bouquet qu'elle déposa au bout du lit.

— Merci, Jenny. Attendez une seconde, nous allons voir quel vase convient le mieux. Non, toi, finis de manger, dit-elle à Kate. Je vais ouvrir ça.

Elle défit le ruban, enleva le papier et un parfum de roses emplit la chambre. Deux douzaines de superbes roses jaunes à longues tiges se détachaient sur un lit de feuillage d'un vert étincelant.

— Allez chercher le vase en cristal de Baccarat, voulez-vous ? Le grand, qui se trouve dans la bibliothèque.

— Bien, madame.

— En tout cas, je sais à présent que je suis vraiment malade.

Kate déchira l'enveloppe qui accompagnait le bouquet avec entrain.

— Voilà maintenant que Margo m'envoie des fleurs !

Mais lorsqu'elle sortit la carte de visite, son sourire s'évanouit.

— Je parie que ce n'est pas de la part de Margo.

Usant du privilège que lui conféraient son âge ainsi que son affection pour Kate, Ann lui prit la carte des mains pour la lire.

— « Repose-toi, Byron. » Tiens, tiens, tiens...

— Tiens, tiens, tiens... quoi ? Il est désolé pour moi, voilà tout.

— Deux douzaines de roses jaunes, ma fille, c'est plus que de la sympathie. Ça ressemble fort à un début d'histoire d'amour.

— Pas du tout.

— De séduction, alors.

Kate repensa à leur étreinte fougueuse dans la cuisine. Torride, intense… et brutalement interrompue.

— Peut-être. Si on veut… Du moins, si j'étais du genre à me laisser séduire.

— Mais nous sommes toutes comme ça… Merci, Jenny. Je vais m'occuper du reste.

Ann prit le vase que la domestique venait d'apporter et alla le remplir d'eau dans la salle de bains. En revenant, elle ne fut pas surprise, ni mécontente, de voir Kate renifler une des roses d'un air songeur.

— Bois ta tisane pendant que j'arrange ce bouquet. C'est trop agréable de s'occuper de fleurs.

Puis elle prit une paire de ciseaux dans le tiroir du bureau, étala le papier d'emballage sur la commode et se mit au travail.

— Il faut prendre son temps et le faire avec plaisir. Les planter tout droit dans un vase n'apporte aucune joie.

— Ce qui compte, c'est que ce soit fait.

— Si c'est tout ce qu'on cherche… À mon avis, tu as toujours été trop pressée de voir le travail terminé. En oubliant d'y trouver du plaisir. Faire une chose à toute vitesse pour ensuite passer à une autre est sans doute productif, mais ce n'est pas amusant.

— Je m'amuse beaucoup, bougonna Kate.

— Crois-tu ? D'après ce que j'ai vu, tu as même réussi à transformer vos chasses au trésor du dimanche en véritable corvée. Laisse-moi te demander une chose. Si jamais, par un hasard extraordinaire, tu tombais sur la dot de Seraphina, que ferais-tu avec ?

— Ce que je ferais avec ?

— C'est la question que je te pose. Partirais-tu faire une croisière autour du monde, irais-tu te prélasser sur une plage sous les tropiques, t'achèterais-tu une belle voiture ? Ou bien investirais-tu l'argent dans des fonds communs de placement ou des actions ?

— Investi correctement, l'argent rapporte de l'argent.

Ann glissa avec délicatesse une tige dans le vase.

— Et ça sert à quoi ? À le laisser s'entasser au fond d'un coffre ? Est-ce la fin qui' justifie les moyens, ou bien le contraire ? Je ne dis pas que tu ne m'as pas rendu grand service en m'aidant à me constituer une petite rente, mais il faut aussi avoir des rêves. Quitte à ce qu'ils semblent parfois irréalisables dans l'immédiat.

— J'ai des tas de projets.

— Je ne te parle pas de projets. Je te parle de rêves.

Comme c'est étrange, songea Ann. Sa propre fille avait toujours trop rêvé. Laura avait eu des rêves simples qui lui avaient finalement brisé le cœur. Et la petite Kate ne s'était jamais laissée aller à rêver assez.

— Qu'est-ce que tu attends, ma chérie ? D'être aussi vieille que moi pour commencer à te faire plaisir et à t'amuser ?

— Tu n'es pas vieille, Annie, rétorqua Kate avec douceur. Tu ne le seras jamais.

— Raconte ça aux rides qui se creusent chaque jour un peu plus sur mon visage...

Mais Ann se retourna en lui souriant.

— Qu'est-ce que tu attends, Katie ?

— Je ne sais pas exactement.

Kate posa les yeux sur le vase rempli de fleurs d'un jaune éclatant qui resplendissaient comme un soleil. Elle aurait pu compter sur les doigts d'une main le nombre de fois où un homme lui avait envoyé des roses.

— Je n'y ai jamais vraiment réfléchi.

— Alors, il est grand temps que tu le fasses. En tête de liste, il faut mettre ce qui rend Kate heureuse. Et Dieu sait que tu t'y entends à faire des listes !

Ann alla chercher dans le placard le peignoir que Kate laissait en permanence dans sa chambre à Templeton House.

— Bon, maintenant, tu vas aller t'asseoir un petit moment sur la terrasse au soleil. Je ne veux pas te voir faire autre chose que rêver.

9

Quel meilleur remède que se faire dorloter pendant une semaine ? Kate trouvait néanmoins que cela frisait l'overdose. Cependant, chaque fois qu'elle parlait de rentrer chez elle et de reprendre le travail, la maison entière se coalisait immédiatement contre elle.

Aussi faisait-elle de gigantesques efforts pour ne rien dire, se laisser porter par le courant et prendre la vie comme elle venait.

Tout en se demandant comment quiconque pouvait vivre ainsi.

La soirée était magnifique. Elle était assise dans le jardin, une des filles lovée sur ses genoux, l'autre à ses pieds. Son ulcère – si c'était un ulcère – se faisait oublier depuis des jours.

— Ce serait bien si tu vivais tout le temps avec nous, dit Kayla en levant vers Kate ses grands yeux gris. On ne te laisserait jamais être malade ni te faire trop de souci.

— Tante Margo dit que tu es une chercheuse de petite bête professionnelle, gloussa Ali en lui mettant du vernis rose sur les ongles de pieds. C'est quoi cette petite bête ?

— Tante Margo…

En plus du rose à ongles, elle n'allait pas se laisser insulter !

— Heureusement pour elle que j'aime les petites bêtes.

— Si tu restes ici, on pourra jouer avec toi tous les jours...

Argument corrupteur par excellence pour Kayla...

— Et puis maman et toi pourriez faire des goûters. Annie dit que vous en faisiez quand vous étiez petites.

— Nous pouvons en faire quand je viens vous voir, rectifia Kate. C'est plus exceptionnel.

— Mais si tu vivais ici, tu n'aurais pas de loyer à payer...

Ali reboucha le flacon de vernis à ongles, l'air beaucoup plus mature que ne le laissaient supposer ses dix ans.

— En attendant de retomber sur tes pieds financièrement.

Kate ébaucha un sourire.

— Où vas-tu chercher ça ?

— C'est toi qui dis ça, répondit Ali en pressant sa joue sur le genou de Kate. Et puis maintenant, maman travaille tout le temps. Plus rien n'est comme avant. C'est mieux quand tu es là.

— Moi aussi, j'aime bien être avec vous.

Touchée et émue, Kate caressa les cheveux bouclés d'Ali. Un papillon jaune d'or voleta devant elle avant de se poser gracieusement sur le cœur d'un pétunia rouge. Pendant un instant, elle caressa la tête de l'enfant et regarda le papillon dont les ailes s'ouvraient et se fermaient en se nourrissant du nectar.

Ce serait si simple de rester ici toute la vie... Mais n'était-ce pas pour cette raison même qu'elle s'interdisait de le faire ?

— Il faut bien que je rentre chez moi. Ça ne veut pas dire que je ne viendrai pas passer du temps avec vous. À commencer par tous les dimanches. Nous irons chercher ensemble l'or de Seraphina.

Entendant des pas, Kate releva la tête d'un air soulagé. Si cela continuait, elle finirait par dire oui à tout ce que ses nièces lui demandaient.

— Tiens, voilà la petite bête !

Margo se contenta de hausser élégamment un sourcil en voyant les petites filles ricaner.

— Je suppose que c'est une blague entre vous. Regardez !

Elle souleva sa tunique en lin et tira sur la taille élastique de son pantalon.

— Ce matin, je n'ai pas réussi à fermer ma jupe. Ça commence à se voir, fit-elle en se plantant de profil, le visage rayonnant. Vous avez vu ?

— Tu ressembles à une baleine échouée sur la plage, commenta sèchement Kate.

Kayla se précipita pour coller l'oreille sur le ventre de Margo.

— Je ne l'entends toujours pas, se désola-t-elle. Tu es sûre qu'il est là-dedans ?

— Absolument sûre. Par contre, je ne peux pas te garantir si c'est il ou elle.

Tout à coup, les lèvres de Margo se mirent à trembler et ses yeux se remplirent de larmes.

— Kate, il a bougé ! Cet après-midi, j'étais en train d'aider une cliente à choisir entre un tailleur Armani et un Donna Karan quand j'ai ressenti comme un frémissement. J'ai senti le bébé bouger ! Je…

Et elle éclata en sanglots.

— Ô mon Dieu…

En un éclair, Kate rassembla les filles au regard hébété et les poussa vers l'allée.

— C'est bien, leur expliqua-t-elle, elle pleure parce qu'elle est heureuse. Dites à Mrs Williamson de nous préparer une carafe de sa limonade qui pétille.

Puis elle se précipita vers Margo pour la serrer dans ses bras.

— Je plaisantais… Tu n'es pas grosse du tout.

— Mais je veux être grosse, sanglota Margo. Je veux devenir une grosse dondon et ne plus pouvoir dormir sur le ventre.

Mi-amusée, mi-inquiète, Kate lui tapota affectueusement le dos.

— Ne t'en fais pas, ça va venir. D'ailleurs, je trouve que tu commences déjà à avoir l'air d'une grosse dondon. Un tout petit peu.

— C'est vrai ? renifla Margo en se ressaisissant. Oh, regarde-moi ! Je suis folle. Ces jours-ci, je n'arrête pas de pleurer comme une madeleine. Je vais avoir un bébé, Kate, tu te rends compte ? Je ne sais pas du tout comment on fait pour être mère. Ça me fait une peur bleue et, en même temps, ça me rend heureuse. Zut ! j'ai du mascara partout.

— Dieu soit loué, te voilà redevenue toi-même…

Un peu ébranlée, Kate fit asseoir son amie dans un fauteuil.

— Et que fait Josh, quand tu as ces petites crises de larmes ?

— Il me donne un mouchoir.

— Formidable, fit Kate en en cherchant un en vain dans sa poche. Je n'en ai pas.

— Moi, si…

Margo se moucha, puis poussa un gros soupir.

— Fichues hormones, dit-elle en se tamponnant les yeux et en passant la main sur sa natte. J'étais venue voir comment tu allais.

— Contrairement à toi, il semble qu'il ne se passe rien dans mon ventre. Et c'est tant mieux. Je crois que cette histoire d'ulcère était bidon.

Complètement remise, Margo leva un sourcil.

— Oh, tu crois ? Tu crois vraiment ?

Reconnaissant ce ton, Kate se prépara à l'affrontement.

— Ah ! ne commence pas à me houspiller…

— J'attends depuis des jours de pouvoir le faire. Maintenant que tu vas mieux, je peux te dire que tu n'es qu'une imbécile insensible et égoïste. Tu as fait faire un sang d'encre à tous ceux qui ont la malencontreuse idée de tenir à toi.

— Oh ! parce que tu trouves que j'aurais mieux fait de pleurnicher et de me plaindre – comme tu sais si bien le faire – et de…

— De prendre soin de toi, termina Margo. De voir un médecin. Mais non, tu es bien entendu trop maligne pour ça, et beaucoup trop occupée !

— Fiche-moi la paix !

— Alors là, ma vieille, ne compte pas sur moi ! Tu viens de passer une semaine entière à te faire dorloter, il est temps que tu reviennes à la réalité. Mr et Mrs T. sont en route pour Templeton House.

Kate se sentit tout à coup affreusement coupable.

— Pourquoi ? Ce n'était pas la peine. Ce n'est qu'un banal ulcère…

— Ah, parce que tu admets finalement que c'est un ulcère ! s'écria Margo en faisant le tour du fauteuil. Quand Laura les a prévenus, ils auraient volontiers pris le premier avion, mais elle les a convaincus avec Josh de terminer d'abord ce qu'ils avaient à faire. Mais rien n'aurait pu les empêcher de venir voir par eux-mêmes comment allait leur petite Kate.

— Je les ai pourtant appelés. Je leur ai dit qu'il n'y avait rien de grave.

— Non, non, rien de grave… Tu te fais renvoyer pour détournement de fonds, tu te retrouves aux urgences… À part ça, il n'y a vraiment pas de quoi s'inquiéter, rétorqua-t-elle en mettant les poings sur les hanches. Mais pour qui te prends-tu ?

— Je…

— Josh est furieux, il met tout sur le compte de Bittle et se reproche de ne pas leur avoir sauté sur le poil dès qu'ils t'ont virée.

— Ça n'a aucun rapport ! s'exclama Kate en haussant le ton aussi fort que son amie. Josh n'y est pour rien du tout.

— C'est bien de toi ! Personne n'a rien à voir avec quoi que ce soit dès que tu es concernée. Laura se reproche aussi de ne pas avoir fait assez attention à toi et à ce que tu faisais. Mais évidemment, tu t'en fiches !

De la limonade pétillant dans une grande carafe en verre, Laura arriva à toute vitesse en les entendant crier.

— Qu'est-ce qui se passe ? Margo, arrête de hurler ! On vous entend depuis la cuisine.

Laura posa la carafe. Ses filles, légèrement en retrait, suivaient la scène avec de grands yeux écarquillés.

— Il faut bien que je crie, insista Margo. C'est le seul moyen de faire entrer quelque chose dans cette tête de mule. Mais toi, bien sûr, tu es trop occupée à te désoler pour elle pour hurler.

— Inutile de mêler Laura à ça, fit Kate en se tournant néanmoins vers son amie. Tu n'as aucune raison de te reprocher quoi que ce soit. Tu n'es pas responsable de moi.

— Si tu prenais mieux soin de toi, personne n'aurait à se sentir responsable de toi, répliqua Laura.

— Mesdames…

Sans savoir s'il devait rire ou s'inquiéter, Josh arriva derrière ses nièces et les débarrassa des verres qu'elles portaient.

— Quelle drôle de façon de faire un goûter !

— Reste en dehors de tout ça, tonna Kate d'une voix furibonde. Cessez de vous mêler de ma vie, tous autant que vous êtes ! Je n'ai pas besoin qu'on s'occupe de moi. Je suis parfaitement capable de…

— De te rendre malade, ça oui ! coupa Margo.

— Ça arrive à tout le monde ! rugit Kate.

— Oui, et les gens normaux cherchent de l'aide, fit Laura en prenant fermement son amie par les épaules pour l'obliger à s'asseoir. Si tu avais un tantinet de bon sens, tu aurais consulté un médecin et tu aurais fait des examens à l'hôpital. Au lieu de quoi, tu t'es comportée comme une idiote et tu as mis toute la famille en émoi.

— Je ne pouvais pas aller à l'hôpital. Tu sais bien que je ne peux pas… C'est impossible.

Laura se passa les mains sur le visage. Voilà à quoi menait de se mettre en colère, songea-t-elle. À faire souffrir une amie déjà lourdement éprouvée.

— D'accord, dit-elle d'une voix radoucie en s'asseyant sur le bras du fauteuil de Kate.

Lorsque son regard croisa celui de Margo, elle vit qu'elle aussi se souvenait du traumatisme qui avait été celui de Kate dans son enfance.

— C'est fait maintenant, reprit-elle. Il faut que tu veilles à ce que ça ne se reproduise pas.

— Ce qui signifie qu'il va falloir enfin te comporter comme un être humain, ajouta Margo sans aucune méchanceté.

— Elles sont encore fâchées ? demanda Kayla en s'accrochant à la jambe de pantalon de Josh.

— Encore un peu, mais je pense que ça ne risque plus rien.

— Maman ne crie jamais, marmonna Ali en se rongeant les ongles.

— Oh, ça lui est déjà arrivé de me crier dessus ! Il en fallait beaucoup, mais, un jour, elle m'a même donné un coup de poing dans le nez.

— Tu as saigné, et tout et tout ? demanda Kayla, fascinée.

— Et tout et tout, oui. Kate et Margo ont dû nous séparer. Mais après, elle a beaucoup regretté. Même si… c'est moi qui avais commencé, avoua-t-il dans un sourire. Bon, que diriez-vous de goûter à cette limonade.

Ali suivit son oncle en jetant un coup d'œil perplexe et inquiet à sa mère.

Il fallait le faire, se raisonna Kate. On était dimanche matin, et sa tante et son oncle devaient arriver en milieu d'après-midi. Avant de les affronter, il lui fallait aller voir Byron.

En effet, elle avait formé le projet de mener une vie saine. Et donc d'accorder autant d'attention aux problèmes personnels et émotionnels que pratiques. Mais pourquoi diable était-ce aussi difficile ?

Elle avait secrètement espéré qu'il ne serait pas chez lui, mais ses deux voitures étaient dans l'allée. En se garant derrière lui, elle entendit de la musique à travers les fenêtres.

En avançant vers la maison, Kate se répéta pour la énième fois qu'elle allait être naturelle, brève, amicale et aimable. Elle retournerait toute cette histoire comme une bonne blague à ses dépens, lui dirait combien elle avait apprécié qu'il se soit ainsi inquiété et occupé d'elle, puis repartirait aussitôt.

Elle prit une longue inspiration et frotta ses mains sur les cuisses de son jean avant de frapper à la porte. Et elle éclata de rire. Comment pouvait-il l'entendre alors que la musique était à plein volume ? Elle appuya sur la sonnette et se mit à rire de plus belle en reconnaissant l'air de « *Hail, Hail, The Gang's All Here* ». C'était tellement drôle et inattendu qu'elle appuya une deuxième, puis une troisième fois.

Byron ouvrit alors la porte, en nage, et particulièrement sexy dans un sweat-shirt aux manches déchirées et un short en loques.

— Ce n'est pas moi qui ai choisi la sonnette, s'empressa-t-il de préciser. Je ne peux pas la changer tant que rien n'est signé.

— Je parie que c'est ce que tu fais croire à tout le monde, répliqua Kate en le toisant longuement. Je t'ai interrompu en plein concours de lutte ?

— Je faisais des haltères, dit-il en reculant. Entre.

— Si tu veux, je peux revenir quand tu auras fini tes pompes...

Seigneur, il avait des muscles incroyables ! Partout. Comment ne s'en était-elle pas aperçue plus tôt ?

— J'avais presque terminé. Un peu de Coca ?

Il lui tendit la bouteille qu'il tenait à la main, et quand elle refusa d'un signe de tête, il en but une longue rasade.

— Alors, comment te sens-tu ?

— Très bien. C'est pour ça que je suis passée te voir. Pour...

Il se pencha vers elle, referma la porte et elle sursauta.

— Pour te dire que j'allais très bien. Et te remercier de... De m'avoir envoyé des fleurs. Elles sont très belles.

— Plus de brûlures ?

— Non, pratiquement pas...

Mal à l'aise, Kate haussa les épaules et frotta ses paumes l'une contre l'autre.

— Une personne sur dix se retrouve avec un ulcère de l'estomac. Sans distinction de classe socio-économique. Il n'est pas prouvé clairement que ça atteigne en priorité des gens stressés et débordés.

— On a fait sa petite enquête, à ce que je vois ! remarqua-t-il, un sourire au coin des lèvres.

— Ma foi, ça m'a paru logique.

— Hmm... Et as-tu trouvé des informations sur le fait que les gens souffrant d'anxiété chronique ont tendance à être plus susceptibles, ce qui les rend plus vulnérables ?

Ne sachant que faire de ses mains, Kate les fourra dans ses poches.

— C'est possible.

— Assieds-toi, dit-il en lui indiquant le seul et unique fauteuil avant d'aller baisser la musique.

— Je ne peux pas rester. Ma tante et mon oncle arrivent aujourd'hui.

— Leur vol n'atterrit pas avant 14 h 30.

Elle aurait dû penser qu'il serait au courant. Elle se surprit en train de se tortiller les doigts et se ressaisit aussitôt.

— Oui, mais j'ai des choses à faire, et sans doute que toi aussi. Alors, je...

Kate dut son salut à une sorte de grattement, suivi de l'entrée fulgurante de deux petites boules de fourrure jaune.

— Oh, comme ils sont mignons ! s'exclama-t-elle immédiatement en s'agenouillant pour prendre les chiots tout fous dans ses bras. Vous êtes adorables, vous êtes magnifiques !

D'un commun accord, les deux petits chiens lui léchèrent le visage en poussant des jappements joyeux, se poussant l'un l'autre pour être le plus près possible.

— Je te présente Nip et Tuck, l'informa Byron tandis qu'elle roulait par terre avec eux.

— Qui est qui ?

Un des chiots plissa les yeux d'extase quand il commença à lui caresser le ventre.

— Je n'en sais rien. Je suppose qu'on finira par le savoir. Je ne les ai que depuis quelques jours.

Kate en prit un dans ses bras, oubliant qu'elle avait décidé de repartir au plus vite.

— De quelle race sont-ils ?

— Un mélange de golden retriever et de labrador.

Avant que le deuxième chiot saute de ses bras, elle l'embrassa sur la truffe.

— Ils t'ont suivi jusque chez toi, c'est ça ?

— Je les ai adoptés dans un chenil pour animaux abandonnés. Ils ont huit semaines.

Byron ramassa le reste d'un os consciencieusement mâché et le lança sur le parquet ciré pour que le chien le rattrape.

— Puis-je te demander ce que tu comptes faire de ces deux jeunes chiens quand tu seras au bureau ?

— Je vais les emmener avec moi – pendant quelque temps. Je vais clôturer le jardin, et puis, quand je ne serai pas là, ils se tiendront compagnie.

Les deux chiens revinrent vers lui comme une flèche et lui sautèrent dessus avec enthousiasme.

— Je voulais n'en prendre qu'un, mais… ce sont des frères, alors, ça m'a paru normal de…

Byron se tourna vers Kate et vit qu'elle le regardait en souriant.

— Qu'est-ce qu'il y a ?

— À te voir, on ne devinerait pas.

— On ne devinerait pas quoi ?

— Que tu es bonne poire.

Il haussa les épaules et relança l'os au bout de la pièce.

— Je pensais qu'une femme pragmatique comme toi comprendrait l'avantage de les prendre tous les deux.

— Oui, tu as raison.

— Dis-moi, Kate, es-tu déjà allée dans un de ces refuges pour animaux ? C'est à vous fendre le cœur. Oh ! ils sont bien traités, mais tous ces chiens et ces chats qui attendent que quelqu'un veuille bien les emmener. Sinon…

— Oui. Sinon.

Elle caressa le chiot qu'il tenait sur ses genoux.

— Tu les as sauvés, dit-elle en levant les yeux vers Byron. Tu es très doué pour ça.

Byron lui saisit la cheville et la fit glisser vers lui jusqu'à ce que leurs genoux se touchent.

— Et j'ai tendance à m'attacher aux choses que je sauve. Tu as l'air en forme, ajouta-t-il en la tenant toujours par la jambe pour éviter qu'elle ne lui échappe. Et très reposée.

— Je n'ai rien fait d'autre de toute la semaine que me reposer. Et manger.

Kate lui décocha un petit sourire.

— J'ai pris un kilo.

— Eh bien, quel exploit !

— Ça te paraît peut-être ridicule, champion, mais j'ai passé une grande partie de ma vie à essayer de me façonner une silhouette. J'ai pourtant suivi à la lettre tout ce qu'on conseille de faire dans les magazines.

Byron sourit.

— N'exagère pas…

— Si, je t'assure ! J'étais là, à me comparer à Margo – qui, à mon avis, ressemblait déjà à une sculpture à la naissance – et à la silhouette si gracieuse et si féminine de Laura. À côté d'elles, j'ai toujours eu l'air du petit frère mal nourri.

— Tu n'as pas l'air du tout d'être le petit frère de qui que ce soit, Kate. Crois-moi.

Se sentant stupidement flattée, elle haussa les épaules.

— De toute manière…

— Malgré ce gain de poids sidérant et l'absence de symptômes, tu vas aller voir ton médecin, coupa-t-il.

— Je n'ai pas vraiment le choix. Toute ma famille semble s'être liguée contre moi.

— C'est à ça que sert la famille. Tu nous as fait très peur, tu sais.

— Je sais. J'ai eu droit à plusieurs sermons sur mon comportement négligent et égocentrique.

Byron lui tapota affectueusement la jambe en souriant.

— Ça t'a vexée ?

— Et comment ! Je crois que je vais me faire tatouer « pardon » sur le front pour ne pas être obligée d'avoir à me répéter sans cesse. Et puisqu'on parle d'excuses…

Elle poussa un petit soupir en battant des cils.

— J'avais l'intention de m'arranger pour partir d'ici sans aborder le sujet, mais j'essaie de me corriger.

Kate fronça les sourcils comme chaque fois qu'elle se retrouvait devant un problème épineux ou une corvée désagréable. Or il s'agissait cette fois des deux.

— L'autre soir, quand j'ai eu ma petite... attaque, nous étions en train de...

— Nous étions sur le point de nous allonger par terre, autant que je m'en souviens.

Il caressa la tête du petit chien qui s'était endormi dans ses bras.

— Tu vois, on y arrive.

— Ce que je voulais dire, c'est que je me suis laissé dépasser par les événements. Ce qui est ma faute autant que la tienne.

— On parle de faute quand il y a une erreur de commise.

— C'est justement ce que je veux dire...

Elle aurait dû se douter que ce ne serait pas si facile. Nip, ou Tuck, était allongé en travers de sa cuisse et ronflait paisiblement. Histoire de se donner une contenance, elle lui grattouilla la tête.

— Nous ne... Je n'ai pas pour habitude de sauter dans le lit d'hommes que je connais à peine.

— Il s'agissait du carrelage, lui rappela-t-il avec malice.

Il avait encore du mal à entrer dans sa cuisine sans imaginer ce qui aurait pu s'y passer.

— Mais je n'ai jamais cru une telle chose. Sinon, tu ne serais pas restée deux ans sans faire l'amour.

Kate le regarda fixement une seconde, bouche bée.

— Où es-tu allé chercher une idée pareille ?

— C'est toi qui me l'as dit, répondit-il calmement. Au moment où j'essayais de te déshabiller.

— Oh ! eh bien, ça ne fait que renforcer mon propos...

Mal à l'aise, elle le regarda soulever le chiot et le poser à côté de lui, où il se recroquevilla en boule et continua à dormir profondément.

— Ce n'était qu'un moment d'égarement...

Quand il fit de même avec l'autre chiot, Kate sentit son cœur s'accélérer.

— Une bouffée hormonale...

— Hmm...

Sans la toucher, Byron se pencha vers elle jusqu'à ce que sa bouche se referme habilement sur la sienne.

Kate eut soudain l'impression que son cerveau devenait tout mou. Nul doute que la chose la plus sensée du monde eût été de déplier les jambes et de les refermer autour de ses reins en se collant contre lui.

— Ça ne fait que prouver ce que je viens de dire, murmura-t-elle.

Et elle enfonça les doigts dans ses cheveux bouclés.

— Ça prouve que j'ai raison.

— Tu ne voudrais pas te taire une seconde ?

— D'accord.

Kate ressentit tout à coup une extraordinaire sensation de chaleur. Jusqu'alors, elle n'avait jamais pris conscience de la froideur qui était la sienne. Jusqu'à ce qu'elle sente ses joues pas rasées frotter contre sa peau, elle n'avait pas imaginé pouvoir être si douce. Ni combien c'était réconfortant de se savoir posséder une telle douceur.

Elle poussa un long gémissement de plaisir quand sa main se faufila sous son tee-shirt en lui caressant le dos avant de glisser sur sa poitrine frémissante. Lorsqu'il en effleura la pointe du bout du pouce, elle sentit une onde brûlante se propager dans tout son corps. En s'arc-boutant contre lui, elle guida doucement sa tête jusqu'à ce que sa bouche vienne prendre la place de ses mains.

Il suça ses mamelons à travers le coton, imaginant la sensation et le goût de sa peau. Elle était si... menue. Ce corps lisse, qui faisait penser à celui d'un garçonnet, n'aurait pas dû l'attirer ainsi. Il n'y avait chez elle aucune courbe féminine et ses seins étaient minuscules.

Mais fermes et d'une délicieuse tiédeur.

La façon dont elle bougeait contre lui, avec la fougue d'une femme sur le point de s'abandonner, éveilla en lui un violent désir. Il eut soudain envie, besoin, de la renverser sur le dos, de lui arracher son jean et de s'introduire en elle jusqu'à ce qu'ils crient ensemble d'extase.

Au lieu de quoi, il remonta lentement jusqu'à sa bouche, plongea la main entre ses cuisses et l'amena très vite au plaisir. En la voyant se convulser, il réprima un frisson et se força à respirer à fond quand sa tête retomba mollement sur son épaule.

Cela devrait calmer un de nous deux, pensa-t-il.

Kate mit un instant à réaliser qu'il avait cessé de la toucher et se contentait de la tenir dans ses bras.

— Qu'est-ce qu'il y a ? parvint-elle à articuler d'une voix pâteuse. Pourquoi t'arrêtes-tu ?

Ses questions le firent sourire.

— J'ai décidé que je ne voulais pas que ce soit une simple bouffée hormonale. Pour toi comme pour moi.

Il s'écarta légèrement pour regarder ses joues rouges et ses grands yeux au regard vague.

— Tu te sens mieux ? lui demanda-t-il.

— Je ne pense pas du tout que...

De toute façon, elle n'arrivait plus à penser.

— Je ne sais pas. Tu n'as pas envie de...

La bouche de Byron s'écrasa sur ses lèvres en un baiser fébrile et vibrant de frustration.

— Est-ce que ça répond à ta question ?

Puis il la prit par les épaules en la secouant légèrement.

— Tu cherches uniquement à m'émoustiller, dit-elle en reprenant quelque peu ses esprits.

Cette fois, il sourit sans retenue.

— Tu as un sacré culot... Écoute-moi, Katherine. J'ai envie de toi. J'ignore pourquoi, mais je crève d'envie de toi. Si je n'écoutais que mon instinct, tu serais déjà étendue sur le dos, toute nue, et je me sentirais nettement mieux que je ne me sens en ce moment. Mais je m'en voudrais trop de t'entendre dire ensuite que je n'ai cherché qu'à t'aider à satisfaire un appétit sexuel irrépressible.

Elle le regarda au fond des yeux, retrouvant d'un seul coup toute maîtrise d'elle-même.

— Mais c'est une chose horrible à dire !

— Oui, en effet. Et c'est probablement à ça que tu l'aurais ramenée. Aussi ne t'en donnerai-je pas l'occasion. En revanche, je vais te donner une chance de t'habituer à l'idée de me prendre pour amant.

— Mais c'est absolument…

— Pour une fois, ne discute pas, poursuivit-il calmement. Nous allons procéder très lentement, en commençant par sortir ensemble en public, en ayant quelques conversations raisonnables et en prenant le temps de bien nous connaître.

— En d'autres termes, tout se passera comme tu le décideras.

Byron inclina la tête et opina du chef.

— Oui, c'est un assez bon résumé.

Quand elle voulut lui échapper, il se contenta de la retenir en soupirant.

— Je suis aussi têtu que toi, ma jolie, et beaucoup plus fort. Ce qui me donne un point d'avance.

— Tu n'arriveras pas à me garder ici contre mon gré.

Il l'embrassa gentiment sur le bout du nez.

— Tu es peut-être pugnace, mais tes bras sont à peine plus gros que des allumettes. Nous allons remédier à ça, ajouta-t-il en ignorant son air offusqué. D'ailleurs, autant commencer tout de suite.

Kate pensait avoir eu son lot de surprises pour la matinée, mais quand il la hissa en travers de son épaule, elle en resta stupéfaite.

— Mais tu es fou ! Repose-moi tout de suite par terre, espèce de sale type plein de muscles ! Je vais te faire enfermer pour agression sexuelle !

— C'est seulement de tes muscles que nous allons nous occuper, dit-il placidement en l'emportant dans la pièce voisine. Crois-moi, rien ne vaut l'exercice pour faire retomber la tension. Étant donné que tu as un ulcère, tu devrais ajouter ça à ta routine quotidienne.

Il la posa par terre, bloqua le coup qu'elle tenta de lui lancer dans la figure et serra affectueusement son poing dans le sien.

— Si tu veux pouvoir donner des coups, il faut qu'il y ait un peu d'énergie dedans. Nous allons faire travailler tes biceps.

— Ce n'est pas possible ! s'écria-t-elle en fermant les yeux. Je rêve !

— Je pense que tu devrais commencer avec un kilo cinq, reprit-il, imperturbable, en décrochant deux haltères en métal. Ensuite, tu monteras progressivement jusqu'à trois. Il va falloir t'acheter des haltères pour filles.

Kate rouvrit les yeux.

— Des haltères pour filles ?

— Ne te vexe pas. On en fait de très jolis recouverts de plastique de toutes les couleurs.

Après lui avoir mis un haltère dans chaque main, il referma ses doigts dessus un par un. Seule la curiosité empêcha Kate de les lui laisser tomber sur les pieds.

— Pourquoi fais-tu cela ?

— Tu veux dire en dehors du fait que je ressens une irrésistible attirance pour toi ?

Il lui sourit tout en plaçant ses coudes au niveau de la taille.

— Je crois que tu commences à vraiment me plaire. Bon, fais comme si tu voulais sortir et plonger ces poids dans de la boue. Concentre-toi bien sur tes biceps et garde les coudes immobiles.

— Mais je n'ai pas envie de soulever des poids…

Cet homme ne venait-il pas, il y avait quelques minutes à peine, de lui offrir un fulgurant et splendide orgasme ?

— J'ai envie de te frapper !

— Imagine avec quelle force tu pourras le faire quand tu te seras fait un peu de muscles, rétorqua-t-il en guidant ses gestes. Oui, c'est ça, mais résiste davantage.

— Ces trucs sont trop légers. C'est absurde !

— Tu ne diras plus ça à la fin de la séance. Tu vas te payer une bonne suée avant que j'en aie terminé avec toi.

Kate lui décocha un sourire mielleux.

— Je n'en doute pas...

L'air très content de soi, Kate souleva les haltères comme il le lui avait indiqué. Et soudain, une idée lui traversa l'esprit.

— Dis-moi, Byron, tu ne serais pas encore en train de chercher à me sauver ?

Il vint se placer derrière elle afin de rectifier la position de ses épaules.

— Contente-toi de pomper, ma belle. Nous peaufinerons les détails plus tard.

10

Tante Susan et oncle Tommy étaient de retour. Bien sûr, cela signifiait une nouvelle fois pour Kate de les rassurer, de culpabiliser et de fournir des explications. Mais ça en valait la peine.

Cela signifiait également prolonger son séjour à Templeton House. Agir autrement les eût profondément blessés. De plus, il fallait avouer qu'elle finissait par redouter le jour où elle devrait réintégrer son appartement vide et tranquille et reprendre sa vie solitaire.

Kate s'était fixé une routine qui agissait sur elle comme un calmant. Les journées à la boutique, les soirées en famille. Et un rendez-vous de temps en temps avec Byron pour rester vigilante.

Elle avait décidé de le considérer comme une expérience, préférant ce terme à celui de liaison. Ce n'était en rien une expérience désagréable : quelques dîners, une séance de cinéma de temps à autre ou bien encore une promenade sur les falaises.

Et puis, il y avait ces longs baisers troublants dont il adorait apparemment l'abreuver. Des baisers qui affolaient son cœur dans sa poitrine et mettaient tous ses sens en émoi, mais se terminaient en la laissant frustrée et perplexe.

— Ça fait plaisir à voir, dit Susan Templeton depuis le seuil en tenant son mari par le bras. Notre petite

Kate n'a jamais pris assez le temps de rêvasser, tu ne trouves pas ?

— Ce n'est pas son genre. Elle est trop raisonnable.

Il referma la porte du bureau derrière eux. Ils se postèrent de part et d'autre du bureau devant lequel Kate faisait semblant de travailler.

— J'étais en train de calculer notre budget publicitaire pour le prochain trimestre, dit-elle en enregistrant ce qu'elle venait de taper sur l'ordinateur. Si vous étiez malins, vous resteriez cachés ici avant que Margo ne vous mette au boulot.

— Je lui ai promis de l'aider une heure ou deux, fit Tommy avec un clin d'œil. Elle croit m'avoir eu au charme, mais cela me met en joie d'entendre sonner cette vieille caisse enregistreuse.

— Tu pourrais peut-être me donner quelques tuyaux sur l'art de la vente. Je n'arrive pas à en saisir les subtilités.

— Aime ce que tu vends, même si ça te fait horreur, répliqua-t-il en jetant un regard de connaisseur sur la pièce.

Bien que petit, le bureau était méticuleusement rangé.

— Je vois que quelqu'un a mis un peu d'ordre ici, ajouta-t-il.

— Personne ne sait mieux remettre les choses, ou les gens, à leur place que Kate, dit Susan en lui caressant la main. Pourquoi ne l'as-tu pas fait avec Bittle ?

Kate secoua la tête. Il y avait des jours qu'elle attendait que l'un d'eux aborde le sujet.

— C'est sans importance.

Mais le regard bleu de Susan continua à la fixer d'un air calme et patient.

— Parce que c'était trop important, corrigea-t-elle. Je ne veux pas me laisser avoir par cette histoire.

— Bon, alors, écoute-moi bien, ma petite fille…

— Tommy…

— Non, fit-il en coupant la parole à sa femme avec un regard agacé.

Contrairement à Susan, ses yeux gris brillaient de colère.

— Je sais que tu tiens à mettre la pédale douce sur cette affaire, mais ce n'est pas du tout mon cas.

Il se pencha sur le bureau, grand et puissant, l'air d'un homme habitué à prendre ses responsabilités.

— Je m'attendais à mieux de ta part, Kate. Te laisser renvoyer comme ça, sans même dire un mot ! Tu as renoncé à la chose pour laquelle tu as travaillé toute ta vie. Pire, tu t'es rendue malade au lieu de te battre dignement et courageusement. J'ai honte de toi.

Il ne lui avait jamais parlé ainsi. Kate avait toujours agi jusqu'à présent pour qu'il n'ait pas à le faire. Ses paroles d'une violence si inattendue lui firent l'effet d'une gifle en pleine figure.

— J'ai fait de mon mieux. Je n'ai pas pensé à vous, c'est vrai. Je regrette.

— Il ne s'agit pas de nous, riposta-t-il. Mais de toi. C'est toi que tu as laissée tomber.

— J'ai mis tout ce que je possédais dans ce boulot. J'ai essayé de... Je pensais qu'on allait me proposer de devenir associée et que tu serais...

— Alors, il suffit qu'on te donne un coup pour que tu t'écroules ? tonna-t-il en pointant un doigt furieux. C'est tout ce que tu as comme réponse ?

— Non...

Incapable de le regarder en face, Kate baissa les yeux sur ses mains.

— Non. Ils avaient une preuve. Je ne sais pas comment, car je vous jure que je n'ai pas volé cet argent.

— Fais-nous grâce de ça, Katherine, dit doucement Susan.

— Mais ils avaient les formulaires, avec ma signature. S'ils portent plainte et que l'affaire va devant le tribunal, je devrai... Vous devrez... Je sais que les gens en parlent un peu partout et que c'est embarrassant pour vous. Mais si nous ne faisons rien, ça finira par passer, et je pourrai retrouver du travail.

Cette fois, Susan leva la main pour empêcher son mari de l'interrompre. Elle aussi, elle était habituée à prendre ses responsabilités.

— Tu t'inquiètes du fait que nous soyons embarrassés ?

— Tout a une influence. Ce que je fais se reflète sur vous, je le sais. Il suffit que j'attende et que je me rende entre-temps utile à la boutique. Je sais très bien ce que je vous dois.

— Qu'est-ce que c'est que cette idiotie ? explosa Thomas.

— Tais-toi, Tommy, dit Susan en s'asseyant, les mains croisées. Je voudrais que Kate termine. Qu'est-ce que tu nous dois exactement ?

— Tout ! s'exclama-t-elle en levant la tête, les yeux noyés de larmes. Absolument tout. Je suis désolée de vous décevoir et de savoir que je vous ai déçus. Mais je ne m'attendais pas à ça. Je n'ai eu aucun moyen de l'empêcher, ou de m'y préparer. Je suis consciente de tout ce que vous m'avez donné, et je voulais vous payer en retour. Une fois que je serais devenue associée…

— Tu aurais pu nous rembourser notre investissement, conclut Susan.

Elle se leva lentement, tremblante de rage.

— Eh bien, je trouve cela insultant, arrogant et particulièrement cruel.

— Tante Susie…

— Tais-toi ! Crois-tu vraiment que nous nous attendons à être payés pour t'aimer ? Comment oses-tu penser une chose pareille ?

— Mais ce que je veux dire…

— Oh, je vois très bien ce que tu veux dire !

Folle de colère, elle agrippa son mari par l'épaule.

— Tu crois que nous t'avons accueillie chez nous, dans notre vie, parce que nous avions pitié de la pauvre petite orpheline ? Tu penses que nous avons fait là un acte de charité ? poursuivit-elle avec fureur. Oh, bien sûr, les Templeton sont connus pour leurs œuvres de charité ! Je suppose que nous t'avons nourrie, habillée et donné une éducation dans le seul but que toute la ville soit témoin de notre largesse. Et que nous t'avons aimée, consolée, admirée et élevée dans la seule intention de faire de toi une femme brillante qui nous rembourserait de tout notre temps et de tous nos efforts grâce à l'importance de son poste.

Plutôt que d'interrompre sa femme, qui venait de dire mieux qu'il ne l'aurait fait ce qu'il pensait, Thomas tendit un mouchoir à Kate pour qu'elle essuie ses larmes.

Susan se pencha sur le bureau en parlant à voix basse :

— Oui, nous avons eu pitié de la petite fille qui avait perdu ses parents si tragiquement, si brutalement et si injustement. Nous avons eu mal de voir cette enfant à l'air perdu, et pourtant si courageuse. Mais je vais te dire une chose, Katherine Louise Powell, à la seconde où tu as franchi la porte de Templeton House, tu es devenue une des nôtres. Tu es alors devenue mon enfant, et tu l'es toujours. Et la seule chose que mes enfants doivent, à moi ou à leur père, c'est de les aimer ou de les respecter. Aussi ne t'avise plus jamais, tu m'entends, *jamais*, de me lancer mon amour à la figure !

Sur ces mots, elle tourna les talons, sortit de la pièce d'un pas majestueux et referma doucement la porte.

Thomas poussa un long soupir. Sa femme faisait rarement de telles tirades mais quand elle s'y mettait, elle se montrait d'une perspicacité exceptionnelle.

— Tu as mis les pieds dans le plat, pas vrai, petite Katie ?

— Oh, oncle Tommy…

Elle eut soudain l'impression de voir le monde dont elle s'efforçait si laborieusement de recoller les morceaux s'effriter entre ses doigts.

— Je ne sais plus quoi faire…

— Commence par venir ici.

Quand elle s'installa sur ses genoux, blottie contre sa poitrine, il se mit à la bercer tout doucement.

— Je n'aurais jamais j'ai cru qu'une enfant aussi brillante que toi puisse être aussi stupide.

— Je rate tout ce que je fais… Qu'est-ce que j'ai qui ne va pas ?

— Pas mal de choses, si tu veux mon avis, mais rien qui ne puisse s'arranger.

— Elle est furieuse contre moi.

— Ça aussi, ça s'arrangera. Tu sais quel est ton problème, Kate ? C'est que tu as passé tellement de temps à te concentrer sur des chiffres que tu crois qu'il suffit de tout additionner pour que ça tombe juste. Ce qui n'est malheureusement pas vrai en ce qui concerne les gens ou leurs sentiments.

— J'ai toujours eu l'impression d'avoir quelque chose à rattraper. Je sais que j'ai eu tort, mais j'ai cru qu'en étant la meilleure, tout rentrerait dans l'ordre. La meilleure à l'école, en sport… En tout.

— Et nous avons toujours beaucoup admiré ton esprit de compétition, mais pas quand il finit par percer un trou dans ton estomac.

Épuisée d'avoir tant pleuré, Kate posa la tête sur son épaule.

— Je voudrais arranger les choses, oncle Tommy.

— Suis mon conseil et laisse un peu le temps à Susie de se calmer. Elle devient très dure d'oreille quand elle est de mauvais poil.

— D'accord…

Kate se redressa en soupirant.

— Alors, je suppose qu'il faut que je commence par Bittle.

Thomas se fendit d'un large sourire.

— Ah, je retrouve ma petite Kate !

Dans le parking de Bittle & Associés, Kate tourna le rétroviseur pour vérifier une dernière fois son visage. Elle avait l'air efficace, composée et déterminée.

C'était parfait.

Lorsqu'elle traversa le rez-de-chaussée, les conversations se turent sur son passage, laissant place à des regards pleins de sous-entendus et à des murmures, à des sourires forcés et à des bonjours empreints de curiosité. Elle se dit que c'était sans importance. En fait, cela lui ouvrit les yeux.

Quelques personnes la saluèrent avec chaleur et prirent le temps de lui faire part de leur soutien.

Carolanne, du service de la comptabilité, alla même jusqu'à la serrer dans ses bras en la grondant de ne pas avoir répondu à ses appels.

— Je suis même passée chez toi il y a une dizaine de jours, mais tu n'étais pas là. Je me suis fait du souci pour toi, tu sais.

— Je vais bien, répliqua Kate avec un grand sourire. J'ai préféré ne voir personne du bureau pendant quelque temps.

— Je te comprends. Ce qui t'est arrivé n'est pas juste, et nous sommes plusieurs à le penser. Je peux te dire qu'ici l'atmosphère est plutôt tendue. Si les gros bonnets ont pu s'en prendre ainsi à toi, ils peuvent le faire avec n'importe lequel d'entre nous.

— Tu as eu d'autres renseignements ?

— Non, ils ont adopté un profil bas. Si tu veux mon avis, mise sur Marty. Il est le seul à te soutenir dans cette histoire, ajouta-t-elle en regardant par-dessus son épaule et en baissant la voix. On dit même qu'ils auraient déjà engagé des poursuites s'il ne traînait pas autant les pieds.

— Je suppose que c'est donc lui que je vais aller voir d'abord. Merci, Carolanne.

Kate hésita, puis, suivant ce que lui dictait son instinct, embrassa la grosse dame sur ses joues douces et poudrées.

— Merci beaucoup.

Elle n'eut que quelques mètres à parcourir avant de se retrouver face à face avec le dragon. Newman haussa un sourcil et jeta à Kate un regard glacial.

— Miss Powell. Puis-je vous aider ?

— Je vais voir Marty.

— Vous avez un rendez-vous ?

Kate redressa le menton et sa main se crispa sur la poignée de sa serviette.

— Je réglerai ça avec Marty et sa secrétaire. Pourquoi n'allez-vous pas prévenir Mr Bittle Senior que l'associée en disgrâce a envahi l'antre sacré ?

Tel un garde suisse au service de Son Altesse Royale, Newman se renfrogna d'un air outré.

— Je ne vois aucune raison de…

— Kate !

Roger surgit de son bureau, leva les yeux au ciel dans le dos de Newman et afficha un sourire radieux.

— Ça me fait plaisir de te voir. J'espérais bien que tu passerais. Oh ! miss Newman, j'ai là un rapport dont Mr Bittle Senior a besoin.

Et comme un magicien sortant un lapin de son chapeau, Roger fit apparaître une liasse de documents.

— Il était très impatient d'en prendre connaissance.

— Très bien.

Elle lança un dernier regard foudroyant à Kate avant de s'éloigner en trottinant dans le couloir.

— Merci, murmura Kate. Sans toi, je crois que nous aurions fini par en venir aux mains.

— J'aurais parié sur toi sans hésiter, répliqua-t-il en la prenant par l'épaule. Cette situation est intolérable. Je voulais t'appeler, mais je ne savais pas très bien quoi te dire…

Sa main retomba, et il la fourra dans sa poche.

— Ni quoi faire.

— Ne t'inquiète pas. Je n'avais moi-même rien de spécial à dire.

— Écoute…

Il l'entraîna vers la porte de son bureau, sans l'inviter toutefois à y entrer.

— Je ne sais pas si ton avocat a mis beaucoup de pression sur eux…

— Mon avocat ?

— Oui, Templeton. Les associés se sont réunis en assemblée extraordinaire après qu'il est venu les secouer. C'est peut-être une bonne chose, je n'en sais rien, et il faut que tu traites cette affaire comme tu l'entends. Mais je peux te dire qu'ils sont divisés sur le fait de savoir s'il faut ou non te poursuivre en justice.

Il plissa le front en prenant un ton de conspirateur.

— Amanda mène la charge et Bittle Junior la suit de près. Je pense que Calvin et le vieux renâclent et que Marty y est fermement opposé.

— C'est toujours bon de savoir qui est dans ton camp et qui veut ta peau, murmura Kate.

— Toute cette folie pour une malheureuse somme de soixante-quinze mille dollars ! fit Roger d'un air dégoûté. Ce n'est quand même pas comme si tu avais tué quelqu'un.

Kate recula d'un pas pour mieux l'observer.

— Je n'ai pas pris cet argent.

— Je n'ai pas dit ça. Ce n'est pas du tout ce que je voulais insinuer…

Toutefois, elle perçut un doute dans sa voix, tout comme lorsqu'il lui prit la main pour la serrer.

— Ce que je veux dire, c'est que tout le monde a réagi exagérément. J'ai l'impression que si tu arrivais avec l'argent, cela serait vite oublié.

Lentement, mais fermement, Kate retira sa main.

— Ah oui ?

— Je sais que ce n'est pas agréable, mais, bon sang, des sommes comparables passent dans les mains des Templeton tous les jours. Ça éviterait les poursuites à ton encontre, ce qui risque de fiche toute ta vie en l'air. Entre deux maux, il faut parfois savoir choisir le moindre.

— Et parfois, il faut savoir tenir bon. Merci de tes conseils.

— Kate…

Il voulut la retenir, mais elle s'éloigna sans se retourner. Après un haussement d'épaules, il rentra dans son bureau.

Tout le monde s'était passé le mot. Marty sortit sur le pas de sa porte afin de l'accueillir personnellement. Il lui tendit la main et la serra amicalement.

— Kate, je suis content que tu sois là. Viens dans mon bureau.

— J'aurais dû venir plus tôt, commença-t-elle à dire en passant devant sa secrétaire, qui fit de son mieux pour avoir l'air occupée et nullement intéressée.

— C'est ce que j'espérais. Tu veux quelque chose ? Un café ?

— Non, merci…

Marty était fidèle à lui-même, se dit Kate en prenant place dans un fauteuil. Les manches de sa chemise étaient toujours aussi fripées et son sourire toujours aussi affable.

— Je n'en bois plus autant. Avant tout, je voudrais te dire que j'apprécie beaucoup que tu me reçoives comme ça.

— Je sais parfaitement que tu n'as pas détourné cet argent.

Cette déclaration tranquille désamorça le beau petit discours d'ouverture qu'elle avait préparé.

— Si tu le sais, pourquoi…

— Je le sais, parce que je te connais. Les signatures, les formulaires, tout indique le contraire, mais je suis certain qu'il y a une autre explication.

D'un geste de la main, il lui fit signe qu'il n'avait pas terminé et réfléchissait à la meilleure façon de formuler sa pensée. Reconnaissant ce geste familier, Kate esquissa un sourire.

— Certaines personnes, euh... croient que je résiste aussi fortement dans cette histoire parce que je suis... attiré par toi.

— Mais c'est de la pure bêtise !

— À vrai dire, je le suis... l'étais. Je le suis.

Il fit une pause et se passa les mains sur le visage.

— Kate, j'adore ma femme. Et jamais je ne... enfin, en dehors d'avoir des pensées, je ne... jamais je ne ferais une chose pareille, conclut-il, la laissant littéralement sans voix.

— Hmm, fut tout ce qu'elle trouva à dire.

— Je ne dis pas ça pour nous mettre toi ou moi mal à l'aise. Quoique, apparemment, ce soit tout ce que je sois parvenu à faire...

Il se leva, s'éclaircit la gorge et remplit deux tasses de café.

— Pardon, tu m'as dit que tu n'en voulais pas, dit-il au moment de lui tendre la tasse.

— Finalement je vais en prendre. Merci.

Que représentait une petite brûlure d'estomac comparée au choc qu'elle venait de subir ?

— Je t'en parle uniquement parce que des gens qui me connaissent bien ont remarqué que je... Non que tu aies fait quoi que ce soit pour m'y encourager, ni que j'y aie répondu si tu l'avais fait.

— Je crois que je comprends, Marty...

Kate poussa un soupir et examina son visage tout rond et innocent.

— Je suis flattée.

— Tout ça complique quelque peu les choses. J'en suis désolé. Mais je pense que ton passé dans cette société parle de lui-même. Je vais continuer à faire tout mon possible pour empêcher que des poursuites soient engagées et pour qu'on éclaircisse pleinement la situation.

— Je crois que je ne t'ai pas suffisamment apprécié quand je travaillais ici.

Elle posa sa tasse et se leva.

— Marty, je veux parler aux associés. À tous au grand complet. Je crois qu'il est temps que je dise ce que j'ai sur le cœur.

Il hocha la tête comme s'il s'était attendu à sa demande.

— Je vais voir si je peux arranger ça.

Il lui fallut peu de temps. On le considérait peut-être comme la cinquième roue du carrosse de Bittle & Associés, mais il savait sur quels boutons appuyer quand il le fallait. Une demi-heure plus tard, Kate se retrouva assise au bout de la grande table cirée dans la salle de conférences.

Appliquant la stratégie qu'elle avait mise au point en venant au bureau, elle dévisagea chacun des associés à tour de rôle avant de poser les yeux sur Bittle Senior.

— Je suis venue ici aujourd'hui, sans mon avocat, avec l'intention d'avoir avec vous une réunion informelle. Et même personnelle. Je sais que votre temps est précieux, et je vous remercie de prendre quelques minutes pour écouter ce que j'ai à dire.

Elle s'arrêta un instant et fixa une nouvelle fois chacun des associés avant de s'adresser à nouveau au fondateur de Bittle :

— J'ai travaillé pour cette société pendant près de huit ans. Je lui ai consacré ma vie professionnelle, ainsi qu'une bonne partie de ma vie personnelle. J'ai travaillé très dur pour obtenir de nouveaux budgets et gérer les comptes qui m'étaient confiés de manière satisfaisante et rentable, de façon à améliorer les bénéfices et la réputation de Bittle, et en ayant pour objectif de siéger un jour à cette table en tant qu'associée. Pas une seule fois je n'ai prélevé un seul centime sur un quelconque budget. Comme vous le savez, Mr Bittle, j'ai été élevée par des gens pour qui l'intégrité est une vraie valeur.

— Il n'empêche qu'il reste un problème en ce qui concerne vos budgets, miss Powell, dit sèchement Amanda. Et votre signature. Si vous êtes venue ici aujourd'hui pour nous fournir une explication, nous sommes prêts à l'entendre.

— Je ne suis pas venue ici pour m'expliquer. Ni pour répondre à des questions ou en poser. Je suis venue faire une simple déclaration. Je n'ai jamais rien fait d'illégal ni de répréhensible. S'il y a eu détournement de fonds, je n'en suis aucunement responsable. Ce que je suis prête à répéter, si nécessaire, à chaque client concerné. Tout comme je suis prête à aller devant le tribunal et à me défendre contre de telles accusations.

Ses mains se mirent à trembler, aussi les croisa-t-elle fermement sous la table.

— Si aucune poursuite n'est engagée contre moi, et que cette affaire n'est pas résolue de manière satisfaisante d'ici trente jours, je demanderai à mon avocat d'attaquer Bittle & Associés en justice pour rupture de contrat abusive et diffamation.

— Vous oseriez nous menacer ? lança Lawrence d'une voix pleine d'assurance en tapant du poing sur la table.

— Il ne s'agit en rien d'une menace, reprit Kate froidement, bien que son estomac ait commencé à se tordre dans tous les sens. Ma carrière a été sabotée et ma réputation salie. Si vous pensiez que je resterais là à ne rien faire en me tournant les pouces, pas étonnant que vous puissiez croire que j'ai détourné des fonds. Vous me connaissez mal.

Bittle se cala dans son fauteuil et colla l'extrémité de ses doigts l'une et contre l'autre en réfléchissant.

— Vous avez mis du temps avant de venir, Kate.

— Oui, en effet. Ce travail représentait tout pour moi. Je commence d'ailleurs à penser que c'était excessif. Je n'aurais jamais été capable de vous voler la moindre chose, Mr Bittle. De toutes les personnes présentes ici, vous êtes sans doute le mieux placé pour le savoir.

Elle attendit quelques secondes, le fixant dans les yeux.

— Si vous cherchez des questions sur lesquelles méditer, demandez-vous ceci. Pourquoi aurais-je volé soixante-quinze mille malheureux dollars alors que, si j'avais besoin d'argent, il me suffisait de m'adresser à ma famille ? Pourquoi me serais-je donné autant de mal pour cette société pendant toutes ces années alors que je pouvais avoir un poste de direction au sein de l'organisation Templeton quand je le voulais ?

Elle se leva lentement.

— Je connais la réponse. Je ne suis pas sûre qu'elle soit très flatteuse. C'est par pur orgueil. Je suis beaucoup trop orgueilleuse pour avoir pris un dollar qui ne m'appartenait pas. Et je suis trop fière pour réagir quand on m'accuse de l'avoir fait. Miss Devin, messieurs, je vous remercie de m'avoir écoutée.

Son regard se posa alors sur Marty, et elle lui sourit.

— Merci, Marty.

Pas le moindre murmure ne lui parvint au moment où elle sortit de la salle.

Elle cessa de trembler en arrivant à la corniche où son instinct l'avait conduite. Elle gara sa voiture sur le bas-côté et marcha vers les falaises. La magie du lieu lui avait fait retrouver son calme.

Les obstacles à franchir, les responsabilités à prendre et le travail à accomplir s'effacèrent pour ne plus laisser place qu'à la splendeur de l'océan. Aujourd'hui, l'eau était d'un magnifique bleu saphir, de ce bleu qui inspire les amoureux, les poètes et les pirates. L'écume des vagues qui venaient se briser sur les rochers faisait penser à un ruban de dentelle bordant la jupe en velours d'une femme.

Elle descendit le long du sentier, grisée par le vent et les embruns au goût salé. Des herbes et des fleurs sauvages poussaient ici et là au creux de la roche, défiant les éléments. Des mouettes tournoyaient dans le ciel d'azur, le ventre aussi blanc que la lune dans le soleil doré qui faisait étinceler leurs ailes déployées.

La mer scintillait comme un diamant, parsemée de moutons blancs chevauchant l'horizon. Cette musique-là ne s'arrêtait jamais. Le flux et le reflux, le fracas assourdissant des vagues, les cris étranges et perçants des oiseaux. Combien de fois était-elle venue s'asseoir ici pour réfléchir en admirant le paysage ? Elle eût été incapable de le dire.

Elle s'était souvent rendue ici pour le simple plaisir d'y être. Mais aussi pour être seule et régler un problème, ou prendre une décision difficile. Au cours de ses premières années passées à Templeton House, elle allait souvent sur ces falaises pour pleurer doucement sur ce qu'elle avait perdu. Et pour lutter contre la culpabilité de se sentir heureuse dans sa nouvelle vie.

Elle ne rêvait pas ici. Rêver était toujours pour plus tard. À ses yeux, seul le présent avait la priorité. Et maintenant, que faire ?

Fallait-il appeler Josh et lui dire d'attaquer Bittle ? Oui, il le fallait. Si difficile et même dangereuse que puisse s'avérer une telle action, elle ne pouvait plus ignorer – ou faire semblant d'ignorer – l'outrage qu'on lui avait fait subir. Elle n'était pas née lâche, même si elle était constamment hantée par la peur de l'échec.

Elle s'était conduite comme Felipe dans la légende. Fuyant lâchement, refusant d'affronter l'adversité par faiblesse. D'une certaine manière, elle avait également agi comme Seraphina, en jetant symboliquement sa vie par-dessus les falaises au lieu de faire front avec les atouts dont elle disposait.

À présent, les dés étaient jetés. Un peu tard, sans doute, elle avait finalement fait ce qu'il fallait. Du pur Templeton... Oncle Tommy disait toujours qu'on ne pouvait pas vous poignarder dans le dos si vous faisiez face à l'adversaire.

La toute première chose serait d'affronter sa tante. Il fallait absolument que les choses s'arrangent entre elles deux. Kate se retourna, et bien qu'elle fût trop bas pour apercevoir la maison, elle l'imagina sans peine.

Elle avait toujours été là, solide et rassurante, prête à servir de refuge. Pour Margo, quand sa vie avait si brusquement basculé ; pour Laura et ses filles, alors qu'elles traversaient la période la plus difficile de leur vie ; pour elle, quand elle s'était trouvée démunie de tout et déchirée de chagrin.

Oui, elle avait fait ce qu'il fallait. Elle avait finalement refusé de baisser les bras, s'était souvenue qu'une bonne bagarre était souvent préférable à la résignation dans le silence et la dignité.

Au diable la résignation ! Ça ne valait guère mieux que de sauter lâchement du haut d'une falaise. Perdre son emploi, le but de sa vie, ou même un homme, ne justifiait en rien d'en finir. Au contraire, cela pouvait être l'occasion d'un nouveau départ.

Byron De Witt. Encore un problème à résoudre. Il était temps de s'y prendre autrement avec lui. La patience de cet homme la rendait folle. Après tout, pourquoi ne pas aller chez lui ce soir et lui sauter dessus ?

À cette idée, Kate éclata de rire. Elle imagina sa réaction. Que fait un parfait gentleman face à une femme qui se jette sur lui en lui arrachant ses vêtements ? Voilà qui pourrait être fort intéressant à découvrir.

Elle avait envie que quelqu'un la serre dans ses bras, la caresse, l'embrasse. Son envie de rire se transforma en un brûlant désir. Mais elle ne voulait pas n'importe qui. Lui seul savait la regarder au fond des yeux, comme s'il devinait en elle des territoires encore inexplorés.

Elle avait envie de se mesurer à cet homme assez fort pour être capable d'attendre ce qu'il désirait.

Seigneur, elle mourait d'envie de lui…

Si elle avait assez de forces pour prendre son courage à deux mains et faire face aux associés de Bittle, s'il lui en restait suffisamment pour s'excuser d'avoir fait de la peine à sa tante qu'elle adorait, alors, elle devait bien en avoir assez pour affronter Byron De Witt.

Mais il était temps de cesser de faire des plans. Il fallait passer aux actes.

Kate fit demi-tour et commença à remonter le long du sentier étroit et escarpé.

C'est à cet instant qu'elle vit la pièce. Elle se contenta tout d'abord de la fixer avec des yeux ronds, convaincue que son imagination lui jouait un tour. N'était-elle pas descendue par ce même chemin tout à l'heure ? N'avait-elle pas ratissé chaque centimètre carré de ce coin de falaise avec Margo et Laura depuis des mois ?

Lentement, comme si ses os étaient vieux et fragiles, elle s'accroupit. La pièce d'or chauffée au soleil étincelait de mille feux. Kate la prit dans sa main et caressa la face à l'effigie du monarque espagnol depuis longtemps disparu. Puis elle la retourna sur sa paume à deux reprises, afin de lire la date qui y était gravée, comme si elle craignait de la voir changer. Ou de la voir s'évanouir subitement comme un rêve au réveil.

1845.

Le trésor de Seraphina, du moins une petite partie, se trouvait là, à ses pieds.

11

Kate battit des records de vitesse jusqu'à la boutique. Même le policier qui l'arrêta pour lui rappeler le code de la route et lui dresser une contravention ne parvint pas à entamer sa joyeuse humeur – ni à la faire ralentir. En moins de vingt minutes, elle arriva à Monterey.

Trop excitée pour prendre le temps de chercher une place où se garer, elle se faufila au milieu de la circulation, laissa sa voiture en double file et courut jusqu'à la boutique.

À l'angle de la rue, elle évita de peu une collision avec un gamin en skateboard et poussa la porte en titubant.

Avec un regard ahuri de folle.

Hors d'haleine, Kate appuya à deux mains sur son cœur qui battait la chamade tandis que Margo la dévisageait avec stupeur.

— Je suis à bout de souffle, déclara-t-elle. Il va falloir que je fasse ces exercices que m'a montrés Byron avec plus de sérieux.

— Tu as eu un accident ? s'écria Margo en abandonnant la cliente dont elle s'occupait.

Elle arriva près de Kate deux secondes avant Thomas, qui s'empressa d'appeler Susan à la rescousse.

— Tu es blessée ? demanda-t-il en la prenant par le bras pour la faire asseoir.

— Pas du tout. Je n'ai eu aucun accident...

Son sang coulait à toute allure dans ses veines. Elle se mit tout à coup à rire si fort qu'elle dut se tenir l'estomac à deux mains. Aussitôt, Margo lui fit mettre la tête entre les genoux.

— Reprends tranquillement ton souffle, lui ordonna-t-elle. Elle a sans doute eu une crise. Il faudrait peut-être appeler le médecin.

— Non, non, non...

Toujours aussi tordue de rire, Kate sortit la pièce de sa poche et la brandit tel un trophée !

— Regardez !

— Bon sang, Kate, comment as-tu réussi à me piquer ma pièce ?

— Ce n'est pas la tienne, fit-elle en refermant le poing pour empêcher Margo de s'emparer de son trésor. Celle-là est à moi.

Elle se releva d'un bond et embrassa Margo.

— Bien à moi ! Je l'ai trouvée sur les falaises. Elle était là, par terre. Regarde, il n'y a même pas de trace de sable ou de sel dessus. Elle était là, tout simplement.

Décidant que le visage empourpré de Kate n'avait finalement rien à voir avec son ulcère, Margo échangea un regard discret avec Thomas.

— Assieds-toi et reprends ta respiration. Le temps que je termine ce que j'étais en train de faire.

— Elle ne me croit pas ! fit Kate avec un sourire jusqu'aux oreilles quand Margo repartit vers sa cliente. Elle pense que je lui ai chipé la sienne et que je suis devenue folle.

La tête renversée en arrière, elle recommença à rire de plus belle.

— Peut-être qu'un peu d'eau... murmura Thomas en voyant avec soulagement sa femme descendre à toute vitesse l'escalier. Kate semble légèrement hystérique...

Calme, et efficace comme toujours, Susan prit la bouteille de champagne dans le seau à glace et en remplit un demi-verre.

— Bois ça. Et ensuite, respire à fond.

— Volontiers.

Kate obéit, sans cesser toutefois de ricaner sous cape.

— Vous me regardez tous comme si j'avais deux têtes ! Je ne lui ai pas piqué sa pièce, oncle Tommy. Je te le jure. Je viens de trouver une partie de la dot de Seraphina, c'est tout. Je me promenais sur les falaises, et elle était là. Aussi brillante qu'un penny.

— Elle était là ! répéta Margo d'un ton moqueur en revenant avec une boîte en porcelaine de Limoges en forme de chapeau. Tu parles ! Emmenez-la là-haut, vous voulez bien, Mrs T. ? Je vous rejoins dès que possible.

— Bonne idée, acquiesça Kate. Là-haut, il y a des réserves de champagne. J'ai l'impression que nous allons avoir besoin de plusieurs bouteilles.

Elle remit la pièce dans sa poche et la fit tourner entre ses doigts en montant l'escalier en colimaçon. Bien, prenons les choses une par une, se dit-elle en arrivant sur le seuil de la cuisine.

— Tante Susie, je voudrais te parler une minute.

— Hmm…

Le dos très raide, Susan s'approcha de la cuisinière et mit la bouilloire sur le feu. Sans un mot.

— Tu es toujours fâchée contre moi… Je le mérite. Je ne sais pas comment m'excuser, mais je regrette sincèrement de t'avoir fait de la peine.

— Et moi je regrette ce que tu ressens vis-à-vis de nous.

— Je ne suis pas douée pour expliquer ce genre de choses. Je suis plus à l'aise avec les faits qu'avec les sentiments.

— Mais les faits, je les connais déjà, non ? dit calmement Susan. Si tu veux qu'on fasse la paix, tu vas pourtant devoir essayer de m'expliquer un peu mieux tes sentiments.

— Je sais… Je t'aime tellement, tante Susie.

Ces simples mots, et l'émotion dont ils étaient chargés, entamèrent quelque peu la rancune de Susan. Mais elle n'en était pas moins toujours aussi perplexe et peinée.

— J'en suis sûre, Kate. Je me demande néanmoins pourquoi tu doutes à ce point de l'amour que j'ai pour toi.

— Je n'en doute pas. C'est juste que…

Sentant qu'elle allait une nouvelle fois tout gâcher, Kate se percha sur un tabouret et croisa les bras sur le comptoir.

— Quand je suis arrivée chez vous, vous formiez déjà un tout. Templeton House, toi et oncle Tommy, tout était clair, net et parfait. Comme dans un rêve. Vous étiez une vraie famille.

Dans sa hâte à s'expliquer, les mots se bousculèrent dans sa bouche.

— Il y avait Josh, le prince charmant, l'héritier, le fils brillant et adoré. Laura, la princesse, douce, jolie et si gentille. Et Margo, la petite reine. Éblouissante de beauté et si sûre de sa place. Et puis, il y avait moi, rongée de chagrin, maigrichonne et maladroite. J'étais le vilain petit canard. Ça te met en colère, ajouta-t-elle en voyant le regard que lui lança Susan. Je ne vois pourtant pas comment décrire ça autrement.

Délibérément, Kate se força à parler plus lentement, à choisir ses mots avec plus de précaution.

— Vous avez tous été si bons pour moi… Je ne parle pas seulement de la maison, des vêtements ou de la nourriture. Il ne s'agit pas des choses matérielles, tante Susie, bien que tout ça ait été un peu étourdissant pour une enfant comme moi qui venais de la toute petite bourgeoisie.

Elle s'arrêta un instant et contempla ses mains.

— Je me souviens qu'à l'école, quand on nous parlait de la corne d'abondance au moment de Thanksgiving, il fallait faire un dessin. J'imaginais toujours Templeton House, avec des tas de choses fabuleuses dégoulinant par les portes et les fenêtres.

— Tu crois que nous t'aurions traitée différemment si nous n'en avions pas eu les moyens ?

— Non, répondit Kate en secouant vigoureusement la tête. Absolument pas. Mais ce n'en était que plus bouleversant.

Quand elle releva la tête, ses yeux étaient embués de larmes.

— Vous ne m'avez jamais donné l'impression d'être une étrangère. Vous ne m'avez jamais traitée comme si j'étais un fardeau ou une obligation. Mais je me sentais comme ça. Aussi ai-je toujours cherché à être la meilleure. Pour que vous n'ayez jamais à vous poser la question de savoir si vous aviez bien fait ou non de m'accueillir chez vous et de m'aimer comme si j'étais votre fille.

Susan croisa les bras, désolée de ce que lui disait Kate.

— Tu crois que l'amour dépend de ce que peuvent accomplir les gens qu'on aime ?

— Non, mais je l'ai cru. C'est ma faute, tante Susie, pas la tienne. Au début, je passais mes nuits à me demander si tu ne changerais pas d'avis et si tu ne me renverrais pas le matin venu.

— Oh, Kate...

— Et puis, j'ai compris que tu ne le ferais pas. J'en ai été certaine. Tu as fait de moi une partie de ce tout. Et je suis désolée si ça te met en colère ou si ça te fait de la peine, mais je t'en suis reconnaissante. Je vous suis reconnaissante à toi et à oncle Tommy d'être ce que vous êtes. Sans vous, j'aurais été perdue.

— As-tu déjà pensé à ce que tu avais pu apporter à nos vies ?

— J'ai seulement pensé à ce que je pouvais faire pour que vous soyez fiers de moi. Je ne pouvais pas être aussi belle que Margo, ni avoir la gentillesse innée de Laura, mais j'étais maligne. Je pouvais travailler dur, faire des projets, me montrer raisonnable et réussir. C'est ce que je voulais, pour moi et pour vous. Mais… il y a encore une chose qu'il faut que tu saches.

Susan se retourna pour retirer du feu la bouilloire qui sifflait, mais ne versa pas tout de suite l'eau dans la théière.

— Qu'est-ce que c'est ?

— J'étais si heureuse à Templeton House… Je me disais souvent que jamais je n'aurais été là avec vous tous si la route n'avait pas été verglacée cette nuit-là, si nous n'étions pas sortis et si la voiture n'avait pas dérapé… Si mes parents n'étaient pas morts…

Kate leva les yeux vers sa tante.

— Je voulais être là et, les années passant, je vous ai aimés bien davantage que je me souvenais de les avoir jamais aimés. Et ça me paraissait horrible de me sentir heureuse d'être avec vous plutôt qu'avec eux.

— Et tu as laissé grandir cette vilaine petite graine en toi pendant toutes ces années ?

Susan se pencha au-dessus du comptoir pour prendre le visage de Kate entre ses mains. En se demandant si les parents et les enfants étaient véritablement capables de se comprendre.

— Tu n'étais qu'une enfant, tu avais à peine huit ans. Tu as fait des cauchemars pendant des mois et tu as souffert plus qu'aucun enfant ne pourrait le supporter. Pourquoi continuer à payer pour une chose contre laquelle tu ne peux rien ? dit-elle en lui caressant tendrement la joue. Pourquoi n'aurais-tu pas été heureuse ? Tu aurais préféré te cramponner à ton chagrin, à ta souffrance et à ton malheur ?

— Non.

— Mais, à la place, tu as choisi de te sentir coupable.

— J'avais l'impression que la meilleure chose qui me soit arrivée dans ma vie était liée à la pire. Ça n'avait pas de sens. C'était comme si ma vie avait commencé la nuit où mes parents sont morts. Je savais que, si un miracle s'était produit, et qu'ils étaient soudain apparus sur le seuil de Templeton House, j'aurais couru vers toi pour te supplier de me garder.

— Kate...

Susan secoua la tête et écarta des mèches de cheveux du visage de Kate.

— Ce qui s'est passé n'est ni ta faute ni la mienne. C'est absurde. C'est comme ça, un point c'est tout.

Prête à la croire, Kate hocha la tête.

— Je t'en prie, dis-moi que tu me pardonnes.

Susan se recula pour mieux la regarder. Son enfant, songea-t-elle. Un cadeau qui lui avait été donné suite à une tragédie. C'était si compliqué. Si précieux.

— Si tu penses me devoir quelque chose pour – comment as-tu formulé cela ? – faire partie du tout, la seule chose que j'attends en retour est de te voir heureuse. Mais pas seulement de façon temporaire, complètement. Dès lors, nous serons quittes.

— Je vais y travailler, mais en attendant...

— Tu es pardonnée.

Le regard légèrement hébété, Margo entra tout à coup dans la cuisine.

— Montre-moi cette pièce, exigea-t-elle en plongeant la main dans la poche de Kate avant même qu'elle ait le temps de réagir.

— Hé...

— Ô mon Dieu...

Margo examina la pièce, puis la compara à celle qu'elle tenait dans l'autre main.

— J'ai été vérifier dans mon porte-monnaie. J'ai vraiment cru que tu m'avais fait une blague idiote. Ce sont les mêmes.

— C'est ce que j'ai essayé de te dire...

Kate étouffa un cri quand son amie la prit dans ses bras en la serrant de toutes ses forces.

— Ce sont les mêmes ! s'écria Margo en mettant les pièces sous le nez de Susan. Regardez, Mrs T. ! Seraphina !

— En tout cas, l'origine et la date correspondent, commenta Susan en plissant le front. Tu viens de trouver celle-ci, Kate ?

— Non, celle-là...

Avec un instinct de propriétaire, elle reprit la pièce que Margo tenait dans la main gauche.

— C'est celle-là la mienne.

— Je n'arrive pas à y croire ! Il y a des mois que j'ai trouvé la première, il y a des mois que nous grattons et retournons la terre avec ce stupide détecteur de métal, et tu tombes sur cette pièce !

— Elle était là, à mes pieds.

— Exactement comme la première, reprit Margo avec un sourire triomphant. C'est un signe.

Kate leva les yeux au ciel.

— Ce n'est en rien de la magie, c'est de la chance. Il y a une différence. Je suis passée par hasard, juste après que la pièce a été rejetée par les vagues.

— Ah ! fut tout ce que Margo trouva à dire. Il faut prévenir Laura. Mais comment savoir où elle se trouve avec son emploi du temps de dingue ?

— Si tu avais pris la peine de consulter le tableau d'affichage hebdomadaire que j'ai installé dans le bureau, tu saurais exactement où la trouver.

D'un air supérieur, Kate regarda sa montre.

— Si ma mémoire est bonne, elle est à l'hôtel pendant encore une demi-heure, puis elle a rendez-vous avec la maîtresse d'Ali et ensuite...

— Ensuite, on s'en fiche. On va tout simplement...

Margo s'arrêta net.

— Zut, on ne peut quand même pas fermer la boutique en plein milieu de l'après-midi !

— Allez-y, dit Susan. Tommy et moi pouvons très bien nous en occuper pendant une heure.

— C'est vrai ? s'exclama Margo d'un air rayonnant. Je n'aurais pas osé vous le demander, mais tout cela est tellement excitant, et puis nous sommes toutes les trois impliquées dans cette histoire.

— Comme vous l'avez toujours été en tout, murmura Susan.

— Ça l'a ragaillardie, déclara Margo en regagnant le hall après leur brève entrevue avec Laura. C'est frustrant de devoir attendre jusqu'à dimanche pour aller voir s'il y en a d'autres. Mais, étant donné son emploi du temps, on aura déjà du pot si on y arrive !

— Tu ne trouves pas qu'elle en fait trop ?

Kate balaya le hall du regard, espérant plus ou moins y apercevoir Byron se rendant à une quelconque réunion. Elle ne vit cependant que des clients en train de flâner, des chasseurs affairés et un groupe de femmes en train de bavarder devant la porte à tambour, des sacs de shopping à leurs pieds, l'air ravi et épuisé.

— Je sais bien qu'elle aime être occupée tout le temps, reprit Kate. Ça lui évite probablement de penser. Mais elle n'a pratiquement plus une minute pour elle.

— Ah, tu as quand même fini par le remarquer ! Je n'ose plus lui en parler. Quand j'ai suggéré de prendre une employée à temps partiel à la boutique de manière à la soulager un peu, elle a failli m'arracher les yeux !

Machinalement, elle posa la main sur son ventre en sentant le bébé lui donner de vigoureux coups de pied.

— Je sais que la plus grosse partie de son salaire de l'hôtel sert à payer les études des filles.

— Quel salaud, ce Peter ! fit Kate en grinçant des dents. Quand je pense qu'il a eu le culot de partir avec l'argent de Laura et celui de ses filles... C'est plus bas que tout. Elle aurait dû l'attaquer en justice.

— C'est ce que j'aurais fait...

Amusée, Margo repéra deux hommes occupés à boire un verre dans un des salons du hall qui faisaient des efforts démesurés pour attirer son regard.

— Toi aussi. Mais Laura a sa propre façon de voir les choses.

— Qui consiste à mener deux boulots de front, à élever ses enfants toute seule, ce qui lui fait des journées de vingt heures sur vingt-quatre.

— Essaie de lui en toucher un mot, tu verras.

Malgré elle, Margo décocha un petit sourire aguicheur aux deux hommes qui la dévisageaient, le regard rempli d'espoir.

— Arrête de flirter avec ces agents d'assurances, lui ordonna Kate.

— Parce que ce sont des agents d'assurances ? rétorqua Margo en renvoyant ses longs cheveux en arrière. Quoi qu'il en soit, Josh et moi avons déjà tout fait pour tenter de convaincre Laura. Elle refuse de céder d'un pouce. Mais personne ne pourrait t'obliger à prendre des vacances, pas vrai ? Ni à consulter un médecin ?

— Bon, d'accord...

C'était la dernière chose dont Kate avait envie de parler. Pour faire pendant au sourire de Margo, elle lança aux deux hommes un regard foudroyant.

— Il ne nous reste plus qu'à en faire plus pour l'aider. Peut-être en prenant les filles quelques heures par semaine. Ou en allant faire des courses à sa place. Mais m'inquiéter de ça me met de mauvaise humeur.

Kate sortit la pièce en or de sa poche et la regarda briller dans la lumière.

— Une fois que nous aurons retrouvé la dot de Seraphina, le reste sera de la gnognote...

— Quand nous l'aurons retrouvée, j'ouvrirai une nouvelle boutique. À Carmel.

Kate se retourna vers son amie d'un air surpris.

— J'aurais plutôt cru que tu partirais faire une croisière autour du monde ou que tu t'achèterais une nouvelle garde-robe chez les grands couturiers.

— Les gens changent, répliqua Margo avec un haussement d'épaules. Mais il est possible que je fasse une brève croisière et un peu de shopping sur Rodeo Drive.

— Savoir que l'on ne change pas tant que ça me rassure infiniment… Écoute, j'ai quelque chose à faire. Peux-tu t'occuper de la boutique jusqu'à la fermeture ?

— Avec Mr et Mrs T. à bord, je n'ai même pas besoin d'y retourner, fit Margo en cherchant ses clés de voiture dans son sac. Si seulement je pouvais les garder un mois, nous doublerions nos bénéfices. Oh ! n'oublie pas de dire bonjour à Byron de ma part.

— Je n'ai pas dit que j'allais le voir.

Margo lui lança un sourire malicieux par-dessus son épaule avant de s'éloigner.

— Mais bien sûr que si, ma vieille !

Cela la démoralisa de s'apercevoir qu'elle était aussi transparente. À tel point qu'elle faillit renoncer à monter au dernier étage. Elle hésita encore une seconde en sortant de l'ascenseur. Quand on l'informa que Mr De Witt était en conférence, elle décida que c'était très bien ainsi.

Ne sachant que faire, elle redescendit, mais au lieu de se diriger vers sa voiture, elle passa faire un tour à la piscine de l'hôtel. Appuyée au muret de pierre qui l'entourait, elle regarda un instant les jets d'eau des fontaines et les gens assis autour de ravissantes tables en verre, en train de siroter des boissons multicolores sous des parasols de couleurs vives. Plusieurs d'entre eux portaient des badges au revers de leurs vestes, signe qu'ils étaient là pour assister à une convention ou à un séminaire et faisaient une pause pour se détendre.

Le corps enduit de crème solaire, d'autres étaient paresseusement étendus sur les chaises longues autour de la piscine. Ils lisaient des magazines ou des romans, des écouteurs sur les oreilles. Les serveurs en uniforme aux tons pastel leur apportaient des boissons et des sandwiches du bar et du grill de l'hôtel. D'autres clients batifolaient dans l'eau ou faisaient la planche en rêvassant.

Ces gens savaient se relaxer, songea Kate. Pourquoi n'avait-elle jamais réussi à acquérir un talent aussi simple ? Si elle s'allongeait dans une de ces chaises longues, elle s'endormirait en moins de cinq minutes. Mais si le sommeil refusait de venir, l'angoisse la pousserait très vite à se relever en se reprochant de perdre son temps.

Puisque cette journée semblait devoir être marquée d'une pierre blanche dans la vie de Kate Powell, elle décida néanmoins de tenter l'expérience. Elle s'installa dans un fauteuil à proximité du bar et commanda un cocktail au nom prometteur de « Coucher de soleil à Monterey ». Elle passa une bonne demi-heure à le déguster en regardant les gens aller et venir, surprenant ici et là des bribes de conversation, puis en commanda un deuxième.

Kate prit son verre et alla faire un tour dans les jardins de l'hôtel, s'appliquant au passage à respirer pleinement le parfum des camélias et du jasmin, à apprécier les nuances étonnantes des bougainvillées. Puis elle s'assit sur un banc de pierre, entre deux cyprès, et se demanda comment tous ces gens faisaient pour ne rien faire sans devenir fous.

Mieux valait sans doute procéder par étapes. Comme pour la gymnastique, en faire plus d'une heure la première fois était peut-être excessif. Elle se releva dans l'intention de repasser à la boutique vérifier l'inventaire lorsqu'elle entendit sa voix.

— Veillez à tout reprendre en détail avec miss Templeton demain. Il faut l'informer de ces changements.

— Oui, monsieur, mais il va nous falloir davantage de personnel, au moins deux serveurs et un barman en extra.

— Trois serveurs feront l'affaire. Je pense que miss Templeton sera d'accord pour convenir que cet emplacement est le plus approprié pour ouvrir un troisième bar. Nous ne voulons pas que le personnel coure au milieu des clients avec des seaux à glace, n'est-ce pas, Lydia ? N'oubliez cependant pas de demander à miss Templeton ce qu'elle en pense.

— Je n'y manquerai pas, monsieur, mais ces gens n'arrêtent pas de changer d'avis.

— C'est leur droit. À nous de nous arranger pour les satisfaire. Ah ! je voulais encore vous parler d'une chose. À propos du petit déjeuner que nous comptons servir gracieusement chaque matin sur la terrasse est. Nous avons lancé cette formule il y a quelques semaines au club, et ça marche plutôt bien.

Byron s'engagea dans l'allée tout en continuant à parler et aperçut Kate assise sur le banc, un cocktail rose à la main et un sourire aux lèvres. Instantanément, il perdit le fil de ses pensées.

— Mr De Witt ? Vous me parliez de ce petit déjeuner…

— Ah, oui ! Jetez un coup d'œil sur la note que mon assistante a préparée. Et faites-moi savoir ce que vous en pensez.

S'il ne la poussa pas précisément à s'éloigner, l'intention y était.

— Nous verrons tout cela avec miss Templeton demain matin.

Dès que Lydia fut partie, il s'arrêta devant le banc en regardant Kate.

— Bonjour.

— Bonjour. Je m'entraîne.

— À quoi ?

— À ne rien faire.

C'était comme s'il venait de rencontrer un faune dans un jardin enchanté - ces yeux sombres et profonds en forme d'amande, l'odeur tiède et humide des fleurs...

— Et comment ça se passe ?

— Ce n'est pas aussi facile que ça en a l'air. J'étais d'ailleurs sur le point d'abandonner.

— Essaie encore une minute, lui suggéra Byron en s'asseyant près d'elle.

— Je ne me doutais pas que le grand chef se souciait de détails insignifiants tels que le petit déjeuner.

— Chaque détail est une pièce qui fait partie de l'ensemble. À propos de détail, dit-il en la prenant par le menton pour effleurer ses lèvres, tu es magnifique.

— Vraiment ? Tu ne voudrais pas me parler de ça un peu plus en détail ?

Byron esquissa un sourire.

— On dirait que tu as passé une très bonne journée.

— J'ai eu une journée sensationnelle ! Je suis venue en raconter une partie à Laura, et j'ai finalement décidé de traîner un peu ici pour essayer de ne rien faire.

Il ravala sa déception. En l'apercevant assise sur ce banc, il aurait juré qu'elle n'attendait que lui.

— Veux-tu que nous en reparlions en dînant ensemble ?

— Avec plaisir, dit Kate en se levant et en lui tendant la main. À condition que tu fasses la cuisine.

Byron hésita une seconde. Depuis quelque temps, il évitait soigneusement de se retrouver seul avec elle. Car, à chaque fois que cela se produisait, il semblait oublier les règles qu'il s'était fixées. Mais elle était là, devant lui, la main tendue, lui souriant d'une manière qui lui laissa supposer qu'elle avait parfaitement conscience de son dilemme. Et s'en délectait.

— Si tu veux. Ça me donnera l'occasion d'essayer le nouveau barbecue que j'ai acheté avant-hier.

— Tu sais quoi ? J'apporte le dessert et je te retrouve chez toi.

— Excellente idée.

Histoire de le mettre un peu à l'épreuve, Kate se hissa sur la pointe des pieds et l'embrassa en s'attardant longuement sur sa bouche.

— Et j'en ai plein d'autres, murmura-t-elle.

Les pieds plantés fermement dans le sol, les mains enfouies au fond des poches, Byron la regarda partir en se disant que l'un d'eux n'allait pas tarder à devoir reconsidérer son plan. Et il serait intéressant de voir qui des deux craquerait le premier.

Des éclairs au chocolat débordant de crème lui avaient paru être un bon choix. Kate déposa la boîte de gâteaux sur la table et l'observa par la fenêtre. Il avait laissé la porte ouverte pour qu'elle puisse entrer. Ce qu'elle avait fait. En traversant le salon où résonnait la voix rauque de Bruce Springsteen, elle avait remarqué que quelques meubles étaient venus tenir compagnie au vieux fauteuil rafistolé.

La table basse avec un jeu d'échecs en nacre incrustée était visiblement une pièce chère et unique. Tout comme la lampe en verre teinté et l'épais tapis à dessins géométriques. Bien que mourant d'envie de voir le reste de la maison, Kate se força à aller directement dans la cuisine.

Et il était là, dans le jardin, en train de lancer une chaussette aux deux chiens. L'air aussi à l'aise en jean et en tee-shirt qu'il l'était tout à l'heure dans son costume sur mesure et sa cravate en soie. Ce qui lui fit penser qu'elle aurait dû prendre le temps de faire un saut à la maison pour mettre… N'importe quoi d'autre que ce tailleur strict à fines rayures et ces chaussures confortables. En guise de compromis, elle retira sa veste et ouvrit le bouton du haut de son chemisier avant d'aller le rejoindre.

Kate sortit sur la terrasse en bois de cèdre. Terrasse qu'il avait su personnaliser en y mettant simplement des jardinières de géraniums, de pensées et de lierre rampant. Un barbecue à gaz impressionnant, flambant neuf, était installé près de la baie vitrée, ainsi que deux fauteuils en cèdre, recouverts de molleton bleu marine et placés de manière à pouvoir admirer la pelouse qui s'étendait devant l'océan.

Il avait clôturé le jardin avec une barrière en bois, afin que ses précieux chiots ne s'échappent pas sans pour autant boucher la vue. Un portail au bas de l'escalier en bois offrait un accès facile à la plage.

Tout au long de la barrière, il avait planté de jeunes pousses à intervalles réguliers. Une sorte de vigne grimpante qui, avec le temps, retomberait vraisemblablement en cascade de l'autre côté.

Byron De Witt était un homme patient. Qui prendrait plaisir à regarder pousser et fleurir ces plantations année après année, éprouvant une réelle satisfaction à voir s'épanouir les premiers bourgeons. Dont il s'occuperait avec soin. Cet homme adorait s'occuper des choses avec soin.

Les chiots jappaient joyeusement, on entendait la mer au loin et une brise légère murmurait entre les branches des cyprès. En regardant le ciel passer du bleu à l'indigo dans un flamboiement écarlate, Kate sentit son cœur frémir. Il existait bel et bien des endroits parfaits dans ce monde. Byron semblait en avoir trouvé un et le revendiquait pleinement.

Lui aussi était parfait, avec le vent qui jouait dans ses cheveux et les chiots à ses pieds. Le jean et le coton moulaient son long corps musclé et appétissant de façon sexy. En le voyant ainsi, elle eut envie, à son immense surprise, de lui arracher ses vêtements avec les doigts et les dents. Elle voulait sentir sa peau, le prendre… Et qu'il la prenne…

Elle en mourait d'envie.

Les jambes vaguement flageolantes, Kate descendit les quelques marches qui menaient au jardin. Les chiots se précipitèrent à sa rencontre en faisant de grands bonds. Mais lorsqu'elle s'accroupit pour les caresser, son regard resta fixé sur Byron.

— Qu'est-ce que tu as planté le long de cette barrière ?

— Des wisteria. Ça prendra un peu de temps à pousser, dit-il en se tournant vers la clôture. Mais ça vaut la peine d'attendre. En Géorgie, il y en avait un qui grimpait sur une treille juste devant ma chambre. C'est une odeur qu'on n'oublie pas.

— Tu as déjà accompli des merveilles. Ce jardin est splendide. Cela doit te prendre un temps fou.

— Une fois qu'on a trouvé ce qu'on cherchait, on s'en occupe, dit-il en revenant vers elle. Après dîner, si tu veux, on pourrait aller faire une promenade sur la plage.

Il lui passa la main dans les cheveux, comme il l'avait fait un instant plus tôt en caressant la fourrure des chiots, puis recula.

— Allez ! fit-il en claquant deux fois des doigts. Assis !

Les deux petits chiens s'assirent aussitôt en remuant la queue. Il leur fit tendre la patte et, après quelques secondes de confusion, se coucher sagement à ses pieds.

— Impressionnant ! commenta Kate. Tout le monde t'obéit comme ça ?

— Il suffit de demander relativement souvent la même chose de la bonne façon.

Il sortit deux biscuits pour chiens de la poche arrière de son jean.

— La flatterie marche aussi.

Les chiots se jetèrent sur les biscuits et filèrent s'en régaler plus loin.

— J'ai un bon petit bordeaux blanc au frais. Je vais l'ouvrir, et tu pourras me raconter la journée passionnante que tu as passée.

Kate posa une main sur son cœur. Il battait à toute vitesse et lui sembla brûlant.

— Je crois qu'il y a une chose que je voudrais te dire.

— D'accord. Allons à l'intérieur.

Byron jugea en effet préférable de rentrer dans la cuisine bien éclairée plutôt que de rester devant ce somptueux soleil couchant dans l'air enivrant du soir.

Mais elle laissa sa main sur sa poitrine et s'approcha d'un pas. Sans doute était-ce leur couleur, pensa-t-il, qui donnait à ses yeux un éclat aussi érotique dans la lumière du crépuscule.

— J'avais décidé d'éviter les hommes dans ton genre, du moins sur le plan personnel, commença-t-elle. Ce devait être une sorte de principe, une règle de base. J'adore les règles et les principes.

Il haussa un sourcil.

— Et les généralités ?

— Oui, les généralités aussi, car elles cachent souvent une part de vérité, sinon elles ne seraient pas devenues des généralités. Suite à quelques expériences malheureuses, j'en ai conclu que quand quelque chose, ou quelqu'un, me paraissait bien, c'était probablement que ce n'était pas bon pour moi. Il se peut que tu ne sois pas bon pour moi, Byron.

— Et tu as travaillé longtemps sur cette théorie ?

— À vrai dire, oui, mais il est possible que je doive procéder à quelques ajustements. En tout cas, la première fois que je t'ai rencontré, tu ne m'as pas plu.

— Ça n'a rien d'une surprise.

Kate sourit et le déconcerta plus encore en se rapprochant une nouvelle fois de lui.

— Tu ne m'as pas plu parce que j'ai commencé à avoir envie de toi à la minute où je t'ai vu. Ce qui m'a mise extrêmement mal à l'aise. Tu vois, je préfère avoir envie de choses qui me paraissent tangibles et que je peux acquérir en y mettant le temps, à force de planification et d'efforts. Je déteste avoir envie de quelqu'un que je ne comprends pas et qui, selon toute probabilité, n'est pas bon pour moi et ne correspond pas à mes critères.

— Parce que, en plus, tu as des critères ?

Il éprouva une sensation d'agacement et de désir en même temps.

— Absolument. Un de ces critères est la tolérance. Or, je pense que tu es très exigeant. Tu seras sans doute ma plus grosse erreur. Et pourtant, ce que je déteste le plus au monde est de faire des erreurs. J'essaie même de devenir plus tolérante envers moi-même.

— C'est une des autres choses auxquelles tu t'entraînes, comme à ne rien faire ?

— Exactement.

— Je vois. Eh bien, maintenant que nous avons établi que cette liaison naissante sert à entraîner ta tolérance à ton égard, je vais préparer le dîner.

Kate éclata de rire.

— Je t'agace... Et je ne sais pas pourquoi, mais je trouve ça drôle.

— Ça ne m'étonne pas de toi, Katherine. Tu as un caractère agressif et rebelle, et rien ne te plaît davantage que de troubler l'eau qui dort.

— C'est vrai, tu as parfaitement raison ! C'est incroyable cette facilité que tu as à me comprendre ! Et plus tu te montres patient, plus j'ai envie de t'asticoter. Nous ne sommes vraiment pas faits du tout l'un pour l'autre.

— Qui te dit le contraire ? fit-il en refermant les doigts autour de ses poignets dans l'intention de la repousser.

— Emmène-moi dans ton lit, Byron, dit-elle simplement en libérant une de ses mains pour l'agripper par l'épaule. Là, maintenant. Tout de suite.

12

Il en fallait beaucoup pour le choquer. Mais cette simple demande lui fit l'effet d'un coup de poing en pleine mâchoire. Il était persuadé qu'elle allait mettre un terme à ce qui venait à peine de commencer entre eux et s'était préparé à ressentir une colère froide, tout en se répétant qu'il s'en fichait pas mal.

Estimant qu'il était probablement peu sage de la toucher, Byron garda les bras le long du corps.

— Tu veux que je t'emmène dans mon lit, là, tout de suite, parce que tu penses que c'est une erreur, que tu as échafaudé une théorie selon laquelle je ne suis pas bon pour toi et que nous ne sommes pas faits du tout l'un pour l'autre ?

— Oui. Et parce que je veux te voir tout nu.

Malgré lui, il ébaucha un sourire et se serait volontiers éloigné si Kate n'avait soudain noué les mains autour de son cou.

— Je crois que j'ai besoin de boire un verre.

— Byron, ne m'oblige pas à employer la force avec toi ! fit-elle en se pressant contre lui et en resserrant son étreinte. Je me suis bien entraînée. Enfin, pas mal. Je pense que je suis capable de te porter s'il le faut.

Amusé, il tâta doucement son biceps encore bien maigrichon.

— Mais dis-moi, ma belle, tu es une véritable amazone.

— Tu as envie de moi, reprit Kate en lui mordillant le cou. Et si tu dis le contraire, je te tue.

Le peu de sang qui circulait encore dans sa tête descendit directement dans les reins.

— Ma vie n'est donc pas en danger, Kate...

Elle s'affaira sur le bouton de son jean et ouvrit sa braguette.

— Si tu ne me... Seigneur ! Et puis tant pis ! marmonna-t-il avant de se jeter comme un fou sur sa bouche.

Elle émit une sorte de ronronnement, un peu comme un chat devant sa proie.

— Attends, soupira-t-il en la prenant par les épaules. Attends rien qu'une petite minute. Tu connais l'inconvénient des aventures ?

— Non, c'est quoi le problème ?

— J'essaie de m'en souvenir... Oui, ça y est. Si satisfaisant que ça puisse être sur le moment, on se sent ensuite frustré. Or je ne veux pas de ça entre nous. Il va falloir te faire à l'idée.

Mais qu'est-ce qui ne tournait pas rond chez lui ? Les hommes étaient supposés ne jamais refuser une aventure.

— Eh bien, alors, appelons ça autrement.

— Ce genre de rapports crée des liens, Kate.

Sans lâcher ses épaules, il la poussa subrepticement vers la maison. Il l'imaginait déjà nue et rayonnante de lumière.

— De confiance. De sincérité. D'affection... Une fois que je t'aurai touchée, personne d'autre ne le fera à part moi.

— Tu sais, ils ne font pas vraiment la queue au coin de la rue en attendant de pouvoir poser la main sur moi.

Son pied heurta l'escalier. Machinalement, elle monta une marche à reculons. Il la regardait de cette façon qui la rendait nerveuse, lui donnait irrésistiblement envie de lui. Comme s'il devinait quelque chose que personne ne connaissait, pas même elle.

— Je ne couche pas avec n'importe qui.

— Moi non plus. Je considère l'intimité comme une affaire sérieuse. Et je veux partager une intimité avec toi, Kate, au lit et en dehors. C'est un minimum.

— Écoute, reprit-elle, la gorge sèche et brûlante, nous ne sommes pas en train de passer un contrat d'affaires.

— Non, admit-il. Il s'agit d'un contrat personnel. Ce qui est bien plus important. Tu m'as fait une proposition. J'en définis les conditions.

— Je... Peut-être ai-je aussi des conditions.

— Alors, tu ferais mieux de les poser tout de suite, lui conseilla-t-il en la soulevant dans ses bras. Car l'accord ne va pas tarder à être conclu.

— Faisons les choses simplement.

— D'accord.

Arrivé en haut de l'escalier, Byron tourna à gauche et entra dans la chambre qu'inondaient les derniers rayons dorés du soleil couchant.

— Nous sommes tous les deux des adultes en bonne santé, célibataires... et nous ressentons une attirance physique l'un pour l'autre, dit-elle un peu plus vite.

— Faire l'amour n'est pas seulement un acte physique, répliqua-t-il dans un sourire en la déposant sur le lit. Je suppose qu'il va falloir que je te montre ça.

Il l'embrassa, pressa longuement et lentement ses lèvres contre les siennes jusqu'à ce qu'il sente chaque nerf de son corps vibrer comme une harpe dont on aurait pincé les cordes. Avide de ses baisers, elle l'attira tout contre lui, concentrant toute son énergie sur sa bouche.

Il aurait pu l'avaler d'une seule bouchée...

— Là d'où je viens, ma belle, on sait prendre son temps, dit-il en préférant s'écarter.

Et il entrelaça ses doigts avec les siens afin d'emprisonner ses mains fines et nerveuses.

— Alors, relaxe-toi…

Il descendit le long de son cou en la couvrant de minuscules baisers.

— Et profite de chaque seconde. Nous avons tout le temps devant nous.

Avec sa fichue patience et sa délicatesse, il allait finir par la faire mourir… Ses lèvres étaient douces et se promenaient avec une délicieuse lenteur partout sur son visage. Chaque fois que sa bouche revenait sur la sienne, son baiser se faisait plus profond, plus fougueux. Kate sentit ses muscles se transformer peu à peu en pâte à modeler.

Ce changement éveilla en lui un désir impitoyable. Sa respiration s'était ralentie, elle soupirait et gémissait doucement sous lui. Sa folle impatience avait laissé place à une soumission sans bornes. Quand il déboutonna son chemisier, découvrant en dessous un simple caraco en coton blanc, Kate râla. De plaisir…

Du bout des doigts, il effleura le tissu léger avant de remonter sur sa peau. Ses courbes étaient subtiles, pensa-t-il en entendant son souffle s'accélérer sous ses caresses. Puis, reprenant sa main dans la sienne, il écarta le haut du caraco pour lécher la pointe de ses seins.

Elle réagit en se cambrant brusquement et en étouffant un gémissement. Ils étaient si petits, si fermes… si sensibles. Lorsqu'il passa à l'autre mamelon, il la sentit trembler sous lui.

Lentement, délicatement, il en suça la pointe, ravi de la voir se tortiller en laissant échapper des petits cris désespérés.

S'il n'entrait pas bientôt en elle, il ne répondrait plus de rien. Aussi, quand elle commença à onduler des hanches, se leva-t-il d'un bond.

— Quoi ? Qu'est-ce qu'il y a ? marmonna-t-elle en se redressant, l'œil hagard.

— La lumière baisse, dit-il calmement. Je ne te vois plus. Et je veux te voir.

Il y eut un craquement d'allumette, suivi du scintillement d'une flamme tandis qu'il allumait une, deux, puis trois bougies. Et la chambre baigna soudain dans une douce lumière romantique…

Byron retira son tee-shirt et le jeta par terre. Elle poussa un soupir de soulagement. Maintenant… Ça allait être maintenant. Et toutes les sensations étranges qui agitaient son corps seraient bientôt apaisées.

Quand il enleva ses chaussures, elle fut modérément surprise de le voir lui retirer les siennes avant de laisser courir sa main sur sa jambe jusque sous sa jupe remontée en accordéon.

— Tu ne veux pas enlever tout ça ?

L'air hypnotisé, Kate cligna des yeux.

— Comment ? Oh…

— Lentement, dit-il en retenant sa main pour l'empêcher de s'en débarrasser trop vite. Rien ne presse.

Kate fit ce qu'il lui demandait. Tous ses gestes étaient comme engourdis. Il laissa son regard errer sur son visage, puis sur sa poitrine, avant de remonter sur ses yeux et de prendre le caraco en coton qu'il posa sur le lit. Sans cesser de la regarder, il la fit allonger.

— Tu n'arrêtes pas de me regarder…

Sa peau frissonna en sentant ses doigts se faufiler sous sa jupe et tirer sur son collant.

— Je ne sais pas ce que tu attends.

— Moi non plus. Je pensais que nous allions le découvrir ensemble.

Il se pencha pour effleurer l'intérieur de sa cuisse de ses lèvres.

— Maintenant, je comprends pourquoi tu marches toujours comme si tu étais en retard à un rendez-vous. C'est à cause de ces jambes. De ces longues et jolies jambes…

— Byron…

Elle était brûlante. Seigneur, ne le sentait-il donc pas ?

— Je n'en peux plus.

Mais elle allait devoir attendre encore un peu, se dit Byron en dégrafant sa jupe.

— Je viens à peine de commencer.

Et il lança la jupe par terre, bouleversé de voir ce corps mince et anguleux dans son lit. Appuyé sur un genou, il la souleva dans ses bras. Kate s'arc-bouta en se collant désespérément contre lui.

Il vit ses lèvres et ses cils trembler dans la lumière vacillante des bougies, il vit son corps onduler de plaisir.

Fou de désir, il prit son sein dans sa bouche et le lécha avidement.

— Je ne…

Affolée par le tourbillon de sensations qu'il déclenchait en elle, Kate lui tira les cheveux.

— Je ne peux pas…

— Mais si, souffla-t-il avant de reprendre sa bouche.

Le feu qui l'habitait semblait sortir par tous les pores de sa peau. Il n'avait jamais connu de femme si réceptive et si résistante à la fois. Le besoin, l'envie de lui prouver qu'il était le seul homme capable de lui faire exprimer cette sensibilité, et de briser cette résistance, l'encouragèrent à différer le moment de l'extase en la torturant délicieusement de plaisir.

Kate avait l'impression qu'il avait pris possession de son corps. Elle avait perdu tout contrôle d'elle-même et toute volonté de le retrouver. Ses mains, ses lèvres couraient partout sur elle. Et chaque fois qu'elle croyait qu'il allait enfin conclure, il la faisait exploser à nouveau de plaisir, puis, patiemment, recommençait.

Elle avait douloureusement conscience de son corps et du sien, de leurs membres entrelacés, de leur cœur battant à toute vitesse. La lueur des bougies éclairait son visage, ses muscles longs et lisses, le rendant d'une beauté presque insupportable. Le goût de sa peau agissait sur elle comme une drogue lente et douce dont elle ne pouvait déjà plus se passer.

Byron la fit rouler sur lui et attendit qu'elle ouvre les yeux pour le regarder.

— Je n'avais pas envie de toi, dit-il d'une voix soudain tendue. Et puis, je n'ai plus eu envie que de toi. Va comprendre…

— Pour l'amour du ciel, Byron, viens ! Maintenant !

— Maintenant, répéta-t-il en s'enfonçant en elle. Mais il y aura d'autres maintenant.

Le brouillard qui flottait dans sa tête s'évapora lentement. Peu à peu, elle reprit conscience du monde qui existait au-delà de son corps. Les bougies continuaient à projeter des ombres étranges derrière ses paupières closes. Le vent nocturne gonflait légèrement les rideaux. Elle perçut à nouveau la musique qui venait du rez-de-chaussée, le son grave et lancinant d'une contrebasse à laquelle répondait la plainte d'un saxophone ténor. L'odeur suave de leurs corps flottait dans la chambre.

Elle avait encore le goût de sa peau dans la bouche et la sensation de son poids sous elle. Il l'avait fait rouler sur lui, craignant, sans doute, de l'écraser. Toujours aussi gentleman…

Mais à présent, comment faire ? Comment se comporter après avoir fait l'amour si sauvagement ? En tout cas, elle était certaine que ces premiers instants juste après l'amour décideraient de la suite.

— J'entends ton esprit se remettre à fonctionner, murmura Byron, une pointe d'amusement dans la voix. C'est fascinant. Je ne crois pas avoir déjà été attiré ainsi par le cerveau d'une femme.

Quand elle fit mine de bouger, il lui caressa le dos, puis lui donna une tape amicale sur les fesses.

— Non, ne bouge pas tout de suite. Ta tête a de l'avance sur moi.

Saisissant l'occasion, Kate se redressa pour mieux l'observer. Ses superbes yeux verts étaient à moitié fermés et la bouche qui lui avait fait perdre la tête un instant plus tôt était adoucie par un vague sourire. L'image même du mâle repu et pleinement satisfait.

— Est-ce que ça ne va pas être bizarre ? dit-elle tout haut.

— Pas obligatoirement. Il me semble que nous n'avons fait que nous diriger tout droit vers ce lit depuis le premier jour. Que nous en ayons été conscients ou non.

— Ce qui nous amène à la question suivante.

Ah ! toujours cet esprit pragmatique et parfaitement ordonné…

— À savoir, dans quelle direction irons-nous à partir de maintenant ? Il faudra qu'on en parle, dit Byron en roulant sur elle pour lui donner un long baiser torride. Mais d'abord, pensons aux choses pratiques.

Il la prit dans ses bras et sortit du lit. Kate sursauta. C'était si étrange de se faire porter ainsi, de faire l'expérience de cette vulnérabilité confondante que l'on éprouve quand on se sent dominée physiquement.

— Je ne suis pas certaine d'aimer cette façon de faire.

— Dès que tu le seras, préviens-moi. En attendant, je vote pour une douche et un bon dîner. Je meurs de faim.

Non, ce ne serait pas bizarre, décida Kate. En fait, il lui fut étonnamment agréable de se retrouver avec un des vieux tee-shirts de Byron sur le dos et d'écouter la voix râpeuse de Bob Seger égrener un air de rock. Il lui avait confié la préparation de la salade pendant qu'il faisait griller des steaks. Elle trouvait même cela très plaisant – les couleurs, la texture des légumes évoquaient un vrai jardin d'été. Elle n'avait pas le souvenir d'avoir déjà accordé autant d'attention à de la nourriture.

La tendresse d'un cœur d'artichaut, la fermeté d'une carotte, le croquant d'un concombre, la délicatesse des feuilles de laitue...

Kate reposa le couteau en clignant des yeux. Qu'était-elle en train de faire ? De tomber amoureuse d'une salade ? Dieu du ciel... Avec précaution, elle se versa un demi-verre du vin dont il avait débouché une bouteille. Bien que ne souffrant plus de brûlures d'estomac ces temps-ci, elle continuait à se méfier de l'alcool et en buvait très peu.

Elle l'aperçut, derrière la baie vitrée, en train de parler aux chiens tout en retournant les steaks. Des flammes et de la fumée s'élevèrent en tourbillonnant dans la nuit.

Ils faisaient la cuisine ensemble, réalisa-t-elle. Elle portait un tee-shirt à lui. Les chiots quémandaient à manger. Et il y avait de la musique.

Tout cela ressemblait à une vie de couple bien tranquille. C'était terrifiant...

— Chérie, tu veux bien me servir un verre ? demanda Byron en passant la tête par la porte vitrée. Les steaks sont presque cuits.

— Bien sûr.

Doucement, ma fille, se dit-elle. Ce n'était qu'une agréable et charmante soirée entre deux adultes consentants. Pas vraiment de quoi s'affoler.

— Merci.

Byron prit le verre qu'elle lui apporta et renifla le vin avant de boire.

— Tu veux dîner dehors ? La nuit est magnifique.

— D'accord.

Et c'est plus romantique, songea Kate tandis qu'ils mettaient la table. Pourquoi ne pas profiter du firmament étoilé en buvant du vin avec l'homme qui venait de devenir son amant ? Il n'y avait rien de mal à ça.

— Tu as une ligne entre les sourcils, remarqua-t-il en goûtant la salade préparée par Kate d'un air appréciateur. Celle que tu as quand tu calcules un bilan.

— Je calculais combien je pourrais manger de ce steak avant d'exploser.

Les yeux rivés sur son assiette, elle en coupa un autre morceau.

— Hmm... c'est fameux.

— Je suis sûr que ce n'est pas ce steak qui allait et venait dans ton esprit comme une boule de flipper.

Il faillit lui demander de le regarder, mais opta finalement pour un moyen plus direct. Il posa la main sur sa cuisse dénudée et vit ses yeux plonger dans les siens.

— Et si je te facilitais les choses ? Je voudrais que tu restes avec moi cette nuit.

Kate prit son verre dont elle tripota nerveusement le pied.

— Je n'ai pas mes affaires.

— Eh bien, nous nous lèverons de bonne heure pour te laisser le temps de repasser chez toi et de te changer avant d'aller travailler.

Il tendit la main et lui effleura le cou du bout des doigts. Un cou si long, si fin...

— J'ai envie de faire l'amour avec toi. Encore et encore. Et de dormir avec toi. Suis-je assez clair ?

— Je veux bien rester, fit-elle en hochant la tête, mais je ne veux entendre aucune lamentation quand le réveil sonnera à 6 heures.

Byron se contenta d'un sourire. À cette heure-là, il était rare qu'il ne soit pas déjà levé et en train de faire un jogging sur la plage.

— On fera comme tu voudras. Mais il y a autre chose. Quand je t'ai dit tout à l'heure que faire l'amour créait des liens, j'étais sérieux.

C'était précisément ce qu'elle s'appliquait à enfouir dans un coin de sa tête afin de ne pas y penser. Tenant à choisir chacun de ses mots avec précaution, elle continua à manger.

— Je ne me suis engagée à rien. Ni avec personne, commença-t-elle.

— Bien sûr que si. Avec moi.

Un petit frisson au bas des reins la mit en garde.

— Je veux dire que je n'ai pas l'intention de sortir avec quelqu'un d'autre tant que nous serons... ensemble. Si curieux que cela puisse paraître à en juger par la façon dont je suis arrivée ici ce soir, faire l'amour n'est pas pour moi une chose banale.

— Pour toi, rien n'est banal, dit-il en remplissant son verre, puis le sien. Mais faire l'amour n'est pas le plus difficile. Ça ne demande pas beaucoup de réflexion, l'instinct se met en marche et le corps prend le relais.

Il ne l'avait pas quittée des yeux une seconde. Elle avait un regard inquiet, un peu comme une biche rencontrant malencontreusement un loup au coin d'un bois. Ou un chasseur.

— J'ai des sentiments pour toi, reprit-il.

Son cœur fit un bond dans sa poitrine. Penchée sur son assiette, elle coupa un nouveau morceau de viande, utilisant sa fourchette et son couteau avec précision comme si c'était d'une importance capitale.

— Pas seulement du désir, Katherine. Des sentiments. J'avais prévu de te les exprimer avant que nous arrivions à ce stade, mais...

Il haussa les épaules, avala une bouchée et la laissa s'imprégner tranquillement de ce qu'il venait de dire.

— J'adore les cartes.

Kate, qui avait déjà du mal à le suivre, plongea cette fois en pleine confusion.

— Les cartes ?

— Oui, où l'on voit les sites intéressants, les routes qui mènent d'un endroit à un autre. J'adore tracer des itinéraires. Une des raisons pour lesquelles je m'intéresse aux hôtels est que c'est comme un monde en soi. C'est plein de mouvement, d'endroits, de gens.

Tout en parlant, il distribua les restes de viande aux deux chiots qui attendaient sagement en se léchant les babines.

— Les hôtels ne sont jamais vraiment statiques. Les bâtiments, oui. Mais à l'intérieur, il y a des naissances, des décès, de la politique, des passions, des anniversaires, des drames... Comme dans n'importe quel endroit, les choses se passent plus ou moins bien, suivent une certaine route. Mais il y a toujours des détours, des surprises, des problèmes. On doit les explorer, s'en réjouir et les résoudre. Et j'adore ça.

Byron se cala au fond de son fauteuil en allumant un de ses petits cigares et Kate en profita pour réfléchir une seconde. Elle ne savait pas exactement comment il avait réussi à faire glisser la conversation de leur liaison à son travail, mais elle en était ravie. Se détendant à nouveau, elle prit son verre de vin.

— C'est pour ça que tu es un si bon directeur. Ma tante et mon oncle te considèrent comme le meilleur, et ils sont très exigeants.

— Quand quelque chose nous plaît, on fait généralement de son mieux, dit-il en l'observant derrière un nuage de fumée. Or tu me plais.

Kate lui fit un grand sourire en se penchant légèrement vers lui.

— Eh bien, tant mieux.

— Tu es pour moi comme un détour, murmura-t-il en prenant sa main qu'il porta à ses lèvres. Quand je fais le tracé de l'endroit que je veux explorer, je prévois toujours quelques détours.

— Je suis donc un détour...

Elle se sentit suffisamment insultée pour reprendre sa main.

— C'est flatteur.

— Mais oui, répliqua-t-il en lui souriant. Si tu préfères, disons que nous faisons route ensemble. Là où nous arriverons dépendra uniquement de nous deux. Je sais cependant une chose. Je veux que tu sois avec moi. Je n'ai pas encore bien compris pourquoi, mais c'est comme ça. Te regarder me suffit.

Personne ne lui avait jamais donné l'impression d'être autant désirée. Il n'avait employé aucun mot doux, ni n'avait composé d'odes à ses beaux yeux, et pourtant elle se sentait pleine de vie et follement appréciée.

— Je ne sais pas si ça me trouble ou si ça me séduit, mais ça me paraît suffisant à moi aussi.

— Parfait, se contenta-t-il de dire en reprenant sa main. Et maintenant que tu es plus détendue, si tu me racontais cette journée passionnante que tu as passée ?

— Ma journée ?

Kate le fixa une seconde d'un air hagard, puis une petite lueur se mit à briller dans ses grands yeux.

— Ô mon Dieu ! J'avais complètement oublié !

— Tu n'imagines pas à quel point tu me fais plaisir en disant cela.

Il reposa la main sur sa cuisse et la remonta doucement.

— D'ailleurs, si tu veux l'oublier pendant un petit moment encore...

— Non.

En riant, Kate repoussa fermement sa main.

— J'étais si impatiente de tout te raconter. L'épisode du lit m'a troublée... Ça m'est finalement sorti de l'esprit.

— Si nous recommencions un autre épisode au lit et que nous en reparlions plus tard ?

— Pas question. Maintenant la prochaine fois peut attendre.

— Le bruit que tu entends est celui de mon ego qui se dégonfle comme un ballon.

Il s'installa confortablement, tira sur son cigare et leva son verre.

— Vas-y, ma jolie. Raconte.

— Tout a commencé quand... en fait ça a commencé il y a des années, mais je vais me limiter à aujourd'hui. J'ai eu, disons, un petit accrochage avec tante Susie. Je lui ai fait de la peine. Je voulais lui expliquer combien je leur étais reconnaissante à elle et à oncle Tommy, mais j'ai dit ce qu'il ne fallait pas. Du moins, je me suis exprimée de travers. Elle était furieuse contre moi. Je ne l'avais jamais vue comme ça. Rien que d'y penser, j'en frémis encore. Je ne supporte pas de la décevoir. C'est pour moi ce qu'il y a de pire.

Byron, qui s'attendait à la voir chanter victoire, se retrouva face à une femme aux yeux noyés de larmes et à la voix tremblante.

— Elle t'aime, Kate. Ça s'arrangera sûrement.

— Oh ! elle m'a déjà pardonné. Enfin, en partie. Mais cela m'a fait prendre conscience de mon état de léthargie depuis que j'ai été licenciée. J'ai feint que ça n'avait pas d'importance, que ça m'était égal. Alors que c'est exactement le contraire. Peut-être pour de mauvaises raisons, je n'en sais rien. Toujours est-il que j'ai finalement changé de tactique. Et aujourd'hui, je suis allée chez Bittle.

— Il était grand temps.

À ces mots, Kate soupira.

— Je suppose que tout le monde pensait ça sauf moi. Mais, tu comprends, j'étais terrorisée.

— Tu n'étais pas obligée d'y aller toute seule, dit-il alors en posant sa main sur la sienne.

Qu'est-ce qui le poussait à proposer son soutien aussi facilement ? se demanda-t-elle.

— Bien sûr que si. Il fallait que je prouve, à moi-même et à Bittle, que j'en étais capable.

— Je te fais confiance pour en avoir fait une question de vie ou de mort.

Elle respira profondément avant de lui raconter par le menu ce qui s'était passé dans la salle de conférences. Il l'écouta avec attention, admirant la façon dont sa voix prenait de la force et dont son regard se durcissait au fur et à mesure qu'elle parlait. La vulnérabilité de cette jeune femme le touchait, il n'y avait pas de doute, mais sa détermination n'en était pas moins séduisante.

— Et s'ils décident de te poursuivre officiellement, tu es prête à en subir toutes les conséquences ?

— Je suis prête à me battre. Tout comme je suis prête à chercher sérieusement qui m'a tendu ce piège. Parce que quelqu'un m'a bel et bien piégée et s'est servi de moi pour voler Bittle et les clients. Mais il ne s'en tirera pas comme ça.

— Je peux t'aider, dit-il en repoussant ses objections d'un geste de la main. Je devine facilement ce que sont les gens. J'ai passé pas mal de temps à démêler les intrigues d'une grande entreprise. Tu es douée pour les chiffres, moi, je me débrouille mieux des personnalités et des motivations.

— Mais tu ne connais aucune des personnes impliquées.

— Eh bien, tu m'en parleras. Tu as un esprit suffisamment pragmatique pour reconnaître qu'un œil tout neuf offre parfois un avantage.

— Je suppose que ça ne fera pas de mal. Merci.

— Nous pourrions commencer demain à étudier les C.V. Je comprends maintenant pourquoi tu étais tendue. Tu as eu une sacrée journée.

— Cela m'a demandé un énorme effort d'aller chez Bittle. Et ensuite, je savais qu'il me faudrait affronter tante Susie. Je suis allée faire un tour sur les falaises et...

Kate se leva d'un bond.

— Seigneur, j'avais oublié ! Comment est-ce possible ? Je ne sais plus ce que j'en ai fait...

Instinctivement, elle tâta ses hanches, et se rappela soudain qu'elle ne portait qu'un tee-shirt pour tout vêtement.

— Ma poche... Je reviens tout de suite. Ne bouge pas.

Elle fila dans la maison tel un éclair, laissant Byron légèrement perplexe. Cette femme était décidément bien énigmatique, se dit-il en se levant pour débarrasser la table. Et inutile de se répéter qu'il préférait le genre de femme calme, apaisante et sophistiquée. Comme Laura, par exemple. Raffinée, cultivée, avec d'excellentes manières.

Toutefois, il n'avait jamais éprouvé ce désir ardent pour Laura. Ni pour aucune autre, il lui fallait bien l'avouer.

Kate, en revanche, ne cessait de le fasciner.

Comment cette jeune femme compliquée et turbulente réagirait-elle s'il lui disait qu'il commençait à croire qu'il était tombé amoureux d'elle ?

— Ça y est ! annonça Kate d'une voix triomphante en le rejoignant dans la cuisine.

En voyant Byron poser sur elle un regard sombre et intense, elle le toisa d'un air suffisant.

— Je l'ai retrouvée !

Elle avait les joues cramoisies. Ses cheveux courts étaient hérissés d'épis et ses longues jambes fines et cuivrées dépassaient du tee-shirt trop grand pour elle. Ses pommettes étaient anguleuses. Le peu de mascara qu'elle avait pris la peine de mettre était étalé sous ses yeux. Son nez était tordu. Ne l'avait-il donc jamais remarqué ? Il était légèrement de travers, et sa bouche était en tout cas trop grande pour son visage étroit.

— Tu n'es pas belle, déclara-t-il d'une voix posée qui lui fit froncer les sourcils. Pourquoi as-tu l'air si belle, alors que tu ne l'es pas ?

— Quelle quantité de vin as-tu bue, De Witt ?

— Il y a quelque chose dans ton visage qui ne va pas…

Et comme pour en avoir la preuve, il fit le tour du comptoir en venant l'observer de plus près.

— On dirait qu'il est fait de pièces détachées appartenant à des personnes différentes.

— C'est passionnant, souffla-t-elle avec impatience. Mais…

— À première vue, ton corps a l'air d'être celui d'un adolescent, tout en bras et en jambes…

— Merci beaucoup, Mr Univers. As-tu enfin fini de faire la critique de mon apparence ?

— Presque.

Il lui sourit et lui caressa la joue.

— J'adore ton apparence, ainsi que ta façon de bouger, poursuivit-il en l'attirant tout contre lui. Et ton odeur…

— C'est une nouvelle méthode pour me séduire ?

— Et le goût de ta peau, ajouta-t-il en lui léchant le cou.

— En tout cas, c'est très efficace, parvint-elle à dire entre deux frissons. Mais je voulais vraiment te montrer ça.

Il la souleva à bout de bras, la hissa sur le comptoir et glissa une main sous ses fesses nues.

— Je vais te faire l'amour ici…

Ses dents se refermèrent doucement sur le bout de son sein qui pointait sous le fin coton.

— Tu veux bien ?

— Oui. D'accord, fit-elle en renversant la tête en arrière. Où tu voudras.

Satisfait de sa réponse, il l'embrassa sur la bouche.

— Qu'est-ce que tu voulais me montrer ?

— Rien. Juste ça.

Byron prit la pièce qui brillait entre les doigts de Kate et la considéra d'un air intrigué.

— Un doublon espagnol, c'est ça ? Il n'est pas à Margo ?

— Non. Il est à moi. Je l'ai trouvé…

Kate soupira en frissonnant.

— Seigneur, comment arrives-tu à faire ça ? C'est comme si on déclenchait une manette dans ma tête… Je l'ai trouvé, répéta-t-elle en s'efforçant de reprendre ses esprits. Aujourd'hui. Sur les falaises. Il était là, par terre. La dot de Seraphina… Tu as entendu parler de cette légende ?

— Évidemment. La jeune Espagnole abandonnée à Monterey par son amant parti se battre contre les Américains. Et quand elle a appris qu'il était mort, elle s'est jetée de désespoir du haut des falaises. Falaises qui, dit-on, se trouvent juste en face de Templeton House.

— Elle avait une dot, ajouta Kate.

— Oui, c'est vrai. Une cassette remplie de l'or que lui avait remis son père adoré comme cadeau de noces. Une des versions raconte qu'elle l'a cachée pour la mettre à l'abri des envahisseurs en attendant le retour de son fiancé. Une autre dit qu'elle l'a emportée avec elle au fond de l'océan.

— Eh bien, je préfère croire à la première version, déclara Kate en lui reprenant la pièce.

— N'avez-vous pas déjà ratissé ces falaises avec Margo et Laura pendant des mois et des mois ?

— Si, et alors ? Margo a trouvé une pièce l'année dernière, et j'en ai trouvé une à mon tour.

— À ce rythme, vous serez riches au-delà de tous vos espoirs les plus fous vers le milieu du prochain millénaire. Tu crois aux légendes ?

Prête à se vexer, Kate se ravisa.

— Seraphina a vraiment existé, tu sais. Il y a des documents qui…

— Non, dit-il en l'embrassant tendrement. Ne gâche pas tout. C'est bon de savoir que tu peux y croire. Et c'est encore meilleur de savoir que tu veux que j'y croie aussi.

Elle le regarda d'un air dubitatif.

— Et… tu y crois ?

Byron lui reprit la pièce qu'il posa à côté d'eux, brillante comme une promesse.

— Bien entendu, dit-il simplement.

13

Plusieurs tempêtes se succédèrent, noyant la côte sous une pluie diluvienne balayée par des vents violents. Le soulagement d'éviter une saison excessivement sèche grâce à ces précipitations n'avait d'égal que la crainte des inondations et des glissements de terrain qu'elles risquaient d'entraîner.

Kate essaya de ne pas prendre ce mauvais temps trop à cœur. Néanmoins, cela allait l'empêcher de reprendre sa chasse au trésor de façon intensive. Car, même quand la pluie aurait cessé, les falaises seraient trop détrempées pour qu'on puisse s'y aventurer sans danger.

Aussi faudrait-il attendre.

De toute façon, elle avait largement de quoi s'occuper. À la boutique, malgré le temps maussade, l'été battait son plein. Une atmosphère de vacances régnait dans les rues, ce qui était excellent pour les affaires.

Les touristes venaient sur le front de mer donner à manger aux mouettes et admirer les bateaux. Certains flânaient dans la rue immortalisée par Steinbeck et d'autres profitaient simplement de l'éternel printemps qu'offrait Monterey en se promenant en voiture le long des côtes sinueuses.

Beaucoup d'entre eux, attirés par les superbes vitrines de Margo, s'arrêtaient à la boutique.

— Je vois le signe du dollar briller dans tes yeux, murmura Laura.

— Nous avons déjà fait dix pour cent de mieux que l'année dernière à la même époque, dit Kate en levant les yeux du bureau. D'après mes calculs, Margo devrait avoir terminé de payer ses dettes d'ici le prochain trimestre. À la fin de la saison, nous commencerons à faire des bénéfices.

— Je croyais que c'était déjà le cas, s'étonna Laura en fronçant les sourcils.

— Techniquement parlant, non. Nous prenons un pourcentage minimum en guise de salaire, il faut nous réapprovisionner en marchandise, et puis, il y a les frais fixes.

Kate prit sa tasse de thé – en s'efforçant d'imaginer que c'était du café.

— Au départ, reprit-elle, le gros du stock appartenait à Margo, et elle s'est servie de l'argent qui rentrait pour rembourser ses créditeurs. Nous avons fait entrer peu à peu de nouvelles marchandises que nous avons pu acquérir en…

— Kate, épargne-moi les détails… Est-ce que ça veut dire que nous travaillons à perte ?

— Plus maintenant, mais…

— J'ai pris de l'argent chaque mois.

— C'est normal. Il faut bien que tu vives. Que l'on vive, rectifia Kate aussitôt en voyant l'air coupable de son amie.

Comprenant qu'il allait être nécessaire de la rassurer, elle reposa sa tasse.

— Voilà comment ça marche. On prend ce dont on a besoin – ce qui est notre droit – et on réinjecte l'argent qui reste dans l'affaire. S'il en reste.

— Et s'il n'en reste pas, on est dans le rouge, ce qui est…

— Ce qui est la réalité. Mais il n'y a rien d'anormal à fonctionner à perte dans une nouvelle affaire…

Kate se retint de soupirer et se demanda pourquoi elle n'avait pas entamé cette discussion d'une manière différente.

— Ce que je viens de t'expliquer est une bonne nouvelle, insista-t-elle. À la fin de cette année, nous aurons fait un bénéfice. Un vrai. C'est assez rare, en moins de deux ans.

— Alors… ça va ? demanda prudemment Laura.

— Mais oui, ça va ! fit Kate en souriant. Et si la vente aux enchères rapporte autant que l'année dernière, ça ira même très bien.

— C'est justement de ça que je voulais te parler, mais… tu es certaine que tout va bien ?

— Si tu ne peux pas croire ta comptable, qui croire ?

— Bon, d'accord. Ça ne pose donc pas de problèmes de signer quelques chèques ?

— Tu as frappé à la bonne porte…

En chantonnant, Kate prit les factures que lui tendait Laura et faillit soudain s'étrangler.

— Qu'est-ce que c'est que ça ?

— Les rafraîchissements, répondit Laura avec un sourire radieux. Les musiciens. Oh ! et la publicité. Bref, tout ce qui concerne la vente aux enchères.

— Diable, nous allons payer tout ça pour écouter de la musique de chambre barbante exécutée par une bande de nuls ? On ne pourrait pas tout simplement mettre un disque ? J'ai dit à Margo…

— Kate, c'est une question d'image… Et ce trio n'a rien d'une bande de nuls, ce sont des musiciens de talent, dit Laura en lui tapotant l'épaule.

Elle comprit tout à coup pourquoi Margo lui avait suggéré d'apporter les factures à Kate.

— On les paie le tarif syndical, reprit-elle. Comme les serveurs.

Kate ouvrit le chéquier en soupirant.

— Margo ne peut jamais rien faire dans la simplicité.

— C'est pour ça que nous l'aimons. Tu n'as qu'à penser à ce qui va rentrer dans le tiroir-caisse grâce à cette soirée. À tous ces riches clients aux revenus annuels énormes qui vont venir nous rendre visite.

— Tu cherches à m'amadouer.

— Et ça marche ?

— Tu ne veux pas répéter « revenus annuels énormes » ?

— Revenus annuels énormes.

— Ça va, je me sens mieux.

— C'est vrai ? fit Laura avec un clin d'œil. Bien, et à propos de ce défilé de mode prévu pour décembre ? Tu es toujours d'accord pour dire que c'est une bonne idée ?

— C'est une super idée.

— Alors, tiens, voici le budget prévisionnel que j'ai établi.

Elle laissa tomber la feuille sur le bureau en fermant les yeux, les rouvrit en entendant Kate pousser un petit cri étranglé, et la vit avec stupéfaction relever l'arrière de son tee-shirt.

— Mais… qu'est-ce que tu fais ?

— J'essaie de retirer le couteau que tu viens de me planter dans le dos. Bon sang, Laura, nous fournissons les vêtements, tu as recruté les mannequins bénévolement au sein de ton comité, pourquoi donc te faut-il autant d'argent ?

— Pour la décoration, la publicité, les boissons… tout est inscrit là. Mais on peut négocier, ajouta-t-elle, battant légèrement en retraite. Bon, il faut que je redescende.

Kate regarda la porte se refermer et haussa les épaules. Le problème avec ses deux associées était qu'elles avaient trop l'habitude d'être riches pour vraiment se rendre compte qu'elles ne l'étaient plus. Ou du moins, que la boutique ne l'était pas.

Margo s'était mariée par amour, mais elle avait épousé un Templeton. Or Templeton était synonyme d'argent.

Quant à Laura, bien qu'elle ait été grugée par son ex-mari, elle était une Templeton et aurait toujours des millions à sa disposition. Même si elle n'en voulait pas.

C'était donc à la bonne vieille Kate et à son esprit pratique qu'il revenait de garder les pieds sur terre.

Lorsque la porte s'ouvrit à nouveau, elle ne se donna même pas la peine de relever la tête.

— Inutile de me harceler, Laura. Si tu insistes, je te jure que je réduis cette liste au point que tu ne pourras plus servir autre chose que de la grenadine et des sodas.

— Kate...

La voix de son amie lui parut si faible que Kate pivota brusquement sur son fauteuil.

— Qu'est-ce qui ne va pas ? Que...

Un homme se tenait aux côtés de Laura. La cinquantaine, avec une calvitie naissante, de grosses bajoues et des yeux marron au regard terne. Son costume était propre et bon marché. Il avait percé des trous supplémentaires dans sa ceinture de cuir marron afin de pouvoir la fermer sur sa bedaine.

Mais ce furent les chaussures qui la mirent sur la voie. Elle n'aurait su dire pourquoi, mais ces chaussures noires cirées, avec des doubles nœuds aux lacets, sentaient le policier à plein nez.

— Kate, voici l'inspecteur Kusack. Il souhaiterait te parler.

Les jambes en coton, elle réussit tant bien que mal à se lever. Mais elle lui fit courageusement face et fut surprise de constater que leurs yeux étaient au même niveau.

— Vous venez m'arrêter ?

— Non, mademoiselle. J'ai quelques questions à vous poser concernant un incident chez Bittle & Associés.

Il avait une voix qui faisait penser à du gravier frotté sur du papier de verre, qui lui évoqua bêtement celle du rocker Bob Seger.

— Je crois que j'aimerais téléphoner à mon avocat.

— Margo est en train d'appeler Josh, dit Laura en se plaçant près d'elle.

— Vous en avez le droit, miss Powell, fit le policier en avançant la lèvre inférieure. Peut-être vaudrait-il mieux qu'il nous rejoigne au commissariat. Si vous voulez bien venir avec moi, je tâcherai de ne pas vous garder trop longtemps. Je vois que vous êtes occupée.

— Très bien.

Kate retint Laura par le bras avant qu'elle n'ait le temps de faire un pas.

— Ça ira. Ne t'en fais pas. Je t'appellerai.

— Je viens avec toi.

— Non...

Les doigts glacés, Kate attrapa son sac.

— Je t'appellerai dès que possible.

On l'emmena dans une salle d'interrogatoire destinée à intimider. Intellectuellement, elle le savait. Les murs nus, la table couverte d'entailles et les chaises inconfortables, le grand miroir dont la glace était manifestement sans tain, tout était fait pour aider les policiers à arracher des aveux aux suspects. Kate eut beau se dire qu'elle n'avait aucune raison de se laisser impressionner, elle eut soudain la chair de poule.

Car elle était bel et bien suspecte.

Josh était là, l'air particulièrement sérieux et professionnel dans un costume gris et une discrète cravate à rayures. Kusack avait croisé les mains sur la table. De grosses mains, avec une simple alliance en or et aux ongles rongés.

Pendant quelques secondes, un silence lourd et pesant emplit la pièce. Comme au théâtre, avant le lever du rideau. À l'évocation de cette image, Kate fut prise d'une envie de rire hystérique qui, fort heureusement, se coinça dans sa gorge.

Acte Un, scène Un. Elle tenait le premier rôle…

— Je peux vous apporter quelque chose, miss Powell ?

Kusack la vit sursauter tandis que son regard remontait de ses mains sur son visage.

— Du café ? Un Coca-Cola ?

— Non. Rien.

— Inspecteur Kusack, ma cliente est venue ici, à votre requête, dans un esprit de coopération.

S'exprimant d'une voix distinguée, dure et glaciale, Josh encouragea Kate en lui pressant discrètement la main sous la table.

— Elle est la première à vouloir éclaircir cette affaire. Miss Powell souhaiterait d'ailleurs faire une déclaration.

— J'en suis ravi, Mr Templeton… Miss Powell, j'aimerais que vous répondiez à quelques questions, afin d'y voir moi-même un peu plus clair.

Il lui adressa un sourire bienveillant qui la fit frissonner intérieurement.

— Je vais vous lire vos droits, comme l'exige la procédure habituelle.

Et il récita la tirade que toute personne ayant vu « Kojac » ou une autre série policière à la télévision connaissait par cœur. Kate garda les yeux fixés sur le magnétophone qui enregistrait leur conversation, attentive à chaque mot et à la moindre inflexion.

— Vous avez compris quels étaient vos droits, miss Powell ?

Elle le regarda dans les yeux. Le rideau venait de se lever. À elle maintenant de ne pas se planter…

— Oui, j'ai compris.

— Vous étiez employée chez Bittle & Associés depuis le…

Il tourna les pages de son petit carnet sur lesquelles étaient inscrites une série de dates.

— Oui, ils m'ont embauchée dès ma sortie de l'université.

— Harvard, c'est bien ça ? Il faut être malin pour entrer à Harvard. Et avec une bourse, en plus.

— J'ai travaillé pour l'avoir.

— Je veux bien le croire, dit-il aimablement. En quoi consistait votre travail chez Bittle ?

— Préparation de déclarations d'impôts, gestion financière et immobilière. Conseil en investissement... Et il m'est arrivé de travailler en tandem avec le courtier d'un client pour constituer ou accroître un portefeuille.

Josh leva la main.

— J'aimerais faire remarquer que, pendant toute la durée de son contrat avec ce cabinet d'expertise, ma cliente a contribué à améliorer les bénéfices en amenant de nouveaux comptes. Et que les résultats qu'elle a obtenus sont non seulement irréprochables, mais supérieurs à la moyenne.

— Hmm... Comment faites-vous pour trouver de nouveaux comptes, miss Powell ?

— On fait appel à des contacts, à un réseau. Ou on se fie aux recommandations d'un client.

L'inspecteur continua à l'interroger en détail sur son travail au jour le jour en parlant lentement, posément, jusqu'à ce qu'elle se détende.

— Personnellement, dit-il en se grattant la tête, je ne comprends rien à ces formulaires de déclarations d'impôts. Chaque année, je les étale sur la table de la cuisine, une bouteille de whisky à portée de main. Ma femme a fini par en avoir assez. Maintenant, je dépose tous les papiers chez H & R au mois d'avril et je les laisse se débrouiller.

— Vous n'êtes pas le seul dans ce cas, inspecteur Kusack.

— Ils n'arrêtent pas de changer les lois ! ajouta-t-il avec un sourire. Quelqu'un comme vous doit pourtant bien les comprendre. Et savoir les contourner.

Quand Josh voulut objecter devant le ton de la question, Kate l'en empêcha.

— Non, je peux répondre. Je connais les lois, inspecteur. C'est en cela que consiste mon travail. Un bon expert-comptable utilise le système pour le contourner chaque fois que c'est possible.

— C'est un peu comme un jeu, non ?

— Oui, si on veut. Mais ce jeu a aussi des règles. Je n'aurais pas pu rester un mois dans un cabinet ayant la réputation de Bittle si je n'avais pas respecté ces règles. Tricher avec le service des impôts est dangereux, et pour l'expert-comptable, et pour le client. De plus, je n'ai pas été élevée dans cet esprit.

— Vous avez été élevée à Monterey, n'est-ce pas ? Vous êtes la pupille de Thomas et Susan Templeton.

— Mes parents sont morts quand j'avais huit ans. J'ai grandi à Templeton House et dans la région de Big Sur…

Kate reprit calmement sa respiration.

— Les Templeton ne m'ont jamais considérée ni traitée comme leur pupille, mais simplement comme leur fille.

— C'est drôle, j'aurais pensé qu'ils vous auraient fait entrer au sein de leur organisation. Une jeune femme ayant vos capacités… Ils possèdent suffisamment d'hôtels et d'usines.

— J'ai fait le choix de ne pas y entrer.

— Et pourquoi ?

— Parce que je ne voulais pas leur en demander davantage. Je tenais à me débrouiller toute seule. Et ils ont respecté ma décision.

— Mais la porte est toujours restée ouverte, glissa Josh. Kate peut changer d'avis quand elle le veut. Inspecteur, je ne vois cependant pas très bien quel rapport a cette question avec l'affaire qui nous concerne.

— J'essaie seulement de me faire une petite idée…

Bien que le magnétophone continuât à tourner, il prit le temps de prendre des notes dans son carnet.

— Miss Powell, quel était votre salaire au moment où vous avez quitté Bittle ?

— Cinquante-deux mille cinq cents, plus les bonus.

En hochant la tête, Kusack vérifia le chiffre dans son carnet.

— Ce n'est pas énorme pour quelqu'un qui a vécu dans un endroit comme Templeton House.

— Ça suffisait amplement à mes besoins, expliqua Kate avec un petit sourire. D'autant plus que, en moyenne, vingt mille dollars de bonus venaient s'y ajouter chaque année.

— L'année dernière, vous avez ouvert une boutique.

— Avec mes sœurs. Margo et Laura Templeton, précisa-t-elle.

— Démarrer une affaire est toujours risqué, dit le policier en la fixant de son regard terne. Ça coûte cher.

— Je peux vous montrer tous les chiffres. Mes livres sont à jour. Vous pouvez les…

— Kate… fit Josh en lui posant la main sur le bras.

— Ah non ! riposta-t-elle d'un air furieux. Il est en train de sous-entendre que j'ai détourné des fonds de Bittle pour faire tourner la boutique. Je ne le laisserai pas insinuer cela. Il n'en est pas question !

Elle décocha un regard assassin à l'inspecteur.

— Vous n'avez qu'à venir consulter les livres de comptes quand vous voudrez. Et les éplucher ligne à ligne.

— J'apprécie votre offre, miss Powell, dit calmement Kusack en ouvrant une chemise. Reconnaissez-vous ces formulaires ?

— Bien sûr. C'est la déclaration fiscale que j'ai remplie pour Sid Sun et le duplicata falsifié.

— C'est votre signature ?

— Oui, sur les deux. Hélas, je ne peux pas l'expliquer.

— Et sur ces imprimés qui permettent de faire des retraits par ordinateur sur les comptes des clients ?

— C'est bien mon nom et mon code.

— Qui a accès à l'ordinateur de votre bureau ?
— Tout le monde.
— Et à votre code secret ?
— Personne d'autre que moi, autant que je sache.
— Vous ne l'avez donné à personne ?
— Non.
— Vous le gardez en mémoire ?
— Bien entendu !
Kusack se pencha en la regardant au fond des yeux.
— Ça ne doit pas être facile de garder tous ces chiffres en tête.
— Je suis douée pour ça. La plupart des gens ont des quantités de chiffres en mémoire. Des numéros d'assurance sociale, de téléphone, des dates...
— Moi, je suis obligé de tous les écrire. Sinon, je mélange tout. Je suppose que vous n'avez pas ce genre de problème.
— Je ne...
— Kate, coupa à nouveau Josh en la regardant tranquillement. Où gardes-tu ces numéros ?
— Dans ma tête, dit-elle d'un air las. Je ne les oublie pas. Il y a des années que je n'ai pas eu besoin de vérifier mon code secret.
Kusack examina ses ongles rongés en faisant la moue.
— Et où iriez-vous vérifier, si vous en aviez besoin ?
— Dans mon Filofax, mais...
Réalisant ce qu'elle venait de dire, Kate s'arrêta une seconde.
— Dans mon Filofax, répéta-t-elle. J'ai tout dedans...
Elle attrapa son sac et sortit son gros agenda en cuir.
— Au cas où... Tenez, il est là, dit-elle en montrant la page. Toute ma vie est là en chiffres !
L'inspecteur se gratta le menton.
— Vous l'avez toujours sur vous ?
— Mais oui. Il est constamment dans mon sac.
— Où laissez-vous votre sac pendant vos heures de travail ?

— Dans mon bureau.

— Et vous l'emportez toujours avec vous. Je sais que ma femme ne peut pas faire deux pas sans le sien.

— Oui, sauf quand je sors de l'immeuble... Josh ! s'exclama Kate en l'agrippant par le poignet. N'importe qui au bureau aurait pu prendre mon code... Bon sang, n'importe qui ! J'aurais dû y songer plus tôt. Je n'y ai pas pensé du tout...

— Miss Powell, il n'en demeure pas moins que cette signature est la vôtre, lui rappela Kusack.

— C'est un faux ! s'écria-t-elle en se levant. Écoutez-moi. Croyez-vous que j'aurais pris le risque de gâcher tout ce pour quoi j'ai tant travaillé pour une malheureuse somme de soixante-quinze mille dollars ? Si l'argent avait tant d'importance pour moi, il me suffirait de décrocher mon téléphone, d'appeler mon oncle et ma tante, ou Josh, et ils me donneraient le double sans même me poser de questions. Je ne suis pas une voleuse ! Et si j'en étais une, je m'arrangerais en tout cas pour ne pas laisser de traces derrière moi. Ne faudrait-il pas que je sois vraiment idiote pour utiliser mon code, mon nom, et laisser derrière moi des indices aussi évidents ?

— Vous savez, miss Powell, dit l'inspecteur en croisant à nouveau les mains sur la table, je me suis posé la même question. Je vais vous dire ce que je pense. La personne qui a fait ça est soit stupide, soit désespérée, soit très, très maligne.

— Je suis très maligne.

— C'est certain, miss Powell, acquiesça Kusack en hochant doucement la tête. Vous êtes assez maligne pour savoir que soixante-quinze mille dollars ne sont pas rien. Et assez maligne pour cacher une telle somme là où on ne risque pas de la trouver.

— Inspecteur, ma cliente nie savoir quoi que ce soit sur l'argent en question. En outre, la preuve en votre possession est loin d'être irréfutable. Vous savez comme moi que vous ne monterez jamais un dossier d'accusation là-dessus. D'autre part, je pense que vous nous avez pris suffisamment de notre temps.

— Je vous remercie de votre coopération.

Kusack rangea les documents dans la chemise.

— Miss Powell, ajouta-t-il tandis que Josh entraînait Kate vers la porte, encore une chose. Comment vous êtes-vous cassé le nez ?

— Pardon ?

— Votre nez, répéta-t-il avec un sourire affable, comment vous l'êtes-vous cassé ?

Déroutée, Kate se toucha sur le nez et sentit la bosse familière sous ses doigts.

— Sur un terrain de base-ball, alors que je tentais de transformer un doublé en triplé dans une pâle imitation de Peter Rose. Je me le suis cassé contre le genou du lanceur.

Le policier se fendit d'un grand sourire.

— Et vous avez marqué ?

— Évidemment !

Il la regarda s'en aller, puis rouvrit la chemise pour examiner les signatures sur les deux formulaires. Stupide, désespérée ou vraiment très, très maligne, songea-t-il.

14

— Il ne me croit pas.

La porte refermée, la réaction de Kate ne se fit guère attendre. Toute sa colère et sa retenue se muèrent en un sentiment de peur.

— Je n'en suis pas si sûr, dit Josh à voix basse en la poussant dans le couloir.

En lui prenant le coude, il sentit son corps tendu, les nerfs à fleur de peau.

— Mais ce qui compte, c'est qu'ils n'ont aucune preuve sérieuse. Pas assez en tout cas pour se présenter devant le district attorney, et Kusack le sait.

— Il n'y a pas que ça qui compte ! répliqua Kate en appuyant sur son estomac.

Pourvu que ce ne soit pas encore ce maudit ulcère…

— Il y a aussi ce que pense Bittle ou n'importe qui ! J'ai beau me répéter que c'est sans importance, ça compte terriblement pour moi !

— Écoute-moi, dit-il en l'obligeant à la regarder. Tu t'en es bien tirée. Mieux que bien. Ce n'est peut-être pas la méthode que je t'aurais conseillé d'employer en tant qu'avocat, mais ça a été efficace. Le fait que tu aies inscrit le code dans ton Filofax ouvre tout un nouveau champ d'investigation. Maintenant, demande-toi qui t'a amenée à en parler.

— C'est toi.

Voyant qu'il secouait la tête, Kate fronça les sourcils en repensant au déroulement de l'entretien.

— C'est lui... C'est Kusack. Il voulait que je lui dise que j'avais écrit le code quelque part.

— À un endroit accessible. Et maintenant, je voudrais que tu mettes ça de côté, que tu laisses Kusack faire son travail, et moi le mien. Tu as des gens derrière toi, Kate. Ne l'oublie pas.

— J'ai la frousse, dit-elle en pinçant les lèvres. Le seul moment où je n'ai pas eu peur, c'est quand il m'a mise en colère. Que se passera-t-il s'ils ne retrouvent jamais le coupable ? Si on ne le trouve pas, je serai toujours...

— Nous le trouverons. Je t'en fais la promesse. Et ce n'est pas l'avocat qui parle, mais ton grand frère.

Josh la prit dans ses bras, l'embrassa sur le front et vit soudain Byron arriver en courant au fond du couloir. Sachant reconnaître un homme en colère – si contenue soit-elle – quand il en voyait un, il se dit que c'était justement ce dont Kate avait besoin pour se changer les idées.

— Salut, Byron. Tu arrives à point nommé. Tu peux raccompagner Kate ?

Elle pivota sur elle-même, embarrassée et confuse.

— Qu'est-ce que tu fais là ?

— Laura m'a prévenu.

Il lança à Josh un regard qui signifiait clairement qu'ils reparleraient de tout cela plus tard et poussa Kate vers le bout du couloir.

— Sortons d'ici.

— Je dois retourner à la boutique. Margo m'attend.

— Margo peut se débrouiller toute seule.

Il l'entraîna dans l'escalier, ils passèrent devant la réception et se retrouvèrent dehors en plein soleil.

— Ça va ?

— Oui. Je suis un peu chamboulée, mais ça va.

Il avait pris sa Corvette noire décapotable. S'installer dans une voiture vieille de trente ans ne fit que rendre cette journée plus surréaliste encore aux yeux de Kate.

— Tu n'étais pas obligé de venir jusqu'ici.

— En effet, dit-il en faisant ronfler le moteur. Si tu avais voulu mon aide, tu m'aurais appelé. Mais maintenant, te voilà coincée.

— Tu n'aurais rien pu faire, commença-t-elle à dire, avant de remarquer son regard luisant de rage. Ils n'ont retenu aucune accusation contre moi.

— Eh bien, c'est notre jour de chance, alors !

Il avait besoin de conduire. Le plus vite possible. Afin de laisser retomber un peu sa colère avant qu'elle n'explose et ne leur fasse du mal à tous les deux. Et pour éviter toute possibilité de conversation, il tourna à fond le volume de la radio, d'où s'éleva la guitare rageuse d'Eric Clapton.

Parfait, songea Kate en fermant les yeux. De la bonne musique agressive, une voiture puissante et un homme du Sud bouillant de mauvaise humeur. Elle se dit alors que la migraine qui lui martelait la tête et le retour hautement probable de son vieux copain l'ulcère lui offraient déjà largement de quoi la préoccuper.

Elle sortit ses lunettes de son sac et les mit avant d'avaler deux comprimés à sec. À travers ses verres teintés, la lumière lui parut plus douce, plus apaisante. Le vent rafraîchissait ses joues brûlantes. La tête renversée en arrière, elle se perdit dans la contemplation du ciel.

Sans un mot, Byron lança son bolide sur la route de la corniche. Fulminant de rage et en proie à un sentiment de totale impuissance depuis le coup de fil de Laura.

La police est venue chercher Kate pour l'interroger. Nous ne savons pas ce qu'ils vont faire. Un inspecteur s'est présenté à la boutique et l'a emmenée.

La pointe d'affolement dans la voix habituellement si calme de Laura avait déclenché en lui toute une série de violentes réactions. La peur n'avait fait que renforcer sa déception de constater que Kate ne lui avait pas téléphoné.

Il l'avait imaginée toute seule – peu importait que Laura lui ait assuré que Josh était avec elle –, effrayée, à la merci d'un interrogatoire. Son imagination débordante l'avait même poussé à se la représenter menottée et enchaînée.

Et il n'avait rien pu faire d'autre qu'attendre.

À présent, elle était à côté de lui, le regard protégé par des lunettes noires qui faisaient paraître sa peau encore plus pâle que d'ordinaire. Elle avait les mains croisées sur les genoux, apparemment calme, jusqu'à ce que l'on remarque les jointures toutes blanches de ses doigts. Et elle lui avait dit qu'elle n'avait pas besoin de lui.

Obéissant à une impulsion, il arrêta la voiture au bord de la route. Devant les falaises de Templeton House, là où elle avait pleuré sur son épaule.

Kate ouvrit les yeux, nullement surprise de voir qu'il s'était arrêté là, à cet endroit à la fois paisible et tragique. Avant même qu'il ait mis la main sur la poignée, il se pencha pour lui ouvrir la portière.

Une vieille habitude… Car, étant donné son humeur, ce geste n'aurait pu être considéré comme de la courtoisie.

En silence, ils marchèrent vers les falaises.

— Pourquoi ne m'as-tu pas appelé ?

Byron s'était promis de ne pas lui poser cette question de prime abord, mais elle lui échappa malgré lui.

— Je n'y ai pas pensé.

Il se retourna vers elle si vivement, de façon si inattendue, qu'elle faillit perdre l'équilibre et écrasa des petites fleurs blanches qui tapissaient le sol.

— Non, bien entendu ! Mais quelle est exactement ma place dans ta vie, Katherine ?

— Je ne comprends pas ce que tu veux dire. Je n'y ai pas pensé parce que…

— Parce que tu n'as besoin de personne, et que tu tiens surtout à ne pas en avoir besoin ! Je ne t'aurais été d'aucune aide concrète, alors, pourquoi se donner cette peine ?

— Mais ce n'est pas vrai…

Kate éprouva soudain une irrésistible envie de se boucher les oreilles et de fermer les yeux. Pour ne plus rien entendre, ne plus rien voir. Et se retrouver toute seule dans le noir.

— Je ne vois pas pourquoi tu es aussi furieux contre moi. En tout cas, je n'ai plus assez d'énergie pour me disputer maintenant avec toi.

Il la retint par le bras avant qu'elle puisse se dérober.

— Très bien. Alors, contente-toi d'écouter. Essaie d'imaginer ce que c'est que de s'entendre dire par quelqu'un que la police t'a emmenée, et de visualiser ce qui pourrait t'arriver, ce que tu dois subir, sans rien pouvoir faire du tout.

— Justement. Tu n'aurais rien pu faire du tout.

— Mais j'aurais pu être là ! cria-t-il pour couvrir le vent. J'aurais été là pour toi. Tu aurais su qu'il y avait là quelqu'un qui tenait à toi. Mais tu n'y as même pas pensé…

— Bon sang, Byron, je n'arrivais plus à penser du tout !

Kate s'éloigna vers le sentier qui serpentait le long de la falaise. Désirant prendre un peu de recul avant que le torrent d'émotions qui déferlaient en elle ne la brise en mille morceaux.

— C'est comme si une porte s'était refermée sur moi, j'étais gelée… J'avais bien trop peur pour arriver à penser… Ça n'a rien à voir avec toi.

— Eh bien, je le prends comme un affront personnel. Je te rappelle que nous avons une liaison, Kate.

Il attendit qu'elle se retourne, lentement, et le regarde derrière ses lunettes noires. Non sans effort, il ravala sa colère et se força à parler d'une voix plus mesurée.

— Je croyais t'avoir expliqué clairement ce que cela signifie pour moi. Si tu refuses d'accepter ces conditions essentielles, alors, nous perdons notre temps.

Kate n'aurait jamais cru que quelque chose puisse être plus douloureux que la migraine, les maux d'estomac ou la honte qui semblait grésiller dans ses veines. C'était sans compter sur le désespoir.

Le regard brûlant, elle le toisa, se tenant très raide sous le soleil et dans le vent.

— Eh bien, que tu me laisses tomber aujourd'hui est vraiment le summum de la journée.

Elle passa fièrement devant lui, avec l'intention de courir jusqu'à Templeton House et de s'y enfermer à double tour.

Il la rattrapa aussitôt et plaqua un baiser plein de frustration sur sa bouche.

— Pourquoi diable as-tu la tête aussi dure ?

Il la secoua par les épaules avant de l'embrasser à nouveau, si bien qu'elle se demanda si son cerveau durement mis à l'épreuve n'allait pas tout simplement imploser.

— Tu ne peux donc pas voir les choses à moins qu'elles ne soient alignées tout droit sous ton nez ?

— Je suis fatiguée...

Le tremblement que Kate perçut dans sa voix lui fit horreur.

— Humiliée... Terrifiée. Alors, laisse-moi tranquille.

— Je n'aimerais rien tant que pouvoir te laisser tranquille. M'en aller en me disant simplement que je m'étais trompé.

Byron lui retira ses lunettes qu'il mit dans sa poche. Il voulait voir ses yeux et y décela autant de colère et de peine que dans les siens.

— Crois-tu que j'aie besoin du désarroi et des complications que tu as apportés dans ma vie ? Penses-tu vraiment que je vais supporter tout ça parce que nous sommes bons au lit ?

— Tu n'as pas à le faire, répliqua-t-elle en crispant les poings. Tu n'as rien à supporter du tout.

— Non, effectivement, mais je le supporte parce que je crois que je suis amoureux de toi.

Kate eût été moins surprise s'il l'avait soulevée à bout de bras et jetée par-dessus la falaise. Cherchant à se reprendre, elle pressa la main sur sa tempe.

— Tu as du mal à trouver une réponse, n'est-ce pas ? fit-il d'une voix cinglante. Ce n'est pas surprenant. Les émotions ne s'additionnent pas en colonnes bien nettes comme les chiffres.

— Je ne sais pas ce que je suis censée te dire. Ce n'est pas juste.

— Juste ou pas, pour l'instant, la situation ne me plaît pas plus qu'à toi. Tu sais, Katherine, tu es loin d'être la femme de mes rêves.

Cette dernière remarque lui ouvrit brusquement les yeux.

— Cette fois, je sais quoi te dire. Va te faire voir !

— Ça manque un peu d'imagination, rétorqua-t-il en la hissant sur la pointe des pieds pour que leurs yeux soient à la même hauteur. Et maintenant, enfonce bien ça dans ta petite tête. Je n'aime pas plus que toi faire des erreurs, aussi vais-je prendre le temps de réfléchir à ce que je ressens exactement pour toi. Et si je décide que tu es ce que je veux, tu seras ce que j'aurai.

Kate plissa les yeux, une lueur menaçante dans le regard.

— C'est follement romantique.

Les lèvres de Byron se relevèrent en un bref sourire.

— Si tu veux du romantique, je t'en donnerai, Kate, et autant que tu en voudras.

— Tu peux remballer ton concept éculé de romantisme et te le…

Il lui ferma la bouche d'un baiser.

— J'étais inquiet, j'avais peur pour toi, murmura-t-il. Et tu m'as fait de la peine en ne faisant pas appel à moi.

— Je n'ai pas voulu te...

Elle se ressaisit tout à coup, de crainte de fondre en larmes.

— Mais tu déformes tout. Tu essaies de m'embrouiller... Ô mon Dieu, j'ai un mal de tête.

— Je sais. Je le vois.

Et comme un parent l'aurait fait avec un petit enfant, il l'embrassa doucement sur les tempes, à gauche, puis à droite.

— Allons nous asseoir.

Il l'installa sur un rocher, puis se plaça derrière elle pour masser les muscles tendus de son cou et de ses épaules.

— Je veux prendre soin de toi, Kate.

— Je ne veux pas qu'on prenne soin de moi.

— Oui, je sais.

Byron laissa errer son regard sur la mer. Un rayon de soleil transperça un gros nuage, faisant miroiter la surface de l'océan tel un diamant, Elle n'y pouvait rien, se dit-il, pas plus qu'il ne pouvait s'empêcher de vouloir la défendre et la protéger.

— Il faudra pourtant bien qu'on trouve un compromis. Je tiens à toi.

— Je sais. Moi aussi, je tiens à toi, mais...

— Ce serait bien d'en rester là, dit-il. Je te demande seulement de penser à moi. Et d'accepter l'idée que tu peux compter sur moi. Pour les petites choses comme pour les grandes. Tu crois que tu peux faire ça ?

— Je peux essayer.

Kate se dit que c'était probablement l'effet du médicament qui faisait reculer peu à peu la douleur. Mais sans doute était-ce aussi parce qu'elle était là, sur les falaises, face à l'océan. Et grâce à lui.

— Byron, je n'ai pas voulu te faire de peine. Je déteste faire du mal aux gens auxquels je tiens. C'est pour moi ce qu'il y a de pire.

— Je sais.

Il pressa ses pouces à la base de sa nuque, cherchant à en éliminer les nœuds de tension. Et il sourit lorsqu'elle s'appuya contre lui.

— Quand je t'ai vu au commissariat, je me suis sentie affreusement embarrassée.

— Je le sais bien.

— Décidément, c'est merveilleux d'être transparente à ce point...

— C'est parce que je sais où regarder en toi. C'est une sorte de don inné chez moi. C'est sans doute une des raisons pour lesquelles je suis amoureux de toi.

Il sentit ses muscles se contracter à nouveau.

— Détends-toi, suggéra-t-il. Nous finirons bien par apprendre tous les deux à vivre avec.

— Ma vie, c'est le moins qu'on puisse dire, est en plein bouleversement.

Kate regarda droit devant elle à l'horizon. La mer finissait toujours par rencontrer le ciel, quelle que soit la distance qui les sépare. Les gens, en revanche, n'y parvenaient pas toujours...

— Et je connais mes propres limites, reprit-elle. Je ne suis pas prête à sauter le pas.

— Je ne suis pas sûr de l'être moi-même, mais si je le fais, je t'emmène avec moi.

Il vint s'asseoir à côté d'elle.

— Je sais très bien m'arranger des complications, tu sais. Je m'arrangerai donc de toi.

Quand elle voulut ouvrir la bouche, il posa la main sur ses lèvres.

— Non, tais-toi. Tu vas encore te contracter. Tu vas sûrement me dire que tu ne veux pas qu'on s'arrange de toi, et je dirai alors quelque chose sur le fait que si tu laissais de temps en temps quelqu'un prendre le contrôle d'une partie des choses, tu n'aurais pas si souvent mal à la tête, et nous continuerons comme ça jusqu'à ce que l'un de nous en ait assez.

— Je n'aime pas ta façon de te disputer, dit-elle en fronçant les sourcils.

— Ça a toujours rendu mes sœurs folles. Suellen disait souvent que je me servais de la logique comme d'un coup de poing.

— Tu as une sœur qui s'appelle Suellen ?

— C'est un des personnages d'*Autant en emporte le vent*. Ma mère nous a tous donné des noms qu'elle a puisés dans la littérature. Ça te pose un problème ?

— Non, fit Kate en époussetant sa jupe. Ça fait très sudiste, c'est tout.

— Mais nous sommes du Sud ! Il y a Suellen, Charlotte, comme Charlotte Brontë, et Meg, comme dans *Les Quatre Filles du docteur March*.

— Et Byron, comme dans Lord Byron.

— Exactement.

— Tu n'as pas le teint pâle d'un poète ni de pied bot, mais tu as un peu le même air rêveur.

— Flatteuse… dit-il en lui donnant un baiser. On dirait que tu te sens mieux.

— Oui, on dirait.

— Bon, reprit-il en l'enlaçant par l'épaule. Alors, comment s'est passée ta journée ?

Kate eut un rire léger et enfouit son visage au creux de son cou.

— Elle a été atroce… Vraiment atroce.

— Tu veux en parler ?

— Peut-être…

Ce n'était finalement pas si difficile de se laisser aller contre une épaule solide. Il lui suffisait de se concentrer.

— Il faut que j'appelle Laura. Je lui ai promis.

— Josh lui dira que tu es avec moi. Elle ne se fera pas de souci.

— Elle s'en fera, que j'appelle ou pas. Laura se fait toujours du souci pour tout le monde.

Après un instant de silence, Kate commença à lui raconter l'arrivée de Kusack à la boutique.

Byron l'écouta sans l'interrompre, hochant la tête de temps à autre en réfléchissant.

— Je ne crois pas qu'il m'ait crue. Il n'arrêtait pas de me regarder fixement, et quand il a sorti les formulaires, je n'ai pas pu expliquer pourquoi ma signature figurait sur les deux. Mais Josh a eu l'air de penser que tout s'était très bien passé, surtout cette histoire de code secret.

— Tu as dit que les vols avaient commencé il y a environ un an et demi. Qui avait accès à ton ordinateur, à cette époque ?

— Des dizaines de personnes.

N'était-ce d'ailleurs pas pour cette raison que c'était sans espoir ?

— Chez Bittle, le personnel tourne peu. C'est un excellent cabinet.

— Alors, qui a besoin d'argent, qui est malin, et n'aurait aucun scrupule à te faire accuser ?

— Qui n'a pas besoin d'argent ? contra Kate, irritée de sentir son esprit refuser de suivre un raisonnement logique. Bittle n'engage que des gens malins et je ne vois personne qui m'en veuille personnellement.

— Qui serait la dernière personne qu'on s'étonnerait de voir sortir de ton bureau si tu n'étais pas là ?

— N'importe lequel des associés, j'imagine. Ou l'assistante de direction, fit-elle en haussant les épaules. Mais aussi tous les comptables qui travaillent à cet étage. Personne ne s'étonnerait de voir quelqu'un entrer dans le bureau d'un collègue.

— Et le troisième Bittle dont tu m'as parlé… Marty, c'est ça ?

— Jamais Marty n'aurait l'idée de détourner les fonds de son propre cabinet ! C'est grotesque.

— Nous verrons bien. En attendant, comment penses-tu qu'il réagirait si tu lui demandais de te faire des photocopies des formulaires en question ?

— Je n'en sais rien.

— Si on essayait ?

Une heure plus tard, Kate raccrochait le téléphone dans la cuisine de Byron.

— J'aurais dû me douter qu'il accepterait. Il va faire des copies dès que possible et les apportera à l'hôtel.

Kate esquissa un petit sourire.

— C'est comme dans un roman d'espionnage, ajouta-t-elle. Je suis surprise qu'il ne m'ait pas demandé un mot de passe. En fait, ça a eu l'air de plutôt l'amuser.

— C'est bien de savoir que nous avons quelqu'un de notre côté dans la place.

— Il m'a raconté qu'ils avaient décidé de faire appel à la police après ma visite de l'autre jour. Son père n'était pas enchanté, mais le vote l'a emporté.

— Tu regrettes d'y être allée ?

— Non, mais à partir de maintenant, tout le monde va être au courant.

Essayant de garder un ton léger, elle lui sourit.

— Alors, quel effet ça te fait d'avoir pour maîtresse une femme soupçonnée de détournement de fonds ?

— Je pense qu'il faudrait que je fasse un test.

Byron l'attira contre lui et plongea les doigts dans ses cheveux, ce qu'elle commençait à trouver très agréable.

Elle lui tendit ses lèvres.

— Je suppose que ça veut dire que tu ne vas pas retourner travailler cet après-midi.

— Bien supposé, fit-il en dévorant sa bouche tout en la poussant hors de la cuisine.

— Où allons-nous ?

— Je ne t'ai pas encore montré mon nouveau canapé, dit-il en souriant dans son cou.

— Oh...

Kate se laissa déposer sur les coussins moelleux.

— Il est très beau, murmura-t-elle quand il s'allongea contre elle.

— Grand...

Byron écarta les pans de son chemisier, et elle se cambra aussitôt.

— Doux...

— Au cas où nous n'aurions pas le temps d'arriver jusqu'à la chambre, dit-il en effleurant ses seins, je voulais quelque chose de... pratique et confortable au rez-de-chaussée.

— C'est très délicat de ta part, souffla-t-elle avant que sa bouche se referme sur la sienne.

C'était si facile de se laisser envahir ainsi de chaleur, de tout oublier pour ne plus écouter que son corps. Un pur plaisir. Kate entreprit de déboutonner sa chemise, avide de sentir sa peau.

Mais Byron ne la laissa pas faire, désireux de prendre tout son temps.

Il avait les épaules larges, robustes, des cheveux aux pointes superbement dorées, de petites rides subtiles qui creusaient ses joues, un long torse aux muscles saillants... Elle s'abandonna langoureusement à ses mains qui couraient partout sur son corps, s'attardant ici, insistant là.

L'excitation faisait affluer le sang à ses joues et ses yeux s'assombrirent soudain, brillant avec l'éclat ambré d'un vieux cognac. Son corps menu s'arc-boutait sous lui, alangui, humide, en frémissant.

Son odeur de savon et de sel l'enchantait. La sensation de ces mains étroites et nerveuses se régalant de sa peau le ravissait profondément. Tout à coup, un violent désir de la pénétrer, d'unir leurs deux corps l'envahit. Il se coula en elle et la souleva de façon qu'elle noue les bras sur son cou et les jambes sur ses reins. Il but chacun de ses soupirs, puis fit courir ses lèvres le long de son cou où la veine battait furieusement.

Kate murmura son nom en haletant, voulut le supplier, mais les mots ne venaient pas. À la place, elle lui mordit sauvagement l'épaule.

Ce fut soudain comme si un éclair fulgurant la déchirait de part en part. Stupéfaite, l'œil hagard, elle s'accrocha à lui, désespérément, puis sentit un petit battement magique les réunir lorsqu'il s'abandonna en elle.

Le téléphone la réveilla une heure plus tard. Déboussolée, Kate tendit sa main pour décrocher avant de se souvenir qu'elle n'était pas chez elle.

— Oui, allô...

— Oh ! excusez-moi. Je dois m'être trompée de numéro. Je ne suis pas chez Byron De Witt ?

Kate balaya la pièce d'un regard flou. La commode ancienne en chêne, les murs vert pâle et les rideaux blancs, les fines aquarelles représentant des paysages marins. Un citronnier florissant dans un pot vernissé devant la fenêtre. Et le bruit berçant et incessant de l'océan.

La chambre de Byron.

— Euh...

Elle s'assit dans le lit et se passa la main sur le visage. Les draps en coton ivoire glissèrent autour de sa taille.

— Si, vous êtes bien chez Mr De Witt.

— Oh ! je ne savais pas qu'il avait déjà trouvé une femme de ménage... Je suppose qu'il est au bureau. Je voulais juste lui laisser un message sur le répondeur. Dites-lui que Lottie a appelé, voulez-vous ? Il peut me joindre ce soir à n'importe quelle heure. Il a mon numéro. Au revoir.

À moitié endormie, Kate fixait le combiné, le son grêle de la tonalité bourdonnant à ses oreilles.

Femme de ménage ? Lottie ? Il avait le numéro ? Eh bien, qu'il aille se faire voir !

Elle raccrocha brutalement et se leva. Son odeur flottait encore sur sa peau, et elle recevait un coup de fil d'une certaine Lottie ? Typique ! pensa-t-elle en cherchant ses vêtements. Qui avaient dû rester en bas quand il l'avait portée jusqu'à son lit. En lui ordonnant de se reposer. Et elle était si ramollie, si abrutie d'amour qu'elle avait obéi sans broncher.

Ne savait-elle pas dès le départ que les hommes comme lui étaient tous pareils ? Plus ils étaient attirants, plus ils étaient charmants, plus c'étaient des ordures. Les hommes comme Byron avaient des femmes qui grouillaient à leurs pieds chaque jour de la semaine.

Et il lui avait dit qu'il croyait être amoureux d'elle ! Quel hypocrite ! Folle de colère, elle descendit d'un pas rageur récupérer ses vêtements. Enflure ! Malotru ! Goujat ! Sans même remettre ses dessous, elle enfila sa jupe et son chemisier. Obsédé ! Profiteur ! Menteur ! Sale type !

Continuant à l'injurier entre ses dents, elle était en train de boutonner son chemisier d'une main tremblante lorsque Byron arriva par la terrasse, les deux chiots sur ses talons.

— Je pensais que tu dormirais encore.

Elle lui lança un regard en coin en plissant les yeux.

— Ça, je m'en doute.

— Je suis allé courir sur la plage avec les chiens. On devrait aller y faire un tour, tout à l'heure. L'orage a apporté plein de ravissants coquillages.

Tout en continuant à parler, Byron se dirigea vers la cuisine.

— Tu veux une bière ? lui demanda-t-il en en décapsulant une bouteille.

Il en but une généreuse rasade et remarqua l'éclat métallique qui luisait dans son regard.

— Un problème ?

— Non, non, aucun problème.

Incapable de se retenir plus longtemps, Kate lui balança un violent coup de poing dans le ventre. Et eut l'impression de se cogner à un rocher.

— La prochaine fois que tu verras Lottie, n'oublie pas de lui dire que je ne suis pas ta femme de ménage.

Byron se frotta le ventre, plus étonné que vraiment secoué.

— Hein ?

— Oh, brillant ! Tu n'as pas une meilleure réplique, De Witt ? Comment oses-tu ? Comment oses-tu me dire ce que tu me dis, me faire ce que tu me fais, alors que tu sors avec une traînée nommée Lottie en même temps ?

Ce n'était pas encore très clair, mais il crut commencer à comprendre.

— Lottie a téléphoné ?

Kate émit un grognement rauque qu'il lui avait déjà entendue pousser à une ou deux reprises. Pour sa propre sécurité, comme pour la sienne, il leva la main en reculant d'un pas.

— Si tu me frappes encore une fois, tu vas te faire mal.

Le regard de Kate se détourna et se posa sur le bloc de cuisine où étaient rangés les couteaux. Il ne voulut pas y croire, pas une seconde. Néanmoins, il s'interposa entre elle et les ustensiles aiguisés comme des lames de rasoir.

— Si nous allions nous asseoir ?

— Essaie un peu de m'y forcer !

— Ah, c'est une de tes fameuses répliques ? Bon, voyons un peu. Je suppose que le téléphone a sonné, et que c'était Lottie. À propos, je te signale que Lottie n'a rien d'une traînée.

— Eh bien, moi, je prétends que c'en est une ! Et de toute façon, tu n'es qu'une ordure et un fieffé menteur ! Combien de temps espérais-tu t'en tirer en lui faisant croire que j'étais ta femme de ménage ? Et à moi, qu'est-ce que tu m'aurais dit qu'elle était pour toi ?

Byron considéra sa bière un instant et essaya de ne pas rire en la regardant.

— Ma sœur.

— Oh, très original ! Je me tire d'ici.

— Pas si vite.

Il n'eut aucun mal à l'attraper par la taille et à la faire asseoir de force dans un fauteuil. Elle lui assena des coups de poing, des coups de pied, mais il la maîtrisa sans aucune difficulté.

— Lottie, dit-il en la maintenant fermement en place, est vraiment ma sœur.

— Tu n'as pas de sœur qui s'appelle Lottie ! rétorqua-t-elle aussitôt. Espèce d'imbécile ! Tu m'as dit le nom de tes sœurs il y a quelques heures à peine. Suellen, Meg et…

— Charlotte, ajouta-t-il, sans chercher à dissimuler son triomphe. Ou Lottie. Elle est pédiatre, mariée, et a trois enfants. Et elle a un sens de l'humour suffisamment subtil pour trouver très drôle que ma maîtresse la traite de traînée.

Subitement, Kate devint rouge comme une pivoine.

— Alors, tu la veux, cette bière ?

— Non.

La voix tendue, blessée dans son orgueil, elle se leva.

— Je te prie de m'excuser. Normalement, je ne me jette pas comme ça sur des conclusions. J'ai eu une journée difficile, émotionnellement parlant.

— Hmm…

Maudit soit-il !

— Quand elle a appelé, je dormais, et elle ne m'a pas laissé le temps de placer un mot.

— C'est bien Lottie.

— Alors j'ai cru que… je dormais, répéta-t-elle, furieuse. Je ne savais plus où j'étais, je me suis sentie…

— Jalouse, conclut-il en la poussant contre le réfrigérateur. Ce n'est pas grave. En fait, ça ne me déplaît pas.

— Eh bien, à moi, si. Je suis désolée de t'avoir frappé.

— Tu vas devoir travailler tes bras si tu veux que tes coups aient un peu d'impact.

Byron lui releva doucement le menton.

— Tu ne te serais quand même pas servie de ces couteaux, dis-moi ?

— Bien sûr que non, fit-elle avec un haussement d'épaules en jetant un coup d'œil oblique vers lesdits couteaux. Enfin... probablement pas.

Il laissa retomber sa main et but une gorgée de bière au goulot.

— Tu me terrifies, ma chérie...

— Je suis désolée, sincèrement. Je n'ai aucune excuse de m'être comportée comme ça. Ça a été un pur réflexe...

Kate se tordit les mains. C'était toujours une épreuve de se confesser.

— J'ai eu une histoire avec quelqu'un, il y a quelque temps. Ça ne m'arrive pas si souvent, et il n'était pas ce qu'on pourrait qualifier du genre fidèle.

— Tu l'aimais ?

— Non, mais j'avais confiance en lui.

Byron hocha la tête en reposant la bouteille de bière.

— Et la confiance est encore plus fragile que l'amour, dit-il en prenant son visage entre ses mains. Tu peux me faire confiance, Kate.

Il déposa un baiser sur son front, puis s'écarta, un sourire aux lèvres.

— Crois-moi, je ne prendrai jamais le risque que tu me prives d'un appendice essentiel avec un couteau de cuisine.

Se sentant à la fois stupide et apaisée, Kate se blottit dans ses bras.

— Jamais je n'aurais fait ça...

Il sentit alors ses lèvres esquisser un petit sourire tout contre sa bouche.

— Enfin... je ne crois pas.

15

— C'est ridicule, je me sens complètement idiote !

Toute nue dans le salon d'essayage, Kate se tortilla en soufflant sur sa frange.

— Ne touche pas à tes cheveux, lui ordonna Margo. J'ai eu trop de mal à les discipliner. Et arrête de te mordre la lèvre.

— Je déteste mettre du rouge à lèvres. Pourquoi ne veux-tu pas que je me regarde ?

Kate tendit le cou pour s'apercevoir dans le miroir, mais Margo l'avait recouvert d'un tissu.

— J'ai l'air d'un clown, non ? Tu m'as transformée en vrai clown.

— En fait, tu as plutôt l'air d'une pute à vingt dollars la passe, mais ça te va très bien. Tiens-toi tranquille, que je t'enfile ça.

En maugréant, Kate leva les bras tandis que Margo lui passait ce qui ressemblait à un instrument de torture du Moyen Âge.

— Pourquoi me fais-tu ça ? J'ai signé le chèque pour ton fichu trio à cordes, non ? Je n'ai même rien dit pour les truffes – alors qu'elles vont être englouties par une bande de cochons et qu'elles coûtent un prix fou.

Sérieuse comme un général menant ses troupes à la bataille, Margo ajusta le bustier.

— Tu as accepté de suivre mes conseils pour ta tenue de ce soir. Cette réception et la vente aux enchères sont les événements les plus importants de l'année pour la boutique. Alors, ne reviens pas là-dessus.

— Arrête de me tripoter la poitrine...

— Oh, mais c'est très agréable ! Voilà, fit Margo en reculant et en hochant la tête d'un air satisfait. Tu n'en as pas beaucoup, mais...

— Ça suffit, miss America, grommela Kate avant de baisser les yeux. Seigneur, d'où sortent-ils ?

— Étonnant, non ? Harnachés comme il faut, ces petits seins se réveillent pleinement.

— Tu as vu, j'ai de la poitrine ! s'écria Kate en effleurant le renflement de sa poitrine au-dessus du satin noir. Et même un creux entre les seins !

— Il suffit de bien les positionner et de savoir mettre en valeur ce qu'on a. Même s'il n'y a presque rien.

— Oh, la ferme !...

En souriant, Kate caressa son décolleté.

— Regarde, j'ai l'air d'une fille.

— Et tu n'as encore rien vu. Enfile ça.

Margo lui lança une fine bande en stretch de dentelle.

Kate examina le porte-jarretelles, le retourna dans tous les sens et haussa les épaules.

— Tu plaisantes ?

— Ce n'est pas moi qui vais pouvoir te le mettre, dit Margo en effleurant son ventre qui pointait sous sa tunique en lamé argent. À sept mois de grossesse, se pencher n'est plus aussi facile.

— J'ai l'impression de faire une séance d'essayage pour un film porno.

Après moult contorsions, Kate réussit cependant à mettre le porte-jarretelles.

— J'ai un peu de mal à respirer...

— Et maintenant, les bas, ordonna Margo. Tu ferais mieux de t'asseoir pour les enfiler.

Les mains sur les hanches, elle surveilla la manœuvre.

— Pas si vite, tu vas les filer ! Ce ne sont pas les collants industriels que tu mets d'habitude.

Les sourcils froncés, Kate lui jeta un regard en biais.

— Tu es obligée de me regarder comme ça ?

— Oui. Mais où est Laura ? fit Margo en se mettant à faire les cent pas. Elle devrait être là. Et si les musiciens ne sont pas là d'ici dix minutes, ils n'auront pas le temps de s'installer avant que les invités commencent à arriver.

— Tout se passera très bien, répondit Kate d'un ton rassurant en lissant ses bas. Tu sais, je continue à penser que je ferais mieux d'adopter un profil bas, ce soir. Étant donné le nuage noir que je trimballe au-dessus de ma tête, ça risque de faire un peu bizarre.

— Froussarde.

Kate releva la tête.

— Je ne suis pas une froussarde. Je suis un scandale ambulant.

— L'année dernière, c'était moi. On pourrait peut-être se débrouiller pour que ce soit au tour de Laura l'année prochaine.

— Ce n'est pas drôle.

— Personne ne comprend ça mieux que moi...

Margo s'approcha de Kate et caressa affectueusement sa joue écarlate.

— Personne ne comprend mieux que moi que tu aies peur.

— Je suppose... Mais ça traîne tellement. Je m'attends sans arrêt que Kusack débarque et me passe les menottes. Ça ne sert à rien qu'ils ne puissent pas prouver que je suis coupable si je ne peux pas démontrer que je ne le suis pas.

— Je ne vais pas te dire que ça s'arrangera, ça ne te suffirait pas. Pourtant, tous les gens qui te connaissent en sont persuadés. Mais tu ne m'avais pas dit que Byron était en train de travailler sur une piste ?

— Il ne m'a pas vraiment expliqué...

Kate haussa les épaules et tira sur la bande élastique en dentelle qui lui ceignait les reins.

— Il a juste marmonné quelque chose du genre : « N'encombre pas ta jolie petite tête avec ça » ou je ne sais trop quoi. J'ai horreur de ça.

— Les hommes adorent jouer les preux chevaliers. Ça ne fait pas de mal de les laisser faire de temps en temps.

— Il y a maintenant des semaines que Marty nous a remis les photocopies. Je les ai longuement étudiées, ligne à ligne, mais... Enfin, nous avons tous été pas mal occupés, et je n'ai pas encore été réveillée par le son d'un haut-parleur m'annonçant que j'étais cernée.

— Ne t'en fais pas. Si ça arrive, on ne les laissera pas te capturer vivante. Et s'ils prennent la boutique d'assaut ce soir, Byron t'aidera à t'enfuir dans une de ses voitures de macho.

— S'il vient. Il a dû prendre l'avion pour Los Angeles. Ce matin. Je croyais te l'avoir dit.

— Il reviendra sûrement à temps.

— Il n'a pas pu me le dire avec exactitude, dit Kate en s'empêchant de faire la moue. Mais ça ne fait rien.

— Tu es folle de lui, n'est-ce pas ?

— Pas du tout. Nous avons une liaison adulte qui nous satisfait mutuellement, c'est tout.

Elle tira distraitement sur une des jarretelles.

— Comment ça marche, ce truc ?

— Seigneur... Laisse-moi faire.

Margo s'agenouilla en soupirant et lui montra comment accrocher le bas.

— Veuillez m'excuser... je vous dérange ?

Laura apparut sur le seuil, une lueur moqueuse dans les yeux.

— Tiens, te voilà ! s'exclama Kate en pouffant de rire. Nous sommes bonnes pour un nouveau scandale. Un ancien sex-symbol enceinte de sept mois et une suspecte de détournement de fonds décident de changer de style de vie.

— Je devrais peut-être aller chercher mon appareil photo ? proposa Laura.

— Ça y est ! proclama Margo en tendant la main. Arrête de plaisanter, Laura, et aide-moi à me relever.

— Pardon…

Elle tendit la main à Margo et son regard se posa sur Kate. Son amie était assise dans un élégant fauteuil style Reine Anne, seulement vêtue d'un bustier noir, d'un porte-jarretelles en dentelle et de bas fins d'un noir irisé.

— Eh bien, dis-moi, quel changement…

— J'ai des seins ! claironna Kate en se levant. Margo m'en a fabriqué.

— À quoi servent les amies ? Tu ferais bien de finir de t'habiller, à moins que ce ne soit ta tenue pour ce soir. Les musiciens se sont garés juste derrière moi.

— Parfait. Laura, c'est le long fourreau couleur bronze, dit Margo en lui montrant le portant des robes du soir. Je reviens dans une minute.

— Pourquoi pense-t-elle qu'il me faut quelqu'un pour m'habiller ? Ça fait maintenant plusieurs années que je le fais toute seule.

— Laisse-la faire son cinéma, dit Laura en allant chercher la robe que Margo avait choisie. Ça l'aide à ne pas s'angoisser pour ce soir. Et…

Elle regarda la robe d'un air enthousiaste.

— Il faut dire qu'elle a l'œil. Ce fourreau va t'aller à ravir.

— Je déteste tout ça…

À grand renfort de soupirs, Kate se glissa dans le fourreau.

— C'est vrai, c'est bien pour elle, elle adore ça. Et toi, tu aurais l'air élégante vêtue d'une simple feuille de papier aluminium. Je ne pourrais jamais porter ce que tu as ce soir. Qu'est-ce que c'est ?

— Oh, un vieux truc ! fit Laura en passant négligemment la main sur le revers de son smoking couleur cuivre. Je le mets une dernière fois avant de l'ajouter au stock. Voilà, tu es prête. Recule un peu, que je te regarde.

— Je n'ai pas l'air trop cloche ? Mes bras ne sont finalement pas si mal. Je veux dire qu'on commence à voir mes biceps. J'ai aussi travaillé sur les deltoïdes. Des épaules osseuses n'ont rien de très séduisant.

— Tu es magnifique.

— À vrai dire, je m'en fiche, mais je ne voudrais pas avoir l'air trop stupide.

— Bon, nous sommes pile à l'heure ! annonça Margo en venant les rejoindre.

D'une main, elle soutenait son ventre, s'efforçant d'oublier que le bébé semblait avoir décidé de s'installer directement sur sa vésicule. Elle pencha la tête, prit le temps d'examiner à quoi ressemblait sa dernière création et hocha la tête.

— Bien. Vraiment bien. Et maintenant, quelques petites touches pour la finition.

— Oh ! écoute...

— Un ravissant collier, poursuivit-elle en ouvrant un écrin, et de superbes boucles d'oreilles !

Kate leva les yeux au ciel en attendant que Margo ait fini de la décorer.

— Tu imagines ce qu'elle va faire à ce pauvre gosse ? Dès qu'il montrera sa frimousse, elle va l'habiller en costume Armani avec tous les accessoires.

— Ingrate !

Margo attrapa un flacon de parfum dont elle vaporisa Kate avant que celle-ci puisse se dérober.

— Tu sais pourtant que je déteste ça !

— C'est justement pour ça que je le fais ! Maintenant, tourne-toi. Roulement de tambour, je vous prie !

D'un geste théâtral, Margo retira le tissu qui masquait le miroir.

— Dieu du ciel !

Bouche bée, Kate regarda son reflet dans la glace. Il était encore possible de la reconnaître, songea-t-elle, éblouie. Mais à qui appartenaient ces yeux exotiques en amande et cette bouche indéniablement érotique ? Et cette silhouette, moulée de bronze scintillant, qui donnait à sa peau nue un extraordinaire éclat ?

Elle tourna plusieurs fois sur elle-même.

— Je suis pas mal, parvint-elle à dire.

— Un croque-monsieur est pas mal, rectifia Margo. Toi, tu es sensationnelle.

— Oui, je le reconnais.

Kate sourit et vit ses lèvres de sirène se relever de façon sexy.

— Bon sang, j'espère que Byron va venir ! Quand il va me voir comme ça...

Il faisait de son mieux pour arriver à temps. Ce voyage à Los Angeles était mal tombé, mais nécessaire.

À présent, il était chez lui. Avec une précision due à une longue habitude, il ferma les boutons de manchette de sa chemise de smoking. Peut-être ferait-il mieux d'appeler Kate à la boutique pour lui dire qu'il arrivait ? Un coup d'œil sur sa montre lui indiqua que la réception avait commencé depuis plus d'une heure. Elle serait sûrement occupée.

Lui manquait-il ?

Il aurait tant voulu... Il l'imagina tournant la tête chaque fois que la porte s'ouvrait. Le cœur rempli d'espoir. Il aurait voulu qu'elle pense à lui, qu'elle regrette qu'il ne soit pas là pour parler avec lui et faire des observations sur les autres invités. Comme tous les couples le faisaient toujours.

Il avait hâte de revoir son regard empreint d'étonnement. Ses yeux qui semblaient clairement lui dire : *Qu'est-ce que tu fais là, De Witt ? Qu'y a-t-il exactement entre nous ? Et pourquoi ?*

Elle continuerait à chercher une réponse pratique, rationnelle. Et lui à en préférer une plus sentimentale.

Cela faisait après tout un excellent mélange, décida-t-il en nouant sa cravate.

Il était prêt à attendre qu'elle en vienne à la même conclusion. Du moins, pendant quelque temps. Il fallait qu'elle surmonte cette crise, qu'elle oublie toute cette déplaisante affaire. Et il comptait l'y aider.

Quand le téléphone retentit sur la table de nuit, il envisagea une seconde de laisser le répondeur. C'était sans doute sa famille, ou le bureau, or les deux pouvaient attendre quelques heures. Néanmoins, Suellen allait bientôt être grand-mère pour la première fois, et...

— De Witt, dit-il en décrochant le combiné.

Il écouta attentivement, posa plusieurs questions et commenta les réponses. Puis raccrocha avec un grand sourire. Apparemment, il allait devoir faire un petit détour avant de se rendre à la boutique.

Kusack était encore à son bureau. C'était la soirée de bridge de sa femme, et il préférait son sandwich un peu gras et son soda tiède aux petits-fours qu'elle servait à ses amies.

Sans compter qu'il y avait toujours un tas de paperasses administratives à remplir. Ce que d'ailleurs il ne détestait pas. Il était même passé à l'ordinateur avec plus de facilité que la plupart des policiers de son âge. En appliquant sa fameuse méthode – cherche, et tu trouveras – qu'il avait utilisée tout au long de sa vie professionnelle.

Et elle ne l'avait jamais déçu.

Il était en train de taper sur un clavier quand un homme en smoking entra dans son bureau.

— Inspecteur Kusack ?

— Oui, fit celui-ci en posant sur l'intrus son regard de flic.

Ce n'était pas un smoking de location, se dit-il. Mais du sur mesure, qui devait coûter les yeux de la tête.

— Que puis-je faire pour vous ?

— Je m'appelle Byron De Witt. Je viens vous voir au sujet de Katherine Powell.

Kusack émit un vague grognement et prit sa canette de soda.

— Je croyais que son avocat était Templeton.

— Je ne suis pas son avocat. Je suis son… ami.

— Eh bien, l'ami, sachez que je ne peux pas discuter l'affaire de miss Powell avec le premier venu qui entre dans mon bureau. Si bien habillé soit-il.

— Kate ne m'avait pas dit que vous étiez aussi aimable. Vous permettez ?

— Faites comme chez vous, dit Kusack d'un ton revêche.

Il avait envie de se replonger dans ses paperasses, pas d'avoir une conversation mondaine avec un prince charmant.

— Les fonctionnaires sous-payés sont à votre disposition vingt-quatre heures sur vingt-quatre.

— Ce ne sera pas long. J'ai une nouvelle preuve qui, je pense, pourrait peser en faveur de miss Powell. Ça vous intéresse, inspecteur Kusack ? Ou préférez-vous que j'attende que vous ayez fini de dîner ?

Le policier se passa la langue sur les dents et jeta un coup d'œil à son sandwich au rosbif.

— Les informations sont toujours bienvenues, Mr De Witt, et je suis ici à votre service. Alors, qu'avez-vous trouvé ?

— J'ai obtenu des copies des formulaires en question.

— Ah oui ? Vraiment ? fit Kusack en plissant les yeux. Et comment vous y êtes-vous pris ?

— Je n'ai enfreint aucune loi, rassurez-vous. Une fois les copies en ma possession, j'ai fait ce qui me paraissait le plus urgent. Je les ai envoyées à un expert en graphologie.

Kusack s'adossa à sa chaise, prit ce qui restait de son sandwich et fit signe à Byron de continuer.

— Je viens de recevoir les conclusions de mon expert par téléphone. Je lui ai demandé de me les faxer.

Byron sortit une feuille de sa poche, la déplia et la posa sur le bureau de l'inspecteur.

— Fitzgerald, fit celui-ci, la bouche pleine. Il est fort. Il est le meilleur dans son domaine.

C'était en effet ce que Josh avait dit à Byron.

— Les procureurs et les avocats de la défense font appel à lui depuis plus d'une dizaine d'années.

— Surtout la défense... du moins, ceux qui en ont les moyens. Ses honoraires coûtent une fortune.

Et son agenda était largement rempli. D'où le délai avant de recevoir le rapport, songea Byron.

— Quoi qu'il en soit, sa réputation est irréprochable. Si vous voulez bien avoir l'obligeance de lire ce rapport, vous verrez que...

— Inutile. Je sais déjà ce qu'il y a dedans.

Byron croisa les mains. La patience était, et avait toujours été, sa meilleure arme.

— Vous avez pris contact avec Mr Fitzgerald au sujet de cette affaire ?

— Non, fit Kusack en s'essuyant la bouche avec une serviette en papier. Nous avons nos propres experts. Ils m'ont remis leurs conclusions il y a quelques heures. Les signatures sur les formulaires falsifiés sont exactement identiques. Trop. On y retrouve les mêmes caractéristiques, au trait et à la boucle près.

— Si vous savez cela, pourquoi ne faites-vous rien ? Kate vit actuellement un enfer.

— Oui, je m'en doute. Le problème est que je dois mettre des barres sur tous mes *t* et des points sur tous mes *i*. C'est comme ça que ça se passe, ici.

— C'est possible, inspecteur, mais miss Powell a le droit de savoir où en est votre enquête.

— Justement, Mr De Witt, j'étais en train de terminer mon rapport sur les progrès de cette enquête. Je vais voir Mr Bittle à la première heure demain matin et continuer mes recherches.

— Vous ne croyez quand même pas que Kate a imité sa propre signature ?

— Vous savez, je la crois assez intelligente pour avoir fait quelque chose d'aussi malin.

Il fit une boule de sa serviette et la lança dans la corbeille pleine à ras bord.

— Mais... je ne pense pas qu'elle soit assez stupide, ni assez cupide, pour avoir risqué de perdre son emploi et sa liberté pour soixante-quinze mille malheureux dollars.

Il fit bouger ses épaules endolories à force d'être resté assis des heures à son bureau.

— Je ne pense même pas qu'elle aurait pris un tel risque pour une plus grosse somme d'argent.

— Vous la croyez donc innocente.

— Je sais bien qu'elle l'est, soupira Kusack. Écoutez, De Witt, il y a pas mal de temps que je fais ce boulot. Je sais repérer ce que sont les gens. À mon avis, le tort de miss Powell est d'être allée menacer Bittle. Mais pourquoi aurait-elle été mettre en péril une chose à laquelle elle tient tant pour une telle somme ? Elle ne joue pas, ne se drogue pas et ne couche pas avec le patron. Si elle a besoin de liquide, il lui suffit d'en demander aux Templeton. Mais elle ne le fait pas. Elle travaille soixante heures par semaine et ne cesse d'amener des clients. Ce qui me laisse penser qu'elle est dure à la tâche et ambitieuse.

— Vous auriez pu lui faire savoir que vous la croyiez.

— Apaiser les âmes angoissées ne relève pas de mon boulot. Et puis, j'ai des raisons de vouloir la garder sur le gril. Une preuve irréfutable est la seule chose qui permette de constituer ou non un dossier d'accusation. Or rassembler des preuves prend du temps. Mais j'apprécie que vous soyez venu m'apporter ça.

Il rendit le rapport de l'expert à Byron.

— Si ça peut la soulager, dites à miss Powell que mes services n'ont pas l'intention de l'accuser de quoi que ce soit.

— Ce n'est pas suffisant, dit Byron en se levant.

— C'est un début. Il me reste à retrouver la trace de ces soixante-quinze mille dollars, Mr De Witt. Alors, tout sera terminé.

Manifestement, il devrait se contenter de ça. Byron rangea le rapport dans sa poche, puis regarda Kusack.

— Vous ne l'avez jamais crue coupable, n'est-ce pas ?

— Quand je commence une enquête, je suis prêt à tout. Coupable, pas coupable, tout est possible. Mais après avoir pris sa déposition, j'ai su qu'elle ne l'était pas. C'est une question de nez.

— Vous voulez dire qu'elle ne *sentait* pas la coupable ?

Kusack se leva en riant et s'étira.

— Il y a un peu de ça. Je dois dire que j'ai du nez pour reconnaître les coupables... Non, je faisais allusion à son nez à elle.

— Excusez-moi, mais je ne vous suis pas.

— Pour se lancer en troisième base et se casser le nez en transformant un doublé, il faut en avoir dans le ventre. Et ça demande de la classe. Quelqu'un qui a envie de gagner à ce point-là ne peut pas être un voleur. Voler est trop facile, et ce genre de vol est trop ordinaire.

— En transformant un doublé, murmura Byron en souriant d'un air béat. C'est donc comme ça que c'est arrivé. Je ne lui avais jamais demandé.

Voyant que Kusack souriait, Byron lui tendit la main.

— Merci de m'avoir reçu, inspecteur.

Le temps qu'il arrive à la boutique, les gens avaient déjà commencé à partir. Trois heures de retard, se dit-il en plissant les yeux. La vente aux enchères était bien entendu terminée, et il ne restait plus que quelques personnes qui s'étaient attardées afin de boire un dernier verre en bavardant. L'odeur du jasmin de la véranda se mêlait à celle des parfums et du vin.

Byron repéra d'abord Margo, qui était en train de flirter avec son mari. Il se précipita vers elle tout en cherchant Kate du regard.

— Je suis navré d'être aussi en retard.

— Je l'espère bien, dit-elle lorsqu'il lui baisa la main. Vous avez raté les enchères. Il ne vous reste plus qu'à passer la semaine prochaine pour nous acheter quelque chose de très, très cher.

— C'est la moindre des choses. Mais vous avez l'air d'être contente de la soirée.

— Nous avons récolté plus de quinze mille dollars pour Wednesday's Child, précisa Margo avec un sourire radieux.

Josh enlaça sa femme et posa les mains amoureusement sur son ventre.

— Margo n'ose pas se réjouir trop ouvertement du nombre d'articles que les gens lui ont demandé de leur mettre de côté.

— Il s'agit d'une vente de charité, répliqua-t-elle avec sérieux avant de partir d'un éclat de rire. Pas mal de choses vont partir la semaine prochaine, en effet. D'ailleurs, Kate est dans le bureau en train de tout noter.

— Je vais la prévenir que je suis là. En fait, je...

Il ne termina pas sa phrase. Après tout, c'était Josh son avocat.

— Non, il faut que je lui en parle d'abord. Ne vous éloignez pas.

Il arriva devant la porte du bureau au moment même où Kate en sortait.

— Ah, tu es là ! s'exclama-t-elle d'un air rayonnant. J'ai cru que tu étais resté coincé à L. A. Tu n'étais pas obligé de...

Elle remarqua tout à coup l'air ahuri avec lequel il la dévisageait. Comme s'il venait de subir une lobotomie.

— Qu'est-ce qu'il y a ?

Byron fit un effort pour fermer la bouche et faire entrer un peu d'air dans ses poumons.

— Qui êtes-vous, et qu'avez-vous fait de Katherine Powell ?

— Décidément, il suffit qu'un homme ne vous voie pas pendant quelques heures et... Oh, j'avais oublié ! fit soudain Kate en prenant une pose de vamp. C'est Margo qui a réussi ce tour de force. Qu'en dis-tu ?

— Ce que j'en dis ? Que mon cœur a failli s'arrêter net, répondit-il en lui baisant les doigts, puis le bras et enfin la bouche.

— Ouah...

Un peu étourdie par l'intensité de son baiser, elle recula prudemment d'un pas.

— Tu te rends compte de ce qu'un peu de maquillage et un soutien-gorge pigeonnant arrivent à faire !

Le regard de Byron glissa sur son décolleté.

— C'est ce que tu portes ?

— Tu ne croiras jamais ce qu'il y a là-dessous !

— Et combien de temps cela me prendra-t-il avant de le savoir ?

Amusée par sa réaction, Kate joua avec sa cravate d'un air aguicheur.

— Ma foi, beau gosse, si tu abats tes cartes comme il faut, nous pouvons peut-être...

— Bon sang ! s'écria-t-il en lui prenant les mains. C'est incroyable comme une femme sexy peut faire perdre la tête à un homme ! J'ai des nouvelles pour toi.

— Bon, très bien. Si tu préfères parler de ça plutôt que de mes sous-vêtements...

— Ne cherche pas à me distraire, Kate. Je viens de voir l'inspecteur Kusack. C'est pour ça que je suis en retard.

— Tu es allé le voir ? fit-elle en pâlissant soudain. Il t'a demandé de venir ? Je suis désolée, Byron, il n'y a aucune raison que tu sois mêlé à cette histoire.

— Mais non, fit-il en la secouant légèrement. Tais-toi un peu. Je suis allé le voir parce que j'ai finalement reçu ce que j'attendais. J'avais envoyé les copies que m'a données Marty Bittle à un expert en graphologie que m'avait recommandé Josh.

— Un expert en graphologie ? Mais tu ne me l'avais pas dit. Et Josh ne m'a rien dit non plus.

Il se hâta de poursuivre avant qu'elle ne se mette en colère.

— Nous voulions attendre d'avoir le résultat. Et c'est fait. Ce sont des faux, Kate. Des copies de ta signature.

— Des copies…

Il sentit ses mains se mettre à trembler dans les siennes.

— Il peut le prouver ?

— C'est un des experts les plus respectés du pays dans son domaine. Mais Kusack n'en avait pas besoin. Il avait déjà fait vérifier les signatures. Il sait que ce sont des faux. Il ne te considère nullement comme une suspecte, Kate. Apparemment, il ne l'a jamais fait.

— Alors, il m'a crue.

— Il a reçu le rapport de son expert peu de temps avant que je reçoive le mien. Il compte aller apporter l'information à Bittle dès demain matin.

— Je… je n'arrive pas à y croire.

— Ça ne fait rien, dit-il en l'embrassant sur le front. Tu as tout le temps.

— Toi aussi, tu m'as crue, dit-elle d'une voix tremblante. Depuis le premier jour, sur les falaises… Tu ne me connaissais même pas, mais tu m'as quand même crue.

— Bien entendu, répliqua-t-il en souriant et en l'embrassant à nouveau. Ce doit être une question de nez.

— Pardon ?

— Je t'expliquerai plus tard. Viens, il faut prévenir Josh.

— D'accord...

Elle le retint par le bras.

— Dis-moi, Byron, tu es allé voir Kusack avant de venir ici. Est-ce que c'est ce que tu appellerais un acte de preux chevalier ?

La question lui parut dangereuse.

— On peut le voir comme ça.

— C'est bien ce que je pensais. Écoute, je n'aimerais pas que ça devienne une habitude, mais merci.

Reconnaissante et sincèrement émue, Kate lui plaqua un baiser sur la bouche.

— Merci beaucoup.

— Je t'en prie.

Et parce qu'il ne voulait pas voir ses yeux s'embuer de larmes, mais préférait la voir rire, il effleura du bout du doigt son épaule gracieusement dénudée.

— Est-ce que ça veut dire que j'aurai le droit de voir tes dessous ?

16

Kate avait depuis longtemps une idée précise de ce pour quoi était fait le dimanche matin : dormir. À l'université, elle avait utilisé ces moments à étudier ou à terminer des devoirs. Mais, depuis son entrée dans la vie active, elle consacrait ce temps à la paresse.

Byron, en revanche, avait un tout autre programme.

— Il faut que tu résistes dans les deux sens, lui dit-il. En isolant mentalement le muscle que tu travailles. Celui-là.

Il appuya sur son triceps alors qu'elle soulevait des haltères de trois kilos, au-dessus de sa tête, puis derrière son dos.

— Ne laisse pas retomber ton bras trop vite. Il faut pousser et tirer comme si tu les sortais de la boue.

— De la boue…

Elle essaya de chasser l'image d'un bon lit douillet qui flottait devant ses yeux et de se représenter une mare de boue collante.

— Mais pourquoi dois-je faire ça ?

— Parce que c'est bon pour toi.

— Bon pour moi, marmonna-t-elle en se regardant dans le miroir.

Elle avait craint d'avoir l'air ridicule dans cette brassière et ce cycliste moulant, mais, finalement, ça ne lui allait pas si mal. Et puis, elle pouvait en profiter pour admirer Byron. Un homme bien bâti en short et débardeur n'était pas désagréable à regarder.

— Quand nous aurons fini, tu me feras du pain perdu, d'accord ?

— Je te l'ai promis.

— C'est bien, je me suis déniché un entraîneur et un cuisinier rien que pour moi, fit-elle en lui décochant un grand sourire.

— Tu as de la chance, Katherine. Allez, l'autre bras. Et concentre-toi.

— Je vais vraiment finir par être musclée ?

— Bien sûr, dit-il en souriant. Bientôt, on te mettra un de ces petits bikinis, on t'enduira d'huile et on te fera monter sur un podium.

— Tu rêves…

— Non, pas du tout. Je me suis découvert un désir latent pour les femmes maigres. D'ailleurs, il commence à se réveiller.

— C'est vrai ?

Kate n'émit aucune objection quand ses mains se refermèrent autour de sa taille puis emprisonnèrent ses fesses.

— J'ai bien peur que oui. Hmm… Tiens, ça me fait penser que, demain, on travaillera les membres inférieurs.

— Je déteste cette position accroupie…

— Tu ne dirais pas cela si tu avais mon point de vue.

Dans le miroir, Byron regarda ses mains prendre possession d'elle, et son corps mince lui répondre en se collant contre lui. Il la vit frissonner quand il déposa un baiser dans le creux gracieux, juste entre son cou et son épaule.

La façon dont il avait sans cesse envie d'elle était presque grotesque. Faire l'amour avec elle lui était devenu aussi essentiel que de respirer, songea-t-il en lui mordillant l'oreille.

— Je pense que nous devrions terminer cette séance matinale par un peu d'aérobic.

Kate fit un petit bruit étrange, entre un grognement et un soupir.

— Oh, non ! pas la piste nordique, je t'en supplie…

— Ce n'est pas ça que j'avais à l'esprit, dit-il en frôlant sa joue avant de prendre sa bouche. Je crois que ça te plaira. Remets-toi entre mes mains.

— J'espérais que tu allais dire ça.

Elle s'abandonnait si facilement, si avidement. Il adorait la manière dont elle lui donnait sa bouche, dont leurs langues se mêlaient et leurs corps se pressaient l'un contre l'autre. Tous ses vieux fantasmes sur la femme de ses rêves avaient disparu pour se fixer sur elle. Rien que sur elle.

Une image lui traversa soudain l'esprit. Il la revit la veille, dans ce long fourreau qui dénudait ses épaules, avec sa peau éclatante, ses courbes surprenantes et cette bouche, immense et humide.

Sous la robe, il avait découvert une débauche de dentelle affriolante. Cette vision l'avait époustouflé et avait éveillé en lui un désir impérieux.

Mais elle l'attirait tout autant à présent, dans sa tenue de gymnastique qu'il n'eut aucun mal à lui enlever.

Ils étaient tous les deux nus jusqu'à la taille et roulèrent sur le tapis. Kate se jeta sur lui en riant tandis qu'ils se débarrassaient de leurs derniers vêtements. C'était merveilleux de se sentir aussi… libre. Elle avait cessé de se demander comment il faisait pour savoir avec autant d'exactitude où et comment la caresser. Comme s'il l'avait toujours su. Et son corps était si dur, si fort… Allongée sur lui, elle l'embrassa joyeusement à pleine bouche.

Oui, touche-moi… Goûte-moi. Ici… Et ici… encore, se dit-elle en sentant son cœur battre à tout rompre dans sa poitrine. D'une seconde à l'autre, il était capable de lui faire éprouver tant de sensations… Une onde de chaleur, un frisson d'impatience, un tremblement de désir... pour finalement la combler de plaisir.

Elle avait envie de rester dans ses bras à tout jamais. De s'y perdre. Elle étouffa un cri au moment où leurs deux corps s'unirent. Les reins cambrés, offerte, elle gémit de bonheur en sentant ses mains pétrir ses seins, leur infligeant un doux et délicieux supplice.

Les mains crispées sur les siennes, elle commença à onduler sous lui.

La voir ainsi le bouleversait. Ses cheveux bruns encadraient son visage radieux. Ses lèvres entrouvertes laissaient échapper de merveilleux soupirs. Son cou de cygne était renversé en arrière, ses yeux à demi clos. Le soleil déversait une lumière si intense, si belle, qu'ils auraient pu s'imaginer être dehors, au milieu d'une prairie verdoyante.

Byron voulait lui donner du plaisir jusqu'à satiété. Mais Kate, impatiente, l'entraîna avec elle. Les gémissements et les cris qu'elle poussa tout à coup résonnèrent dans sa tête et l'empêchèrent de se retenir plus longtemps. Alors, dans un long soupir de triomphe, elle retomba sur lui en dévorant sa bouche.

Kate chanta sous la douche. Ce qui lui arrivait rarement, même quand elle était seule, consciente que sa voix n'était pas tout à fait juste. Pendant qu'ils se frottaient et se savonnaient, Byron se mit à chanter avec elle. Encore plus faux.

— Ike et Tina Turner n'ont rien de plus que nous, déclara-t-elle en se séchant les cheveux.

— Oh, non ! rien du tout. À part le talent, peut-être.

Une serviette autour des reins, Byron commença à se raser.

— Tu es la première femme avec qui je prends ma douche qui chante aussi faux que moi.

Kate se redressa et le regarda appliquer sa mousse à raser.

— Ah oui ? Et il y en a eu beaucoup ?

— Oh ! ça dépasse l'imagination...

Il lui sourit, ravi de voir une lueur de jalousie apparaître dans ses yeux.

— Mais un vrai gentleman ne compte pas.

Kate vint se placer derrière lui et lui fit un sourire mielleux dans le miroir couvert de buée.

— Et si tu me laissais te raser, chéri ?

Il haussa un sourcil.

— Ai-je l'air assez stupide pour te confier un instrument aussi dangereux ? Merci, je ne préfère pas.

— Trouillard.

— Et comment !

Elle fronça les sourcils, lui mordit l'épaule, puis partit vers la chambre pour s'habiller.

— Kate...

Il attendit qu'elle se retourne vers lui en prenant son petit air suffisant.

— Il n'y a plus qu'une seule femme, désormais.

Instantanément, il la vit sourire pour de bon avant de repartir dans la chambre.

Byron termina de se raser. La salle de bains était pleine de vapeur et imprégnée de leur odeur à tous les deux. Elle avait méticuleusement installé sa serviette à sécher. Son petit pot de crème pour le visage était posé sur la tablette. Elle avait oublié d'en mettre. Par contre, elle n'avait pas oublié de mettre sa tenue de gymnastique dans le panier à linge, ni de revisser le bouchon du dentifrice. Non, aucun détail pratique ne lui échappait jamais.

C'était plutôt le superflu qu'elle oubliait. Surtout ce qui la concernait. Il ne lui arrivait jamais de flâner dans une boutique ou de s'acheter quelque chose juste pour se faire plaisir. En revanche, elle n'oubliait jamais d'éteindre la lumière ou de fermer un robinet à fond pour éviter qu'il ne goutte.

Toutes ses factures étaient payées à temps. Mais elle ne pensait pas à prendre le temps de déjeuner si quelque chose lui occupait l'esprit.

Pas un instant elle n'imaginait avoir besoin de lui. Byron sourit et plongea la tête dans le lavabo pour se rincer le visage. Pas plus qu'elle n'avait la moindre idée de ce qu'il venait de découvrir. Il ne croyait plus simplement être amoureux d'elle. Il savait à présent que, malgré ses contradictions et sa complexité, ses qualités et ses défauts, Kate était la seule femme qu'il aimerait jamais.

Il se sécha soigneusement, s'aspergea d'after-shave et décida que c'était sans doute le moment idéal pour le lui dire. En entrant dans la chambre, il la trouva debout près du lit, vêtue d'un caleçon noir et d'un vieux tee-shirt à l'effigie des Yankees.

— Tu vois ça ? fit-elle en brandissant un vieil os à moitié rongé.

— Oui, je vois.

— Il était dans ma chaussure. Je me demande par quel miracle elle a échappé au même traitement.

Elle lança l'os à Byron, puis se passa les mains dans les cheveux pour voir s'ils étaient secs.

— C'est Nip, j'en suis sûre. Tuck a de bien meilleures manières. Il va falloir l'éduquer. Il est très mal élevé.

— Voyons, Kate, est-ce bien raisonnable de parler ainsi de notre enfant ?

Kate soupira, mit les mains sur les hanches et attendit.

— Bon, d'accord, je lui parlerai, reprit Byron. Mais si tu considères ça sous un angle psychologique, je suis sûr que tu admettras qu'il a vraisemblablement mis cet os dans ta chaussure pour te prouver son affection.

— Et c'est pour la même raison qu'il a fait pipi dedans l'autre jour ?

— Ça, c'était une erreur, fit-il en se frottant le menton, de peur qu'elle ne le voie sourire. De plus, tes chaussures étaient dehors. Tu les as enlevées pour marcher sur la plage et… Tu n'as pas l'air convaincue ?

— Je ne pense pas que tu trouverais ça aussi hilarant si c'étaient les tiennes qui avaient été arrosées.

Tout à coup, comme s'ils avaient deviné qu'on parlait d'eux, les chiens arrivèrent en aboyant et en retroussant les babines.

— Je vais m'occuper d'eux, déclara Kate. Toi, tu es trop faible avec eux.

— Ah oui ? Et qui leur a acheté des colliers avec leur nom gravé dessus ?

— Pardon ?

— Rien, rien…

Battant en retraite, Byron alla chercher un slip dans la commode.

— Je te rejoins en bas dans une minute.

— Et tu me feras du pain perdu, lui rappela-t-elle en allant calmer les chiots. Allons, arrêtez de faire tout ce raffut ! Si vous continuez, il n'y aura pas de promenade sur la plage. Et personne ne lancera la chaussette.

Les chiens se précipitèrent dans l'escalier en passant entre ses jambes, telles deux grosses boules de pattes et de poils. Arrivés au rez-de-chaussée, ils se ruèrent vers la porte d'entrée et recommencèrent à aboyer de plus belle.

Au même moment, la sonnette retentit.

— Oh, je comprends ! s'écria Kate en leur lançant un regard attendri. Ça, c'est extraordinaire ! Vous étiez venus nous prévenir que quelqu'un arrivait, c'est ça ! Alors, écoutez-moi, si c'est un représentant, je veux que vous le receviez en montrant les dents. Regardez, comme ça !

Et elle leur fit une démonstration, mais les deux chiots continuèrent à faire des bonds en remuant joyeusement la queue d'un air tout à fait inoffensif.

— Nous réessaierons plus tard, dit-elle avant d'ouvrir la porte.

Sa bonne humeur s'évanouit aussitôt.

— Mr Bittle...

D'un geste automatique, Kate rattrapa les chiens par le collier pour les empêcher de sauter sur les nouveaux arrivants.

— Inspecteur...

— Je suis désolé de venir vous déranger un dimanche, dit Bittle en regardant les chiens d'un air inquiet. L'inspecteur Kusack m'a dit qu'il comptait venir vous parler aujourd'hui, et je lui ai demandé de l'accompagner.

— Votre avocat m'a dit que je vous trouverais ici, ajouta le policier. Bien entendu, si vous le souhaitez, vous êtes libre de lui téléphoner.

— Je croyais que... On m'a dit que vous ne me suspectiez plus.

— Je suis ici pour vous présenter mes excuses, dit alors Bittle d'un ton solennel. Pouvons-nous entrer ?

— Oui, bien sûr. Nip, Tuck, arrêtez de sauter.

— Ce sont de très beaux chiens.

Kusack leur tendit à renifler sa grosse main que les chiots léchèrent avec enthousiasme.

— J'ai une chienne berger allemand. Elle commence à être bien fatiguée.

— Je vous en prie, asseyez-vous. Je vais les faire sortir.

Cela lui donnerait le temps de se ressaisir. Dès que les chiots détalèrent comme des fous au fond du jardin, elle se retourna.

— Voulez-vous du café ?

— Nous ne voudrions pas vous déranger, commença à dire Bittle, tandis que Kusack s'installait dans le vieux fauteuil.

— Mais si vous vous apprêtiez à en faire...

— Je m'en occupe, annonça Byron en venant les rejoindre.

— Oh, Byron ! s'écria Kate, visiblement soulagée. Tu connais l'inspecteur Kusack.

— Inspecteur…

— Mr De Witt.

— Et voici Lawrence Bittle.

— De Bittle & Associés, ajouta froidement Byron. Enchanté.

— J'aurais préféré vous rencontrer dans d'autres circonstances, dit le vieil homme en acceptant la main qu'il lui tendait. Tommy m'a parlé de vous. Nous avons fait un golf ensemble ce matin.

— Je vais préparer le café.

Et Byron lança à Kusack un regard qui signifiait clairement que rien d'important ne devrait être dit avant son retour.

— C'est une belle maison, dit plaisamment l'inspecteur en se tournant vers Kate, qui était restée debout et se tripotait nerveusement les doigts.

— Ce n'est pas encore terminé. Byron prend son temps. Il n'est installé ici que depuis deux mois. Il doit encore se faire expédier des choses d'Atlanta. C'est de là qu'il vient… D'Atlanta.

Kate, arrête de bavasser ! s'ordonna-t-elle. Mais ce fut hélas en vain.

— Et il cherche des choses par ici. Des meubles et ce genre de choses.

— Sacré beau coin ! fit Kusack en baissant le dossier du fauteuil, savourant son confort. Autrefois, il m'arrivait de venir par ici en voiture avec les gosses. Ils adoraient regarder les phoques.

— Oui, ils sont superbes…

Kate se mordilla la lèvre en jetant un coup d'œil vers la cuisine.

— De temps en temps, on les entend crier. Inspecteur Kusack, êtes-vous venu ici dans le but de m'interroger ?

— J'ai quelques questions à vous poser, répondit-il en écartant les narines. Ah, rien ne vaut l'odeur du café en train de passer ! Même le poison qu'on nous sert au commissariat sent délicieusement bon… jusqu'à ce qu'on y goûte. Si vous vous asseyiez, miss Powell ? Je vous répète que vous pouvez appeler votre avocat, mais vous n'aurez pas besoin de Mr Templeton pour ce dont je veux vous parler.

— Très bien.

Kate se réserva toutefois le droit de réviser son jugement et d'appeler Josh. Elle n'allait tout de même pas se laisser avoir par des propos sympathiques et des sourires paternels.

— Que voulez-vous savoir ?

— Mr De Witt a dû vous montrer le rapport de son expert en graphologie.

— Oui. Hier soir, dit Kate en s'asseyant sur l'accoudoir du canapé. Il affirme que les signatures sont des faux. Quelqu'un a imité ma signature sur les formulaires falsifiés. Se servant ainsi de ma signature, de mes clients et de ma réputation.

Quand Byron arriva avec un plateau, elle se releva vivement.

— Je suis désolée qu'on vienne t'embêter ici, lui chuchota-t-elle à l'oreille.

— Ne sois pas bête… Comment prenez-vous votre café, Mr Bittle ? demanda-t-il aussitôt en se glissant dans la peau du parfait maître de maison.

— Avec juste un peu de lait, merci.

— Et vous, inspecteur ?

— Nature, fit-il avant d'en boire une gorgée. Ah ! ça, c'est du café… Je m'apprêtais à parler des progrès de l'enquête à miss Powell. Et à lui expliquer que nos conclusions concordent avec celles de votre expert. À ce stade, il semble clair qu'on ait cherché à la faire accuser au cas où l'escroquerie serait découverte. Nous enquêtons dans plusieurs directions.

— Vous voulez dire… sur plusieurs personnes ? demanda Kate en s'efforçant de ne pas faire tinter sa tasse contre la soucoupe.

— Ce que je veux dire, c'est que l'enquête avance. Auriez-vous une idée de qui pourrait vous avoir choisie comme bouc émissaire ? Ce cabinet gère de nombreux comptes. Or seuls ceux placés sous votre responsabilité ont été trafiqués.

— Si quelqu'un a fait ça pour me faire du tort, je n'ai pas la moindre idée de qui ça peut être.

— Tout de même... Vous n'avez pas eu des mots avec quelqu'un ? Un petit désaccord ? Ou peut-être une dispute ?

— Non, avec personne. Tous les gens qui travaillent là ne sont pas de proches amis, mais nous travaillons bien ensemble.

— Pas de petites jalousies, ni de rancunes personnelles ?

— Rien qui ne sorte de l'ordinaire, dit Kate en reposant sa tasse de café sans y avoir touché. Nancy, à la comptabilité, et moi avons eu une discussion un peu vive au sujet d'une facture orientée dans le mauvais service pendant la précipitation du mois d'avril. Nous avons toutes les deux de fichus caractères. Je crois que j'ai reproché à Bill Fienstein de m'avoir pris mon papier d'imprimante au lieu d'aller en chercher à la réserve... Mais il en a déposé trois ramettes dans mon bureau pour se faire pardonner. Miss Newman ne m'aime pas beaucoup, mais elle n'aime personne en dehors de Mr Bittle.

Celui-ci regarda fixement sa tasse.

— Miss Newman est très efficace mais un peu possessive, expliqua-t-il en voyant que Kusack prenait des notes. Elle travaille pour moi depuis vingt ans.

— Je n'ai jamais prétendu qu'elle aurait fait une chose pareille...

Horrifiée, Kate se leva d'un bond.

— Ce n'est pas du tout ce que j'ai voulu dire. Je n'accuse personne. Vous pourriez tout aussi bien soupçonner Amanda Devin. Elle garde sa place de seule femme associée comme un faucon surveille des vautours. Ou... Mike Lloyd, au service du courrier, parce qu'il n'a pas les moyens de se payer des études à l'université. Ou bien Stu Cominsky, parce que j'ai refusé de sortir avec lui. Ou Roger Thornhill, parce que j'ai accepté.

— Lloyd, Cominsky, Thornhill, marmonna Kusack en écrivant leurs noms.

Kate arrêta tout à coup de marcher de long en large.

— Vous pouvez écrire ce que vous voudrez dans votre petit carnet, il est hors de question que j'aille accuser qui que ce soit ! Je sais trop l'impression que ça fait.

— Miss Powell... Il s'agit d'une enquête de police. Dans laquelle vous êtes impliquée. Chacun des employés du cabinet va être interrogé. Ce qui prend du temps. En coopérant avec nous, vous nous aiderez à en gagner.

— Je ne sais rien du tout, dit-elle d'un air buté. Je ne connais personne qui ait besoin d'argent au point de me faire accuser. J'estime avoir déjà payé suffisamment pour une chose que je n'ai pas faite. Si vous tenez à ruiner la vie de quelqu'un d'autre, inspecteur, vous le ferez sans moi.

— Je comprends votre position, miss Powell. Vous vous êtes sentie insultée, ce dont je ne saurais vous blâmer. Vous faisiez votre travail consciencieusement, et au moment où vous pensiez que ce que vous visiez était enfin à votre portée, vous avez pris un grand coup de poing dans les dents.

— C'est un très bon résumé. Si je savais qui m'a donné ce coup de poing, je serais la première à vous le dire. Mais je n'ai pas l'intention de mettre quelqu'un dont le seul crime aura été de m'irriter dans la position dans laquelle je me suis retrouvée.

— Réfléchissez-y, suggéra Kusack. Vous avez de la cervelle. Si vous vous en donnez la peine, je suis persuadé que vous finirez par trouver une piste.

Il se leva et Bittle l'imita.

— Avant de repartir, j'aimerais vous parler un instant, Kate. En privé, si vous n'y voyez pas d'inconvénient.

— Très bien. Je…

Elle jeta un regard oblique à Byron.

— Peut-être aimeriez-vous admirer la vue, inspecteur, proposa-t-il aussitôt en l'invitant à le suivre sur la terrasse. N'avez-vous pas dit tout à l'heure que vous aviez une chienne ?

Byron referma la porte vitrée, et leurs voix s'évanouirent.

— Des excuses ne suffisent pas, dit Bittle sans préambule. Loin de là.

— Je m'efforce de comprendre, de me mettre à votre place, mais ce n'est pas facile, enchaîna Kate. Vous m'avez vue grandir. Vous fréquentez ma famille… Vous auriez dû me connaître mieux que ça.

— Vous avez tout à fait raison…

Soudain, il lui parut très vieux. Très vieux et très las.

— J'ai gâché mon amitié avec votre oncle, et Dieu sait si c'est important pour moi !

— Oncle Tommy n'est pas rancunier.

— Non, mais j'ai fait du mal à un de ses enfants, et ce n'est pas facile à oublier pour aucun de nous deux. Je voudrais vous dire que quand l'inspecteur m'a contacté, je me suis senti immensément soulagé, et pas tellement surpris. Je n'ai jamais cru vraiment que la jeune femme que je connaissais était une voleuse.

— Assez tout de même pour me renvoyer, rétorqua Kate, étonnée du ton cassant de sa voix.

— Oui. Bien que je l'aie déploré, et que je le regrette encore, je n'ai pas eu le choix. J'ai téléphoné à chacun des associés pour leur faire part de cette nouvelle information. Nous nous retrouvons dans une heure pour en discuter. Et pour discuter du fait qu'il y a un escroc parmi nos employés.

Il se tut un instant, le temps de rassembler ses pensées.

— Vous êtes très jeune. Il vous serait difficile de comprendre ce que peut être le rêve de toute une vie. À mon âge, on commence à être conscient que le temps vous est compté. Ce cabinet m'appartient depuis de longues années. Je l'ai créé, j'y ai consacré beaucoup de temps, d'énergie, j'y ai fait entrer mes enfants.

Il ébaucha un vague sourire.

— Un cabinet d'expertise comptable n'est sans doute pas quelque chose dont beaucoup de gens rêvent...

— Je comprends ça.

Kate voulut lui toucher le bras, mais n'y arriva pas.

— Je pensais que vous comprendriez. Sa réputation et la mienne ne font qu'un. Le voir ainsi mis en péril m'oblige à me rendre compte combien un rêve est fragile, si prosaïque soit-il.

Cette fois, elle ne put faire autrement que de se pencher vers lui.

— C'est un excellent cabinet, Mr Bittle. Vous avez créé là quelque chose de solide. Et les gens qui travaillent pour vous le font parce que vous les traitez bien, parce que vous les considérez comme la partie d'un tout. Ça n'a rien de prosaïque.

— Je voudrais que vous envisagiez de retravailler avec nous. Oh ! je sais que ça ne vous sera probablement pas très agréable tant que cette affaire ne sera pas complètement résolue. Cependant, Bittle & Associés seraient très heureux que vous reveniez parmi nous. En tant qu'associée à part entière.

Voyant qu'elle ne disait rien, il s'avança d'un pas vers elle.

— Kate, je ne sais pas si cela va améliorer ou empirer les choses entre nous, mais je tiens à ce que vous sachiez que nous avions discuté et voté cette proposition avant que... avant le début de ce cauchemar. Vous aviez été approuvée à l'unanimité.

Kate dut s'appuyer sur le bras du fauteuil.

— Vous alliez me donner une place d'associée...

— C'est Marty qui vous a proposée. J'espère que vous savez que vous avez toujours eu tout son soutien et toute sa confiance. Amanda a été la seconde à approuver votre nomination. Ah ! je crois d'ailleurs que c'est pour cette raison qu'elle a été si dure quand elle a cru que vous aviez détourné les fonds. Vous avez mérité cette offre, Kate. Quand vous aurez pris le temps d'y réfléchir, j'espère que vous l'accepterez.

Peu de temps auparavant, elle aurait sauté sur cette offre sans la moindre hésitation. Kate ouvrit la bouche, certaine qu'elle allait accepter.

— J'ai effectivement besoin de temps, s'entendit-elle dire avec surprise. Il faut que j'y réfléchisse.

— Bien entendu. Mais je vous en prie, avant d'envisager d'aller ailleurs, donnez-nous une chance de négocier.

— Je vous le promets, dit-elle en lui tendant la main. Merci d'être passé me voir.

Elle était encore sous le choc quand elle le raccompagna à la porte et lui dit au revoir. Elle rentra dans la maison avec Byron, en silence, et se planta au milieu de la pièce en regardant dans le vague.

— Alors ?

— Il m'a proposé de me prendre comme associée.

Elle prononça chaque mot en détachant lentement les syllabes, sans parvenir à savoir exactement si cette nouvelle lui faisait plaisir ou lui pesait.

— Mais pas pour se faire pardonner. Ils avaient déjà voté avant que toute cette histoire n'éclate. Il est prêt à négocier les conditions avec moi.

Byron inclina la tête.

— Et tu ne souris pas ?

— Hein ?

Kate cligna des yeux, le regarda fixement, puis éclata de rire.

— Associée ! s'exclama-t-elle en se jetant à son cou. Byron, tu ne peux pas savoir ce que ça représente pour moi ! Je suis trop bouleversée pour te le dire.

C'est comme si... c'est comme de quitter les clubs des juniors et d'être engagée dans l'équipe des Yankees !

— Des Braves, corrigea-t-il, fidèle à l'équipe de Géorgie. Félicitations. Je pense que nous devrions boire du champagne avec ce pain perdu.

— Oui, bonne idée !

Bras dessus, bras dessous, ils passèrent dans la cuisine. Byron la relâcha pour sortir une bouteille de champagne du réfrigérateur.

— Eh bien, tu ne décroches pas le téléphone ?

Kate sortit des verres du placard avant de se tourner vers lui.

— Le téléphone ?

— Oui, pour prévenir ta famille.

— Non, non. C'est beaucoup trop important pour leur annoncer ça au bout du fil. Mais dès que nous aurons mangé...

Le bruit du bouchon qui sauta lui arracha un petit sourire.

— ... j'irai à Templeton House. Ce sera le moyen idéal de renvoyer tante Susie et oncle Tommy en France.

À peine Byron eut-il servi le champagne, Kate leva son verre d'un air joyeux.

— Au service des impôts !

— Tu n'as pas mieux ? grommela-t-il entre ses dents.

— Bon, alors... À moi !

Elle but une gorgée, tourbillonna sur elle-même et but à nouveau.

— Tu vas venir avec moi, n'est-ce pas ? Nous allons demander à Mrs Williamson de nous préparer un des festins dont elle a le secret. On prendra les chiens. Et nous pourrions... Qu'est-ce que tu regardes comme ça ?

— Toi. J'aime te voir heureuse.

— Fais-moi ce pain perdu, et tu me verras alors nager en plein bonheur ! Je meurs de faim.

— Faites de la place au chef ! fit-il en allant sortir des œufs et du lait. Si nous passions chez toi prendre quelques affaires supplémentaires ? Comme ça, nous pourrons passer encore une nuit ensemble pour fêter ce succès.

— D'accord.

Elle était trop excitée pour penser à le contrarier, même si elle revenait ainsi sur la règle qu'elle s'était fixée de ne jamais dormir chez lui deux nuits d'affilée.

— Je vais répondre, dit-elle en entendant le téléphone sonner. Toi, prépare-nous à manger. Et n'oublie pas de mettre plein de cannelle… Allô ? Laura… Bonjour. Je pensais justement à toi.

En souriant, elle se retourna pour mordiller l'oreille de Byron qui était en train de battre les œufs avec un fouet.

— Nous comptions passer tout à l'heure et nous faire inviter à dîner. J'ai des nouvelles à… Comment ?

Kate garda un instant le silence, et sa main, qui une seconde plus tôt emmêlait les cheveux de Byron, retomba brusquement le long de son corps.

— Quand ?… Oui. Ô mon Dieu !… D'accord, nous arrivons tout de suite. C'est Margo, dit-elle en raccrochant fébrilement le téléphone portable. Josh vient de l'emmener à l'hôpital.

— Le bébé ?

— Je ne sais pas… Je n'en sais rien du tout. Il est trop tôt pour qu'elle accouche. Elle avait mal, et elle a fait une hémorragie. Oh, Byron…

— Viens, dit-il en prenant fermement sa main qui cherchait la sienne. Allons-y.

17

Heureusement, Byron avait pris le volant. Elle avait beau se répéter de se calmer, ses mains n'arrêtaient pas de trembler. De brèves images de Margo défilaient dans sa tête.

Quand elles étaient petites, assises sur les falaises, lançant des fleurs à Seraphina. Margo, paradant d'un air suffisant dans la chambre avec son premier soutien-gorge sous l'œil envieux de Kate et de Laura, toujours aussi désespérément plates. Margo bouclant les cheveux de Kate pour le bal de fin d'année du lycée, et glissant un préservatif dans son sac – juste au cas où.

Mais aussi lorsque Margo était revenue pour la première fois à la maison après être partie à Hollywood pour devenir une vedette. Si éclatante de beauté... À Paris, après qu'elle eut supplié Kate de venir la rejoindre afin de lui montrer le monde tel qu'elle le concevait.

Margo de retour à Templeton House, comme toujours, quand tout son univers s'était soudain écroulé. Brave, élégante, et farouchement déterminée à reconstruire sa vie.

En mariée, descendant l'allée au bras de Josh, scandaleusement belle dans des kilomètres de satin et de dentelle blanche. Ou pleurant à chaudes larmes en arrivant à la boutique pour annoncer à ses amies qu'elle n'avait pas de rhume, mais qu'elle était enceinte. À nouveau en pleurs quand elle avait senti le premier coup de pied du bébé. Le regard attendri devant les vêtements que sa mère avait commencé à coudre. Ou faisant pointer son gros ventre d'un air rayonnant.

Margo, toujours si passionnée, si impulsive et si excitée à l'idée d'avoir un bébé.

Le bébé. Kate ferma les yeux. Seigneur, le bébé...

— Elle ne veut pas savoir si c'est un garçon ou une fille, murmura Kate. Elle dit qu'ils veulent avoir la surprise. Ils ont déjà choisi les prénoms. Suzanna si c'est une fille, pour tante Susie et Annie, et John Thomas si c'est un garçon, en hommage au père de Margo et à oncle Tommy. Oh, Byron ! si jamais...

— Ne dis pas « si jamais ». Tiens bon, fit-il en lui prenant la main.

— J'essaie...

Tout comme elle essaya de cesser de trembler quand il se gara devant le grand hôpital.

— Dépêchons-nous.

Lorsqu'ils arrivèrent devant la porte, il la vit frissonner.

— Si tu veux, je peux aller tout seul me renseigner sur ce qui se passe. Tu n'es pas obligée d'entrer.

— Ça ira. Ça ira...

— Je sais que tu n'en as pas besoin, ajouta-t-il en entrelaçant leurs doigts, mais appuie-toi quand même sur moi.

Margo était dans le service maternité. En se précipitant au fond du couloir, Kate évita de prêter attention aux odeurs et aux bruits caractéristiques de l'hôpital. Cette aile lui évoquait néanmoins de bons souvenirs. C'était là que Laura avait accouché de ses filles. L'excitation et la joie de participer à ces naissances avaient mis une sorte de couvercle sur sa panique.

Et elle se rappela qu'il y avait dans cet endroit des naissances, pas seulement des décès.

Le premier visage qu'elle aperçut fut celui de Laura.

— Je vous guettais, dit-elle aussitôt en prenant Kate par l'épaule.

Comme si elle éprouvait le besoin de la rassurer autant que de se rassurer elle-même.

— Tout le monde est là. Josh est avec Margo.

— Que se passe-t-il ? Elle va bien ? Et le bébé ?

— Autant que nous le sachions, tout va bien, dit Laura en les guidant vers la salle d'attente et en s'efforçant de garder un air serein. Apparemment, elle a commencé à avoir des contractions de façon prématurée et elle a fait une hémorragie.

— Ô mon Dieu…

— Mais ils ont réussi à arrêter les saignements…

Laura reprit sa respiration afin de se ressaisir, mais la crainte se lisait dans ses yeux.

— Annie vient juste d'aller la voir. Elle dit que Margo s'accroche. Ils sont en train d'essayer de stopper les contractions.

— Il est trop tôt pour qu'elle accouche, n'est-ce pas ? Elle n'en est qu'à son septième mois.

En entrant dans la salle d'attente, Kate vit l'inquiétude qui tirait les visages et fit de son mieux pour dissimuler son appréhension.

— Annie, dit-elle en lui prenant les mains. Ça va aller. Tu sais bien qu'elle est aussi forte qu'obstinée.

— Elle avait l'air si petite dans ce grand lit… On aurait dit une petite fille. Elle est toute pâle. Ils devraient faire quelque chose. Elle est beaucoup trop pâle.

— Annie, nous avons tous besoin de boire un café. Si nous allions en chercher ?

Susan la prit affectueusement par le bras et l'entraîna vers le distributeur.

— Susie va prendre soin d'elle, murmura Thomas.

Il avait souvent pensé que, dans ces cas-là, un homme avait très peu de chose à faire et beaucoup trop à imaginer.

— Allons, viens t'asseoir, ma petite Kate, tu es toute pâlichonne, toi aussi.

— Je veux la voir…

Les murs lui faisaient déjà l'effet de se refermer sur elle, cette odeur de peur qui suintait de toutes parts était synonyme pour Kate d'hôpital.

— Oncle Tommy, tu les obligeras à me laisser la voir, n'est-ce pas ?

— Évidemment.

Il l'embrassa sur la joue, puis secoua la tête en voyant sa fille se lever.

— Non, reste là. Je vais aller voir comment vont les filles. Mais tu sais bien qu'elles doivent être enchantées d'être à la garderie.

— Elles sont inquiètes, expliqua Laura. Surtout Ali. Elle adore Margo.

— Je vais les rassurer. Je vous confie mes femmes, Byron.

— Je m'en occupe, partez tranquille. Asseyez-vous, dit-il en poussant Kate et Laura vers une banquette. Je vais vous chercher du café.

Avant de s'en aller, il les vit se prendre par la main.

— Raconte-moi ce qui s'est passé, demanda Kate.

— Josh nous a prévenus de son téléphone de voiture. Il n'a pas voulu perdre de temps à appeler une ambulance. Il avait beau essayer d'avoir l'air calme, j'ai bien senti au ton de sa voix qu'il était paniqué. Margo était fatiguée après la réception d'hier soir. Quand ils se sont levés ce matin, elle ne se sentait pas bien et s'est plainte d'avoir mal aux reins.

— Elle a travaillé trop dur. Ça l'a épuisée de préparer cette vente aux enchères. On aurait dû remettre ça à l'année prochaine.

Et j'aurais dû l'aider davantage, songea Kate dans son for intérieur.

— Pourtant, à la dernière visite médicale, tout allait très bien, reprit Laura en se frottant un sourcil. Mais tu as sans doute raison. Elle a voulu prendre un bain chaud et, tout à coup, elle s'est mise à crier en appelant Josh. Elle saignait et elle avait des contractions. Le temps qu'on arrive ici, ils l'avaient déjà admise à la maternité. Je ne l'ai pas encore vue.

— On nous laissera la voir plus tard.

— J'espère bien.

Laura prit le café que lui tendait Byron.

— Attendre est un véritable enfer, dit-il en s'asseyant près de Kate. C'est toujours comme ça. Ma sœur Meg a passé un mauvais moment quand elle a eu son premier enfant. Trente heures de travail, autant dire toute une vie quand on en est réduit à faire les cent pas.

N'arrête pas de parler, se dit-il. Parle-leur et donne-leur de quoi s'occuper l'esprit.

— Abigail pesait plus de quatre kilos, et Meg a juré qu'elle n'aurait plus jamais d'enfant. Et, finalement, elle en a eu deux autres.

— Pour moi, ça a été beaucoup plus facile, murmura Laura. Neuf heures pour Ali, et cinq pour Kayla.

— Tu as la mémoire sélective, rectifia Kate. Je me souviens très bien que tu as failli me broyer les os de la main dans la salle de travail. Ça, c'était pour Ali. Et pour Kayla, tu...

Elle se leva d'un bond en voyant une infirmière s'arrêter devant la porte et sauta par-dessus la petite table, bien décidée à se faire entendre.

— Nous voudrions voir Margo Templeton. Tout de suite.

— C'est ce qu'on vient de me dire, répliqua sèchement l'infirmière. Mrs Templeton demande à vous voir. Suivez-moi, je vous prie.

Elle les emmena au bout d'un long couloir. Kate fit un effort pour ne pas remarquer le bruit des semelles de crêpe sur le linoléum. Il y avait tant de portes. Des portes blanches, toutes fermées. Et plein de gens derrière. Avec des rideaux autour de leur lit. Des machines qui ronronnaient et crépitaient. Des tuyaux et des aiguilles. Des médecins aux yeux tristes et las qui venaient vous annoncer que vos parents étaient morts. Qu'ils n'étaient plus là. Que vous étiez désormais toute seule.

— Kate ! fit Laura d'un air inquiet en sentant la main de son amie se crisper.

— Ça va, ne t'en fais pas.

Elle fit un gigantesque effort pour se concentrer sur l'instant présent.

L'infirmière ouvrit la porte, et elles entrèrent dans la chambre. Les murs couleur ivoire soulignés d'une frise plus sombre, un rocking-chair, des plantes vertes et une cantate de Bach en sourdine, tout cela donnait à la pièce une atmosphère paisible, gaie et accueillante.

Mais la machine était bien là, crépitante, ainsi que les instruments qu'utilisent les médecins, et le lit, avec ses barrières et ses draps blancs tout raides. Margo était allongée, le teint pâle comme de l'albâtre, ses cheveux magnifiques tirés en arrière. Quelques mèches folles trempées de sueur encadraient son visage. De la poche suspendue à la perfusion installée près du lit coulait un liquide transparent, qui descendait goutte à goutte dans un long tube jusqu'à son poignet. Elle avait une main sur le ventre, l'autre dans celle de Josh.

— Ah, vous voilà !

Margo sourit à son mari en lui pressant la main d'un geste rassurant.

— Fais une pause, Josh. Vas-y. Nous allons avoir une petite conversation entre filles.

Il hésita, manifestement déchiré entre l'envie de ne pas la contrarier et celle de ne pas s'éloigner d'un pas.

— Je serai juste à côté, dit-il en l'embrassant et en caressant tendrement son gros ventre. N'oublie pas de bien respirer.

— Je respire depuis maintenant des années. Je commence à avoir le coup… Va donc faire les cent pas comme le font tous les futurs papas.

— Nous la surveillons, lui assura Laura en s'asseyant au bord du lit.

— Je serai juste à côté, répéta Josh.

Il attendit d'être dans le couloir pour se passer une main fébrile sur le visage.

— Il a la frousse, murmura Margo. C'est rare de voir Josh comme ça. Mais tout va bien se passer.

— Bien entendu, confirma Laura en jetant un bref coup d'œil au moniteur qui enregistrait les battements de cœur du bébé.

— Il n'est pas question que ça se passe mal. Je ne suis pas dans les délais, c'est tout. C'est bien la première fois de ma vie que je fais quelque chose avec de l'avance !

— Oh ! ce n'est pas tout à fait vrai, dit Kate en s'appliquant à parler du même ton léger et en s'asseyant de l'autre côté du lit. Tu as été formée de bonne heure.

Margo fit la grimace.

— C'est vrai. Oh ! en voilà une autre, fit-elle en respirant doucement, le temps que passe la contraction.

Instinctivement, Kate lui prit la main et respira au même rythme.

— Elles ne sont pas encore trop violentes. Il y a quelque chose là-dedans qui est censé les ralentir, expliqua Margo en désignant la perfusion. Ils espèrent retarder l'accouchement, mais ce bébé a l'air pressé de sortir. Sept semaines d'avance ! Ô mon Dieu…

Elle ferma les yeux, cédant de nouveau à la panique malgré sa volonté de rester calme.

— J'aurais dû faire plus souvent la sieste. Et ne pas rester autant debout. Je…

— Arrête, coupa Kate. Ce n'est pas le moment de t'apitoyer sur ton sort.

— En fait, c'est un moment idéal pour ça…

Repensant à sa propre expérience, Laura massa doucement le ventre de Margo pour la soulager un peu.

— Mais pas pour se faire des reproches. Tu as fait tout ce qu'il fallait pour toi et le bébé.

— Aurais-tu oublié combien de fois j'ai dû monter et descendre l'escalier à ta place sous prétexte que tu étais enceinte et moi pas ? fit Kate en haussant les sourcils. Et quand tu avais des envies en plein après-midi, qu'il fallait que je coure chez Fisherman's Wharf te chercher de la glace au yaourt à la fraise avec de la sauce au chocolat ?

— En tout cas, tu me rapportais de la glace au yaourt, souligna Margo. D'ailleurs, j'en mangerais volontiers une maintenant.

— N'y pense plus. Tu n'as le droit à rien d'autre qu'à sucer de la glace pilée.

— Je vais faire ça correctement, dit Margo en prenant une longue inspiration. Je sais que le médecin est inquiet. Que Josh se fait du souci. Et maman aussi. Mais je vais faire ça bien. J'en suis capable, vous savez.

— Mais oui, on le sait, dit doucement Laura. Cet hôpital possède une des meilleures maternités du pays. Ils savent très bien s'occuper des prématurés. Je faisais partie du comité qui a aidé à rassembler les fonds pour acheter le nouvel équipement, vous vous souvenez ?

— On ne peut pas se souvenir de tous les comités dont tu as fait partie, ironisa Kate. Tout ira bien, Margo. Personne ne sait se concentrer mieux que toi quand tu veux quelque chose.

— Je veux ce bébé. Je croyais arriver à repousser l'accouchement par ma seule volonté, mais le bébé a l'air d'être déjà plus têtu que moi. C'est pour aujourd'hui, je le sens, dit-elle d'une voix tremblante. Il est si petit.

— Mais c'est un dur, ajouta Kate.

— Oui, un vrai dur, renchérit Margo en souriant pour de bon.

Et elle ferma les yeux en sentant arriver une nouvelle contraction.

— Elle est solide, dit Laura à Kate tandis qu'elles repartaient dans le couloir.

— Je sais, mais elle a peur.

— Si la perfusion n'arrive pas à ralentir le travail, elle sera trop occupée pour avoir encore peur. On ne peut rien faire d'autre qu'attendre.

Et elles attendirent, une heure, puis bientôt deux. Kate marchait de long en large dans la salle d'attente, dérangeait les infirmières et buvait des litres de café.

— Mange, lui ordonna Byron en lui apportant un sandwich.

— Qu'est-ce que c'est ?

— Quand on prend un sandwich dans un distributeur, on ne se demande pas ce que c'est, on le mange, un point c'est tout.

— Tu as raison.

Elle mordit une bouchée et décida qu'il devait s'agir d'un poulet-salade.

— C'est si long…

— Ça fait à peine trois heures, lui fit remarquer Byron. Les miracles prennent du temps.

Il lui prit tendrement la main et l'attira contre lui.

— Alors, à ton avis, ce sera une fille ou un garçon ?

— Je n'y ai pas pensé. Combien doit peser un bébé pour être en forme ?

— Il va être magnifique, enchaîna Byron, préférant éluder sa question. Imagine un peu l'héritage génétique que ce gosse va avoir. En général, on se dit qu'avec un peu de chance le bébé prendra ce qu'il y a de mieux chez ses parents. Les yeux de la mère, le menton du père, ou je ne sais quoi encore. Or celui-ci risque de toucher le jackpot à tous les coups. Il va sûrement être horriblement gâté.

— Tu devrais voir la chambre que Margo et Josh lui ont préparée. J'y vivrais volontiers ! ajouta Kate en riant, sans remarquer que Byron lui avait cette fois donné une tasse de thé et non de café. Ils ont acheté un superbe vieux berceau et un landau à l'ancienne qu'ils ont déniché à Bath.

Se détendant peu à peu, Kate laissa aller sa tête sur son épaule et observa le reste de la famille. Laura revenait de voir ses filles et était assise à côté d'Ann. Sa tante était debout devant la fenêtre, et Thomas la tenait par l'épaule. Il y avait une télévision accrochée au mur. Les nouvelles de ce dimanche défilaient sur CNN, commentant les événements d'un monde sans aucun rapport avec la salle où toutes ces personnes attendaient.

Kate vit passer un jeune homme qui soutenait sa femme au ventre énorme et lui massait le dos d'un air concentré tandis qu'elle avançait à pas lents et mesurés.

Au bout de quelques minutes, elle se releva et recommença à arpenter la salle. Pourquoi diable était-ce si long ?

— Tout de même, ils pourraient nous dire quelque chose ! On ne va pas rester assis là éternellement…

Une infirmière en blouse verte apparut sur le seuil.

— Eh bien, peut-être aimeriez-vous tous venir vous dégourdir un peu les jambes ?

— Margo ! s'étrangla Ann en se levant comme un ressort.

— Mrs Templeton va très bien. Et Mr Templeton n'est pas loin de flotter en apesanteur. Quant au bébé, je suppose que vous préférez le voir par vous-mêmes. Si vous voulez bien me suivre…

— Le bébé, murmura Ann. Vous croyez qu'il va bien ?

— Allons voir ça. Venez, grand-mère, dit Susan en la prenant doucement par le bras.

Kate agrippa la main de Byron.

— J'ai peur… Mais l'infirmière avait l'air de sourire, non ? Si quelque chose n'allait pas, elle ne sourirait pas comme ça. Et puis, elle a dit que Margo allait bien, n'est-ce pas ?

— C'est exactement ce qu'elle a dit. Mais tu vas pouvoir t'en assurer bientôt. Oh, regarde un peu ça !

Ils arrivèrent devant une porte vitrée derrière laquelle se trouvait Josh, un sourire jusqu'aux oreilles, tenant dans ses bras un petit paquet emmailloté d'où dépassait une touffe de cheveux blonds comme les blés, agrémentés d'un nœud en satin bleu.

— C'est un garçon ! s'exclama Thomas en posant la main sur la vitre. Regarde, Susie, nous avons un petit-fils.

— Deux kilos deux, bredouilla Josh en tournant délicatement son fils pour le faire admirer à sa famille. Dix doigts. Dix orteils. Et deux kilos deux.

Du bout des lèvres, il effleura la joue du bébé.

— Il est minuscule, murmura Kate, les yeux soudain noyés de larmes, en prenant Laura par l'épaule. Qu'il est beau !

— John Thomas Templeton, dit Laura en laissant couler ses larmes. Sois le bienvenu.

Tout le monde forma un cercle autour du bébé et protesta bruyamment quand l'infirmière vint le reprendre. Dès que Josh les rejoignit dans le couloir, ils se précipitèrent sur lui tels des villageois sur leur guerrier vainqueur.

— Deux kilos deux, répéta-t-il l'air béat en embrassant sa mère. Tu te rends compte ? Il fait plus de deux kilos. Ils ont dit que c'était très bien. Il a tout ce qu'il faut. Ils vont lui faire d'autres tests parce qu'il est né prématurément, mais...

— Il m'a eu l'air parfait, glissa Byron. Tiens, papa, prends un cigare.

— Seigneur... Me voilà papa, s'étonna Josh en prenant le cigare que lui tendait Byron. Mais c'est moi qui suis censé les offrir.

— Ça fait partie de mon boulot de m'occuper des détails. Grand-mère...

Et Byron proposa un cigare à Ann qui surprit tout le monde en le fourrant dans sa bouche.

— Et Margo ? demanda Laura. Comment va-t-elle ?

— Parfaitement bien. Ma femme est la plus merveilleuse du monde. Le bébé est sorti en criant, je vous l'avais dit ?

Josh souleva Laura dans ses bras et l'embrassa en riant.

— Ou plutôt, il hurlait. Et dès qu'il s'est mis à crier, Margo a éclaté de rire. Elle était exténuée, nous étions tous les deux blêmes de trouille, et, tout à coup, il est arrivé. C'est la chose la plus incroyable qui soit. Il était là en train de hurler, et Margo de rigoler, et le médecin a dit : « Eh bien, en tout cas, ses poumons ont l'air de bien fonctionner. » Il est en pleine forme. Il est absolument parfait.

— C'est normal, dit Thomas en donnant une bourrade à son fils. C'est un Templeton.

Kate s'approcha et écarta une mèche de cheveux sur le front de Josh.

— Ce n'est pas qu'on ne soit pas contents de te voir, mais quand est-ce qu'on va nous laisser voir Margo ?

— Je n'en sais rien. Sans doute dans une petite minute. Elle a demandé à l'infirmière de lui apporter son sac, expliqua-t-il avec un immense sourire. Elle voulait se remaquiller un peu.

— Ça ne m'étonne pas d'elle, déclara Kate en se retournant pour se jeter au cou de Byron. C'est du Margo tout craché !

18

La semaine qui suivit la venue au monde de J. T. Templeton fut mouvementée et compliquée. L'emploi du temps chargé de Laura ne lui permettait de passer que quelques heures à la boutique, et Margo se consacrait pleinement à son fils. Ce fut à Kate d'assumer le succès remporté par la réception et ses conséquences. D'autant plus que l'arrivée prématurée du bébé avait mis un terme à leur vague projet d'embaucher une employée à temps partiel au plus vite.

Kate était donc toute seule.

Chaque matin, elle ouvrait le magasin et apprenait à se retenir d'envoyer promener les casse-pieds. Elle ne comprenait toujours pas l'intérêt qu'il y avait à flâner dans une boutique, mais se forçait à apprécier ce qui semblait plaire à tant d'autres.

— Le client a toujours raison, marmonna Kate. Même quand c'est un abruti.

Elle sortit du salon d'essayage où une cliente venait de l'informer que la robe Donna Karan était mal étiquetée. Ça ne pouvait pas être un quarante, car elle était beaucoup trop étroite aux hanches…

— Trop étroite aux hanches, tu parles ! Cette vieille chouette serait capable de faire entrer une seule cuisse dans un quarante, même enduite d'huile de moteur.

— Mademoiselle, oh, mademoiselle !…

Une autre cliente claqua des doigts, comme pour faire signe à une serveuse un peu lente de lui apporter du vin. Kate grinça des dents et afficha un sourire.

— Oui… je peux vous aider ?

— Je voudrais voir ce bracelet. Avec le fermoir victorien. Non, pas celui-ci. Avec le fermoir victorien, je vous dis.

— Excusez-moi, dit Kate en suivant la direction qu'indiquait le doigt tendu de la femme. Il est ravissant, n'est-ce pas ?

Tarabiscoté et ridicule, oui.

— Vous désirez l'essayer ?

Sans cesser de sourire, Kate retourna l'étiquette afin de voir le prix.

— Et comment s'appellent ces pierres ?

Oh, zut ! elle l'avait pourtant su…

— Je crois que sont des grenats et…

Comment s'appelait ce truc jaune, déjà ? Topaze ? Ambre ? Citrine ?

— De la citrine, hasarda-t-elle, trouvant que ça faisait plus victorien.

Pendant que la cliente examinait le bracelet, elle balaya la boutique d'un coup d'œil. C'était bien sa chance… Il y avait un monde fou, et Laura était repartie. Il lui restait encore trois heures à tenir, or, d'ici là, ce qui lui restait d'esprit ressemblerait à un tas de riz bouilli.

Le tintement de la porte qui s'ouvrait à nouveau lui arracha un gémissement. En voyant qui venait d'entrer, elle eut envie de hurler.

Candy Lichtfield. Son ennemie de toujours. L'insupportable Candy dont l'air guilleret, les boucles rousses et le nez parfait cachaient en fait un cœur de pierre et une langue de vipère.

Et elle avait amené des copines, constata Kate en sentant son cœur chavirer. Des dames toutes pomponnées et à l'œil futé portant des chaussures de marques italiennes.

— Je ne trouve jamais rien qui me plaise dans cette boutique, annonça Candy de sa voix aiguë. Mais Millicent m'a dit qu'elle avait vu un flacon à parfum qui serait parfait pour ma collection. Et en plus, les prix sont exorbitants.

Elle commença à se promener dans les rayons, son air hautain dissimulant mal sa jalousie.

— Voulez-vous voir autre chose ? demanda Kate à sa cliente qui semblait à présent s'intéresser autant à Candy qu'au bracelet.

— Non...

Elle hésita, mais sortit finalement sa carte de crédit.

— Pouvez-vous me faire un paquet cadeau ? C'est pour l'anniversaire de ma fille.

— Bien sûr.

Kate emballa le bracelet, encaissa et tendit le sac à la cliente tout en gardant un œil sur Candy. Deux clientes repartirent sans rien acheter, mais elle refusa d'en rendre responsables les commentaires fielleux et désagréables de son ennemie jurée.

Se sentant comme Gary Cooper sur le point d'affronter une bande de méchants dans un western, elle sortit lentement de derrière le comptoir.

— Je peux t'aider, Candy ?

— Je suis seulement venue jeter un coup d'œil. L'entrée est libre, que je sache, fit-elle avec un petit sourire, exhalant une lourde bouffée d'Opium. Tu es censée m'offrir un verre de mauvais champagne. Ce n'est pas l'habitude de la maison ?

— Sers-toi.

— Une amie m'a dit qu'il y avait un flacon à parfum qui me plairait peut-être.

Elle laissa errer son regard sur les étagères et l'arrêta sur une superbe bouteille en forme de corps de femme, taillée dans du verre rose.

Mais elle eût préféré révéler son âge plutôt que de manifester un soupçon d'intérêt.

— Je ne vois vraiment pas à quoi elle faisait allusion, ajouta-t-elle d'une voix traînante.

— Elle s'est sans doute trompée sur tes goûts, dit Kate dans un sourire. Ou plutôt elle a dû croire que tu en avais. Au fait, comment va ton plagiste ?

Candy, qui avait la réputation de collectionner les hommes jeunes entre deux maris, s'esclaffa.

— Alors, quelle impression ça te fait d'être devenue vendeuse ? Il paraît que tu as été virée. Tout de même, Kate, voler l'argent des clients... C'est d'un ordinaire.

— On ne t'a manifestement pas tout dit. Tu retardes sacrément.

— Ah bon ? fit la rousse en se remplissant un verre de champagne à ras bord. Vraiment ? Tout le monde sait évidemment que, grâce à l'influence des Templeton, tous tes petits délits seront vite oubliés. Mais à partir de maintenant, nul doute que seuls les imbéciles te confieront leur compte à gérer.

Elle but une gorgée du bout des lèvres.

— Il n'y a jamais de fumée sans feu. Tu as de la chance d'avoir des amis riches qui veuillent bien te jeter leurs miettes. Mais il est vrai que tu as toujours vécu comme ça.

— Tu as toujours rêvé d'être une Templeton, n'est-ce pas ? dit aimablement Kate. Malheureusement, Josh n'a jamais posé un seul regard sur toi. Nous nous en amusions beaucoup, avec Margo et Laura. Bon, si tu finissais ton verre et que tu retournais faire mumuse avec ton plagiste ? Tu perds ton temps, ici.

Candy s'empourpra, mais garda une voix égale. Sa tactique avait toujours consisté à diviser pour régner. Ce qu'elle n'avait jamais pu mettre à exécution en présence de Margo ou de Laura. Mais puisque Kate était seule... Sans compter qu'elle avait encore quelques piques à lancer.

— J'ai entendu dire que tu voyais beaucoup Byron De Witt. Et qu'il te voyait beaucoup.

— Je suis très flattée de voir que tu t'intéresses à ma vie sexuelle. Quand nous ferons sortir une cassette vidéo, je te préviendrai.

— Un homme intelligent et ambitieux comme Byron doit être conscient des avantages qu'il y a à fréquenter une fille du clan Templeton. Tu imagines jusqu'où il va pouvoir grimper en se servant de toi comme tremplin ?

Kate devint livide, ce qui combla Candy de satisfaction. Les yeux brillants de malice, elle savoura son effet en la regardant par-dessus son verre. Et fut très étonnée de voir Kate renverser la tête en arrière en riant aux éclats.

— Décidément, tu es trop bête ! Quand je pense qu'on te prenait pour un vilain petit serpent ! Mais tu es tout simplement stupide. Crois-tu vraiment qu'un homme comme Byron ait besoin de quelqu'un pour arriver à ses fins ?

Les côtes douloureuses à force de rire, elle respira profondément. Une petite lueur anima soudain les yeux de Candy.

— Oh, je comprends ! poursuivit Kate. Il ne t'a jamais regardée non plus, c'est ça ?

— Espèce de morue !

Elle reposa son verre et fonça vers Kate.

— Tu ne serais même pas capable de te trouver un homme en dansant toute nue devant un bataillon de marines ! Tout le monde sait pourquoi il couche avec toi.

— Tout le monde peut bien penser ce qu'il veut. Tout le plaisir est pour moi.

— Peter dit que c'est un sale arriviste.

Cette fois, sa remarque piqua la curiosité de Kate.

— Peter ? Ah oui ?

— Les Templeton l'ont mis dehors parce que Laura pleurnichait pour divorcer. Ils étaient tellement soucieux de protéger leur fille chérie qu'ils n'ont pas tenu compte du fait que Peter est un excellent directeur d'hôtels. Pendant toutes ces années où il a travaillé pour eux, il a aidé à faire de la chaîne *Templeton* ce qu'elle est aujourd'hui.

— Oh, je t'en prie !... Peter n'a jamais su rien faire d'autre que s'occuper de son petit ego.

— Mais il va se servir de ses talents pour ouvrir bientôt son propre hôtel. Et en attendant, Byron De Witt va continuer à t'utiliser jusqu'à ce qu'il ait obtenu le poste qu'il vise. Mais ensuite, il n'aura plus besoin de toi.

— Eh bien, j'aurai en tout cas profité de la balade...

Kate inclina légèrement la tête avant de poursuivre :

— Tu as donc des vues sur Peter Ridgeway. C'est passionnant.

— Nous nous sommes croisés l'autre jour à Palm Springs, précisa Candy en se lissant les cheveux. Pense à dire à Laura qu'il est en excellente forme.

— Je n'y manquerai pas, dit Kate alors que Candy se dirigeait vers la porte. Et je transmettrai tes amitiés à Byron. Non, réflexion faite, je lui transmettrai seulement les miennes.

Elle gloussa discrètement et se retourna en entendant toussoter la cliente qui se trouvait près du comptoir. Le regard de la femme sauta de la porte à Kate avec la vivacité de celui d'un oiseau.

— Euh, pourriez-vous me montrer ces sacs du soir ?

— Mais oui, répondit Kate d'un air rayonnant.

Curieusement, la visite de Candy lui avait fait retrouver sa bonne humeur.

— Avec plaisir. Vous êtes déjà venue chez nous ?

— Oui, plusieurs fois.

Kate alla chercher trois petits sacs ridiculement sophistiqués sur l'étagère.

— Nous en sommes ravies... Ne sont-ils pas merveilleux ?

— Et puis elle m'a dit que j'avais de la chance d'avoir des amis riches qui me jettent leurs miettes...

Kate enfourna goulûment un biscuit au chocolat.

— Alors, merci, car je suppose que tu fais partie des riches amis en question.

Allongée sur une chaise longue dans le patio, Margo s'étira langoureusement.

— Quelle idiote ! Je regrette de ne pas avoir assisté à ça.

— Accorde-toi quelques semaines pour te remettre en forme, et tu pourras aller lui régler son compte. Seigneur, ces biscuits sont criminels, marmonna Kate en en attrapant un autre. C'est formidable d'avoir Annie ici pour te faire la cuisine et te dorloter.

— Oh, oui ! Jamais je n'aurais cru que nous pourrions revivre un jour sous le même toit, même à court terme. C'est très gentil à Laura d'avoir insisté pour que maman vienne s'installer chez nous quelques semaines.

— À propos de Laura, Candy m'a parlé de Peter.

— Et alors ?

— C'est surtout la manière dont elle en a parlé. Elle s'en est d'abord prise à Byron et à moi.

— Pardon, fit Margo en prenant un biscuit à son tour. De quelle manière ?

— Eh bien, elle a dit qu'il n'était qu'un sale arriviste, et qu'il se servait de moi pour grimper chez Templeton.

— C'est pitoyable. Tu ne t'es pas laissé avoir, j'espère ?

— Non, non... J'aurais pu s'il s'agissait de quelqu'un d'autre que Byron. C'était finement manœuvré. Mais je sais qu'il n'est pas comme ça. Je lui ai ri au nez.

— Tant mieux. Mais... quel rapport avec Peter ?

— Apparemment, c'est lui qui lui a soufflé l'idée. Du moins, en partie. J'ai l'impression qu'ils sont devenus... très proches.

— Quelle effrayante perspective ! dit Margo en haussant les épaules de façon théâtrale. Deux imbéciles dans le même panier.

— Et elle voulait être sûre que j'en parlerais à Laura. Tu crois que je devrais ?

— Laisse tomber. Laura n'a pas besoin de ça.

— C'est bien ce que je pensais, dit Kate en remuant le fond de son cappuccino. C'est magnifique, ici. Tu as vraiment fait du beau travail. On se sent « à la maison ».

— On s'est senti « à la maison » tout de suite. C'est à toi que nous le devons, ajouta Margo avec un sourire. C'est toi qui nous avais indiqué cette maison.

— Elle m'avait paru idéale pour vous.

Kate se leva et alla au bout du patio où s'étendait une grande pelouse, parsemée de superbes massifs de fleurs. Le ciel d'automne, d'un bleu encore étincelant, rejoignait la mer à l'horizon.

Oui, Margo avait su faire de cette maison quelque chose de chaleureux. Kate était en train de tomber amoureuse d'une maison qui n'était pas la sienne...

— Mon chez-moi a toujours été Templeton House, reprit-elle en pensant à la demeure aux tours imposantes. La vue que j'avais de ma chambre, l'odeur des parquets cirés... je n'ai jamais eu ce sentiment dans mon appartement en ville. C'est juste un endroit pratique.

— Tu vas le garder ?

Interloquée, Kate se retourna brusquement.

— Bien sûr. Pourquoi ne le garderais-je pas ?

— Puisque tu habites chez Byron...

— Je n'habite pas chez lui, s'empressa de préciser Kate. Je n'y vis pas. J'y dors seulement de temps en temps, ce qui est tout à fait différent.

— Si tu tiens à ce qu'il en soit ainsi, libre à toi, fit Margo en penchant la tête. Dis-moi, qu'est-ce qui ne te plaît pas chez lui ?

— Rien. Rien de particulier...

Elle poussa un soupir et revint s'asseoir.

— Justement, j'avais l'intention de te demander... Dans la mesure où tu es une experte en ce domaine...

Margo attendit une seconde en tambourinant du bout des ongles sur l'accoudoir de sa chaise longue.

— Alors ?

Kate regarda son amie droit dans les yeux pour observer sa réaction.

— Est-ce que faire l'amour peut devenir une drogue ?

— Bien sûr que oui, déclara Margo sans sourciller. Si on le fait bien...

Elle esquissa un petit sourire.

— Je parie que Byron fait ça très bien.

— Pari gagné, confirma sèchement Kate.

— Et tu te plains ?

— Non, je ne me plains pas. Je te pose la question, c'est tout... Écoute, j'ai pourtant fait l'amour avant Byron. Mais j'ai l'impression de ne jamais avoir aimé ça autant qu'avec lui.

Elle leva les yeux au ciel en se moquant d'elle-même.

— Bon sang, dès que je suis plus de cinq minutes avec lui, j'ai envie de le mordre !

— Si ça te plaît, où est le problème ?

— Eh bien, je me demande si on ne risque pas de devenir accro.

— À quoi ? Au fait de faire merveilleusement l'amour ?

— Oui... Les gens changent et finissent un jour ou l'autre par se quitter.

— Pas toujours, rétorqua Margo en pensant à elle-même et à Josh.

— Mais parfois, si, insista Kate. Ce que m'a dit Candy m'a fait penser à...

— Oh, par pitié, ne me dis pas que tu as cru à ces fadaises ?

— Que Byron se servait de moi ? Absolument pas. Ça m'a seulement fait réfléchir à notre histoire. Si c'en est une. Nous n'avons pas grand-chose en commun en dehors d'adorer faire l'amour.

Laissant échapper un long soupir, Margo se cala confortablement dans sa chaise longue et prit un autre biscuit.

— Qu'est-ce que vous faites quand vous n'êtes pas consumés par les feux de la passion ?

— Très drôle… On fait des tas de choses.

— Quoi, par exemple ?

— Je ne sais pas, moi. On écoute de la musique.

— Vous avez les mêmes goûts ?

— Bien sûr. Tu connais quelqu'un qui n'aime pas le rock and roll ? Il nous arrive aussi de regarder des films. Il a une collection incroyable de vieux films en noir et blanc.

— Oh, tu veux dire de ces vieux films dont tu raffoles ?

— Hmm…

Kate haussa les épaules.

— Nous marchons sur la plage, ou bien il me fait faire de la musculation. Là-dessus, il est intraitable.

Très fière, elle lui fit admirer ses biceps.

— Hmm. Mais je suppose que vous ne parlez jamais.

— Bien sûr que si. Du travail, de la famille, de cuisine… Il est très strict pour l'alimentation.

— Toujours de choses sérieuses, c'est ça ?

— Non, on passe plein de bons moments. On rit beaucoup. Et on joue avec les chiens, ou bien il travaille sur une de ses voitures et je le regarde faire. Enfin, tu vois, des tas de choses.

— Attends, voyons si j'ai bien compris. Vous aimez le même genre de musique, les mêmes films. En résumé vous n'avez aucun problème à vous distraire ensemble. Vous aimez marcher sur la plage, soulever des poids et haltères, et vous vouez une affection commune à une paire de bâtards.

Margo secoua lentement la tête.

— Je vois maintenant où est le problème… En dehors du lit, vous pourriez aussi bien être deux parfaits étrangers. Plaque-le vite, Kate, avant qu'il ne soit trop tard.

— J'aurais dû me douter que tu tournerais ça en plaisanterie.

— Mais la plaisanterie, c'est toi, ma vieille ! Écoute-toi un peu parler ! Tu as un homme extraordinaire, une relation tout ce qu'il y a de satisfaisante avec lui, vous faites merveilleusement l'amour, vous avez des tas d'intérêts en commun, et tu es là à chercher ce qui ne va pas !

— Quand on le sait, au moins, on peut essayer d'y remédier.

— Tu n'es pas en train de faire un audit, Kate, tu vis une histoire d'amour ! Alors, relaxe-toi et profites-en.

— C'est ce que je fais. Enfin, presque...

Elle haussa à nouveau les épaules.

— C'est juste que j'ai trop de choses qui m'encombrent l'esprit en ce moment.

Kate se dit tout à coup qu'il était peut-être temps de raconter à son amie qu'on lui avait proposé un poste d'associée chez Bittle.

— D'ailleurs, des changements se préparent, commença-t-elle à dire quand Ann vint les rejoindre, le bébé dans les bras.

— Ce petit homme s'est réveillé affamé. Je l'ai changé, poursuivit-elle en le serrant tendrement avant de le donner à sa fille. Voilà un garçon tout propre. C'est un amour !

— Oh, il n'est pas magnifique ? s'exclama Margo. Chaque fois que je le regarde, je le trouve encore plus beau. Tu as faim ? Tiens, voilà.

Et elle ouvrit son chemisier pour lui donner le sein. Ses petits poings serrés, l'enfant happa joyeusement le téton de sa mère en la fixant intensément de ses yeux bleus.

— Il a pris cent dix grammes, dit-elle à Kate.

— À ce rythme, il va pouvoir combattre en catégorie poids lourds la semaine prochaine.

Attendrie, Kate s'accroupit à côté de la chaise longue pour caresser sa petite tête duveteuse de nouveau-né.

— Il a tes yeux. Et les oreilles de Josh. Seigneur, ce qu'il sent bon !

En sentant l'odeur de talc et de lait qui émanait du bébé, elle décida de parler affaires une autre fois.

— Quand tu auras fini de le nourrir, je veux le prendre dans les bras.

— Tu vas rester dîner avec nous, Kate, dit Ann en venant se placer derrière sa fille.

Et en faisant un gros effort pour ne pas rectifier la position dans laquelle elle tenait le précieux bébé :

— Josh a une réunion à l'hôtel qui va se terminer tard. Tu nous tiendras compagnie. Comme ça, tu pourras tenir le bébé aussi longtemps que tu voudras.

— Bon, fit Kate en effleurant la joue de J. T. Puisque vous m'y forcez...

Le salon de la baie du *Templeton* de Monterey était très élégamment décoré. D'énormes vases remplis de fleurs exotiques ornaient les petites tables en laque noire. Le canapé bleu glacier en arrondi était couvert de coussins rappelant les tons de l'immense et somptueux tapis d'Orient. Les rideaux des deux grandes portes vitrées étaient ouverts, invitant à admirer les couleurs resplendissantes du soleil couchant au-dessus de l'océan.

La table située dans la partie salle à manger était de la taille de celle d'une salle de conférences et entourée de chaises tapissées à haut dossier. Le dîner était servi dans une vaisselle blanche étincelante et arrosé d'un fumé blanc provenant des vignobles Templeton.

La réunion aurait pu se tenir à Templeton House, mais Thomas comme Susan considéraient désormais que c'était la maison de Laura. Or, si agréable cela soit-il, ils étaient là pour parler affaires.

— S'il y a un point faible à l'hôtel de Beverley Hills, c'est au niveau du service des chambres.

Byron jeta un coup d'œil aux notes posées près de son assiette.

— Les plaintes sont toujours les mêmes, à savoir le temps que mettent les plateaux à arriver et les erreurs dans les commandes. Pourtant la cuisine fonctionne plutôt bien. Le chef que vous avez là est…

— Caractériel, suggéra Susan avec un sourire.

— J'allais dire effrayant. En tout cas, il m'a fait peur. Peut-être parce qu'il est énorme, qu'il parle avec un fort accent de Brooklyn et qu'il tenait un hachoir à la main, mais j'avoue avoir eu un petit moment de panique.

— Qu'avez-vous fait ? demanda Thomas.

— J'ai discuté avec lui. En gardant sagement mes distances. Et je lui ai dit, c'était d'ailleurs sincère, que je n'avais jamais goûté de meilleures coquilles Saint-Jacques que les siennes.

— C'est le genre de choses qui plaît beaucoup à Max, commenta Josh. Si je me souviens bien, les aides-cuisiniers lui obéissent au doigt et à l'œil.

— C'est ce qui m'a semblé. Cet homme les terrorise.

En souriant, Byron goûta un morceau de son poulet à l'estragon.

— Le problème n'a pas l'air d'être au niveau de la préparation, mais plutôt du service. Il y a indéniablement un certain laxisme parmi les employés du service des chambres.

— Des suggestions ?

— Je recommanderais de transférer Helen Pringle à Beverley Hills, si elle est d'accord, au poste de direction du personnel. Elle a de l'expérience et est très efficace. Elle nous manquera ici, c'est sûr, mais je crois qu'elle arriverait à venir à bout de ce problème. En tout cas, c'est à elle que je penserais en premier pour une promotion.

— Josh ? fit Thomas en se tournant vers son fils.

— Je suis d'accord. Elle a un excellent dossier.

— Proposez-lui le poste, dit Susan à Byron en prenant son verre de vin. Et faites-lui valoir l'augmentation de salaire et tous les avantages que cela implique.

— Très bien. Je crois que c'est tout pour Beverley Hills.

Byron consulta rapidement ses notes.

— Ah ! il y a également eu ici un petit pépin en ce qui concerne l'équipe de maintenance. Ils réclament de nouveaux distributeurs automatiques.

Thomas leva les sourcils tout en terminant son saumon.

— L'équipe de maintenance est venue vous réclamer des distributeurs ?

— Il y a eu un problème de plomberie au sixième étage. Un sale gosse avait décidé de noyer tous ses Power Rangers dans les toilettes, ce qui a provoqué un désastre. Je suis allé voir les parents...

Et il avait fini par les envoyer à la piscine pendant qu'il aidait les ouvriers à réparer les dégâts. Mais c'était une autre histoire...

— J'ai supervisé les travaux de désengorgement, si je peux m'exprimer ainsi, et c'est là que les distributeurs sont arrivés sur le tapis. Ils veulent qu'on leur rende les cochonneries qu'ils avaient avant. Il semble que les barres de chocolat et les chips aient été remplacées il y a quelques années par des pommes et des biscuits allégés. Croyez-moi, j'en ai entendu de belles sur l'ingérence de la direction dans leur choix personnel.

— Ça, c'est un coup de Ridgeway, commenta Josh.

Susan mit sa serviette devant sa bouche pour dissimuler son envie d'éclater de rire. Elle imaginait Byron, dans son costume élégant et ses chaussures de ville, en train de patauger dans l'eau et d'écouter un ouvrier demander en râlant qu'on lui rende sa gamelle.

— Que proposez-vous ?

— De leur donner satisfaction, répondit Byron avec un haussement d'épaules. Et de les laisser manger des Milky Way autant qu'ils voudront.

— D'accord, dit Thomas. Est-ce le plus gros pépin que vous ayez eu ici avec le personnel ?

— Oui, en dehors de quelques autres broutilles, mais rien d'exceptionnel. Une femme est morte à la 803.

Josh fit la grimace.

— Je déteste quand ce genre de choses arrive.

— Crise cardiaque. Elle est morte pendant son sommeil. Elle avait quatre-vingt-cinq ans et avait eu une belle vie bien remplie. Mais elle a été la cause d'un début de journée difficile pour la femme de chambre.

— Combien de temps avez-vous mis à la calmer ? s'enquit Susan.

— Quand nous avons réussi à la rattraper dans les couloirs où elle courait en poussant des hurlements ? Environ une heure.

Thomas remplit les verres, puis prit le sien.

— C'est un soulagement pour Susie et pour moi de savoir que nos hôtels de Californie sont entre de bonnes mains. Beaucoup de gens croient que diriger un hôtel consiste à être assis dans un beau bureau à manipuler des papiers – et des employés.

— Tu vois, mon chéri, fit Susan en tapotant le bras de son mari, Peter n'est plus un souci. Nous pouvons maintenant le haïr pour des raisons strictement personnelles.

Elle adressa un grand sourire à Byron.

— Mais je suis d'accord avec toi. Nous allons pouvoir repartir en France à la fin de la semaine en sachant que tout va bien ici. Sur le plan professionnel aussi bien que personnel.

— Je vous remercie.

— Notre Kate a l'air très heureuse, dit alors Thomas. Elle est rayonnante et en très grande forme. Vous avez des projets ?

— Oh, oh ! nous y voilà...

Avec un sourire malicieux, Josh s'adossa à sa chaise en secouant la tête.

— Désolé, Byron, mais je vais rester assis là à regarder comment tu t'en tires.

— Ma question est tout à fait raisonnable, insista Thomas.

— Tommy, dit doucement Susan. Kate est maintenant une adulte.

— C'est quand même ma fille, répliqua-t-il en poussant son assiette d'un air grave. J'ai laissé Laura agir à sa guise, et regarde où cela l'a menée.

— Je n'ai pas l'intention de lui faire de mal, dit alors Byron.

Il ne se sentait nullement offensé d'être ainsi mis sur la sellette... Après tout, il avait été élevé selon les principes de la vieille école, pour laquelle il fallait toujours prendre en compte l'intérêt familial.

— Elle a beaucoup d'importance pour moi.

— D'importance ? rétorqua Thomas. Une bonne nuit de sommeil a de l'importance !

Susan poussa un soupir.

— Mange ton dessert, Thomas. Tu adores le tiramisu. Travailler pour Templeton ne vous oblige en rien à répondre à des questions d'ordre personnel, Byron. Ignorez-le.

— Je ne lui demande pas cela à titre de patron, mais en tant que père de Kate.

— Aussi vous répondrai-je dans cet esprit. Elle est devenue une partie essentielle de ma vie, et mon intention est de l'épouser.

Byron se referma dans un bref silence en contemplant son verre.

— Ça risque de la surprendre, marmonna-t-il avant de pousser un soupir. Aussi vous serai-je reconnaissant de me laisser parler à votre Kate à ma façon. Je ne sais pas encore exactement comment je vais m'y prendre.

— Dans quelques jours, mon mari ne sera plus dans vos pattes. Je l'emmène à plus de dix mille kilomètres, dit Susan avec un clin d'œil à l'adresse de Byron.

Thomas planta sa fourchette dans le gâteau crémeux.

— Mais je reviendrai, prévint-il, un sourire bienveillant aux lèvres.

En rentrant chez lui, il était songeur. Il avait toujours été un homme de détails. Et il savait comment gérer les problèmes les plus délicats. Il devait par conséquent être capable de faire quelque chose d'aussi simple que de demander en mariage la femme qu'il aimait.

Elle n'apprécierait sans doute pas un style trop fleuri. Kate n'était pas du genre à aimer qu'on se prosterne devant elle, un genou à terre. Dieu merci. Mieux valait être simple, direct. Tout était dans l'approche.

D'ailleurs, il ne formulerait pas sa demande comme une question, mais comme une déclaration. Et il serait sage d'avoir sous la main une liste de raisons rationnelles pour la convaincre d'accepter.

Si seulement il arrivait à en trouver une...

Byron venait d'enlever ses chaussures quand il réalisa que quelque chose n'allait pas. Il lui fallut encore une minute pour comprendre quoi. Le silence. D'habitude, les chiens se précipitaient à sa rencontre dès qu'il se garait dans l'allée. Or, il n'avait pas entendu un seul aboiement. Quand il courut jusqu'à la terrasse ouvrir les portes vitrées, il constata qu'ils n'étaient pas dans le jardin.

Il les appela, les siffla, puis descendit vérifier la barrière destinée à les dissuader de sortir. La possibilité d'un enlèvement lui traversa l'esprit. Il avait lu dans le journal que certaines personnes volaient des animaux pour les revendre à des laboratoires.

Le premier aboiement qu'il entendit alors lui fit chaud au cœur. Ils avaient dû se faufiler sous le portail, songea-t-il en se dirigeant vers l'escalier qui menait à la plage. Tout bêtement. Il faudrait qu'il leur donne une bonne leçon.

Les chiens s'élancèrent sur les marches en remuant la queue d'un air joyeux. Puis ils bondirent sur lui en le léchant et en lui faisant la fête, comme ils le faisaient à chaque fois qu'il s'absentait de longues heures ou allait tout simplement chercher du lait.

— Vous allez être punis, leur dit-il. Tous les deux. Je vous avais pourtant dit de rester dans le jardin. Puisque c'est comme ça, vous n'aurez pas les os de jambon que je vous avais rapportés de l'hôtel. Non, inutile de chercher à m'attendrir. Vous êtes vraiment punis.

— Eh bien, ça leur apprendra...

Kate gravit la dernière marche et se planta devant lui sous le clair de lune.

— Mais je dois reconnaître que c'est ma faute. Je leur ai demandé de m'escorter sur la plage et, comme ce sont des gentlemen bien élevés, ils n'ont pas osé refuser.

— J'étais inquiet, murmura Byron sans pouvoir la quitter des yeux.

Elle était là, devant lui, les cheveux ébouriffés par le vent, légèrement essoufflée d'avoir grimpé l'escalier. Surgissant dans la nuit telle une apparition.

— Je suis désolée. Nous aurions dû te laisser un mot.

— Je ne m'attendais pas à te voir ce soir.

— Je sais.

Se sentant mal à l'aise, comme cela lui arrivait chaque fois qu'elle cédait à une impulsion, Kate fourra ses mains dans ses poches.

— Après avoir fermé la boutique, je suis passée voir Margo. Je suis restée dîner et j'ai joué avec le bébé. Il a pris cent dix grammes.

— Je sais. Josh me l'a dit. Il m'a même montré des photos. Environ une cinquantaine.

— Moi, j'ai regardé des vidéos. Adorable. Quoi qu'il en soit, je m'apprêtais à rentrer dans mon appartement...

Un appartement désert. Triste, et aussi vide de meubles que de sens.

— Et je me suis finalement retrouvée ici. J'espère que ça ne t'ennuie pas.

— Si ça m'ennuie ?

Il l'enlaça et l'attira doucement contre lui. L'espace de trois battements de cœur, ses yeux restèrent fixés sur elle. Puis il effleura ses lèvres, recula et l'embrassa un peu partout sur le visage. Puis il reprit sa bouche, et le baiser qu'il lui donna alors déclencha un long frisson dans tout son corps. Elle garda les mains dans les poches, incapable de faire un geste. Les muscles de ses cuisses se relâchèrent, ses jambes se mirent à flageoler. Lorsqu'il s'écarta enfin, elle eût volontiers juré que des petites étoiles dansaient devant ses yeux.

— Eh bien…

Mais Byron recommença à l'embrasser, de cette même manière infiniment troublante et délicieuse. C'était comme s'ils avaient toujours été là, dans les bras l'un de l'autre, bercés par la brise marine et une passion paisible.

Kate reprit son souffle quand sa bouche abandonna la sienne. Ses yeux étaient si proches, si clairs, qu'elle se sentait comme prise au piège. Il la fit reculer d'un pas, et elle s'efforça de lui sourire comme si de rien n'était.

— Je dois admettre que ça n'a pas l'air de trop t'ennuyer.

— J'ai envie que tu sois là, dit-il en lui prenant les mains et en baisant lentement chacune de ses paumes. Et j'ai envie de toi.

Il vit qu'elle faisait un effort pour se ressaisir et garder les deux pieds sur le sol. Mais il n'avait pas l'intention de la laisser faire.

— Viens, rentrons, murmura-t-il en la prenant par l'épaule. Je vais te montrer.

19

Plusieurs jours passèrent, et elle était toujours là.

Pour la reposer de soulever des poids, Byron n'avait rien trouvé de mieux que de lui proposer un jogging de cinq kilomètres sur la plage. Pour une femme qui avait toujours démarré ses journées en avalant tranquillement deux tasses de café fort et bouillant, l'idée d'aller courir à l'aube n'était guère attrayante.

Toutefois, seule l'expérience comptait. Et, plus important encore, les gaufres qu'il avait promis de lui faire si elle tenait le coup.

— Alors… vraiment, haleta-t-elle en essayant de garder le rythme, tu prends plaisir à courir comme ça.

— C'est une drogue, expliqua Byron.

Il allait à une vitesse d'escargot pour qu'elle puisse le suivre et admirait ses jambes bronzées dans son short trop large pour elle.

— Tu verras…

— Sûrement pas. La drogue, c'est seulement ce qu'il y a de mauvais. Le café, les cigarettes, le chocolat. Faire l'amour. Les bonnes choses ne sont pas des drogues.

— Faire l'amour est une bonne chose.

— Oui, mais c'est un péché… un délicieux péché.

Kate regarda les chiens courir dans les vagues, puis s'ébrouer joyeusement, projetant des milliers de gouttelettes d'eau qui étincelaient dans les premiers rayons du soleil.

L'aube qui se levait était un spectacle extraordinaire, elle ne pouvait qu'en convenir. La lumière était d'une beauté qui vous prenait à la gorge, et l'air si pur, si frais, qu'on avait envie de le serrer dans ses bras.

Ses muscles s'étaient peu à peu assouplis. Son corps répondait maintenant comme une machine bien huilée. Quel dommage qu'elle n'ait pas, par paresse, changé ses habitudes plus tôt !

— Où courais-tu, à Atlanta ? Il n'y a pas de plages.

— Nous avons des parcs. Et des pistes couvertes quand il ne fait pas beau.

— Ça ne te manque pas ?

— Si, quelques petites choses. Les magnolias. L'accent du Sud. Ma famille.

— Je n'ai jamais vécu ailleurs qu'ici. Je n'en ai jamais eu envie. Pourtant, j'aimais bien aller à l'école en Nouvelle-Angleterre. La neige, le givre sur les vitres. Et la couleur que prennent les feuilles en automne. Mais j'ai toujours voulu vivre ici.

Elle aperçut l'escalier, et s'en réjouit intérieurement.

— Margo a vécu dans des tas d'endroits différents et Laura a voyagé beaucoup plus que moi.

— Il y a un endroit où tu aimerais aller ?

— Non, pas vraiment. Enfin, si… Bora Bora.

— Bora Bora ?

— J'avais fait un exposé là-dessus au lycée. En géographie. Ça avait l'air si merveilleux. Je m'étais dit que j'irais quand je prendrais de vraies vacances. Oh, Seigneur…

Kate poussa un gros soupir et s'effondra au pied des marches.

— J'ai réussi !

— Mais tu vas avoir des crampes si tu arrêtes de bouger…

Et, sans ménagement, il la hissa sur ses pieds.

— Il faut marcher. Tes muscles doivent refroidir doucement. Pourquoi n'es-tu jamais allée à Bora Bora ?

Elle fit trois pas, puis se plia en deux en expirant très fort.

— Voyons, Byron, dans la vraie vie, personne ne va à Bora Bora ! C'est un endroit fait pour rêver. Tu crois que le jogging peut provoquer des éclatements d'organes ?

— Non.

— J'aurais juré entendre mes ovaires grincer.

— Tiens, bois !

Byron lui tendit la bouteille d'eau qu'il avait plantée dans le sable au pied des marches. Puis il siffla les chiens avant de commencer à monter l'escalier avec Kate.

— Normalement, je serais juste en train de me lever et d'aller à tâtons dans la cuisine où ma cafetière laisserait passer les dernières gouttes d'un bon café. Je quitterais la maison à 8 h 25, j'arriverais au bureau à 8 h 45. Je mettrais la cafetière en marche et serais à mon bureau à 8 h 55 avec ma première tasse de café.

— Et à 9 h 55, tu avalerais ta première pastille contre les brûlures d'estomac.

— Ce n'était pas si mal.

Kate garda le silence lorsqu'ils traversèrent la pelouse pour rejoindre la maison. Les chiens filèrent sur la terrasse, impatients d'avaler leur pitance.

— Je n'ai pas eu le temps de dire à Margo et à Laura que je retournais chez Bittle.

Byron versa des croquettes dans les écuelles des chiens.

— Pas eu le temps ?

— Disons que je ne l'ai pas trouvé, dit Kate en se tournant vers le jardin. J'ai l'impression de les laisser tomber. Mais je suis sûre qu'elles trouveront que c'est bien pour moi.

Il reposa le sac et fit signe aux chiots qu'ils pouvaient manger.

— Et ça l'est ?

— Évidemment ! fit-elle en se lissant les cheveux. Pourquoi me demandes-tu ça ? C'est ce pour quoi j'ai étudié et travaillé toute ma vie, ce que j'ai toujours voulu.

— Alors, c'est bien.

Il lui donna une tape amicale sur les reins et entra dans la maison.

— Qu'est-ce que ça veut dire : « Alors, c'est bien » ? maugréa Kate en le rattrapant. On m'offre un poste d'associée, avec tous les avantages que cela comporte... Je l'ai mérité, non ?

— Absolument.

Comme chaque matin, Byron monta au premier étage afin de prendre sa douche. Elle lui emboîta le pas.

— Oui, absolument. Toute cette histoire de documents falsifiés sera bientôt résolue. De toute façon, je suis désormais hors de cause. Le reste est le problème de Kusack. Et celui de Bittle. J'aurai d'ailleurs davantage de contrôle sur ce qui se passe quand je serai associée.

— Ça t'inquiète ?

— De quoi parles-tu ?

Il retira son tee-shirt et le jeta dans le panier à linge sale.

— Du fait de découvrir qui a commis ces vols.

— Bien sûr.

— Pourquoi n'as-tu pas donné suite ?

— Eh bien, je...

Kate s'interrompit en le voyant ouvrir le robinet et passer sous la douche.

— J'ai été occupée. Je ne pouvais d'ailleurs pas faire grand-chose, et puis avec Margo enceinte, la vente aux enchères, Laura et ce défilé de mode qu'elle veut organiser, je n'ai pas eu le temps.

— Je comprends, dit-il aimablement.

— Ça ne veut pas dire que ce n'est pas important…

Piquée, Kate se déshabilla et le rejoignit sous la douche.

— Ça veut seulement dire que j'ai des priorités. Tout s'est passé tellement vite ces dernières semaines. L'histoire des faux formulaires, ce poste d'associée, le bébé… Je n'ai pas osé annoncer à Margo et à Laura que je n'allais plus pouvoir travailler à la boutique au moment même où Margo était dans l'impossibilité d'y venir. Et tant que je ne serai pas à nouveau chez Bittle, je ne vois pas ce que je peux faire pour retrouver qui a essayé de me faire accuser.

— C'est logique.

— Bien sûr que oui, c'est logique !

Agacée sans savoir pourquoi, Kate avança la tête sous le jet.

— Tout comme il est logique que j'accepte cette offre. C'est la solution la plus pragmatique.

— Tu as raison. C'est certainement la plus pragmatique. La boutique est un investissement, Bittle, c'est ta carrière.

— C'est exact.

Au lieu de l'apaiser, sa remarque ne réussit qu'à la hérisser davantage.

— Alors, pourquoi nous disputons-nous ?

— Je n'en ai pas la moindre idée, répondit-il en l'embrassant distraitement sur l'épaule avant de sortir se sécher. Je vais préparer le petit déjeuner.

Et il rit dans sa barbe en descendant l'escalier.

Il était aussi facile de lire en elle que dans un livre ouvert.

Kate travailla toute la matinée au coude à coude avec Laura. En se disant que, dès qu'elles pourraient prendre une pause, elle lui ferait part de ses projets. Elle continuerait, bien entendu, à s'occuper de la comptabilité.

Quelques soirs par semaine, ou un dimanche de temps en temps, seraient suffisants. Naturellement, elle serait très prise chez Bittle, mais elle serait aussi en position de déléguer les tâches assommantes qu'elle effectuait habituellement elle-même.

En outre, elle aurait plus de marge de manœuvre, plus de liberté. Et plus de responsabilités, évidemment. Son emploi du temps serait chargé, mais elle en avait l'habitude. Travailler à la boutique l'avait certes beaucoup occupée, mais cela lui avait aussi laissé de grands moments de loisirs dont elle n'avait pas vraiment besoin.

Et puis elle serait ravie de ne plus être obligée de faire la conversation à des inconnues. Ni de donner son avis sur les dernières tendances de la mode ou des conseils sur le cadeau le plus approprié. Quel soulagement ce serait de se retrouver devant son ordinateur sans devoir parler à âme qui vive pendant une heure d'affilée !

— Ma sœur va être enchantée, dit une cliente alors que Kate retirait délicatement le prix d'une tunique en cashmere couleur corail.

— J'espère bien.

— Oh, j'en suis sûre ! Elle adore votre boutique. Et moi aussi.

La femme s'extasia devant les nombreux objets posés sur le comptoir.

— Je ne sais pas comment je faisais avant que vous n'existiez. Regardez les merveilles que j'ai trouvées pour mes cadeaux de Noël !

— Vous vous y prenez tôt, commenta Kate en clignant des yeux pour se concentrer. Vous allez sûrement faire des heureux.

— Ma mère ne s'achèterait jamais quelque chose d'aussi frivole, poursuivit la cliente en effleurant un délicat Pégase en cristal. C'est à cela que servent les cadeaux. Et où d'autre qu'ici aurais-je trouvé une montre à gousset ancienne pour mon père, un cashmere pour ma sœur, des boucles d'oreilles en saphir pour ma fille, un cheval en cristal pour ma mère et des escarpins en daim bleu de Ferrogamo pour moi ?

— Nulle part ailleurs que chez *Faux-Semblants*, répondit Kate, stimulée par la bonne humeur communicative de sa cliente.

— Vous avez là une boutique sensationnelle. Pourriez-vous me faire des paquets-cadeaux pour tout ça, sauf pour les chaussures ? Je crois que je vais refaire un petit tour… au cas où j'aurais loupé quelque chose.

— Prenez votre temps.

Un sourire flottant sur les lèvres, Kate commença à emballer les objets. Elle se surprit à chantonner lorsqu'elle déposa la montre sur un lit de ouate. Et alors, quel mal y avait-il à cela ? Quel mal y avait-il à prendre plaisir à faire son travail, même si ce n'était pas dans le domaine qu'on avait choisi ? Puisque c'était temporaire, autant le prendre comme un jeu.

Elle leva les yeux vers Laura qui descendait l'escalier en colimaçon en discutant avec une cliente.

— Je sais que Margo a trouvé ça l'année dernière quand elle est allée se réapprovisionner à Londres, Mrs Quint.

— Oh ! appelez-moi Patsy. Je viens ici si souvent que j'ai l'impression que nous sommes de vieilles amies. En tout cas, c'est exactement ce que je cherchais, ajouta-t-elle en couvant du regard l'écritoire en bois de cerisier que Laura venait de poser sur le comptoir. Je trouve toujours ce que je veux chez vous. C'est pour ça que je passe si souvent.

Elle se mit à rire et aperçut tout à coup le cheval en cristal.

— Oh, comme il est charmant ! Quelqu'un a eu l'œil avant moi.

— C'est moi, dit la première cliente qui était en train de regarder des poudriers. Il est superbe, n'est-ce pas ?

— Splendide. Ne me dites pas que vous n'en avez pas un autre dans le même genre, ajouta Patsy d'un ton suppliant en se tournant vers Laura.

— Je crois que nous avons un dragon ailé, en baccarat, mais nous ne l'avons pas encore mis en rayon. Kate ?

— Oui, dans l'inventaire. Le prix est fixé, mais il n'y a pas d'étiquette. Je l'ai vu dans la réserve. J'irai le chercher dès que j'aurai fini ces paquets.

— Non, j'y vais. J'espère que je vais le trouver. Si vous voulez bien patienter une minute…

— Avec plaisir. Vous savez, même mon mari aime venir faire des courses ici, confia Patsy à Kate quand Laura fut partie. Ce qui n'est pas rien. Lui faire acheter une boîte de petits pois relève en général de l'exploit. Il doit aussi aimer venir ici pour voir des jolies filles.

Kate fixa un ruban doré sur le papier dans lequel elle venait d'emballer le cashmere.

— Ce poudrier, là… dit la première cliente en pointant le doigt sur la vitrine. Je crois qu'il plairait beaucoup à ma belle-sœur.

— Je vais vous le sortir.

Pendant que les clientes admiraient toutes les deux le poudrier, Kate emballa le cheval. Une nouvelle discussion démarra quand Laura revint avec le dragon. Quand la porte s'ouvrit, tout le monde retint son souffle.

— Oh, quel magnifique bébé ! s'écria Patsy. On dirait un ange.

— N'est-ce pas ? fit Margo en sortant son fils du porte-bébé pour le lui montrer. Il a dix-sept jours.

Toutes ces dames se pressèrent autour de J. T. pour admirer ses doigts, son nez et s'extasier devant la vivacité de son regard.

— Tu aurais dû m'appeler, si tu avais envie d'aller te promener un peu, souffla Laura à l'oreille de son amie. Je serais venue te chercher.

— Maman m'a déposée. Elle tenait à faire des courses. Je la soupçonne de vouloir remplir tous les placards de la cuisine. Au cas où on se retrouverait bloqués à la maison, nous aurons des provisions pour un an.

Margo installa son fils dans le berceau qu'avait été chercher Kate, puis s'assit dans un fauteuil.

— La boutique me manquait. Alors, comment vont les affaires ?

— Tu as vu les deux clientes qui viennent de sortir ? lui demanda Kate en servant le thé.

— Oui. Elles sont apparemment parties déjeuner ensemble.

— Elles sont devenues amies en moins d'un quart d'heure grâce à deux animaux mythiques en verre. C'était drôle à voir.

— C'est la première fois qu'on a une seconde de répit depuis ce matin, ajouta Laura.

— J'ai vu mon médecin. Si je passe la majeure partie du temps assise derrière la caisse, il pense que je peux recommencer à travailler quelques heures la semaine prochaine.

— Inutile de te presser, objecta Kate. On se débrouille très bien.

— Je n'aime pas que vous vous débrouilliez sans moi. Je viendrai avec J. T. Les bébés attendrissent les clientes.

— Je croyais que tu devais chercher une nounou.

— Je vais le faire…

Margo se pencha sur le berceau et remonta la couverture sur son fils, une moue au coin des lèvres.

— Bientôt.

— Elle ne veut pas le partager avec quelqu'un, murmura Laura. Je connais ça. Quand Ali est née, je…

Elle se tut en voyant entrer trois nouvelles clientes.

— Je vais m'occuper d'elles, proposa Kate. Je vous laisse à vos bavardages de mamans.

Pendant les vingt minutes suivantes, elle montra toutes les boucles d'oreilles en diamant de la boutique à une cliente, tandis que la deuxième regardait les vêtements et que la troisième bêtifiait devant J. T., profondément endormi.

Elle aida ensuite à servir le thé, sauva la vie à un mari affolé en quête d'un cadeau d'anniversaire de dernière minute et remit sur les cintres les vêtements laissés dans la cabine d'essayage.

Kate ramassa une dernière robe en s'étonnant de la manière dont certaines personnes traitaient la soie, puis retourna vers le comptoir. De nouvelles clientes flânaient dans les rayons. Quelqu'un avait allumé une lampe Art déco, et une lumière douce et dorée illuminait tout un coin de la boutique. Margo riait avec une cliente, Laura était hissée sur la pointe des pieds pour attraper une boîte en haut d'une étagère. Et le bébé dormait.

Cet endroit avait quelque chose de magique, se dit-elle tout à coup. Une sorte de malle au trésor remplie d'objets sublimes et surprenants. Et c'était elles trois qui l'avaient créé. Par désespoir, par nécessité, mais surtout par amitié.

Il lui parut soudain étrange de n'avoir considéré la boutique que comme un moyen de faire des affaires. Un investissement. Et plus étrange encore de ne pas avoir réalisé jusqu'à présent combien elle était heureuse de participer à une aventure aussi risquée, aussi ridicule et aussi distrayante.

D'un pas décidé, elle s'approcha de Laura.

— J'ai un rendez-vous. Je l'avais complètement oublié, dit-elle à toute vitesse. Tu peux te débrouiller sans moi un moment ? Je n'en ai pas pour plus d'une heure.

— Bien sûr, mais...

— Je ne serai pas longue, reprit Kate en attrapant son sac avant que Laura puisse lui poser d'autres questions. À tout à l'heure.

Et elle s'éclipsa en vitesse.

— Où va-t-elle ? demanda Margo.

— Je n'en sais rien. Elle m'a dit qu'elle revenait dans un petit moment, expliqua Laura d'un air inquiet. J'espère qu'elle va bien.

Kate n'était pas du tout certaine d'aller bien. C'était un test. Retourner chez Bittle, et voir ce qu'elle ressentirait, comment elle réagirait, serait un excellent test.

Elle passa devant la réceptionniste, qui lui fit un sourire vaguement gêné, puis grimpa l'escalier jusqu'au deuxième étage où les téléphones et les fax n'arrêtaient pas de sonner et de crépiter dans tous les coins. Elle s'arrêta devant son ancien bureau. Personne ne l'avait réquisitionné, constata-t-elle. En dehors du téléphone posé sur le bureau, il était vide. Les stores étaient fermés, ainsi qu'elle-même les laissait souvent, préférant travailler à la lumière artificielle, sans jamais prendre le temps de regarder par la fenêtre.

Pas de gadgets... Pas de distraction... Elle soupira en silence en se disant que tout cela manquait de style. Et qu'elle n'était rien de plus qu'une abeille dans une ruche.

Seigneur, qu'elle était ennuyeuse...

— Kate.

Elle se retourna et se força à cesser de s'apitoyer ainsi sur son sort.

— Bonjour, Roger.

— Que fais-tu ici ?

— J'étais venue jeter un petit coup d'œil dans le miroir, dit-elle en montrant le bureau vide. Personne ne l'utilise ?

— Non, fit-il avec un vague sourire. Il paraît qu'il va bientôt y avoir un nouvel associé. Les rumeurs vont bon train.

— Ah oui ? dit-elle d'un ton détaché. Et à part ça ?

— Je suis surpris de te voir. Ce flic a pas mal traîné par ici.

— Ça ne m'inquiète pas, tu sais. Je n'ai rien fait qui puisse m'inquiéter.

— Non, bien sûr. Je ne l'ai d'ailleurs jamais cru. Je te connais trop bien.

Il regarda par-dessus son épaule.

— Bittle Senior a réuni le personnel la semaine dernière pour annoncer que tu avais été innocentée. Depuis, tout le monde se regarde de travers.

— Ce n'est pas étonnant...

Curieuse, elle l'observa plus attentivement.

— Pourtant, il n'y a qu'une seule personne qui devrait se faire du souci, tu ne crois pas ?

— Tout semblait t'accuser. Comment savoir qui sera le prochain visé ?

— Je pense que l'inspecteur Kusack connaît son boulot. Et puis, il y a le F.B.I.

— Comment ça, le F.B.I. ?

— Trafiquer des formulaires fiscaux est un crime fédéral.

— Personne n'a trafiqué les formulaires fiscaux.

— Non, seulement les miens et ceux de quelques clients. Quel salaud !

Roger recula brusquement, comme si elle venait de le gifler.

— Qu'est-ce que tu racontes ?

— Tu transpires, Roger. Je crois que je ne t'ai jamais vu transpirer. Pas même au lit, quand tu m'as annoncé qu'une de mes meilleures clientes t'avait confié son compte. Mais là, tu transpires à grosses gouttes.

Lorsqu'elle voulut s'en aller, il l'empoigna par le bras.

— Ne sois pas ridicule. Es-tu en train de m'accuser d'avoir manipulé ces formulaires ?

— Enlève tes sales pattes de là, Roger ! Et tout de suite.

Il ne fit que resserrer son étreinte et se pencha sur elle d'un air menaçant.

— Tu essaies de me mettre ça sur le dos parce que je t'ai laissée tomber, hein ? J'ai réussi à avoir ce compte parce que je suis meilleur que toi, plus imaginatif. Et je travaille plus dur.

— Tu l'as eu uniquement parce que tu as couché avec une femme seule et vulnérable.

— Comme si tu ne t'étais jamais payé un client ! dit-il d'un ton furieux. Je te préviens, Kate, si tu vas voir Bittle pour essayer de me faire accuser, je te...

— Eh bien, quoi ? rétorqua-t-elle, les yeux brillants de défi. Qu'est-ce que tu feras ?

— Il y a un problème ?

Miss Newman arriva dans le couloir de son pas silencieux. Une moue désapprobatrice au coin des lèvres, comme toujours.

Kate lui décocha un sourire radieux.

— Non, je ne crois pas. Tu en as un, Roger ? Mr Bittle m'attend, miss Newman. Je l'ai appelé de ma voiture.

— Il va vous recevoir tout de suite. Votre téléphone sonne, Mr Thornhill. Si vous voulez bien venir avec moi, miss Powell.

L'assistante se retourna pour toiser brièvement Roger, qui se tenait toujours au milieu du couloir, fou de rage, et vit Kate se frotter le bras.

— Vous allez bien ?

— Ça va, merci.

— Kate !

Bittle se leva derrière son bureau et lui tendit la main avec chaleur.

— Je suis très heureux que vous m'ayez téléphoné.

— Merci de me recevoir.

— Vous désirez boire quelque chose ?

— Non, je vous remercie.

— Miss Newman, veuillez informer tous les associés que Kate est ici.

— Non, ce n'est pas nécessaire. C'est à vous que je veux parler.

— Comme vous voudrez. Ce sera tout, miss Newman.

Bittle vint s'asseoir dans un fauteuil à côté d'elle plutôt que de reprendre sa place derrière son bureau.

— J'aimerais pouvoir vous dire que l'enquête progresse. Mais l'inspecteur Kusack pose malheureusement plus de questions qu'il ne fournit de réponses.

— Je ne suis pas venue pour ça...

Elle pensa une seconde à Roger. Non, elle n'allait pas prendre le risque de faire vivre à quelqu'un ce qu'elle-même venait d'endurer.

— Je suis venue au sujet de votre proposition.

Sans savoir exactement ce qu'elle allait dire, Kate croisa les mains sur ses genoux.

— Parfait. Il nous tarde de vous revoir parmi nous. Nous sommes tous tombés d'accord pour estimer que nous avions besoin d'un peu de sang neuf. Ce cabinet n'a jamais eu d'associé ayant une éthique de travail aussi rigoureuse que la vôtre. Je me rends bien compte que cela doit vous inquiéter de revenir travailler ici dans un moment pareil. Mais je vous assure une nouvelle fois que notre décision avait été prise avant que toute cette affaire n'éclate.

— Je le sais. C'est très important pour moi de le savoir...

Elle ouvrit à nouveau la bouche, se passa la langue sur les lèvres et secoua lentement la tête.

— Je suis navrée, Mr Bittle, mais je ne peux pas revenir travailler chez vous.

— Kate, dit-il en lui prenant la main. Croyez-moi, je comprends votre hésitation. Je suppose que vous serez réticente à accepter notre offre tant que les choses n'auront pas été totalement éclaircies. Mais nous sommes prêts à vous laisser du temps.

— Ce n'est pas une question de temps. Ou plutôt, si. J'ai eu le temps de penser à ce que je voulais vraiment. Et ces mois passés à tenir une boutique de dépôt-vente sur Cannery Row m'ont beaucoup plu. J'en suis la première surprise. Mais ça me plaît, et je veux continuer.

— Écoutez, Kate, laissez-moi vous parler un instant en ami. Vous avez toujours axé tous vos efforts pour réussir dans le domaine que vous aviez choisi. Domaine dans lequel vous excellez, d'ailleurs. Peut-être avez-vous besoin de faire une pause, cela nous arrive à tous. Mais en perdant de vue le but que vous vous étiez fixé pour faire un travail pour lequel vous êtes surqualifiée, et qui ne vous convient pas, vous allez gâcher votre temps et votre talent. N'importe quel petit comptable peut gérer une boutique, et la première lycéenne venue est capable de tenir une caisse.

Émerveillée de l'entendre expliquer tout cela avec autant de logique et de raison, Kate lui sourit.

— Vous avez raison, Mr Bittle. Vous avez entièrement raison.

— Aussi, si vous désirez prendre quelques jours de plus pour réfléchir à tout ça…

— Non, ma décision est prise. Je me suis déjà dit tout ce que vous venez de m'expliquer. Ce que je fais n'a pas de sens. C'est illogique, irrationnel et sentimental. Sans doute est-ce aussi une erreur, mais il faut que je la fasse. Vous comprenez, c'est notre boutique. À Margo, à Laura et à moi. C'est notre rêve à toutes les trois.

20

Elle passa prendre une bouteille de champagne à la boutique, puis décida de faire mieux encore et de préparer un repas. Selon l'accord tacite qu'elle avait passé avec Byron, il était convenu qu'il ferait la cuisine et elle, la vaisselle. Les talents culinaires de Byron étaient bien supérieurs aux siens. Mais puisqu'il s'agissait aujourd'hui de fêter un nouveau tournant de sa vie, elle tenait à marquer le coup.

Enveloppée dans un grand tablier, les manches roulées au-dessus du coude, Kate aligna les ingrédients sur le comptoir comme dans un laboratoire de physique.

D'abord, les hors-d'œuvre, décida-t-elle en considérant les champignons qu'elle venait de laver. Ce ne devait pas être facile de les farcir mais, d'après la recette, c'était faisable. Suivant les instructions, elle en coupa certains en tranches fines, les fit revenir avec des oignons et de l'ail, et se surprit à renifler le fumet qui montait de la casserole en souriant. Elle ajouta du fromage, des épices, farcit les plus gros champignons de cette mixture et mit le plat au four.

Il restait les concombres à faire dégorger, les poivrons à découper en lanières et les tomates à couper. Oh ! et les olives. Elle se débattait avec le couvercle d'une boîte de grosses olives noires quand le minuteur du four retentit. Bon, les champignons étaient prêts.

Tout va bien, se dit Kate en suçant son pouce qu'elle venait de se brûler contre le plat bouillant. Il suffisait d'être efficace. Et maintenant ?

Elle coupa du fromage, puis confectionna un mélange de basilic et d'huile d'olive qu'elle comptait servir avec le pain.

Un bref coup de fil en urgence à Mrs Williamson, la cuisinière de Templeton House, la rassura. Elle termina de disposer méticuleusement les hors-d'œuvre sur un plat.

Où diable était Byron ? se demanda-t-elle, penchée sur la recette des *pasta con pesto*. Hacher grossièrement le basilic. Qu'entendaient-ils par *grossièrement* ? Et pourquoi fallait-il gratter le parmesan alors qu'on pouvait en acheter en boîte tout râpé dans n'importe quelle épicerie ? Et où allait-elle trouver des pignons de pin ?

Elle en trouva finalement un pot étiqueté dans le placard. Elle aurait dû se douter qu'il en aurait. Cet homme avait tout ce qu'il fallait pour manger, préparer à manger et servir à manger ! Après avoir mesuré tous les ingrédients, elle les mit dans le mixer. Décidant qu'une petite prière ne pouvait pas faire de mal, elle ferma un œil et appuya sur le bouton.

Tout se passa de façon satisfaisante.

Contente d'elle, Kate mit de l'eau à chauffer pour les pâtes et dressa la table.

— Excusez-moi, fit Byron depuis le seuil, je me suis trompé de maison ?

— Très drôle.

Les chiens qui lui avaient tenu compagnie dans l'espoir de grappiller quelques miettes se précipitèrent vers leur maître. Byron posa son attaché-case pour les caresser et regarda Kate avec un sourire béat.

— Mais… tu ne sais pas faire la cuisine.

— Ça ne veut pas dire que je ne peux pas la faire.

Impatiente d'avoir son avis, elle prit un champignon sur le plat et le lui fourra dans la bouche.

— Alors ?

— C'est bon.

— Bon ? fit-elle en fronçant les sourcils. C'est tout ?

— Étonnamment bon, hasarda-t-il. Tu as mis un tablier.

— Ben, évidemment... Je n'ai pas envie d'avoir des taches partout.

— Tu as l'air si... si femme au foyer, dit-il en l'enlaçant pour lui dire bonjour. Ça me plaît beaucoup.

— N'en prends pas l'habitude. C'est exceptionnel.

Kate alla chercher des flûtes à champagne et se tourna vers lui avec un sourire espiègle.

— Bon, si je veux faire les choses bien, je suppose que je dois te demander comment s'est passée ta journée.

— Très bien. Mais c'est encore mieux maintenant.

Il prit le verre de champagne qu'elle venait de lui servir et le leva pour porter un toast.

— Que fêtons-nous ?

— Je suis contente que tu aies deviné qu'il y avait quelque chose à fêter, avec tout le mal que je me suis donné...

Elle poussa un soupir en jetant un coup d'œil circulaire sur la cuisine. Elle avait beau avoir pris des précautions, il y avait encore pas mal de choses à ranger.

— Pourquoi fais-tu la cuisine ? lui demanda-t-elle.

— Parce que j'aime ça.

— Tu dois être malade, Byron.

— Ton eau est en train de bouillir, ma chère.

— Oh, c'est vrai ! fit-elle en attrapant le paquet de pâtes. Il faut mettre ces trucs dans l'eau, bon, d'accord, mais comment suis-je supposée savoir quelle quantité font trois cents grammes ?

— Au pif. Je sais que c'est contre tes principes, mais il faut savoir vivre dangereusement.

Il la regarda s'affairer, faillit lui dire qu'elle en mettait trop, mais se ravisa. Après tout, c'était son dîner. Et il trouvait plutôt agréable de se contenter d'admirer la façon dont le nœud du tablier soulignait son ravissant postérieur.

De quoi aurait-elle l'air, toute nue, sous ce simple tablier blanc ?

En l'entendant rire, Kate se retourna.

— Qu'est-ce qu'il y a ?

— Rien…

Il but une gorgée de vin.

— Juste un petit fantasme. Mais c'est passé. Presque… Et si tu me racontais ce qui me vaut l'honneur de te voir te lancer dans une campagne domestique aussi effrénée ?

— Je vais te dire ça. J'étais… Zut, j'allais oublier le pain !

Très concentrée, Kate déposa le plat dans le four avant de régler le thermostat et le minuteur.

— Soutenir une conversation et préparer un repas en même temps est impossible. Si tu mettais de la musique, et que tu allumais des bougies ou je ne sais trop quoi, pendant que je termine ?

— D'accord.

Byron se leva, se dirigea vers la porte et se retourna sur le seuil.

— Katherine, à propos de ce petit fantasme…

Amusé, il secoua la tête.

— Non, je t'en reparlerai tout à l'heure.

Trop occupée pour lui prêter attention, elle le congédia d'un geste de la main et retourna à ses fourneaux.

Lorsqu'ils passèrent à table, Kate décida qu'elle s'en était finalement fort bien tirée. Ça sentait bon, les chandelles scintillaient doucement et la voix chaude d'Otis Redding leur parvenait du salon.

— Je pourrais faire ça environ une fois par an, déclara-t-elle après avoir goûté les pâtes.

— C'est fabuleux, vraiment. J'apprécie beaucoup. C'est sacrément agréable de rentrer chez soi et de trouver une jolie femme et un excellent repas.

— J'avais un surplus d'énergie à dépenser.

Elle coupa le pain et lui en offrit un morceau.

— J'ai pensé à t'emmener dans la chambre dès que tu arriverais, mais je me suis dit que ça pouvait attendre la fin du dîner. Et puis, je mourais de faim. J'ai nettement plus d'appétit depuis quelques mois.

— Et tu es moins stressée. Tu as arrêté d'avaler tous ces médicaments comme si c'étaient des bonbons.

C'était vrai, elle le reconnaissait. Et elle se sentait comme elle ne s'était pas sentie depuis des années.

— Eh bien, j'ai justement fait aujourd'hui quelque chose qui va soit me pousser à continuer, soit me faire repiquer aux médicaments.

Kate regarda une seconde les bulles de son champagne avant de boire.

— J'ai refusé l'offre de Bittle.

— Ah bon ? fit-il en posant sa main sur la sienne. Et tu ne regrettes pas ?

— Je ne crois pas. Ça n'a pas l'air de te surprendre ? ajouta-t-elle en haussant les sourcils. Je n'ai su que j'allais refuser qu'au moment où j'ai été assise dans son bureau.

— Ta tête ne le savait peut-être pas, mais ton cœur, si. Tu t'es beaucoup investie dans la boutique. C'est la tienne. Pourquoi abandonnerais-tu ça pour te consacrer à quelque chose créé par quelqu'un d'autre ?

— Parce que c'est ce que j'ai toujours voulu faire, c'était mon but. Mais, apparemment, je cherchais seulement à me prouver que j'en étais capable. Cela dit, c'est un peu effrayant de changer de vie comme ça.

— Ça n'a rien d'un changement radical, corrigea-t-il. Tu es associée dans une affaire, et tu es responsable de la gestion.

— Mon diplôme, toutes mes études…

— Tu ne penses quand même pas que c'était du temps perdu ? C'est une partie de ce que tu es, Kate. Tu vas seulement t'en servir d'une autre façon.

— Je ne pouvais pas retourner dans ce bureau, ni à ce style de vie. Ça m'a paru tout à coup si rigide. Aujourd'hui, Margo est passée à la boutique avec le bébé. Tout le monde l'admirait. Margo était assise à côté du berceau, Laura est allée chercher ce dragon ailé, j'ai emballé un cheval...

L'air soudain embarrassé, elle s'interrompit.

— Voilà que je me mets à babiller à tort et à travers !

— Ce n'est pas grave. Je comprends très bien ce que tu veux dire. Tu prends plaisir à travailler là, à faire partie de cet univers. Et tu t'extasies devant les surprises que cela réserve.

— Je n'ai pourtant jamais aimé les surprises. J'ai toujours voulu savoir ce qui allait se passer, quand, comment et où, afin de m'y préparer. Quand on n'est pas préparé, on fait des erreurs. Je déteste faire des erreurs.

— Tu es contente de ta décision ?

— C'est l'impression que j'ai.

— Eh bien, alors...

Il prit son verre et trinqua avec elle.

— Fonce !

— Attends un peu que j'annonce ça à Margo et à Laura !

À cette idée, Kate gloussa de plaisir.

— Quand je suis repassée, Margo était repartie, et Laura devait filer chercher les filles, si bien que je n'en ai pas eu l'occasion. Il va bien entendu falloir procéder à quelques modifications. Nous n'avons pas d'horaires fixes et bien définis. C'est ridicule. Et le système d'étiquetage a besoin d'être entièrement revu. Le nouveau logiciel que j'ai installé va changer sensiblement notre...

Elle vit soudain qu'il la regardait en souriant.

— Que veux-tu, on ne change pas radicalement en une nuit !

— Il n'est pas nécessaire que tu changes. C'est parce que tu es comme ça qu'elles ont besoin de toi. Utilise tes points forts, ma jolie. Auxquels tu peux ajouter la cuisine italienne. Ce *pesto* est remarquable.

— Vraiment ? fit-elle d'un air ravi en reprenant une bouchée. J'avoue que c'est pas mal. Eh bien, peut-être que je pourrai préparer quelque chose de temps en temps. Pour les occasions spéciales.

— Ce n'est pas moi qui t'en dissuaderai.

Il enroula des pâtes autour de sa fourchette d'un air songeur.

— À propos d'occasions spéciales, puisque tu vas continuer à travailler à ton compte, tu devrais pouvoir assouplir un peu ton emploi du temps. Pour différentes raisons, je ne vais pas pouvoir aller à Atlanta à Noël, aussi ai-je prévu de prendre quelques jours de congé et d'y faire un saut à Thanksgiving.

— C'est une bonne idée, dit-elle, ressentant malgré elle une petite pointe de dépit. Je suis sûre que ta famille sera contente de t'avoir, même pour quelques jours.

— Je voudrais que tu viennes avec moi.

— Quoi ? s'exclama-t-elle, la fourchette suspendue en l'air.

— J'aimerais que tu viennes à Atlanta avec moi pour Thanksgiving et que tu fasses connaissance avec ma famille.

— Je... je ne peux pas. Je ne peux pas partir à l'autre bout du pays comme ça. Il ne reste pas assez de temps pour que...

— Tu as presque un mois devant toi pour arranger ton emploi du temps en conséquence. Atlanta n'est pas Bora Bora, Kate. C'est seulement la Géorgie.

— Je sais où se trouve Atlanta, merci, rétorqua-t-elle avec irritation. Écoute, en dehors du problème de temps, Thanksgiving est une fête de famille. Et on n'impose pas quelqu'un comme ça à sa famille à ce moment-là.

— Tu n'es pas quelqu'un, dit-il calmement.

Ce qu'il voyait dans ses yeux était de la panique, ce n'était pas difficile à deviner. Bien qu'agacé, il était décidé à insister.

— Chez moi, inviter la femme qu'on aime pour lui faire rencontrer sa famille est une tradition. Surtout quand il s'agit de la femme qu'on veut épouser.

Kate sursauta, comme si on venait de lui assener un coup de poing, et se leva d'un bond.

— Attends une seconde. Où as-tu été chercher ça ? Je te prépare un repas, et tu te mets à délirer et à avoir je ne sais quelles idées de grandeur ?

— Je t'aime, Kate. Je veux t'épouser. Je serais vraiment heureux que tu passes ces quelques jours avec ma famille. Je suis persuadé que Margo et Laura seront d'accord pour adapter leur emploi du temps de manière que tu puisses t'absenter.

Il lui fallut quelques minutes avant que les mots qui se bousculaient dans sa bouche arrivent à former une phrase.

— Comment peux-tu me parler aussi tranquillement d'emploi du temps et de mariage dans la foulée ? Es-tu devenu fou ?

— Je pensais que tu apprécierais mon sens pratique.

Ne sachant pas avec certitude qui d'elle ou de lui l'énervait le plus, Byron remplit son verre.

— Eh bien, ce n'est pas le cas ! Alors, arrête. Je ne sais pas où tu as été pêcher cette idée saugrenue de mariage, mais…

— Ça n'a rien d'une idée saugrenue. J'y ai longuement réfléchi.

— Oh, vraiment ?

La colère commençait à prendre le pas sur la panique. Préférant de loin se sentir ainsi, Kate la laissa exploser sans retenue.

— C'est comme ça que tu t'y prends, hein ? C'est la fameuse méthode De Witt, je suppose. Calme, réflexion et patience… Mais comment ne m'en suis-je pas aperçue plus tôt ? C'est très rusé de ta part, Byron. Très habile. Et carrément pervers. Tu as tout fait pour m'amadouer, pas vrai ? En me grignotant petit à petit.

— Il faudrait que tu m'expliques ce que tu entends par là.

— Parce que tu crois que je ne vois pas clairement ton jeu ? Tu as commencé par me faire l'amour. Quand on en est réduit à l'état de glande palpitante, il devient difficile de penser de façon rationnelle.

Byron faillit rire, mais jugea plus prudent de prendre une olive.

— Si je me souviens bien, cette idée était la tienne tout autant que la mienne. Et même plus, du moins, au début.

— Inutile d'essayer de tout embrouiller ! tonna Kate en plaquant brusquement les mains sur le comptoir.

— Je n'embrouille rien du tout. Mais continue.

— Ensuite, ça a été la phase : « Refaisons une santé à Kate. » Avec hôpital, médecins, médicaments, et tout le toutim !

— J'imagine que tu vas encore dire que j'embrouille tout si je te rappelle que tu souffrais d'un ulcère.

— Je m'en arrangeais très bien ! Et j'aurais très bien pu aller voir le médecin toute seule. Mais tu as entrepris de me faire à manger et de me forcer à me nourrir sainement. « Tu devrais prendre un vrai petit déjeuner, Kate. Tu ferais mieux de boire moins de café. » Et sans même m'en rendre compte, je me suis retrouvée à manger régulièrement et à faire de l'exercice !

Byron se mordillait les lèvres en contemplant son assiette.

— J'ai honte. T'avoir tendu un piège aussi diabolique, vraiment, c'est impardonnable.

— Inutile de finasser avec moi, mon vieux ! Tu as ensuite acheté des chiens et tu m'as réglé le ralenti de ma voiture.

Il se passa les mains sur le visage avant de se lever.

— Et, bien entendu, j'ai fait ça pour t'empêcher de voir l'infâme complot que je tramais dans ton dos. Allons, Kate, tu es en train de te ridiculiser !

— Pas du tout. Tu t'es arrangé pour me piéger si bien que je me retrouve pratiquement à vivre ici.

— Chérie, fit-il avec un mélange d'affection et d'exaspération, tu vis ici, c'est un fait.

— Tu vois ? Qu'est-ce que je te disais ? Je vis avec toi sans même m'en rendre compte ! Et voilà que je te fais à manger. Moi qui n'ai jamais fait ça pour aucun homme !

— Jamais ?

Ému, Byron s'avança pour la prendre dans ses bras.

— Ah non, pas ça !

Toujours aussi furieuse, elle se planta derrière le bloc central de la cuisine.

— Tu as un sacré culot de tout mélanger comme ça ! Je t'avais pourtant dit que tu n'étais pas mon genre, et que ça ne marcherait jamais.

À bout de patience, il se balança sur ses talons.

— Oublions les genres. Ça marche, et tu le sais parfaitement. Je t'aime, et si tu n'étais pas aussi têtue, tu admettrais que tu m'aimes aussi.

— Je n'ai pas besoin que tu me dises quels sont mes sentiments, De Witt.

— Très bien. Alors, je t'aime. Débrouille-toi avec ça.

— Je n'ai pas à m'en débrouiller. C'est toi que ça regarde. Et quant à ta foutue proposition de mariage…

— Je ne t'ai pas proposé le mariage, dit-il froidement. Je t'ai dit que je voulais que tu m'épouses. Je ne t'ai rien demandé. De quoi as-tu peur exactement, Kate ? Que je te refasse le coup de cet abruti de Thornhill qui s'est servi de toi jusqu'à ce que quelque chose de plus alléchant se présente ?

Kate se figea aussitôt.

— Comment connais-tu Roger ? Tu es encore allé te mêler de mes affaires ? Ça ne devrait pas m'étonner.

Il en avait maintenant trop dit. Autant aller jusqu'au bout.

— Quand quelqu'un a autant d'importance que tu en as pour moi, il est naturel de se mêler de ses affaires. Tu as mentionné son nom à Kusack, et je suis resté en contact avec lui.

— Tu es resté en contact avec Kusack, répéta-t-elle. Ben, voyons… Et tu n'as pas estimé nécessaire de m'en parler ?

— Tu étais manifestement très occupée à la boutique. L'occasion ne s'est pas présentée, c'est tout. Ce qui compte, c'est que je ne suis pas Roger Thornhill. Je ne me sers pas de toi, et je ne l'ai jamais fait.

— Non, tu n'es pas un profiteur, c'est vrai. Tu es un manipulateur. Tu manipules les gens. C'est pourquoi tu es si bon dans ton travail. Patience, charme… tu as un talent fou pour mettre les gens dans ta poche sans même qu'ils s'en aperçoivent. Eh bien, j'ai une grande nouvelle à t'annoncer. Je ne me laisserai pas manipuler !

— Écoute-moi une minute…

Il fit un pas pour lui bloquer le passage et l'empêcher de sortir comme une furie. Au moment où sa main se referma sur son bras, elle poussa un cri. Craignant d'avoir abusé de sa force, il la lâcha aussitôt. Mais les marques qu'il vit sur son bras étaient déjà là depuis un moment.

— Qu'est-ce que c'est que ça ? demanda-t-il, aveuglé de colère.

Le cœur battant, elle le regarda dans les yeux.

— Fiche-moi la paix.

— Qui t'a fait ces marques ?

Kate redressa fièrement le menton et remarqua la lueur vengeresse qui brillait dans ses yeux.

— Je t'ai déjà vu dans le rôle du preux chevalier, Byron. Revoir ça ne m'intéresse pas du tout.

— Qui t'a fait ça ? insista-t-il en prenant soin de détacher chaque mot.

— Quelqu'un qui ne supportait pas qu'on lui dise non, rétorqua-t-elle.

Aussitôt, elle regretta amèrement ses paroles. Mais il était trop tard. Le regard de Byron se voila d'un seul coup et il s'écarta pour la laisser passer.

— Tu te trompes, reprit-il d'une voix délibérément calme et détachée. Je supporte qu'on me dise non. Et puisque ça semble être le cas, nous n'avons plus rien à nous dire.

— Je retire ce que j'ai dit, dit Kate en se sentant rougir de honte. C'était injuste. Mais je n'apprécie pas que tu te mêles de mes affaires, ni que tu t'imagines que je suis d'accord avec tous tes projets.

— J'ai compris.

La peine qu'il ressentait lui faisait l'effet d'une balle rouillée lui déchirant le ventre.

— Et comme je viens de te le dire, nous n'avons apparemment plus rien à nous dire. Il est clair que tu avais raison depuis le début. Nous voulons des choses différentes, et ça ne marchera pas.

Il s'approcha de la table, plus pour mettre de la distance entre eux deux que pour prendre son verre de vin.

— Tu peux prendre tes affaires maintenant ou plus tard, comme tu voudras.

— Je…

Kate le regarda fixement, stupéfaite qu'il soit capable de tirer un trait aussi brutalement sur leur histoire.

— Je… Tu ne… je m'en vais, parvint-elle à dire avant de sortir en trombe de la cuisine.

Il attendit d'entendre la porte claquer, puis se laissa tomber sur une chaise comme s'il avait cent ans. La tête renversée en arrière, il ferma les yeux. Comme c'était drôle… Elle était convaincue qu'il était un brillant stratège alors que n'importe quel aveugle sur un cheval au galop aurait vu qu'il venait maladroitement de tout gâcher.

Elle rentra à la maison. Où d'autre aller quand on était triste et malheureux ? La scène qu'enregistra son regard en entrant dans le salon était si joyeuse, si familiale, et si semblable à ce qu'on venait de lui proposer et à ce qu'elle avait refusé, qu'elle eut soudain envie de pleurer.

Josh était assis dans le grand fauteuil près du feu, la lueur des flammes dansant sur lui et son fils endormi au creux de son bras. Laura servait le café dans de jolies tasses, sa fille cadette assise à ses pieds. Margo était pelotonnée à un bout du canapé avec Ali, et elles feuilletaient ensemble un magazine de mode.

— Kate ! s'exclama Laura en lui lançant un regard accueillant. Tu arrives juste à temps pour le café. J'ai convaincu Josh de venir avec le bébé en lui faisant miroiter que Mrs Williamson ferait un jambon glacé au miel.

— Il n'est pas impossible qu'il en ait laissé une petite tranche, ajouta Margo. Si tu as faim…

— Je ne me suis resservi qu'une fois !

— Deux fois, oncle Josh, lui fit remarquer Kayla.

Et elle se leva, comme elle le faisait toutes les deux minutes, pour aller admirer le bébé.

— Tante Kate n'est pas contente, déclara Ali. Tu es furieuse contre quelqu'un ? Tu as les joues toutes rouges.

— Mais c'est vrai, renchérit Margo en l'observant de plus près. Et je crois même que je l'entends grincer des dents.

— Sors de cette pièce, fit Kate en pointant le doigt sur Josh. Et emmène ta testostérone avec toi.

— Je ne m'en sépare jamais, répliqua-t-il d'un air rieur. Et je suis très bien où je suis.

— Je ne veux voir aucun homme. Si je vois un seul homme dans les soixante secondes qui viennent, je l'étrangle à mains nues !

Josh renifla en prenant un air insulté, mais il se leva.

— Je vais emmener J. T. dans la bibliothèque boire du porto et fumer un cigare. Nous allons parler sport et affaires.

— Je peux venir aussi, oncle Josh ?

— Bien entendu, dit-il en tendant sa main libre à Kayla. Je ne suis pas sexiste, moi.

— Au lit dans une demi-heure, Kayla, rappela Laura à sa fille. Ali, si tu allais tenir compagnie à ton oncle avant qu'il ne soit l'heure d'aller au lit ?

— Je veux rester ici...

La lèvre boudeuse, elle croisa les bras sur la poitrine.

— Ce n'est pas parce que tante Kate va crier et dire des gros mots que je dois partir. Je ne suis pas un bébé.

— Laisse-la rester, dit Kate en faisant de grands moulinets avec les bras. Il n'est jamais trop tôt pour apprendre ce que sont réellement les hommes.

— Elle a tout le temps, corrigea Laura. Allison, va dans la bibliothèque avec ton oncle ou monte prendre ton bain.

— Je suis toujours obligée de t'obéir. J'en ai marre !

Sur ces mots, Ali sortit en courant et partit bouder dans sa chambre.

— Eh bien, tout cela est très agréable, murmura Laura en se demandant pourquoi sa fille avait réagi ainsi. Tu n'as pas quelque chose de gai à nous dire, Kate ?

— Les hommes sont tous des salauds.

Et elle prit une tasse de café qu'elle avala cul sec comme un whisky.

21

— Que veux-tu dire par là ? demanda Margo au bout d'un long moment.

— D'ailleurs, on peut très bien s'en passer, non ? En dehors de procréer, ils ne nous servent à rien, et avec les avances de la technologie, on pourra bientôt faire ça en laboratoire.

— Charmante perspective ! commenta Laura en se resservant du café. On n'en a peut-être pas besoin pour faire l'amour, mais je compte quand même sur eux pour terrasser les gros insectes.

— Parle pour toi ! fit Margo. Je préfère encore tuer des araignées moi-même que d'arrêter de faire l'amour. Kate, si tu nous disais quel crime a commis Byron ? À moins que tu ne veuilles nous laisser deviner ?

— Un sale mec sournois qui fait ses coups en dessous, oui… Je n'arrive pas à croire que j'ai été assez bête pour avoir eu une histoire avec un type comme lui. En fait, on ne connaît jamais vraiment les gens, on ne sait jamais ce qui se passe derrière leurs petits yeux de fouine.

— Kate, qu'est-ce qu'il a fait ? Quoi que ce soit, ça m'étonnerait que ce soit aussi grave que tu le penses.

Quand Kate retira son manteau, Laura aperçut les marques sur son bras. Elle se leva d'un bond.

— Seigneur, il t'a frappée ?

— Quoi ? Oh, ça ! fit-elle en effleurant son bras d'un geste vague. Non, il ne viendrait pas à l'idée de Byron de frapper une femme. C'est une approche beaucoup trop directe pour quelqu'un comme lui.

— Bon, vas-tu te décider oui ou non à nous dire ce qu'il a fait ? demanda Margo avec impatience.

— Vous voulez vraiment le savoir ? Eh bien, je vais vous le dire, répliqua Kate en marchant de long en large dans le salon. Il m'a demandé de l'épouser.

Voyant que cette nouvelle était accueillie par un profond silence, elle se retourna comme une furie.

— Vous avez entendu ce que je viens de dire ? Il m'a demandé de l'épouser.

Laura réfléchit une seconde.

— Et alors ? Il a un placard rempli des têtes de ses anciennes femmes ?

— Vous ne m'écoutez pas. Vous ne comprenez rien...

S'obligeant à reprendre son calme, Kate respira à fond et écarta ses cheveux de son visage.

— Bon, d'accord, il fait la cuisine, m'oblige à prendre des vitamines et me fait faire de la musculation. Il me fait un effet tel que je suis toujours prête à me rouler par terre pour faire l'amour avec lui. Il va voir Kusack et cherche à m'épargner les soucis. Il veille à me faire de la place dans son armoire de manière que je puisse laisser des affaires chez lui. Et, bien entendu, il a acheté cette maison, et ces satanés chiens devant lesquels n'importe qui ayant un peu de cœur tomberait en extase. Ma voiture n'a jamais aussi bien roulé que depuis qu'il l'a réparée. Et, régulièrement, de façon qu'on le remarque à peine, il apporte des fleurs à la maison.

— Des fleurs ? s'exclama Margo en pressant la main sur son cœur. Mais, ma parole, cet homme est dangereux. Il faut le faire arrêter.

— Oh, toi, la ferme ! Je sais que tu n'es pas de mon côté. Tu ne l'as jamais été.

Certaine de trouver en elle une alliée fidèle, Kate se jeta à genoux devant Laura en croisant les mains.

— Et il m'a demandé de l'accompagner à Atlanta à Thanksgiving pour me présenter sa famille. En me disant qu'il m'aime et qu'il veut m'épouser.

— Pauvre chérie…

Laura serra ses mains dans les siennes d'un air compatissant.

— Je comprends maintenant ce que tu as dû endurer ce soir. Manifestement, cet homme est fou. Je suis sûre que Josh saura faire ce qu'il faut pour le faire enfermer.

Stupéfaite, Kate retira ses mains.

— Tu n'es pas de mon côté, toi non plus ?

— Parce que tu voudrais que je me sente désolée pour toi ?

Voyant la colère qui animait le regard de son amie, Kate cligna des yeux.

— Non… enfin, oui. Je… Je voudrais seulement que tu comprennes.

— Je vais te dire ce que je comprends. Tu as un homme qui t'aime. Un homme bon, intelligent et attentionné prêt à partager les difficultés aussi bien que les plaisirs de la vie avec toi. Qui te désire, et qui t'aime assez pour vouloir faire tout ce qui est en son pouvoir pour te rendre heureuse et te faciliter l'existence. Qui te veut dans son lit et partout ailleurs. Qui tient à toi au point de te faire rencontrer sa famille, parce qu'il l'aime et est fier de te la présenter. Et ça ne te suffit pas ?

— Non, je n'ai pas dit ça. C'est juste que…

Kate se releva, les joues en feu.

— Je n'avais pas prévu de…

— Ça, c'est ton problème ! trancha Laura en se levant à son tour d'un air furieux. Tout doit toujours se passer comme tu l'avais prévu. Eh bien, dans la vie, ce n'est pas comme ça !

— Je sais. Ce que je voulais dire, c'est que…

En proie à une colère qu'elle ne soupçonnait pas, Laura ignora froidement les protestations de Kate.

— Et si ta vie ne te convient pas, essaie donc un peu la mienne ! reprit-elle d'une voix amère. Qu'est-ce que j'ai, moi ? Rien. Un mariage raté, un homme qui voulait mon nom plus que moi et ne s'est même pas donné la peine de prétendre le contraire une fois qu'il m'a eue. Essaie donc de revenir chez toi chaque soir en sachant qu'il n'y a personne pour te prendre dans ses bras et que tu es seule à devoir régler tous les problèmes sans personne sur qui t'appuyer. Et d'avoir ta fille qui te reproche de ne pas avoir su garder son père sous le toit familial.

Elle s'approcha de la cheminée où crépitait le feu tandis que ses amies gardaient le silence.

— Essaie d'imaginer une seconde ce que c'est de n'avoir personne qui t'aime, qui ait envie de toi, et de se coucher chaque soir en te demandant comment tu vas te débrouiller pour que tout redevienne comme avant. Essaie, et ensuite tu pourras revenir te lamenter !

— Je suis désolée, murmura Kate. Je suis sincèrement désolée.

— Non, c'est moi qui suis désolée, dit Laura d'un ton las en repoussant la main tendue de Kate et en revenant s'asseoir. Je ne sais pas d'où ça est sorti.

La tête appuyée sur un coussin, elle ferma les yeux, le temps de se reprendre.

— Oui, je regrette. Peut-être que je suis jalouse, ajouta-t-elle en rouvrant les yeux.

Elle ébaucha un sourire.

— À moins que je ne pense que tu es stupide.

— J'aurais dû revenir ici quand Peter est parti, commença Kate. J'aurais dû me rendre compte que c'était difficile pour toi de rester toute seule.

— Oh, je t'en prie, arrête ! Il ne s'agit pas de moi. J'ai les nerfs un peu à vif, c'est tout, dit Laura en se frottant les tempes. Ce n'est pas le premier accrochage qu'Ali et moi avons aujourd'hui. Et ça me rend nerveuse.

— Je peux très bien venir m'installer maintenant, insista Kate en s'asseyant près d'elle.

— Ce n'est pas que tu ne sois pas la bienvenue, mais il n'en est pas question.

— On dirait que cette issue de secours est bloquée, murmura Margo.

— Je ne cherche pas une issue de secours, rétorqua Kate en s'efforçant de faire le tri parmi les émotions qui l'assaillaient. Je pourrais t'aider avec les filles, partager les dépenses…

— Non. Quelle qu'elle soit, c'est ma vie, et c'est moi que ça regarde. Tu as la tienne. Si tu n'aimes pas Byron, c'est autre chose. Tu ne peux pas te forcer à avoir des sentiments pour lui uniquement pour lui plaire.

— Tu plaisantes ? s'exclama Margo en prenant la cafetière. Elle est folle de lui depuis des mois.

— Et alors ? Les sentiments ne sont pas une garantie quand on en vient à parler d'une chose aussi importante que le mariage. Ils n'ont pas suffi à Laura, soupira Kate. Je regrette, mais c'est la vérité.

— En effet. Mais tu ne peux pas espérer la même garantie que quand tu achètes un toaster.

— Bon, d'accord, mais il ne s'agit pas seulement de ça. Tu ne vois donc pas qu'il a joué avec moi ? Il m'a manipulée depuis le début.

Margo se mit à ronronner sensuellement de sa belle voix rauque.

— Hmm… Se faire manipuler par un bel homme costaud… Pauvre Kate !

— Tu comprends très bien ce que je veux dire. Tu n'as jamais laissé Josh prendre toutes les décisions. Or Byron a une manière de procéder qui fait que je me retrouve embarquée dans la direction qu'il a choisie avant même de m'en rendre compte.

— Tu n'as qu'à changer de direction, si la destination ne te plaît pas, suggéra Margo.

— Une fois, il m'a dit que j'étais un détour. Et qu'il aimait faire de longs et intéressants détours. J'avais d'ailleurs trouvé ça charmant.

— Pourquoi ne retournes-tu pas le voir pour discuter de tout ça avec lui ?

Laura pencha un peu la tête, imaginant sans mal la scène qu'ils avaient dû avoir dans la cuisine de Byron.

— Il est probablement aussi malheureux et furieux que toi.

— Je ne peux pas. Il m'a dit que je pouvais venir chercher mes affaires quand je voudrais.

— Aïe ! soupira Margo en regardant Kate avec une réelle sympathie. De ce ton poli et bien élevé qu'il a toujours ?

— Exactement. Ce qui est encore pis. De plus, je ne vois pas ce que je pourrais lui dire. Je ne sais pas ce que je veux.

Se sentant perdue, elle se cacha le visage dans les mains.

— Je crois savoir ce que je veux, mais ça n'arrête pas de changer. Je suis fatiguée. Et quand on est dans cet état, on ne peut pas réfléchir correctement.

— Eh bien, tu iras lui parler demain. Tu n'as qu'à rester dormir ici, dit Laura en se levant. Il faut que j'aille coucher les filles.

— J'ai honte. Je n'aurais jamais dû dire tout ça à Laura, murmura Kate lorsqu'elle se retrouva seule avec Margo.

— Je sais, fit celle-ci en se rapprochant légèrement. Moi, tout ce que ça m'a donné envie de faire, c'est de tuer Peter Ridgeway si jamais il a le culot de revenir par ici.

— Je n'avais pas réalisé qu'elle était encore à ce point meurtrie, aussi malheureuse.

— Elle s'en remettra, assura Margo en lui tapotant le genou. Nous y veillerons.

— Au fait, je... je ne vais pas reprendre un travail dans un cabinet d'expertise.

— Bien sûr que non.

— Tout le monde a toujours l'air de savoir avant moi ce que je vais faire ! s'étonna Kate. Bittle m'a proposé de me prendre comme associée.

— Félicitations.

— J'ai refusé son offre cet après-midi.

— Eh bien, dis-moi, quelle journée ! déclara Margo dans un sourire étincelant.

— Et je crois que c'est Roger Thornhill qui a détourné l'argent.

— Quoi ? Cette ordure infâme qui t'avait trompée avec une de tes clientes ?

— Celui-là même.

Kate fut contente de voir qu'elle arrivait encore à faire réagir Margo.

— C'est le comportement qu'il a eu quand je l'ai croisé aujourd'hui chez Bittle qui me fait dire ça. Il est assez futé pour avoir falsifié ces documents, et j'étais sa concurrente principale pour le poste d'associé. Il a sans doute vu là une occasion de se faire un peu d'argent et de me coiffer au poteau.

— Tu en as parlé à Kusack ?

— Non, je n'ai aucune preuve. C'est seulement une intuition...

Kate leva les yeux au ciel.

— Et nous savons toutes les trois où ma fameuse intuition nous a déjà menées. C'est moi qui étais persuadée que la dot de Seraphina était enterrée quelque part sur la plage. Et en récompense de tous nos efforts, nous n'avons eu droit qu'à des courbatures, des puces de sable et quelques coquillages brisés !

— L'intuition d'une petite fille de douze ans et celle qu'a une femme sur un sale type avec qui elle a été intime sont deux choses différentes.

Margo poussa Kate pour l'obliger à se lever.

— Tu ne veux peut-être pas le dire aux flics, mais tu vas en parler tout de suite avec ton avocat.

À 9 h 45 le lendemain matin, Kate ouvrait la caisse de la boutique. Laura travaillait à l'hôtel jusqu'en fin de matinée, et Margo était encore en congé de maternité. Elle décida de savourer pleinement ces quelques minutes de tranquillité avant d'aller retourner le panneau « ouvert » sur la porte.

Elle avait apporté ses propres CD. Si Margo aimait le classique, Kate préférait les classiques. Les Beatles, les Rolling Stones, les Cream. Après avoir mis un disque, elle remplit l'arrosoir en cuivre en se disant qu'elle allait s'adonner avec plaisir aux petites tâches que nécessitait une boutique élégante.

Et elle ne penserait pas à Byron De Witt.

À cette heure-ci, il était dans son bureau. Probablement en réunion ou au téléphone. Peut-être étudiait-il un itinéraire pour se rendre à San Francisco. Ne lui avait-il pas dit qu'il devait y faire un saut ?

Ça n'avait pas d'importance, se répéta-t-elle en sortant sur la véranda arroser les pensées et les impatiens. Il pouvait bien aller où il voulait, et même dans la Lune, si cela lui chantait. Elle avait cessé de s'intéresser à lui. Terminé. La page était tournée.

D'ailleurs, n'avait-elle pas une vie à elle ? Elle était dans une toute nouvelle phase. Une nouvelle carrière s'ouvrait à elle, avec de nouveaux objectifs. Des dizaines d'idées pour améliorer les résultats de la boutique trottaient dans sa tête. Dès que Margo serait de retour, elles se réuniraient. Sérieusement. Et puis, le défilé de mode devait avoir lieu bientôt. Il faudrait s'occuper de la publicité. Et penser à trouver d'autres promotions pour les prochaines vacances.

On ne pouvait pas gérer efficacement une affaire sans tenir régulièrement des réunions. De même qu'on ne pouvait gérer sa vie sans se fixer des buts et des objectifs précis.

Pourquoi diable ne comprenait-il pas qu'elle avait des buts et des objectifs ? Comment avait-il pu lui lancer cette proposition de mariage à la figure sans tenir compte de tous ses projets si soigneusement mis en place ?

Sans compter qu'on n'épousait pas quelqu'un qu'on connaissait depuis un an à peine. Il y avait des étapes à respecter. Au bout de deux ans, quand chacun connaissait vraiment les défauts et les points faibles de l'autre, et avait appris à les accepter ou à s'en accommoder, on pouvait éventuellement envisager de *parler* mariage.

Il fallait alors définir ce qu'on en attendait, distribuer les rôles, les devoirs. Les gens sensés ne s'engageaient pas dans une telle aventure sans avoir d'abord longuement réfléchi à tous les détails.

Et les enfants ? Qui faisait les enfants était évident – si toutefois on voulait en faire – mais qui en assumerait la responsabilité ? Il y avait les couches, la lessive, les repas, les rendez-vous chez le pédiatre... Si on ne se répartissait pas soigneusement les tâches, on se retrouvait dans un véritable chaos, or le bébé avait besoin d'être pris en charge par un adulte responsable.

Un bébé... Comment réagirait-elle si elle avait un bébé ? Dans ce domaine, elle n'y connaissait rien. Il lui faudrait lire des tas de livres afin d'éviter de faire des erreurs. Un bébé avait besoin de tellement de choses. Une poussette, un landau, un siège-auto...

Et tous ces petits vêtements adorables, se dit Kate d'un air songeur. Mais aussi de talc, qui donnait à leur peau douce cette merveilleuse odeur quand on les embrassait et qu'ils se lovaient au creux de votre bras comme s'ils avaient toujours été là.

— Vous allez noyer ces pensées, miss Powell.

Kate fit un bond en arrière en arrosant copieusement ses chaussures. Décontenancée, elle regarda fixement Kusack tandis que ses pensées continuaient à défiler dans sa tête. Voilà qu'elle s'imaginait avoir un bébé avec un homme avec lequel elle n'avait nullement l'intention d'en faire…

— Vous rêvassiez ? demanda-t-il avec ce sourire paternel qui lui était maintenant familier.

— Non, je…

Elle n'était pas une rêveuse. Elle était une femme pratique. Et réfléchie.

— J'ai tant de choses auxquelles penser…

— Je m'en doute. J'espérais bien vous voir avant que vous n'ouvriez la boutique. Vous permettez que j'entre un instant ?

Les mains tremblantes, Kate posa l'arrosoir et ouvrit la porte.

— Oui, bien sûr. Aujourd'hui, je suis toute seule. Mes associées sont…

— Ça tombe bien, je voulais vous parler seul à seule. Mais je n'avais pas l'intention de vous effrayer, miss Powell.

— Non, non, ça va, dit-elle en sentant son pouls retrouver un rythme normal. Que puis-je faire pour vous, inspecteur ?

— À vrai dire, je venais juste vous informer des progrès de l'enquête. Je me suis dit qu'après tout les ennuis que vous aviez eus, vous méritiez bien de savoir comment cette affaire s'était arrangée.

— Elle s'est arrangée ?

— Oui, on pourrait dire ça. Votre petit ami m'a conseillé de m'intéresser à Roger Thornhill.

— Ce n'est pas mon petit ami, s'empressa de préciser Kate. Si, comme je le suppose, vous faites allusion à Mr De Witt.

— En effet.

Kusack fit un sourire timide en se grattant l'oreille.

— Je ne sais jamais très bien quel mot employer pour ce genre de choses. Je disais donc que Mr De Witt m'a suggéré de m'intéresser à Thornhill. Ce que je faisais déjà. Mais vous n'avez pas l'air étonnée par cette nouvelle.

— J'avais un pressentiment, dit Kate avec un haussement d'épaules, en réalisant que ça n'avait finalement plus d'importance. Pourquoi vous intéressiez-vous à lui ?

— Il a un petit problème. Il joue. Or les joueurs ont souvent besoin d'argent frais.

— Roger joue ? Vous voulez dire qu'il parie sur des chevaux et ce genre de choses ?

— Il parie sur Wall Street, miss Powell. Et depuis deux ans, il a pas mal perdu. Et puis, il y avait cette liaison avec vous, et la petite altercation que vous avez eue hier chez Bittle.

— Comment le savez-vous ?

— Miss Newman. Elle a d'excellents yeux et d'excellentes oreilles. Et du nez, ajouta-t-il avec un fin sourire. Je lui avais demandé de me faire part de tout incident inhabituel. Il faut dire qu'elle n'apprécie guère Thornhill. Par contre, elle vous a soutenue dès le départ.

— Pardon ? fit Kate en se tenant l'oreille comme si elle était subitement devenue sourde. Miss Newman m'a soutenue ?

— La première fois que je l'ai interrogée dans le cadre de cette enquête, elle m'a prévenu que si je vous croyais coupable, je me trompais lourdement. D'après elle, Katherine Powell ne volerait même pas un trombone.

— Je vois. Moi qui ai toujours cru qu'elle me détestait.

— Je ne sais pas si elle vous aime ou non, en tout cas, elle vous respecte.

— Vous allez interroger Roger ?

— C'est déjà fait. Je lui ai rendu une petite visite hier soir. Appelez ça de l'instinct ou de la chance. Il venait de faire sa valise et s'apprêtait à filer à l'aéroport.

— Vous plaisantez ?

— Non, pas du tout. Il avait une réservation sur le vol à destination de Rio. Il n'était pas tranquille, depuis que vous avez été innocentée. Je crois que le fait de vous avoir vue hier au bureau l'a fait craquer nerveusement. Il a tout déballé assez vite. Sa carrière est fichue, et il va passer pas mal d'années à payer des amendes et son avocat. Mais le gouvernement fédéral va sans doute l'héberger quelque temps.

— Il va aller en prison ?

— Sûrement un petit moment. Vous savez, si vous vouliez, vous pourriez l'attaquer en justice pour diffamation. Mais votre avocat vous expliquera ça.

— Cela ne m'intéresse pas de poursuivre Roger. Tout ce qui m'intéresse, c'est de tourner la page.

— Je m'en doutais, fit l'inspecteur en lui souriant à nouveau. Vous êtes une femme bien, miss Powell. J'ai été ravi de vous rencontrer, en dépit des circonstances.

Kate réfléchit une seconde.

— Je crois que je peux vous dire la même chose.

Kusack se dirigea vers la porte, puis se retourna.

— Vous n'allez pas tarder à ouvrir, n'est-ce pas ?

Elle jeta un coup d'œil à sa montre.

— Dans une minute.

— Je me demandais…

Une fois encore, il se gratta l'oreille.

— C'est bientôt l'anniversaire de ma femme. En fait, c'est demain.

Kate lui lança un sourire rayonnant.

— Inspecteur Kusack, vous ne sauriez trouver meilleure adresse !

Elle se sentait revivre. Tous ses soucis étaient désormais derrière elle et elle venait d'aborder une nouvelle phase de sa vie.

Elle n'avait aucune raison d'être nerveuse à l'idée d'aller chez Byron. On était au milieu de la journée ;

il ne serait pas là. Elle se contenterait de reprendre ses affaires, comme il le lui avait demandé, et le chapitre serait clos. Définitivement.

Elle n'aurait pas de regrets. Elle avait pris du bon temps, mais rien ne durait éternellement, et toutes les bonnes choses avaient une fin.

Et si elle alignait encore un seul cliché de ce genre, elle allait hurler.

Kate se gara dans l'allée. La clé qu'elle avait soigneusement retirée de son porte-clés était dans sa poche. Quand elle voulut la sortir, elle se retrouva avec la pièce de Seraphina à la main. Elle la regarda d'un air confus. Elle aurait pourtant juré l'avoir rangée dans le compartiment supérieur de sa boîte à bijoux.

Elle la retourna sur sa paume. Le soleil se refléta sur la pièce en or dans un éclat éblouissant. C'était sûrement pour cette raison qu'elle avait les larmes aux yeux. Certainement pas parce qu'elle ressentait subitement un lien étrange avec cette jeune fille, prête à se jeter dans le vide du haut de la falaise.

Kate Powell ne renoncerait pas à la vie, se dit-elle fermement. Il lui restait encore de nombreuses années de bonheur à vivre. Et puis, elle n'allait quand même pas rester là à larmoyer sur une vieille pièce et une légende douteuse !

Il fallait revenir à la réalité. Ravalant ses larmes, elle remit la pièce dans sa poche et sortit la clé. Mais elle trouva plus difficile qu'elle ne l'aurait imaginé de s'en servir en pensant que ce serait la dernière fois.

Ce n'était rien de plus qu'une maison. Il n'y avait pas de raison de se mettre à trembler comme ça en ouvrant la porte. Pas plus qu'il y en avait de se planter devant la baie vitrée et de se mettre à pleurer en apercevant les chiots se prélasser au soleil.

Les géraniums dans leurs pots de terre grise étaient en fleur. Les coquillages qu'elle avait ramassés avec Byron sur la plage étaient disposés dans une grande coupe en verre sur la table en érable.

Tout était parfait. Si parfait qu'elle ne put s'empêcher de laisser couler ses larmes.

Lorsque les chiens se mirent tout à coup à aboyer à l'unisson en bondissant vers la maison, Kate réalisa qu'elle n'avait pas entendu arriver la voiture. Ils réagissaient ainsi chaque fois qu'ils reconnaissaient le moteur de la voiture de Byron.

Prise de panique, elle se retourna aussitôt et le regarda entrer.

— Je suis désolée. Je ne pensais pas que tu rentrerais si tôt.

— Je m'en doute.

Mais il savait, grâce au coup de fil de Laura, qu'il la trouverait là.

— Je suis venue chercher mes affaires. Je… je pensais qu'il valait mieux que je vienne pendant que tu étais au bureau. Pour que ce soit moins désagréable.

— Ça n'empêche pas que ça le soit, dit-il avant de faire un pas vers elle en plissant les yeux. Tu as pleuré.

— Non, pas vraiment. C'est…

La main dans la poche, elle retourna la pièce.

— C'est sans doute à cause des chiens. Ils étaient si mignons, en train de dormir dans le jardin… Ils vont me manquer.

— Assieds-toi.

— Non, je ne peux pas. Il faut que je retourne à la boutique et… Je tiens à m'excuser d'avoir crié hier soir. Je suis franchement désolée, et j'espère que cela ne nous empêchera pas de rester courtois.

Réalisant l'absurdité de ce qu'elle venait de dire, elle ferma les yeux.

— C'est tellement bizarre…

Il mourait d'envie de la toucher. Mais il connaissait ses limites. S'il effleurait ne serait-ce que ses cheveux, il ne pourrait s'empêcher de la caresser davantage, jusqu'à ce qu'il la tienne dans ses bras et qu'elle le supplie de la toucher encore.

— Alors, essayons de nous montrer courtois. Puisque tu ne veux pas t'asseoir, nous resterons debout. J'ai quelques petites choses à te dire.

Il vit une lueur d'inquiétude passer dans ses yeux. Que voyait-elle donc quand elle le regardait ? Pourquoi ne le devinait-il pas ?

— Je veux m'excuser moi aussi. Je m'y suis très mal pris, hier soir. Et au risque de te mettre à nouveau en colère, j'admets que tu n'étais pas loin de la vérité quand tu m'as fait... appelons ça des remarques sur mon caractère.

Byron alla devant la fenêtre en faisant tinter des pièces de monnaie au fond de sa poche. Les chiens, telles des sentinelles, montaient la garde derrière la vitre.

— J'aime programmer ce que je fais. Nous avons cela en commun. Je reconnais t'avoir incitée à vivre ici. Ça me semblait le meilleur moyen pour qu'on s'habitue doucement l'un à l'autre. Et puis, j'avais envie que tu sois là.

Quand Byron se retourna vers elle, Kate chercha quelque chose à dire, mais ne trouva rien.

— Je voulais prendre soin de toi. Tu vois la vulnérabilité comme une faiblesse. Moi, je vois ça comme quelque chose de doux et d'attirant chez une femme forte, intelligente et déterminée. Protéger est dans ma nature, tout comme réparer, ou du moins essayer de réparer ce qui ne va pas. Je ne peux pas me changer.

— Je ne veux pas que tu changes, Byron. Mais je ne peux pas changer non plus. Je résisterai toujours à l'idée de me laisser guider, même si c'est avec de bonnes intentions.

— Si je vois quelqu'un que j'aime être stressé au point d'en être malade, de se laisser berner et blesser par les autres, je fais tout ce qui est en mon pouvoir pour qu'il en aille autrement. Quand je veux quelque chose, quand ça en vaut la peine, je suis prêt à tout faire pour l'avoir. Je t'aime, Kate.

Le cœur gros, elle sentit ses yeux se remplir de larmes.

— Je ne sais pas quoi te, dire… Je ne sais pas quoi faire. Je n'arrive pas à le savoir.

— Tu sais, une fois de temps en temps, ça ne fait pas de mal de se reposer sur quelqu'un. Faisons un petit test de logique, tu veux ? J'ai trente-cinq ans. Je n'ai jamais été marié, ni fiancé, et je n'ai jamais vécu officiellement avec aucune femme. Pourquoi ?

— Je n'en sais rien…

Elle se passa la main dans les cheveux, cherchant désespérément à s'en remettre à son raisonnement plutôt qu'à ses sentiments.

— Il peut y avoir des dizaines de raisons. Tu ne voulais pas t'engager, tu étais trop occupé à profiter des belles filles du Sud ou trop préoccupé par ta carrière.

— En effet, ça aurait pu être pour l'une ou l'autre de ces raisons, convint-il. Mais je vais te dire à quoi ça se résume. Je suis comme toi, je déteste faire des erreurs. Je suis certain qu'il existe d'autres femmes avec lesquelles je pourrais être heureux et faire ma vie. Mais ça ne me suffit pas. Si j'ai attendu si longtemps, c'est parce que j'avais dans la tête cette image, ce rêve de la femme avec laquelle je voulais partager ma vie.

— Tu ne vas pas me dire que cette femme c'était moi, tu sais très bien que ce n'est pas vrai.

Kate regarda d'un air étonné le mouchoir qu'il lui tendait.

— Qu'est-ce qu'il y a ?

— Tu pleures.

Elle le lui arracha des mains et se tamponna le visage pendant qu'il poursuivait :

— Certains d'entre nous sont plus indulgents avec leurs rêves et peuvent même accepter avec plaisir de les voir prendre une forme différente. Regarde-moi, Kate, dit-il en lui relevant doucement la tête. Je t'attendais.

— Ce n'est pas juste…

Les deux mains sur le cœur, elle recula de quelques pas.

— Ce n'est pas juste de me dire des choses pareilles…

— On a dit courtois. On n'a jamais parlé d'être justes.

— Je ne veux pas me sentir comme ça. Je refuse de souffrir… Pourquoi ne me laisses-tu pas réfléchir ?

— Alors, réfléchis à ce que je vais te dire.

Cette fois, il la toucha, l'attira contre lui jusqu'à ce que leurs visages soient tout proches l'un de l'autre.

— Je t'aime…

Il l'embrassa.

— Je veux passer ma vie avec toi. Je veux prendre soin de toi et que tu prennes soin de moi.

— Je ne suis pas le genre de femme à qui on dit ces choses, répliqua-t-elle en lui tapant sur la poitrine. Tu ne le vois donc pas ?

Il faudrait qu'elle s'habitue à les entendre. Il lui tendit ses lèvres et ses mains remontèrent sur son dos.

— Non, je te vois venir ! s'écria-t-elle en se dérobant. Je reconnais la petite lueur dans tes yeux. Kate a besoin qu'on l'apaise, qu'on la caresse et qu'on la persuade bien gentiment.

Elle commença à arpenter la pièce en laissant exploser librement sa fureur.

— Et la boutique ! Tu crois que ce n'est pas un choc suffisant de découvrir que j'adore y être ? Comment veux-tu que je m'adapte si rapidement à tout ça ? Ça n'empêche pas de tomber amoureux ? Oh ! j'y ai réfléchi toute la nuit en me tournant et me retournant dans mon lit, parce que tu m'avais dit de venir chercher mes affaires quand je le voudrais.

Elle pivota sur elle-même et le transperça du regard.

— Oh ça, c'était vraiment minable !

— Oui, c'est vrai.

Byron lui sourit, ravi d'apprendre qu'elle avait passé une aussi mauvaise nuit que lui.

— Je suis content de voir que ça a fait mouche. Toi aussi, tu m'as fait du mal, hier soir.

— Tu vois ? Voilà ce qui arrive quand on est amoureux. On se fait du mal. Mais je n'ai jamais demandé à tomber amoureuse de toi. Je ne l'avais pas prévu. Et maintenant, je ne peux même plus supporter l'idée d'être sans toi, de ne pas te regarder préparer le petit déjeuner le matin et de ne plus t'entendre me dire de me concentrer quand tu m'obliges à soulever ces fichus haltères ! Ou de ne plus me promener sur la plage avec toi et ces maudits chiens. Et je veux un bébé.

Il la dévisagea une seconde d'un air éberlué.

— Là, tout de suite ?

— Tu vois ce que tu as fait de moi ? gémit-elle en se laissant tomber sur le canapé, les mains sur le visage. Tu entends ce que jc raconte ? Je ne sais plus où j'en suis. Je suis folle. Je suis folle de toi.

— Je sais tout ça, Kate, dit-il en s'asseyant près d'elle pour la prendre sur ses genoux. Et ça me va très bien.

— Et si, à moi, ça ne m'allait pas ? Je suis capable de tout faire rater.

— Ne t'en fais pas...

Il l'embrassa sur la joue, puis attira sa tête contre son épaule.

— Je suis doué pour réparer les choses. Si on regardait plutôt le tableau dans son ensemble et qu'on s'occupait des détails au fur et à mesure ?

Kate soupira et ferma les yeux, éprouvant la sensation voluptueuse d'être enfin chez elle.

— Peut-être que c'est toi qui feras tout rater.

— Dans ce cas, tu seras là pour redresser la barre.

— Mais se marier...

— Est une étape pratique et logique, rien de plus, termina-t-il à sa place, lui arrachant un sourire.

— Ce n'est pas vrai. Et d'ailleurs, tu ne m'as jamais demandée en mariage.

— Je sais, sourit-il. Si je te posais la question, il se pourrait que tu me répondes non. Or je ne te laisserai pas faire ça.

— Tu vas donc tout faire pour me convaincre petit à petit jusqu'à ce que je me retrouve devant le fait accompli.

— Exactement.

— C'est plutôt malin, murmura Kate en sentant son cœur battre sous sa paume.

Des battements rapides, et pas tout à fait réguliers. Peut-être était-il aussi nerveux qu'elle.

— Et jusqu'à présent, ça a marché. Je suppose que, puisque la plupart de mes affaires sont déjà ici, que je t'aime comme une folle et que je me suis habituée à ta cuisine, ce n'est pas une si mauvaise idée. De me marier, je veux dire. Avec toi.

Il lui releva le menton et lui sourit tendrement en la regardant au fond des yeux.

— Sois la bienvenue chez nous, ma belle.

DU MÊME AUTEUR AUX ÉDITIONS J'AI LU

Les illusionnistes (n° 3608)
Un secret trop précieux (n° 3932)
Ennemies (n° 4080)
L'impossible mensonge (n° 4275)
Meurtres au Montana (n° 4374)
Question de choix (n° 5053)
La rivale (n° 5438)
Ce soir et à jamais (n° 5532)
Comme une ombre dans la nuit (n° 6224)
La villa (n° 6449)
Par une nuit sans mémoire (n° 6640)
La fortune des Sullivan (n° 6664)
Bayou (n° 7394)
Un dangereux secret (n° 7808)
Les diamants du passé (n° 8058)
Les lumières du Nord (8162)
Coup de cœur (n° 8332)
Douce revanche (n° 8638)
Les feux de la vengeance (n° 8822)
Le refuge de l'ange (n° 9067)
Si tu m'abandonnes (n° 9136)
La maison aux souvenirs (n° 9497)
Les collines de la chance (n° 9595)
Si je te retrouvais (n° 9966)
Un cœur en flammes (n° 10363)
Une femme dans la tourmente (n° 10381)
Maléfice (n° 10399)
L'ultime refuge (n° 10464)
Et vos péchés seront pardonnés (n° 10579)
Une femme sous la menace (n° 10745)
Le cercle brisé (n° 10856)
L'emprise du vice (n° 10978)
Un cœur naufragé (n° 11126)
Le collectionneur (n° 11500)
Le menteur (n° 11823)
Obsession (n° 12192)

LIEUTENANT EVE DALLAS

Lieutenant Eve Dallas (n° 4428)
Crimes pour l'exemple (n° 4454)
Au bénéfice du crime (n° 4481)
Crimes en cascade (n° 4711)
Cérémonie du crime (n° 4756)
Au cœur du crime (n° 4918)
Les bijoux du crime (n° 5981)
Conspiration du crime (n° 6027)
Candidat au crime (n° 6855)
Témoin du crime (n° 7323)
La loi du crime (n° 7334)
Au nom du crime (n° 7393)
Fascination du crime (n° 7575)
Réunion du crime (n° 7606)
Pureté du crime (n° 7797)
Portrait du crime (n° 7953)
Imitation du crime (n° 8024)
Division du crime (n° 8128)
Visions du crime (n° 8172)
Sauvée du crime (n° 8259)
Aux sources du crime (n° 8441)
Souvenir du crime (n° 8471)
Naissance du crime (n° 8583)
Candeur du crime (n° 8685)
L'art du crime (n° 8871)
Scandale du crime (n° 9037)
L'autel du crime (n° 9183)
Promesses du crime (n° 9370)
Filiation du crime (n° 9496)
Fantaisie du crime (n° 9703)
Addiction au crime (n° 9853)
Perfidie du crime (n° 10096)
Crimes de New York à Dallas (n° 10271)
Célébrité du crime (n° 10489)
Démence du crime (n° 10687)
Préméditation du crime (n° 10838)
Insolence du crime (n° 11041)
De crime en crime (n° 11217)
Crime en fête (n° 11429)
Obsession du crime (n° 11546)

Crimes par trois (n° 11614)
Crimes sans fin (n° 11615)
Pour l'amour du crime (n° 11672)
Confusion du crime (n° 11888)
Crimes et chaos (n° 11983)
Crimes sous silence (n° 12064)
Les noces du crime (n° 12266)
Révélations du crime (n° 12530)

Crime de minuit (numérique)
Interlude du crime (numérique)
Hanté par le crime (numérique)
L'éternité du crime (numérique)
Crime rituel (numérique)
Mémoire du crime (numérique)
L'ombre du crime (numérique)
Dans l'enfer du crime (numérique)
Crimes pour vengeance (numérique)

LES TROIS SŒURS
Maggie la rebelle (n° 4102)
Douce Brianna (n° 4147)
Shannon apprivoisée (n° 4371)

TROIS RÊVES
Orgueilleuse Margo (n° 4560)
Kate l'indomptable (n° 4584)
La blessure de Laura (n° 4585)

LES FRÈRES QUINN
Dans l'océan de tes yeux (n° 5106)
Sables mouvants (n° 5215)
À l'abri des tempêtes (n° 5306)
Les rivages de l'amour (n° 6444)

MAGIE IRLANDAISE
Les joyaux du soleil (n° 6144)
Les larmes de la lune (n° 6232)
Le cœur de la mer (n° 6357)

L'ÎLE DES TROIS SŒURS
Nell (n° 6533)
Ripley (n° 6654)
Mia (n° 8693)

LES TROIS CLÉS
La quête de Malory (n° 7535)
La quête de Dana (n° 7617)
La quête de Zoé (n° 7855)

LE SECRET DES FLEURS
Le dahlia bleu (n° 8388)
La rose noire (n° 8389)
Le lys pourpre (n° 8390)

LE CERCLE BLANC
La croix de Morrigan (n° 8905)
La danse des dieux (n° 8980)
La vallée du silence (n° 9014)

LE CYCLE DES SEPT
Le serment (n° 9211)
Le rituel (n° 9270)
La Pierre Païenne (n° 9317)

QUATRE SAISONS DE FIANÇAILLES
Rêves en blanc (n° 10095)
Rêves en bleu (n° 10173)
Rêves en rose (n° 10211)
Rêves dorés (n° 10296)

L'HÔTEL DES SOUVENIRS
Un parfum de chèvrefeuille (n° 10958)
Comme par magie (n° 11051)
Sous le charme (n° 11209)

LES HÉRITIERS DE SORCHA
À l'aube du grand amour (n° 11109)
À l'heure où les cœurs s'éveillent (n° 11406)
Au crépuscule des amants (n° 11562)

LES ÉTOILES DE LA FORTUNE
Sasha (n° 11738)
Annika (n° 11967)
Riley (n° 12073)

EN GRAND FORMAT

ABÎMES ET TÉNÈBRES

L'éclipse

La prophétie

INTÉGRALES

Affaires de cœurs

L'île des trois sœurs

L'hôtel des souvenirs

Le cercle blanc

Le cycle des sept

Le secret des fleurs

Les frères Quinn

Les héritiers de Sorcha

Les trois clés

Les trois sœurs

Magie irlandaise

Trois rêves

Quatre saisons de fiançailles

4584

Composition
PCA

Achevé d'imprimer en Espagne
par CPI
le 10 mars 2019.

Dépôt légal avril 2019
EAN 9782290200230
OTP L21EPLN002522N001

ÉDITIONS J'AI LU
87, quai Panhard-et-Levassor, 75013 Paris
Diffusion France et étranger : Flammarion